本书系2017年度福建省社会科学规划项目（项目编号FJ2017B132）的阶段性成果

本书受泉州师范学院汉语言文学"省级专业综合改革试点项目"建设经费资助出版

古大勇◎著

文化传统与多元书写

台港暨海外华文文学研究论稿

中国社会科学出版社

图书在版编目(CIP)数据

文化传统与多元书写:台港暨海外华文文学研究论稿/古大勇著.
—北京:中国社会科学出版社,2018.4
ISBN 978-7-5203-1171-7

Ⅰ.①文… Ⅱ.①古… Ⅲ.①华文文学—文学研究—世界
Ⅳ.①I106

中国版本图书馆 CIP 数据核字(2017)第 249872 号

出 版 人	赵剑英	
责任编辑	熊　瑞	
责任校对	朱妍洁	
责任印制	戴　宽	

出　　版	中国社会科学出版社	
社　　址	北京鼓楼西大街甲 158 号	
邮　　编	100720	
网　　址	http://www.csspw.cn	
发 行 部	010-84083685	
门 市 部	010-84029450	
经　　销	新华书店及其他书店	

印刷装订	北京君升印刷有限公司	
版　　次	2018 年 4 月第 1 版	
印　　次	2018 年 4 月第 1 次印刷	

开　　本	710×1000 1/16	
印　　张	22.5	
插　　页	2	
字　　数	326 千字	
定　　价	106.00 元	

凡购买中国社会科学出版社图书,如有质量问题请与本社营销中心联系调换
电话:010-84083683

目　录

第二辑

第三辑

序

古远清[*]

　　我认识一名著名学者，他在从事大陆文学研究之余，也客串台港澳暨海外华文文学研究，但在我与他的接触中，他从不认为自己是研究台港文学的，似乎一旦承认了这种身份，便会"掉价"，降低其学术地位。这使人联想到在内地学界流行的说法："一流学者搞古典，二流学者搞现代，三流学者搞当代，四流学者搞台港。"这显然是一种学术偏见，或一种学科歧视。

　　我从事台港暨海外华文文学研究已整整30年，仅境内外文学史著作就出版有《中国大陆当代文学理论批评史》、《台湾当代文学理论批评史》、《香港当代文学批评史》、《台湾当代新诗史》、《香港当代新诗史》、《海峡两岸文学关系史》、《台湾新世纪文学史》，另还有《澳门文学编年史》待出版。可这些著作出版后几乎无人问津，在大陆学界反响甚微，有人还流露出不屑一顾的态度。应该承认，我这些著作属"试写"、"初写"性质，其稚嫩和浅陋自不待言，这难免为某些大牌评论家所不齿。所幸的是，长江后浪推前浪，研究界代有人出。仅在这个领域的古氏而言，中国社会科学院古继堂研究员自移居加拿大后，早已淡出文坛，最近又沉疴在身，无法执笔；本人虽然仍活跃在论坛，但毕竟精力不济，后劲不足。当这两位"老古"逐渐又老又古时，横空出世的"小古"以"大勇"精神，闯入台港暨海外华文文学研究领

---

　　* 古远清，中南财经政法大学教授，台港暨海外华文文学研究领域的知名学者。

域。由中国社会科学出版社出版的《台港暨海外华文文学研究论稿》，就是他在这个领域所结出的丰硕成果。

在这本书出版之前，我就曾在各种报刊上和学术会议上看到小古的论文，感到视角独特，常常发人之未发。如程光炜这样的知名学者，注意到"鲁郭茅巴老曹"在大陆出版的文学史中所占据的地位及随之而来的经典化过程，这是非常难得的，可惜他限于资料未能从境外出版的文学史对"鲁郭茅巴老曹"的叙述和评价加以对照，而古大勇却注意到了。他撰写的《台湾戒严时期和大陆"毛泽东时代"两岸的"鲁迅书写"比较——以新文学著作为中心》、《经典的台湾"面貌"——40年来台湾学者新文学史著中的"鲁郭茅巴老曹"书写》、《台湾戒严时期新文学史著作中的"鲁郭茅巴老曹"叙述——以周锦的〈中国新文学史〉为个案》，这三篇文章内容虽有部分重复之处，但确是在认真阅读台湾学者所撰文学史著作的基础上写出来的。《附表："鲁郭茅巴老曹"在各文学史著中内容分量》，便是他细读文本、深下功夫最好的证明。我最近在《鲁迅研究月刊》发表的《七十年代台湾出版的新文学研究论著评述》中也曾提到这些著作，但我一点也未关注到"鲁郭茅巴老曹"在苏雪林、刘心皇、周锦、尹雪曼等人的史著中是如何书写的。小古的研究，弥补了我的不足，使我从中得到不少有益的启示。

古大勇当年在中山大学求学时所作的博士论文是《"解构"语境下的传承与对话——鲁迅与1990年代后中国文学和文化思潮》，由此他被学界视为"70后鲁迅研究学人"的代表。现在这本书也有一些文章，与研究鲁迅有关。所不同的是，大勇把鲁迅研究从内地引申到台港，再引申到海外。这方面的论文有《美国华人文化圈的鲁迅研究》、《夏志清对"神化鲁迅"研究范式突破的意义》、《论马华诗人江天对鲁迅的接受》、《论新华学者林万菁对鲁迅研究的贡献》、《论新华学者王润华的鲁迅研究》、《论加华学者李天明对鲁迅研究的贡献》、《论香港学者曹聚仁的〈鲁迅评传〉》等，资料丰富，不少内容填补了鲁迅研究生态系统的"学术空白"。这些文章的出现，有个人和时代的因缘，不能简单地以研究领域的扩大来解释。以时代而言，在新时期，鲁迅研究的领域已开始扩展到境外和海外，袁良骏就曾写过一系列的"台港作家的鲁迅论"。就个人因缘而言，古大勇是鲁迅研究的新兵，他现在所从事的是台港澳暨海外华文文化圈对鲁迅的接受研究。他从大陆的鲁迅研究再向外扩展到美国华人的鲁迅研究，自然顺理成章，也是水到渠成。

《台港暨海外华文文学研究论稿》还有三篇论旅美作家刘再复散文的文章。刘再复是所谓的敏感人物，但古大勇用自己的学术勇气冲破人为设置的研究禁区，把刘再复的生平和创作当成一个整体来探讨。他主持了教育部人文社科项目"刘再复学术思想整体研究（1976—2013年）"，发表有关刘再复的研究论文10余篇，目前正撰写《刘再复评传》。他这方面的文章还有不少未收入书中。由此也很能说明古大勇研究华文文学的展现模式，我们注意到古大勇的书写策略有四：一是"鲁郭茅巴老曹"在台湾学者文学史中的书写，二是海外鲁迅研究，三是刘再复研究，四是东南亚、台港暨北美等地的华文文学研究。关于刘再复研究，相关研究文章也不少，然而古大勇还是有自己的贡献：为内地读者奠定了品尝异域"野味"的心理基础。古大勇一再指出，旅美作家刘再复不同于大陆时期的刘再复，在漂流海外的岁月里，无论是刘再复的论著还是散文创作，均突破了原有的框框而向前踏进一大步，具有独特的价值。

至于东南亚华文文学研究，古大勇十分注重泉州籍东南亚华文作家创作中的"原乡"情结，以及菲律宾华文文学中的"晋江现象"。古大勇并不是福建人，而是安徽人，可他在泉州工作已有多年，他能注意到海外华文文学创作中的"晋江现象"，说明他已落地生根，认同泉州这块土地。可贵的是，这些论文并不是在做"导游"，而是把东南亚华文作家的海外情结与中华情结的"纠结处"娓娓道来。当我们看到古大勇以泉州人的眼光来评价东南亚华文文学书写时，感到他的研究已经接"地气"了。

是为序。

3

第一辑

二元的主体立场与开放的复合型文本

——评满族台湾作家林佩芬的长篇小说《故梦》

前　言

　　林佩芬是著名的满族台湾女作家，迄今为止已出版了包括《努尔哈赤》、《天问》、《两朝天子》等在内的多部历史小说。《故梦》是林佩芬 2000 年后创作的一部长达 80 万字的长篇小说，2008 年被导演董志强改编成 42 集电视连续剧《故梦》，在海内外公映，引起广泛关注。小说通过陆氏家族的悲欢离合，以及主人公陆天恩个人命运的沉浮，将整个 20 世纪风云变迁的历史进程进行文学呈现。小说有自传性的特色，小说中主人公陆天恩的原型就是作者的父亲，陆天恩的女儿陆海棠，就是林佩芬自己；小说中陆氏家族的其他主要成员，在现实生活中都有原型，陆天恩的祖母陆老太太是亲王格格，祖父是慈安皇太后的侄儿，外公是蒙古王公。这种特殊关系把陆氏家族的命运和清皇朝的命运紧紧维系在一起。小说有两条经纬交织的叙事线索。一条是对 20 世纪中国风起云涌的重大历史事件的描述。小说从光绪皇帝的"戊戌变法"追溯，依次叙述民国肇建、清帝逊位、袁世凯称帝、"二次革命"讨袁、张勋复辟、五四运动、直奉战争、溥仪大婚、冯玉祥强力逼宫而致溥仪住进日本使馆、郑孝胥等人助溥仪亲日以图复辟、九一八事变、溥仪成立"伪满洲国"、"七七事变"、1945 年日本投降、"伪满洲国"瓦解、溥仪成为"阶下囚"；1948 年，陆天恩带着部分家眷迁居台湾，第四卷则进入了台湾历史的叙述，两岸军事对峙时期，陆天恩无法完成回归故里的愿望；1987 年，国民党宣布解除"戒严令"，允许居民到大陆探亲，荣安带着陆天恩的嘱托回大陆探访，陆天恩和女儿陆海棠终于会面。这其中有部分历史事件在小说中是作为背景介绍的，但对有关逊帝溥仪的历史事件则进行了较为生动具体的文学呈现。小说的另一条叙事线索是主人公陆天恩的人生轨迹和命运浮沉。小说从陆天恩出生的 1904 年写到其去世的 1996 年，重点叙写其与生命中的五个女性，即水漂萍、金灵芝、秦燕笙、汪莲君、小韵仙之间的情感纠葛。以陆天恩为原点，枝蔓逸出，牵连出陆府的其他众多主奴成员，再延伸到与陆府具有社会关系的府外人员，形成一张纵横交错、庞大驳杂的社会关系网。这其中，又重点凸显陆正波、陆老太太、秦燕笙和汪莲君等人。

一　二元悖逆的主体立场

　　真实展现处于特定历史时期逊帝溥仪的系列行为是《故梦》的一个重要内容，但作者显然无法回避对之的价值判断。作者林佩芬是一位与清朝皇族具有一定血缘关系的后裔，这种特殊关系是否无形中影响她对自己的"准先祖"溥仪的历史评价？历史人物评价有多种标准，虽然目前学术界还没有取得一致意见，但这其中，"历史进步"标准和"人民本位"标准能获得大多数人的认同，所谓"历史进步"标准，即把历史人物的活动对历史进步和人类社会发展起了推动或是阻碍作用，视为评价的基本标准。"人民本位"标准是指历史人物的行为要符合或有利于社会历史的主体——人民群众的利益。① 还有学者提出气节标准论，强调气节是评价历史人物的一个重要标准，认为："如果不把气节当作评价历史人物的标准之一，那么，历史上的秦桧和岳飞，吴三桂和史可法，还有什么区别呢？"② 对照以上标准来看，

---

① 邓京力：《关于古代历史人物评价标准问题的研究与反思》，《学习与探索》2011 年第 3 期。

② 钟文典：《历史人物研究与气节问题》，《学术论坛》1990 年第 2 期。

溥仪的历史定位无可争议。返观《故梦》，作者能依据基本历史事实，清醒地站在"历史进步"、"人民本位"以及"气节"的标准上，在现代理性的观照下，对溥仪的系列历史行为作出正确的评价和定位。譬如，对于溥仪复辟成立"伪满洲国"，企图复兴故国之梦的行为，作者明确地将之定位为"开历史的倒车行为"；对于溥仪投靠日本的卖国行径，作者更是站在民族大义的立场给予毫不含糊的批判。陆正波是小说最重要的主人公之一，《故梦》的第三卷标题为"伯夷叔齐"，整卷表现的就是陆正波高风亮节的行为。陆正波在清帝逊位之后，闭门不出，无论时局世事如何变化，一概不介入，以伯夷叔齐为榜样，独善其身，坚持原则，以一种无为的姿态保持着自己的高风亮节。但是到后来，他连这种独善其身的自由都被剥夺，汉奸程士行奉日本人之命，送来"日华亲善协会"会长的聘书，逼他就任此职，他无可选择，唯有以死保持清白，纵身跳楼，以淋漓的鲜血谱写了一曲壮烈的正气之歌。陆正波对于溥仪复辟乃至依靠日本人建立"伪满洲国"等行为都是持鲜明反对态度，认为皇帝因此"会成为千古罪人"①。他认为："人可以没有身份，没有名位，没有事业——甚至，没有出息——却不能没有节操，丧失原则。"② 小说对陆正波行为的肯定实际上间接表达了作者自己的价值立场。

对于逊帝溥仪及其历史行为，在理性的层面，在历史价值的层面，作者给予明确的否定性评价。但是，在感性的层面，在伦理和文化的层面，作者却无法割断与以溥仪为代表的皇族之间的精神沟通和情感牵连。作者，包括小说中的陆老太太、陆夫人、陆天恩等人对逊帝溥仪都有一种天然的情感，溥仪的一举一动都牵动着陆家的神经，老太太、太太所骤发的疾病也都与溥仪有关。就是陆正波本人，虽然在理智上坚决反对溥仪的复辟等行为，但是在情感上无法斩断与溥仪之间的精神维系。小说中陆天恩和陆正波有这样一段对话：

5

---

① 林佩芬：《故梦》（下卷），广西师范大学出版社 2010 年版，第 29 页。
② 同上书，第 136 页。

　　"阿玛,您再怎么反对皇上做日本人的儿皇帝,再怎么的……
走到了天涯海角,心里也仍然惦记着皇上……梦回故宫……先皇
召见……是……是心系,心念……"陆正波慢慢地转移视线,正
对他。身体流的是同一种血脉,父子两人在这一刹那感受到了心
意的相通,竟致不约而同地轻轻一颤。陆正波长长地吁出了一口
气来,"你已经明白……血脉,是切不断、烧不掉、弃不了的……
何况,我是读书人,是先皇之臣,君君臣臣父父子子之道,是不会
抹灭的……"①

　　陆正波在此表现出一种对溥仪温情不舍的态度,作者显然对之是
认同的。如何评价作者在感性的层面、伦理和文化的层面对溥仪及清
朝皇族的认同? 这是否体现了作者保守落后的立场? 笔者认为,应该
从以下几方面来看待这个问题:第一,《故梦》是一曲寄托着作者怀
旧和哀思情感的挽歌。如上所述,小说中的陆海棠(即作者的原型)
和溥仪之间有着间接的亲缘关系,所以,林佩芬不是以一种冷静的旁
观者身份来写溥仪,她是把溥仪作为与自己有血缘和文化关联的祖先,
溥仪不是一个作为"他者"的符号,而是一个与她密切相关的"自
者"的镜像,她要在溥仪的身上寻找自己家族过去的记忆。因此,
《故梦》是作者写给自己"祖先"的一曲挽歌。虽有理性层面的批判,
但更有感情层面的寄托和怀旧。因此,作者对溥仪的那种暧昧的态度
也就不难理解了。第二,《故梦》展现的是"忠君"伦理背后的文化
意义。"忠孝观念"是中国传统伦理思想的核心,"忠"是指个体对君
主和国家社稷的绝对忠诚。"忠"伦理在小说中有三个层面的表现:
其一是与逊清有某种亲缘关系的陆府诸人对溥仪的情感牵挂;其二是
王国维、罗振玉等前清遗老主要从文化层面对逊清的依附;其三是张
勋等人主要从政治军事层面对逊清的支持。《故梦》中陆府诸人除陆
老太太等人外,像陆正波、陆天恩等人对溥仪并没有表现出悖逆历史
潮流的"愚忠"倾向,陆正波在理智上明确反对溥仪的复辟倒退行

6

――――――――

　　① 林佩芬:《故梦》(下卷),广西师范大学出版社 2010 年版,第 69 页。

为，但无法在感情上彻底摒弃君臣之道的儒家伦理情怀，其对逊帝溥仪之"忠"并不体现在政治层面，而是体现在伦理层面。对于王国维等人忠心于逊帝溥仪，《故梦》更多的是从文化层面来评判的。事实上，就王国维而言，其依附于逊清小朝廷，诚然是政治立场的选择，但更多的是一种文化信念的维护与坚守，王国维依附逊清实乃与其后期人生价值观念的建构相一致，在王国维那里，逊清不只是他的乱世避难之地，同时也是他的文化和心灵寄托所在，逊清实际上充当了传统文化的载体。所以，对于王国维投湖自杀的原因，有多种猜测，但反观王国维对逊清所代表的传统文化的执着态度，"文化殉节"说比较可信，正如与王国维过从甚密的陈寅恪说："凡一种文化值衰落之时，为此文化所化之人必感苦痛，其表现此文化之程量愈宏，则其所受之苦痛亦愈甚；迨既达极深之度，殆非出于自杀无以求一己之心安而义尽也。"① 在陈寅恪看来，王国维以死所殉的是中国传统文化之精粹，王国维作为"此文化精神所凝聚之人"，要"与之共命运而同尽"②。"知识分子总是不同寻常，他们总要在政治军事的折腾之后表现出长久的文化韧性。文化变成了生命，只有靠生命来拥抱文化了，别无他途。"③ 文化标准为我们评价历史人物，在"历史进步标准"之外找到另一种可行的评价尺度。文化标准同是林佩芬评价历史事件和人物一个价值尺度。例如《故梦》中叙述到王国维等人接受逊帝溥仪的召见，写了这样一句话："这也是一种爱情，对前朝怀有款款深情的十几位享有盛名的饱学之士走进了前清王宫，以忠诚敬谨的态度拜倒在溥仪座前。"④ 对于此复辟逆流中的"奇观"，如果站在"历史进步"标准的立场来看，当视为落后倒退的社会行为而要予以批判。但在林佩芬的叙述中却看不出批判和讽刺的意味，荒唐滑稽的"闹剧"在作者眼中变成了忠诚敬谨的"爱情"，这是一场文化和文化之间的"惺惺相惜"。如果不是从文化的层面来理解，就不能理解《故梦》的

7

---

① 陈寅恪：《陈寅恪诗集》，清华大学出版社 1993 年版，第 10 页。
② 同上。
③ 余秋雨：《山居笔记》，文汇出版社 2002 年版，第 31 页。
④ 林佩芬：《故梦》（上卷），广西师范大学出版社 2009 年版，第 292 页。

这段话在叙事伦理上的暧昧中立，甚至同情的立场。第三，对于小说中的溥仪，作者有两种观照视角，一种是基于"历史进步标准"的视角，还有一种是基于"人性"的视角。从"历史进步标准"来评价溥仪，溥仪的悲剧历史角色已经被注定，但从"人性"的视角来观照溥仪，被定格的、符号化的溥仪立即生动丰富起来。例如，国际导演贝尔托鲁齐执导的电影《末代皇帝》就本着"人是历史的本质"的理念，从"人性"的视角来勘探溥仪的内心世界，重点表现溥仪对过去历史的追忆，生动演绎他内心的矛盾、对人性的探求、对扼杀人性现象的质疑，为观众提供了一个迥然不同的溥仪形象。《故梦》也一改脸谱化的写法，从"人性"的视角来描写溥仪，把他还原成一个人。小说中有一段对话，陆天恩说："这是皇上送给我的（自行车），他喜欢骑车，迎风骑车，可以得到自由自在的感觉，他向往自由，因为他没有，他是一个善良的人。"秦燕笙说："我以前从没有听人这么说他。新派的报纸批评他，旧派的报纸推崇他；但，从来没有人从人性的角度谈论，甚至，一般人都说，他是一个尊贵的傀儡，或者是腐败的逊清政府的代罪羔羊。但你这么一说，提醒我，他是一个人，一个有生命的人，一个有血有肉的人。"① 《故梦》在这一点上，与电影《末代皇帝》有不谋而合之处。

二 多元融合的大综合文本

《故梦》不是一个单向度的文本，而更像一个"杂糅性"的复合型文本，有机融合了历史小说、女性主义小说、家族小说、言情小说、通俗小说、（半）自传体小说等多种艺术类型的独特元素，从而呈现出一种开放而多元的艺术面貌。

林佩芬认为，《故梦》是一部"历史小说"②。历史小说也有多种形态，郭剑敏曾对当代历史小说创作的形态进行分类，认为存在三种

---

① 林佩芬：《故梦》（上卷），广西师范大学出版社2009年版，第348页。
② 林佩芬：《故梦》（下卷）后记，广西师范大学出版社2010年版，第415页。

历史小说形态，即"依历史写作形态的历史小说"、"拟历史写作形态的历史小说"和"借历史写作形态的历史小说"。"依历史写作形态的历史小说也可称为准历史小说，这便是我们通常概念中的狭义的历史小说……这类小说创作的前提是有史可依，创作宗旨上则是追求对历史的还原、力图形象地反映出某一历史时期的社会生活或某一历史人物和历史事件的真实面目，真实性成为依历史写作的一种追求和自律。"① 如唐浩明的《曾国藩》，林佩芬的《努尔哈赤》等。"拟历史写作形态的历史小说是指完全建立在虚拟的基础上讲述历史的一类作品，它的创作宗旨在于传达一种历史认知观。"② 例如新历史小说就是属于这种类型，新历史小说中的历史并不是以阶级民族话语、宏大叙事、集体记忆等形式呈现，而是以一种个人化、民间化、碎片化的方式展现，注重创作者主体性个人体验和历史认知观。"借历史写作形态的历史小说"在创作方法上类似于鲁迅所言，"只取一点缘由，随意点染，铺成一篇"③，"借历史的故事来抒今人的块垒或只是表达某种情趣"④。如鲁迅的《故事新编》，如当下的"戏说"历史的小说和影视作品。从这三种创作形态来看，《故梦》具有"依历史写作形态的历史小说"和"拟历史写作形态的历史小说"二元融合的特征。《故梦》第一条叙事线索中所涉及的历史事件，是严格依据历史事实来写的，很多历史事件作者不便在小说中叙述，就通过页下脚注方式来详细交代。从这个层面来说，《故梦》是一部"依历史写作形态的历史小说"。但《故梦》还有一条更为重要的叙事线索，即主人公陆天恩的命运沉浮及其家族的荣辱衰亡。《故梦》所写内容大多是作者根据若干真实史料和作者家族成员的回忆而得来的，但小说也有部分内容改变了史实，具有虚拟性的特征。如现实中作者的父亲于1981年去世，并没有看到后来两岸关系的改善和发展，但小说中的陆天恩去世于1996年。作者之所以作如此改动，是因为1987年国民党宣布

9

---

① 郭剑敏：《中国当代历史小说创作的三元形态论》，《理论与创作》2000年第5期。
② 同上。
③ 鲁迅：《鲁迅全集》第二卷，人民文学出版社2005年版，第354页。
④ 同上书，第40页。

"解严"后，陆天恩可以通过荣安完成返回故土的愿望，他亦在有生之年终于和远在美国的女儿陆海棠见面团聚，小说以一个相对大团圆的结局收尾。再如，小说中水漂萍这一角色，在现实生活中并无确定原型，是作者综合陆天恩无数红粉知己的形象杜撰出的理想恋人形象。① 从所讲述历史事实的虚拟性和个人化的历史呈现方式，以及浸透了创作者独特的主体性体验和历史认知观的层面来看，《故梦》的第二条叙事线索无疑具有部分"拟历史写作形态的历史小说"的典型特征。

《故梦》具有女性主义小说的特色。显而易见，并非女性作家写的小说就是女性主义小说，关键看小说有没有站在女性的价值立场，体现女性主义意识。当代女性历史小说有两种典型形态：一种形态竭力表现女性德貌双全，不但容貌出众，而且具有贤淑、温柔、善良、忠贞以及自我牺牲的奉献精神，这些品质都符合男权社会对女性的期待和规范；在男女性别秩序中，男性处于中心和统治者的地位。如凌力的小说《梦断关河》中的皇帝和他周围的部分女性形象就具有这种特征。另一种形态是站在女性价值观的立场上，体察女性的历史处境，同情女性的命运和遭遇，张扬女性的才华和能力。如赵玫的"唐宫三部曲"《高阳公主》、《武则天》和《上官婉儿》就是此类作品。在男女二元结构中，"唐宫三部曲"颠覆了传统的"男强女弱"、"男尊女卑"的性别秩序，小说中的三位女性，不再是软弱的依附性形象，而显得比男性更强悍独立，更有才华和智慧，获得支配男性的主体地位；而男性则多显得懦弱无能，缺乏力量和才华，成为被女性征服的对象。这种"女强男弱"的性别秩序在《故梦》中也有明显表现。小说中的陆天恩虽贵为豪门公子，一生拥有五个女人，但除了出身社会底层的小妾水漂萍和小韵仙之外，始终没有真正获得过他生命中先后出现的三位妻子——金灵芝、秦燕笙、汪莲君——的情感，在情感上被她们所遗弃，正如小喜说的："其实，姑爷——怪可怜的！"② 在男女性别关系上，秦燕笙和汪莲君是以情感的主动者、支配者、给予者的地位

---

① 《〈故梦〉系列解读：原作者揭秘角色原型最终命运》，网易娱乐，11月26日，http://ent.163.com/09/1126/16/5P2CRNP000031GVS.html。

② 林佩芬：《故梦》（下卷），广西师范大学出版社2010年版，第163页。

出现的，而陆天恩却是以一种情感的失败者、乞求者和无能者的形象出现。陆天恩不但在情感上是失败者，在事业上也毫无建树，前半生不堪回首，缺乏在乱世之中能安身立命的才华和能力，唯依靠祖上的一点余荫而苟且生活，整日无所事事，混迹于戏场茶馆，把情场当战场，在女性温柔乡中追寻人生价值，却一败涂地；幸有后来到台湾自食其力，尚能看出他生命存在的一点价值。他性格软弱，从来不敢反抗，唯有无条件地服从封建家长的意志，缺乏一个成熟男性所必备的独立性和承担意识。陆天恩总体上是一个灰色的"多余人"、"畸零人"形象。他的妻子秦燕笙、汪莲君形象却光彩照人。秦燕笙在小说中是一个新女性形象，是以陆天恩的拯救者和启蒙者形象出现的，她深受五四新文化运动的影响，后出国留学，回国后成为大学教授，出版了多部著作，积极投身抗日运动，在报刊发表文章，在电台演说，呼吁同胞一起抗日，为抗战事业做出了卓越的贡献。而汪莲君不但容貌出众，善良温柔，而且富有能力，通过"安济堂"医院为抗战事业尽了自己的一分力量。小说中陆天恩和他的妻子之间形成了明显的"女强男弱"的性别秩序，体现了作者自觉的女性主义意识。

《故梦》是一部家族小说。虽然小说中出现的家族不如《红楼梦》、《金粉世家》和《家》等小说中的家族那样庞大，但也是典型的封建家族结构，林佩芬自己亦说，"《故梦》就是我的家史"①，因此小说自然具有家族小说的典型特征。例如，在题材内容上，"描写一个或几个家族的生活及家族成员间的关系，并由此折射具有丰富内涵的历史和时代特征"，表现出厚重的历史沧桑感，并且具有"家国同构性"的特征，有的与"自传"糅合；在叙事上，"具有相当的时间跨度，往往在历史与现实结合中，形成'编年史'般的格局"，多采用"时空交错的网状结构"，多叙写"家族由有序—无序—衰败的主流模式"情节；母题主要体现为"家族、历史、性"三个方面，"性"在《故梦》中则被置换为"情"的内容；人物形象"主要包括作为家族

11

① 周翕如：《作家林佩芬：〈故梦〉就是我的家史》，《婚姻与家庭》（社会纪实）2010年第3期。

支柱的男性形象与作为家族附庸的女性形象"，作为"家族支柱的男性形象"在《故梦》中表现为陆正波；内容上"蕴涵了伦理文化、制度文化、风俗文化"等内涵，具有浓厚的"人伦亲情性"；其文化特征主要表现为"怀旧的精神文化特征"，其审美特征主要表现为"挽歌特征"①。

《故梦》是一部言情小说，因为有对历史的表现，所以亦可称为"历史言情小说"。言情是这部小说的重头戏，由《故梦》所改编的电视剧也是将之作为言情剧来宣传的。爱情是文学永恒的主题，但显然不能把只要涉及爱情的小说都归结为言情小说，只有那些爱情成为小说根本叙事内容的小说才能称为言情小说。中国历史上最具典范意义的言情小说盛行于民国初年，产生了《玉梨魂》、《玉娇梨》、《广陵潮》、《秋海棠》、《啼笑因缘》等畅销之作。而当代的言情小说则盛行于台港，以琼瑶、亦舒等人的小说为代表。言情小说都有一个"才子佳人"的模式，在内容上或重在表现"情之苦"、"情之痛"，批判不合理的婚姻制度和社会制度，表达追求爱情自主、人性自由的理念，如部分民初言情小说，或编织理想浪漫的童话爱情，迎合普通百姓的织梦愿望，为普通百姓营造寄托梦想的诗意空间，如琼瑶的小说。《故梦》侧重于表现"情之痛"，写陆天恩和水漂萍一往情深却阴阳两隔的痛苦，写陆天恩和金灵芝包办婚姻之苦，写陆天恩和秦燕笙、汪莲君由于心灵和精神的隔阂而无法相爱之苦，表达了对包办婚姻制度的批判，体现了"人"的觉醒意识。而陆天恩和小韵仙的结合符合言情小说所特有的"才子佳人"和"英雄救美"的叙事模式：一个是出生于豪门的多情公子，另一个是沦落风尘卖艺为生的貌美少女，两人一见钟情，才子要救佳人于火坑，花重金为之赎身。陆天恩和水漂萍之间的关系也具有类似的叙事特征，只不过水漂萍由于痨病而无完美结局，极类似于张恨水《啼笑因缘》中的樊家树和沈凤喜的关系。从这个层面上来说，《故梦》具有言情小说的部分特质。

---

① 许祖华：《作为一种小说类型的家族小说》（上、中、下），《重庆三峡学院学报》2005年第1、4、5期；李玉臣：《中国家族小说特征》，《唐山师范学院学报》1998年第3期；杨经建：《家族文化与20世纪中国家族文学的母题形态》，岳麓书社2005年版。

从文学雅俗的层面来看，可分为雅文学和俗文学，雅俗文学为文学母体之双翼，但除了那些雅俗分明的文学之外，有时很难对两者做出精确的划分。范伯群先生曾经拟定了一个评估通俗文学的标准，即"一、是否与'世俗沟通'，二、是否'浅显易懂'，三、是否有'娱乐消遣'的功能"①。从此标准来看，《故梦》显然具有通俗文学的特征，正因为具有此特征，所以就被改编成大众喜闻乐见的电视剧《故梦》。但是就小说所运用的现代小说技巧来看，《故梦》也具有一些雅文学的特征。林佩芬说："我希望我结合的是历史和现代小说技巧、甚至说是未来的文学技巧熔为一炉，来作为我努力奋斗的目标。"② 譬如小说注重人物形象的个性化塑造，不但陆正波、陆天恩、溥仪等人物个性鲜明，就是陆天恩身边的 5 个女子性格内涵也是各有不同，独具特色，即使是同为溥仪复辟效力的前清遗老罗振玉与郑孝胥也不可混淆。譬如小说在绵密紧凑的叙事过程中穿插一段清新闲散的景物描写文字，形成叙事节奏的张弛有致感。譬如小说的心理描写等，都展现了一些现代小说的艺术元素。从这层意义上来说，《故梦》是具有"雅文学"艺术成分的通俗文学作品。

《故梦》是一部半自传体小说。自传体小说就是作者以自己的亲身生活经历和体验为题材而创作的小说。但《故梦》的写作却并不是以作者自己（即小说中陆海棠），而是以其父亲（即小说中陆天恩）的生活经历为基本素材，且改变了部分历史事实，虚构了若干人物，所以并非典型的自传体小说，称为"半自传体小说"比较切合。

13

结　语

从林佩芬的创作历程来看，《故梦》是一部具有明显探索和创新性质的小说，因为在此之前，她创作的小说基本是标准的历史小说，也就是上文所提及的"依历史写作形态的历史小说"。如《努尔哈赤》

---

① 范伯群、孔庆东主编：《通俗文学十五讲》，北京大学出版社 2003 年版，第 15 页。
② 林佩芬：《为中国历史文学做贡献》，《北京社会科学》1997 年第 1 期。

记述的是清太祖努尔哈赤波澜壮阔的一生；《天问》则主要叙写明末清初那段错综复杂、波谲云诡的历史进程，真实展现以崇祯皇帝为代表的明王朝、以皇太极为代表的大清朝、以李自成为代表的农民起义军三大政治军事集团之间的角力斗争的过程；《辽宫春秋》诠释了辽、金之际的那段动荡历史；《两朝天子》则以展现明英宗的历史事迹为主要内容。……展现真实的历史人物和历史事件成为上述小说的核心内容。而《故梦》不然，对历史人物和事件的真实展现只是它其中之一的叙事内容，且很多是作为故事背景来介绍，并不占据核心地位，而对平凡人物个人命运的历时性展现才是小说所要重点表现的内容，这多少淡化了《故梦》作为历史小说的典型特征，但也由此获得了艺术呈现上的自由，这种自由造就了《故梦》开放多元的艺术面貌。

台湾"日据时期"作家与"东亚鲁迅"的精神关联

——以杨逵与赖和为中心

一 "抗拒为奴":"东亚鲁迅"的思想精髓

什么是"东亚鲁迅"?"东亚鲁迅"是近年来鲁迅研究界出现的一个新名词①,具有固定的内涵和外延,并逐渐为学术界所认同。在数十年的鲁迅跨文化的交流与对话中,鲁迅的影响与意义已经超越了国内的范围,而逐渐成为东亚的中国、韩国、日本共同关注的对象,并在各个国家都能形成鲁迅研究的热潮,参与研究的人数之多、研究成果的质量之高,直追甚至超越了同时期的其他作家,鲁迅已经成为中、韩、日三国公认的最能代表东亚文学的作家,正如伊藤虎丸所说:"鲁迅的文学在世界文学中,恐怕比日本近代文学的哪个作家和哪部作品都更代表东方近代文学的普遍性。"② 中、韩、日三国在接受鲁迅的过程中,在汲取鲁迅精神与文学资源、思考鲁迅的价值和意义时,具有某种大致的趋同性,从而形成了一个一致认同、具有特定内涵和外延的"东亚鲁迅"形象。

---

① 张梦阳:《鲁迅学:在中国在东亚》,广东教育出版社 2007 年版;张梦阳:《跨文化对话中形成的"东亚鲁迅"》,《鲁迅研究月刊》2007 年第 1 期;陈方竞:《韩国鲁迅研究的启示和东亚鲁迅研究意义》,《中山大学学报》(社会科学版) 2006 年第 6 期;陈芳明:《台湾文学与东亚鲁迅》,《文讯》2008 年总第 267 期;陈芳明:《台湾鲁迅学:一个东亚的思考》,《文讯》2011 年总第 309 期。

② 伊藤虎丸:《鲁迅与日本人》,李冬木译,河北教育出版社 2000 年版,第 23 页。

"中、日、韩三国鲁迅学界所构成的'东亚鲁迅',是以冷静、深刻、理性的'抗拒为奴'的抵抗为根基的。这种抵抗既是针对身处的具体社会历史环境中的奴役现象,又是对自身奴性的抗拒。这是鲁迅本身的精髓,是多少年来鲁迅学家们从人类整体发展进程出发所作出的普世性的认知。"① 作为殖民地国家诞生的作家,鲁迅"抗拒为奴"的抵抗品格正表达了中、韩、日三国人民和知识分子的内心诉求。中国人民在漫长的反帝反封建的斗争中,最迫切需要的正是这种"抗拒为奴"的抵抗品格。韩国和中国一样,有共同的被殖民的历史,同处于帝国主义的奴役之中,同时对本国的统治者的专制统治也有大致相同的体验,所以他们也是从反抗奴隶性的基点来接受鲁迅的。他们对鲁迅的"抗拒为奴"思想、革命情结、复仇精神等有着更为深切的感受和认同。孙郁说:"韩国学人一些论文对奴隶一词的敏感,超过了中国知识界的反应","韩国人看鲁迅,有着中国人不同的视角。他们是带着被殖民化的记忆,以一种反抗奴隶的自由的心,自觉地呼应了鲁迅的传统","那里的人们还保存着血气,有着阳刚之力。虽然知道韩国知识界也有自省的冲动,时常抨击着自己社会的黑暗,但我觉得中国的许多读书人已丧失了类似的状态了"②。

而日本的情况有所不同,同时期的日本,不但没有被殖民的历史,而且还曾经侵略过别的国家,但日本包括竹内好的鲁迅研究学者是把鲁迅作为一种先进的成功的文化类型的参照,借鲁迅来批判、反思、发展日本文化。除此之外,"抗拒为奴"也是日本鲁迅研究一个核心问题,在竹内好的《鲁迅》"奴隶的文学"一节中,大篇幅地引用鲁迅的关于"奴隶"的言说。大江健三郎说:"读了《奴隶的文学》这篇文章,我就像被击了一样。……'奴隶的文学'的问题,构成了我去思考竹内好与鲁迅的基本纲要。"③

事实上,鲁迅不止对东亚国家产生影响,在以马来西亚和新加坡

① 张梦阳:《跨文化对话中形成的"东亚鲁迅"》,《鲁迅研究月刊》2007年第1期。

② 孙郁:《序言》,鲁迅博物馆编《韩国鲁迅研究论文集》,河南文艺出版社2005年版,第1—3页。

③ 李冬木:《"竹内鲁迅"三题》,《读书》2006年第4期。

为中心的东南亚地区，他也是影响最大的中国新文学作家。韩山元在《鲁迅与马华新文艺》一书中说："在新马社会运动的各条战线，鲁迅的影响也是巨大和深远的……鲁迅的著作，充满了反帝反殖反封建精神……对于进行反殖反封建的马来西亚人民是极大的鼓舞和启发，是马来西亚人民争取民主与自由的锐利思想武器。""鲁迅作为一个经典作家，被人从中国移植过来，是要学他反殖民、反旧文化，彻底革命"，"要利用鲁迅来实现本地的政治目标：推翻英殖民地。"① 东南亚国家大多处于西方国家的殖民统治之下，如新加坡和马来西亚从1819年开始就沦为英国的殖民地，直到1958年马来西亚才摆脱殖民统治，1965年新加坡才获得独立，新马新文学正是在这种殖民语境中产生。殖民语境中的马来西亚作家对鲁迅的接受的侧重点并不在于其文学和艺术层面，而在于其政治和思想的层面，尤其是看重鲁迅战士和民族英雄的形象、反帝反殖反封建的精神以及"抗拒为奴"的思想精髓，他们要借鲁迅资源获得精神力量，反抗乃至推倒英国殖民统治，达到民族解放的目的。以新加坡和马来西亚为中心的东南亚国家逐渐形成一个以"抗拒为奴"为中心内涵"东南亚鲁迅"形象，这个形象内涵在"抗拒为奴"的层面和"东亚鲁迅"形成同质叠合关系。

虽然早在1865年台湾就已经正式建省，但在自身的历史发展过程中，却与中国别的省份具有不同的特点，它曾在明末清初被荷兰人统治38年，又在晚清和民国时期被日本占据50年，1949年以后，又与大陆长期分离，迄今未完全统一。自从1895年清政府与日本签订了丧权辱国的《马关条约》之后，一直到1945年日本投降，台湾一直处于日本殖民统治之下，这段时期通常称为日据时期或日治时期。杨逵及其同时代作家正成长和生活于这个时期。日本在台湾进行了残酷的殖民统治，面对日本的高压殖民统治，台湾人也掀起了多次的抗日运动。如杨逵曾数次回忆他生命中一段难忘的经历，即1915年台湾发生的被日军血腥镇压的武装抗日起义，史称"西来庵事件"（又叫"噍吧哖事件"、"余清芳事件"）。杨逵以个人的亲历确认了台湾人民这段

17

---

① 韩山元：《鲁迅与马华新文艺》，[新加坡] 风华出版社1977年版，第1—3页。

惨痛的"集体记忆":

> 我亲眼从我家的门缝里窥看了日军从台南开往噍吧哖的炮车轰隆而过,其后,又亲耳听到我大哥(当年 17 岁)被日军抓去当军伕,替他们搬运军需时的所见所闻。其后,又从父老们听到过日军在噍吧哖、南化、南庄一带所施的惨杀。每谈到"搜索"两个字都叫我生起了鸡皮疙瘩。所谓"搜索"就是戒严吧,站岗的日军每看到人影就开枪,一小队一小队地到每家每户,到山上树林里的草寮、岩窟去搜查,每看到人不是现场杀死,便是用铁丝捆起来;承认参加的则送到牢狱,不承认的便送到大坑边一个个斩首踢下去。①

因为台湾这段被日本殖民统治的历史,台湾就不仅仅是中国一个普通的省,其实它更像一个独立于中国大陆以外的其他地域,它的被殖民和抗殖民的历史、它对奴隶的体验和"抗拒为奴"的诉求就像韩国、马来西亚和新加坡等国家一样,因此,笔者更倾向于在东亚、东南亚的视域中来定义台湾的位置,把它视为和韩国、马来西亚与新加坡一样的独立个体,也正是在更广阔的东亚、东南亚的视域中来展现这段历史,把它作为一个相对独立的族群,或者把它作为半殖民化中国的一个缩影,我们才能更深刻地体验台湾人民被殖民的耻辱历史以及由此带来的时代"伤痛",才能更真切地理解台湾人民反抗殖民统治、反抗奴隶命运的内心渴望和民族诉求。东亚、东南亚视域中的台湾也就是在反抗殖民统治的层面接受鲁迅的,鲁迅"抗拒为奴"思想给予杨逵等作家反抗日本殖民统治的力量和精神资源。

二 杨逵与赖和对鲁迅的接受

杨逵对鲁迅的接受大致通过以下几个途径:首先,通过赖和这一

---

① 杨逵:《台湾文学对抗日运动的影响——十一年前一项文艺座谈会上的书面意见》,《文季》1986 年第 2 卷第 5 期。

"桥梁"以及台湾的新文学运动而接触鲁迅。1928 年左右，居住在彰化的杨逵，因为距离赖和家附近的医院较近，所以就经常到赖和家里，和一群志同道合的文友谈书论文，阅读台湾出版的有关新文学的报刊。杨逵还记得当年的情形，"先生的客厅里有一张长方形的桌子，桌上总是摆着好几种报纸"①。1922 年以后在大陆求学的赖和五弟赖贤颖曾回忆说："当时祖国方面的杂志如《语丝》、《东方》、《小说月报》等，我都买来看，看完就寄回家给赖和，赖和就摆在客厅，供文友们阅读。"② 赖和当时任《台湾民报》汉文栏编辑和《新民报》学艺部客座编辑，赖和崇拜鲁迅，亦被人们誉为"台湾的鲁迅"。台湾新文学开创者的杨云萍曾回忆说，鲁迅的作品"早已被转载在本省的杂志上，他的各种批评、感想之类，没有一篇不为当时的青年所爱读，现在我还记着我们那时的兴奋"③。这里的"本省的杂志"即是《台湾民报》，凭借《台湾民报》的平台，他把鲁迅的许多作品有意识地介绍到台湾，鲁迅成为 1925 年至 1930 年在《台湾民报》出现频率较高的作者之一。杨逵在该时期和赖和交往甚密，共同从事新文学活动，因此，他对赖和编辑的刊物内容应该是不会陌生的，因此，杨逵通过赖和主编的刊物这个渠道来了解鲁迅是可信的。其次，通过增田涉的《鲁迅传》了解鲁迅的生平和精神。1935 年，台湾文艺联盟机关刊物《台湾文艺》分 5 期连载由戴顽铗翻译、增田涉著的《鲁迅传》，而杨逵作为《台湾文艺》的作者和读者，作为一个具有左翼思想和批判意识的作家，对《台湾文艺》刊登的内容特别是具有先进思想的内容应该是会充分关注的。再次，受日本友人入田春彦遗赠的《大鲁迅全集》的影响。这本 1937 年出版的《大鲁迅全集》基本收录了当时已经出版的全部鲁迅作品，是当时最具规模、真正意义上的"鲁迅全集"。杨逵通过对这部《大鲁迅全集》的阅读，系统接受了鲁迅的文学思想和精神资源。最后，受到战后初期台湾传播鲁迅思想热潮的深刻影响。

19

① 杨逵：《忆赖和先生》，原载《台湾文学》1943 年第 3 卷第 2 号，收入《杨逵全集》第 10 卷（诗文卷下），（台南）国立文化资产保存研究中心筹备处 2001 年版，第 87 页。
② 黄武忠：《台湾作家印象记》，（台北）众文图书股份有限公司 1984 年版，第 66 页。
③ 杨云萍：《记念鲁迅》，《台湾文化》1946 年第 2 期。

　　而赖和受到鲁迅的影响，也得到人们的公认。早在 1942 年，台湾作家黄得时就把赖和比为"台湾的鲁迅"，得到了当时文艺界的认可。如今这一提法已经成为广为人知的定评，出现在各种有关文学史的书籍中。林瑞明也说："赖和在日据时代就赢得'台湾的鲁迅'的称号，说明台湾人对赖和、鲁迅都是有所理解的。"① 赖和在"五四"时期就接触到鲁迅的作品，他虽然生活在台湾，但始终密切地关注着大陆的"五四"新文学运动。他通过在厦门行医、大陆亲朋邮寄的相关作品、《台湾民报》文艺栏（1926 年赖和担任主编），以及流播于台湾的各种日文书刊等渠道，了解"五四"动态，阅读"五四"新文学作品，对鲁迅的作品情有独钟。事实上，鲁迅作为"五四"之后传入台湾最杰出的新文学作家，也可能影响台湾日据时期的其他作家，如杨云萍、王诗琅、黄得时、杨守愚、朱点人、钟理和、龙瑛宗、吕赫若等作家，其中在自己的著述中明确提及受到鲁迅影响的作家有张我军、杨云萍、王诗琅、钟理和、黄得时等人。

　　从接受的层面来看，受众对于作家的接受选择可以分成多个层面，诸如思想精神层面、社会人生层面、创作层面、艺术层面、文化层面等。我们现在并不能明晰杨逵与赖和在哪些具体层面接受鲁迅，以及在哪些层面受鲁迅的影响最大。一个作家对受众产生的影响很多时候呈现为一种整体综合交叉的状态，且受众很多时候并不能明确指出在哪些层面受到影响，或虽明确指出在一些层面受到影响，但另外一些对其产生影响的层面他自己也未必能自觉意识到。因此，这就要依据读者的判断，事实上，受众选择何种层面取决于哪种层面是其最迫切的需要。在台湾日据时期，反抗日本殖民者的奴役统治、寻求台湾的解放是时代最迫切的历史使命，同时也是每一个台湾民众个体最强烈的内心渴望，因此，日据时期的台湾作家对鲁迅的接受首先要考虑选择与时代主题和个人需要最契合的层面，鲁迅的"抗拒为奴"的思想自然成为他们首要选择的精神资源，其次才是鲁迅在白话文创作方面的文学资源等其他层面。

20

---

① 林瑞明：《鲁迅与赖和》，中岛利郎编《台湾新文学与鲁迅》，（台北）前卫出版社 2000 年版，第 91 页。

三 "抗拒为奴"的文学创作与自身践履

(一)"被奴役"的血史

杨逵与赖和的小说就是一部活生生的台湾人民被日本殖民者奴役的血史。杨逵的小说,如《送报夫》、《模范村》、《蕃仔鸡》、《鹅妈妈出嫁》、《难产》、《灵谶》、《死》、《泥娃娃》等作品,从不同角度生动再现了台湾底层人民被殖民、被奴役的苦难经历:《无医村》中的穷苦农民不幸得了瘟病,无钱治疗只能等死;《模范村》中的农民辛勤终年,却不得温饱,有的只好一死了之;《难产》中的大群儿童因营养不良而眼球腐烂;《灵谶》中的林劝夫妻辛勤劳作,却不够温饱,无法养活孩子,三个孩子陆续死亡;《模范村》中的憨金福因为交不起日本殖民者强制要求缴纳的维修门户和道路的钱而自杀;《送报夫》中,日本殖民者的"××蔗糖公司"强征土地,造成广大台湾农民流离失所,家破人亡,"跳到村子旁边的池子里被淹死的有八个,像阿添叔,是带了阿添婶和三个小儿子一道跳下去淹死了",杨君的母亲则是"在×月×日黎明的时候吊死了",杨君的父亲因不愿把土地贱卖给日本制糖会社,则被殖民者定了莫须有的"阴谋首领"的罪名,将之毒打一顿,卧床50日后,含恨死亡,而土地还是被制糖会社以低廉的价格强行征收。赖和的小说同样也书写了一段惨烈的台湾人民的"被奴役"的历史,展现台湾人民在日本殖民者统治下政治、经济、文化等多方面所受到的压迫。《一杆"秤仔"》中,"勤俭、耐苦、平和、顺从的农民"秦得参,失去了耕地后借钱借秤去做卖菜的生意,以勉强维持生计,然而遭到一位日本巡警的恶意勒索和刁难,秤杆被巡警"打断掷弃",年关之际,还以"违反度量衡规则"之罪被判监禁三日。《丰收》写的是台湾版"丰收成灾"的故事。勤劳安分的蔗农添福,辛勤劳作,获得甘蔗的大丰收,期望用卖掉甘蔗的钱给儿子娶媳妇。但遭到殖民者的日本制糖会社的盘剥与欺诈,将添福50万斤甘蔗克扣成30余万斤,致使添福卖蔗所得的钱款在还掉肥料和种苗等的开支后,已经所剩无几了,为儿子娶媳妇的美梦也破灭了。新

21

诗《流离曲》中，一场水灾，使农民失去土地，为了生存，无奈卖儿鬻女，拼命劳作，终于把水灾冲击下的荒滩垦为良田，然秋收之际，当局竟以"无断（擅自）开垦"为由，将田地没收，批售给日本官员，致使农民流离失所，无以为生。黄立雄曾经系统分析了赖和文学作品里的抗日意识，他将赖和文学作品里的抗日意识分为五大点，即批评殖民政府宏观性的经济、农业政策；批评殖民政府农业压榨政策；批评殖民政府的糖业政策；批评殖民政府的民族差别待遇；批评殖民政府的警察制度。[①]

（二）"抗拒为奴"的心史

哪里有压迫，哪里就有反抗。杨逵与赖和的小说描绘了一幅幅台湾人民反抗日本殖民统治的生动画面，再现了台湾人民"抗拒为奴"的内心渴望和民族诉求。值得注意的是，这种反对日本殖民者的行为往往又与反对台湾本地地主连为一体，反帝反封建在杨逵的小说中很多时候表现为合二为一。日据时期的台湾，在严格的文艺审查制度之下，杨逵的小说直接表现台湾底层民众的反抗被奴役的命运的同时，更多的是通过隐喻、暗示、象征、谐音以及小说光明式的结尾等曲笔的方式来表现反抗意识。《送报夫》中，杨君的父亲宁愿忍受日本殖民者的毒打，至死也不向其屈服，显示出一个台湾农民的铮铮铁骨。《自由劳动者的生活面》中的主人公金子君鼓励受剥削的贫穷劳动者团结起来，共同与资本家进行斗争，要求合理的薪资。在《春光关不住》中，那一棵被水泥块压在下面的玫瑰，"被压得密密的，竟从小小的缝间抽出一些芽，还长出一个拇指大的花苞"，它"象征着在日本军阀铁蹄下的台湾人民的心"。而在日本宣布投降之际，林建文收到他姐姐的来信，信中写道："你寄来的那枝玫瑰花，种在黄花缸上，长得很茂盛。""黄花缸"是"黄花岗"的谐音，象征着不屈的正义的革命力量，从而给读者一股振奋人心的力量。在《泥娃娃》中，"泥娃娃"象征日本殖民军事侵略，而小说结尾写道："一场雷雨交加的

---

① 黄立雄：《赖和文学作品里的抗日意识研究》，玄奘大学中国语文研究所，硕士学位论文，2006 年。

倾盆大雨，把孩子的泥娃娃们打成一堆烂泥……"这个结尾无疑含有深刻的寓意。《萌芽》中，侵袭"洋牡丹"的"夜盗虫"喻指日本侵略者，而"洋牡丹"则隐喻着在日本殖民者暴力统治下的台湾人民顽强的生命力和不挠的反抗精神，小说通过"萌芽"这个意象隐喻革命运动，暗喻只要坚定革命信念，保留革命火种，那么革命就像"洋牡丹"一样，不论是暴风雨的袭击还是"夜盗虫"的侵害，都无法阻挡其"萌芽"生长。杨逵即使在最艰难的时代，也能设法通过曲笔的方式表现出对未来的希望和胜利的信念。陈芳明说："在杨逵的作品中，从来找不到任何的'败北感'。那种持续不懈的抵抗，等于大大发挥赖和曾经具备的战斗意志。"① 另外，杨逵小说的结尾有一个共同特征："他往往能从黑暗的最底层为主角找到光明的希望。小说家会透过结尾事件的选择，表现他的主题。本论文研究范围内的二十五篇小说中……其中十五篇有光明的结局。"② 另外，杨逵的小说还塑造了一些觉醒的知识分子形象，如《送报佚》中的"杨君"，《模范村》中的"阮新民"，《鹅妈妈出嫁》中的"林文钦"和"花农"，《春光关不住》中的"数学老师"，《萌芽》里"狱中的丈夫"，等等。这些知识分子多具有崇高的理想，忧国忧民的情怀，疾恶如仇的品格，同情下层民众的人道主义思想，他们是小说中的灵魂人物。"在台湾文学史上我们很少能看到像杨逵这样，将知识分子置于如此重要的地位，我们能够推测，在杨逵看来，知识分子的觉醒就是社会光明的希望，知识分子的力量就是社会改革的动力，知识分子坚定的信念、威武不屈的抗议精神，正是使社会合理化、公平化的精神支柱，征诸台湾历史，尽管台湾知识分子的抗议行动，最后仍将被日本帝国主义的警察力量所压制，但在台湾的文化启蒙运动上，社会、政治的改革上，确有其光荣的成绩，杨逵替那个时代的知识分子做了最好的见证。"③

赖和的小说同样生动表现了殖民统治下的台湾人民"抗拒为奴"的

23

---

① 吴素芬：《杨逵及其小说作品研究》，台南大学，硕士学位论文，2005年。
② 同上书，第59页。
③ 林载爵：《台湾文学的两种精神》，《中外文学》1973年第12期；杨素娟主编：《压不扁的玫瑰花——杨逵的人与作品》，（台北）辉煌出版社1976年版，第94页。

内心渴望和民族诉求。《阿四》中的阿四，是一个由医校毕业的知识分子，对日本的殖民统治政策深感不满，因此辞职，成立抗日文化协会，从事启蒙民众的反抗运动。《丰作》中的蔗农们由于日本殖民者的恶意盘剥，丰收成灾，涌向日本制糖会社事务室，大胆与日本殖民者交涉采蔗规则。《善讼人的故事》中，财主志舍霸占山林，压榨百姓，使当地的穷人处于"生人无路，死人无土，牧羊无埔，耕牛无草"的困境，财主的账房林先生痛恨地主行为，为民请命，宁死不屈，控告志舍强占山地，因志舍的买通官府而遭监禁，被勇敢地打入衙门的群众救出来，又渡海到省城福州上告，终于在百姓的帮助下打赢了官司，解除了百姓的困苦。《善讼人的故事》取材于台湾民间传说，其故事发生在日据前的清代，但赖和在日本殖民统治时期把它改编成小说，别有深意。林先生这一形象，表现了台湾人民反抗强权的勇气、智慧和精神力量，他为民请命、疾恶如仇、爱憎分明的立场，永不妥协、不怕牺牲、"抗拒为奴"的顽强斗志，紧紧依靠群众的斗争路线，正是殖民地台湾人民所需要的最宝贵的品格和精神力量。"抗拒为奴"的反抗意识也体现在赖和的诗歌创作中，《南国哀歌》歌颂"雾社事件"中抗暴起义、英勇奋战的同胞们；《觉悟下的牺牲》感佩在彰化二林地区揭竿起义的蔗农们；《低气压的山顶——八卦山》纪念在彰化保卫战中为抵抗日军牺牲的烈士们。

（三）杨逵与赖和"抗拒为奴"的自身践履

杨逵作为一个日本殖民统治下的台湾人，他本人的一些行为和社会活动也表现出了自觉的"抗拒为奴"意识。首先，杨逵将日本殖民者统治下的台湾人民被奴役的苦难生活用作品展现出来，本身就是一种无声的反抗和斗争，潜在地表达了"抗拒为奴"的立场。其次，杨逵在日本军发动"七七事变"之际，开辟垦殖首阳农场，并在《首阳园杂记》中，引东方朔《嗟伯夷》之诗句"穷隐处兮，窟穴自藏。兴其虽佞而得志，不若从孤竹于首阳"，以伯夷、叔齐耻食周粟，隐居首阳山，不与世俗同流合污自比，鲜明地表达了对日本殖民者的"抵抗"意识。最后，在日本殖民统治期间，杨逵数次参加进步革命活动，被捕入狱十余次。杨逵与其夫人叶陶参加领导台湾各地的农民运动，发动农民群众，为维护争取农民的利益而和日本殖民者进行不懈斗争，反对日本人的殖民掠夺行径，杨逵也连续多次被日本警察逮捕入狱，梅山农民大会通过了一篇抗议文，由杨逵执笔，并把它寄给日本总理大臣和台湾总督府，杨逵因此被捕。台南高等法院开庭审判，法官宣读抗议文，竟把抗议文中的"日本政府是土匪"也念出，引起满堂听众的阵阵掌声，令日本法官尴尬不已，"杨逵因为参加社会运动而被捕，竟然达到十次之多，这在台湾文坛乃至台湾历史上，也算得上'坐牢之最'"①。赖和也自觉进行"抗拒为奴"的自身践履。第一，借助各种文化组织，参加到反抗日本殖民者的斗争中去，他因此也和杨逵一样，数度入狱。第二，借助各种文化载体，在文化战线上进行反殖民的斗争。赖和曾经主持《台湾民报》文艺栏，参加《台湾新民报》文艺栏以及《台湾新文学》、《南音》等文艺杂志的编辑，一方面建设台湾新文学，另一方面团结一批台湾新文学作家，利用文学创作，来从事反殖民的斗争。第三，日本殖民者强制推行日语同化教育，强制灌输日本语，强制台湾人用日语写作，剥夺台湾人民的母语，赖和等有识之士深感丧失母语的危机，始终坚持用汉语白话文写作，宁可先用文言草就，然后改为白话，也绝不肯用日文写作，坚守住民族文化的最后一块阵地。除了赖和之外，台湾新文学作家如杨云萍、杨守愚、杨华、朱点人、吴浊流、张深切、吕赫如等人也坚持相同的汉语写作立场。另外，赖和一生永远只穿中国服装，从来不穿日本服装，从这个细节也可以看出他对日本文化的抗拒。赖和支持台湾民间文学的搜集整理，他认为本土的民间文化是抵抗殖民文化、保存汉民族文化内质的一种方式。

25

四 "众"与"个"："抗拒为奴"的两个层面

鲁迅的"抗拒为奴"是以"个的自觉"、"个"的思想为基础的。鲁迅的个人主义早在其日本留学时期就已形成，其核心思想主要体现

---

① 樊洛平：《冰山底下绽放的玫瑰：杨逵和他的文学世界》，作家出版社2006年版，第37页。

在《文化偏至论》中。从思想渊源上来说，鲁迅的个性主义受到尼采、施蒂纳和克尔凯郭尔的影响。从个人和群体的关系上来说，鲁迅更重视"个"，个人不是或不仅仅是群体的一分子，而被视为自觉的"个人的存在"，按照日本伊藤虎丸的话来说："个对于全体（如部族、党派、阶级、国家等）不是部分的关系。"也就是说，个人的价值不依赖于群体，具有独立于群体之外的根本意义，伊藤虎丸认为，"个"的思想代表西方近代文化的"根底"，而鲁迅对"个"的接受和理解是抓住了西方文化的"根底"①。"立人"和"立国"是鲁迅的两大目标，但在鲁迅看来，"立人"是本，"人"是终极目的与价值，主张"立国"必先"立人"，"立人"是"立国"的逻辑起点与基础。鲁迅终其一生都在不懈反抗一切对人的个体精神自由的压制，来自一切方面、一切形式的奴役现象，特别是精神奴役现象，都在鲁迅的反对之列。他的底线就是"不能当奴隶"。鲁迅主张人的精神必须从奴性人格中彻底解放出来，"尊个性而张精神"，追求人的自由、独立与平等，产生个性的自觉，最后达到"致人性之全"的终极目的。从上述命题来说，鲁迅的"抗拒为奴"首先强调的是"个"与"己"，然后才是"众"和"类"，前者是后者的基础，因此，鲁迅的"抗拒为奴"体现为两个层面，其一是"个体"层面的"抗拒为奴"，其二是"国家民族"层面的"抗拒为奴"。前者体现了"个的自觉"，后者体现了"民族的自觉"。杨逵的小说由于特殊的时代和个人原因，其"抗拒为奴"的诉求更多地体现在"国家民族"的层面，更多地出于一种民族救亡的需要，杨逵（包括绝大部分台湾日据时期作家）实际是以"代言人"的身份，通过小说等文学形式，表达了日本殖民统治下全体台湾人民的"抗拒为奴"的决心和民族诉求，渴望摆脱日本殖民者的奴役和统治，不能成为日本人的奴隶，寻求台湾的独立、尊严和富强，体现了一种作为与"个"对立的"众"的性质的"民族的觉醒意识"。杨逵的小说创作基本是在这个层面上与鲁迅的"抗拒为奴"的思想产生契合的。

① 伊藤虎丸：《鲁迅与日本人》，李冬木译，河北教育出版社2011年版，第12页。

　　从"个的自觉"这个角度来说，赖和的小说表现较为明显，或者说赖和在创作时，尚有这个主观自觉的创作意识，这一点有别于杨逵，杨逵的小说主要表现"救亡"主题，而赖和的小说虽然也侧重表现"救亡"主题，但显然对"启蒙"主题有所重视。赖和的小说受到鲁迅的"改造国民性"的启蒙主义思想的影响，部分小说揭示台湾下层人民精神上的病态和国民劣根性，旨在"把还在沉迷的民众叫醒起来"①，像鲁迅一样，"揭示病苦，以引起疗救的注意"。小说《惹事》中的热血青年"我"面对恶意欺凌寡妇的事件，决定伸张正义为她打抱不平，他努力奔走游说，呼吁群众抵制甲长会议的召开，群众表面上都赞成这个主张，并对查大人的恶劣行径愤愤不平，但是到甲长会议召开的那天，群众却因为害怕查大人和官府，都来参加会议了，"我"感到"已被众人所遗弃，被众人所不信，被众人所嘲弄"，小说批判了中国农民根深蒂固的"怕官"的心理，暴露了其对权力的畏惧、骨子里的奴性、明哲保身、逆来顺受与冷漠的劣根性，没有"人"的意识的觉醒。同样的情况体现在《丰收》中，《丰作》中的蔗农添福由于日本制糖会社的巧取豪夺、盘剥欺诈，丰收成灾，其他同样受损害的蔗农们能大胆和公社交涉斗争，但添福却不敢参加，"他恐怕因这层事，叛逆公社，得奖励金的资格会取消去"。虽然这场斗争与自己的切身利益有关，但添福始终对之采取旁观的态度，作者对添福的态度是"哀其不幸，怒其不争"，一方面同情他们的不幸遭遇，另一方面也批判了他们懦弱卑怯的性格和被奴役的生存状态。《斗闹热》通过一场街镇之间费钱费力的、"无意义的竞争"斗闹热，揭示民众麻木和愚昧的精神状态。他在一篇随笔中直接对台湾人的国民性进行批判："我们岛人，真有一个被评定的共通性，受到强横者的凌虐，总不忍摒弃这弱小的生命，正正堂堂，和它对抗，所谓文人者，藉了文字，发表一点牢骚，就已满足，一般的人士，不能借文字来泄愤，只在暗地里咒诅，也就舒畅。天大的怨愤，海样的冤恨，是这样

27

---

①　赖和：《赖和全集》第 2 卷，（台北）前卫出版社 2000 年版，第 255 页。

容易消亡。"① 这句话其实一针见血地点出了台湾人（中国人）国民性中的"瞒"和"骗"、卑怯、苟且、健忘等劣根性，所谓的"只在暗地里咒诅，也就舒畅"与阿Q受欺负时所采用的"腹诽"方式并无二辙。鲁迅曾经也描述过类似的国民性："我觉得中国人所蕴蓄的怨愤已经够多了，自然是受强者的蹂躏所致的。但他们却不很向强者反抗，而反在弱者身上发泄，兵和匪不相争，无枪的百姓却并受兵匪之苦，就是最近便的证据。再露骨地说，怕还可以证明这些人的卑怯。卑怯的人，即使有万丈的愤火，除弱草以外，又能烧掉甚么呢？"② 在小说《辱?!》中，赖和批判了类似的劣根性，他描画了出现在台湾社会中的一种心理现象："在这时代，每个人都感觉着一种说不出来的悲哀，被压缩似的苦痛，不明了的不平，没有对象的怨恨，空漠的憎恶；不断地在希望这悲哀会消释，会解除，不平会平复，怨恨会报复，憎恶会减亡。但是每个人都觉得自己没有这样的力量，只茫然地在期待奇迹的显现，就是期望超人的出世，来替他们做那所愿望而做不出的事情。这在每个人也都晓得是事所必无，可是也禁不绝心里不这样想。"③ 赖和把这种心理表现称为"殖民地性格"，其中体现了不敢面对现实、求诸内、耽于空想、软弱、自欺的心理特征和精神症候。

赖和的文学表面上呈现出救亡和启蒙的双部声调，虽然在赖和看来，在缺乏现代性的台湾，启蒙也是一个重要问题，但赖和（包括其他台湾日据时期作家）所面临的首要问题是殖民地解放的问题，这是他的存在之本，也是他的文学的出发点和重心，所谓"救亡压倒启蒙"，"救亡"无可选择地成为赖和与他的时代的最重大的主题，启蒙主题则自然退为副部音调，赖和的文学也不例外。④ 李泽厚认为，中国现代文学的总主题便是"启蒙与救亡"主题的双重变奏，"五四"时期则是启蒙主题占据主导地位，直到1937年，启蒙主题因为抗日战

① 赖和：《赖和全集》第2卷，（台北）前卫出版社2000年版，第260—261页。
② 鲁迅：《杂忆》，《鲁迅全集》第1卷，人民文学出版社2005年版，第238页。
③ 赖和：《赖和全集》第1卷，（台北）前卫出版社2000年版，第129页。
④ 徐纪阳、刘建华：《殖民"现代性"悖论：——赖和文化选择的两难境地》，《汕头大学学报》（人文社会科学版）2009年第6期。

争的遽然来临而让位于救亡主题,退居幕后。但那时鲁迅已经去世,所以对于鲁迅来说,他没有像赖和那样深刻的殖民统治体验,鲁迅一生对封建文化的体验也许更为深刻,所以反封建和启蒙主义自然成为他文学创作的基点和核心。

台湾"戒严"时期和大陆"毛泽东时代"
两岸的"鲁迅书写"比较

——以新文学史著作为中心

台湾国民党"戒严"时期，产生了多部中国新文学史（文学专题史）著作，这些史著有尹雪曼（主编）的《五四时代的小说作家和作品》和《中华民国文学史》、刘心皇的《现代中国文学史话》、周锦的《中国新文学简史》、周丽丽的《中国现代散文的发展》、舒兰的《五四时代的新诗作家和作品》、陈敬之的《中国文学的由"旧"到"新"》和《三十年代文坛与左翼作家联盟》、李牧的《三十年代文艺论》、赵聪的《五四文坛泥爪》等。与此同时，大陆"毛泽东时代"也产生了多部中国新文学史著作，如王瑶的《中国新文学史稿》、丁易的《中国现代文学史略》、刘绶松的《中国新文学史初稿》、蔡仪的《中国新文学史讲话》、张毕来的《新文学史纲》（第一卷）等。① 以上这些史著都不同程度地涉及对鲁迅的评价。本文拟从比较的角度对

---

① 尹雪曼：《五四时代的小说作家和作品》，（台北）成文出版社有限公司1980年版；尹雪曼：《中华民国文学史》，（台北）正中书局1975年版；刘心皇：《现代中国文学史话》，（台北）正中书局1971年版；周锦：《中国新文学简史》，（台北）成文出版社有限公司1980年版；周丽丽：《中国现代散文的发展》，（台北）成文出版社有限公司1980年版；舒兰：《五四时代的新诗作家和作品》，（台北）成文出版社有限公司1980年版；陈敬之：《中国文学的由"旧"到"新"》，（台北）成文出版社有限公司1980年版；陈敬之：《三十年代文坛与左翼作家联盟》，（台北）成文出版社有限公司1980年版；李牧：《三十年代文艺论》，（台北）时报文化出版事业有限公司1980年版；赵聪：《五四文坛泥爪》，（台北）时报文化出版事业有限公司1980年版；王瑶：《中国新文学史稿》（上册），上海开明书店1951年版；王瑶：《中国新文学史稿》（下册），新文艺出版社1954年版；丁易：《中国现代文学史略》，作家出版社1955年版；刘绶松：《中国新文学史初稿》，作家出版社1956年版；蔡仪：《中国新文学史讲话》，新文艺出版社1954年版；张毕来：《新文学史纲》第一卷，作家出版社1955年版。

上述史著中"鲁迅书写"进行微观研究，并从学理层面予以辩证性评判，以深化对这两个特定时期鲁迅研究基本特征的理解，并初步探及这一接受现象形成的直接原因。

一 "丑化"中的局部疏离和"神化"中的集体合唱

台湾国民党"戒严"时期，鲁迅作品被列入官方规定的禁书，人们没有阅读鲁迅作品的自由，部分人则通过"地下渠道"来阅读。总体上来说，该时期的鲁迅接受直接受到意识形态的影响，甚至沦为"反共"的工具。为了配合国民党的政治需要，一些人将鲁迅"矮化"、"丑化"、"妖魔化"为"千古罪人"、"文艺骗子"、"阴谋家"、"文学界的妖孽"等形象。"反鲁"代表人物苏雪林对鲁迅的辱骂更达到登峰造极的程度，骂鲁迅为"青皮"、"火老鸦"、"剽悍的狗"、"暴君"、"一苞粪土"、"流氓首领"、"玷辱士林之衣冠败类，二十四史儒林传所无之奸恶小人"[1] ……以上这种"丑化"和"妖魔化"倾向在台湾文学史家的著作中也有局部存在的痕迹，如陈敬之认为鲁迅是"共党'文特'和'左派仁兄'们的横眉竖目、其恶无比的帮凶"，用"睚眦必报"、"泼妇骂街"、"浅薄无聊"、"信口雌黄"等之类的词语来形容鲁迅。[2] 周丽丽认为鲁迅杂文"恶毒到了极点"，"完全不择手段"，"制造是非，颠倒黑白"[3]。但这种"丑化"和"妖魔化"倾向并不具有普遍性，占半数左右的文学史家尚能站在史家的公正立场，本着实事求是的态度，对鲁迅总体评价并不算低，特别是在作品分析上，能依据事实说话，具有明显的学理性，表现出对台湾"戒严"时期"丑化"鲁迅思潮一定程度的疏离。这种疏离行为无论是自觉的还是不自觉的，在当时全民"反鲁"的非理性狂热思潮下，他们能保持这点清醒的头脑，没有随波逐流，对鲁迅没有一棒子打死，而能作出辩证性评价，对此点应给予适当肯定。赵聪认为鲁迅是新文学

31

---

① 苏雪林：《我论鲁迅》，（台北）传记文学出版社 1979 年版，第 54 页。

② 陈敬之：《"新月"及其重要作家》，（台北）成文出版社有限公司 1980 年版，第 16—18 页。

③ 周丽丽：《中国现代散文的发展》，（台北）成文出版社有限公司 1980 年版，第 77 页。

史上"最重要的人物"之一,"值得大书特书"①,并认为"在新文学运动中,鲁迅有三条创造性的成就:一是短篇小说的奠基,二是杂文风格的形成,三是中国小说史的研究,这三项,在鲁迅以前从未出现过"②。刘心皇认为:"(鲁迅)在《新青年》时代是个健将,是个大将……最重要的是他写了许多短篇小说。……他们兄弟的作品,在社会上成为一个力量。"③鲁迅"与近代中国文坛关系很大,他为中国文艺创造了一种特殊的风格"④。周锦认为在中国新文学史上,鲁迅是一个"有大成就"的作家。⑤台湾"戒严"时期其他文学史著中对鲁迅没有作出明确的整体评价,但大部分对鲁迅的小说集《呐喊》和《彷徨》,特别是对其中的《阿 Q 正传》与《狂人日记》,以及散文(诗)集《朝花夕拾》和《野草》皆作出较高评价,由此可以间接看出文学史家对鲁迅的基本价值判断,因为鲁迅之为鲁迅,主要还是依靠他的作品说话,对鲁迅主要作品的肯定实际上意味着对鲁迅的基本评价。

在大陆,毛泽东的"鲁迅论"把鲁迅定格为"伟大的思想家、文学家和革命家",确立了鲁迅的神格地位,毛泽东的"鲁迅论"为"毛泽东时代"的鲁迅研究确立了基本的方向和内容,也为同时代文学史中的"鲁迅书写"确立了根本基调,在政治权力的控制下,任何逸出毛泽东定调之外的研究和阐释,都可能遭到批判。该时期的文学史中有关鲁迅的总体评价和历史定位就是在毛泽东"鲁迅论"的基本框范内进行的,无条件地认同毛泽东对鲁迅的整体评价,形成完全一致的价值判断趋向。如王瑶史著的绪论、刘绶松史著的鲁迅专章就明确引用毛泽东的《新民主主义论》中的"鲁迅论",表达对鲁迅的基本评价。另外,文学史家对鲁迅还有一种"无声"的价值评判和定位,即可以从史著目录内容安排上判断出作者对鲁迅

32

---

① 赵聪:《五四文坛泥爪》,(台北)时报文化出版事业有限公司 1980 年版,第 140 页。

② 同上书,第 89 页。

③ 刘心皇:《现代中国文学史话》,(台北)正中书局 1971 年版,第 222 页。

④ 同上书,第 223 页。

⑤ 周锦:《中国新文学简史》,(台北)成文出版社有限公司 1980 年版,第 88 页。

文学史地位的确认。如丁易的史著,从全书的构架和目录安排就可看出鲁迅在整本文学史中的分量,全书十二章内容,其中鲁迅占据了两个专章,专章的标题为"中华民族新文化的旗手共产主义者",除了这两章外,全书的其他大部分章节也提及鲁迅,给读者的感觉是鲁迅的影响无处不在,其他作家都是在烘托鲁迅的伟大形象。史著第一章是全书的总领,标题为"五四运动与中国现代文学革命运动的兴起、发展和斗争以及鲁迅的贡献",凸显鲁迅在五四新文学革命中的领导地位,淡化陈独秀与胡适在五四新文化运动中主将的地位。刘绶松的史著中,全书共十八章,鲁迅占三章。王瑶史著则把新文学第二个十年(1927—1937)的文学简化为左翼十年的文学,又把这十年文学称为"鲁迅领导的方向"。但始料不及的是,王瑶史著中这句"鲁迅领导的方向",竟很快遭到批判,批评者认为王瑶"是别有用意的,在唯心史观的王瑶看来,鲁迅是驾于党之上领导着左联的","绝不是鲁迅首创和领导了左联,而党只居于一旁'支持'的地位……王瑶笔下的所谓'鲁迅领导的方向',它的唯心史观的反动实质是十分明显的"①。

大体而言,台湾"戒严"时期的文学史家对鲁迅既存在非理性的"丑化"和"妖魔化"评价倾向,也有相对客观公正的整体评价。而大陆地区文学史家对鲁迅的总体评价则呈现出划一的"神化"倾向,他们对鲁迅的有关论述其实就是毛泽东"鲁迅论"的注释,在毛泽东"鲁迅论"所允许的范围内进行着千人一面的重复性阐述,共同加入到时代性的"神化鲁迅"的集体大合唱中去,从事着虔诚不二的"文学造神"工程。这种研究"模式"的弊端无疑是明显的:研究者把鲁迅当成神像,当成不能质疑不能扬弃只能全盘接受的文化法则和思想规范,事实上,鲁迅就不是真正的研究对象,而是一个高高在上的崇拜对象,鲁迅研究就变成对鲁迅思想和作品单向度的注释和赞歌,丧失了与鲁迅的对话能力和提出质疑反思的能力。从这个层面

33

---

① 中国人民大学现代文学教研室:《王瑶〈中国新文学史稿〉批判》,人民文学出版社1958年版,第7、9页。

上来说，它甚至不比台湾"戒严"时期部分文学史家的鲁迅研究（丑化者除外），因为后者并没有失去与鲁迅对话的能力，并没有"神化"鲁迅。

二 小说散文（诗）观：整体肯定倾向下的多元化阐释和一元化阐释

台湾"戒严"时期和大陆"毛泽东时代"的文学史家对于鲁迅小说和散文（诗）都持正面的肯定态度（大陆是完全肯定，台湾是基本或绝大多数肯定）。但大陆文学史家对于鲁迅小说散文（诗）的阐释却必须框范在毛泽东"鲁迅论"的定调之内，亦即以毛泽东评价鲁迅的标准为标准来阐释鲁迅的小说散文（诗），形成高度一元化的阐释模式，对于鲁迅那些具有丰富内涵和审美意蕴的小说散文（诗），倾向于从"战斗性"、"反封建"等功利化的维度来给予意蕴阐释和价值定位，注重思想性分析，相对轻视艺术性和审美价值的阐释。而台湾"戒严"时期文学史家对于鲁迅的小说散文（诗），亦有局部的批评或否定，但整体而言，是以肯定为主要趋向。在这种整体肯定倾向的标准下，因为他们没有大陆地区毛泽东"鲁迅论"那样的框范和制约，因此其对鲁迅的阐释呈现出多元化的趋向，既重视思想意蕴的开掘，亦关注艺术技巧的发现和审美价值的确认，从多个角度来对鲁迅的小说作出综合性剖析，而不像大陆那样过于强调作品的思想性。

具体而言，大陆地区的文学史，主要以"战斗性"、"革命性"和"反封建"为关键词来阐释鲁迅的小说和散文（诗）。首先，看对鲁迅小说的评价。王瑶认为，"鲁迅从他的（小说）创作开始起，就是以战斗姿态出现的"，《呐喊》"充满了反封建的战斗热情"，《彷徨》"集中在反封建和讽刺着古老的灰色的人生，而且同样表现出反抗的要求"①。

---

① 王瑶：《中国新文学史稿》（上册），上海开明书店1951年版，第87页。

丁易认为鲁迅的前期创作"每一篇都具有高度的思想性和战斗性"①，而《故事新编》的价值在于其"极强烈的现实的战斗意义"②。刘绶松史著中小说部分的章节标题为"战斗的武器之二——小说"，而散文、散文诗部分的标题为"战斗的武器之三——散文诗、散文"，事实上，该著正是以"战斗"为关键词来阐释鲁迅的小说、散文和散文诗的内涵。如《伤逝》主题是"告诉了我们，如果要获得真正的自由恋爱的幸福，除了用剧烈的集体的战斗推翻中国的统治秩序，就再没有第二条道路可走的这一个颠扑不破的真理"③。关于《离婚》，"从爱姑身上，我们到底是看见中国农村妇女新的一代反抗的萌芽了。只有出现了这种新型的勇敢的女性，而且有了工人阶级和他的先锋队——中国共产党的领导，整个推翻旧的统治力量和秩序，中国的祥林嫂们，子君们和爱姑们才有可能免于灾难和死亡，中国的妇女才有可能得到彻底的自由和解放"④。其次，看对鲁迅散文（诗）的评价。王瑶认为《野草》"是诗的结晶，在悲凉之感中仍透露着坚韧的战斗性"⑤，而在具体论述时仅仅列举《野草》英文译本中的一段话和《这样的战士》一文的相关内容，其他则没有提及；认为《朝花夕拾》"仍有现实的意义"⑥；就是《两地书》，"可以看出鲁迅是怎样地帮助青年和怎样持正不阿地战斗"⑦。刘绶松史著的散文和散文诗部分的标题为"战斗的武器之三——散文诗、散文"，对于鲁迅的散文诗《野草》，史著重点介绍了表现鲁迅"顽强不屈的战斗意志"的《过客》、《这样的战士》、《淡淡的血痕》三篇文章。而对于其他各篇则没有展开论述，只笼统带过；并认为《朝花夕拾》"闪烁着反封建的锋芒……它仍然'是匕首、是投枪，能和读者一同杀出一条生存的血路的东西'"，在《朝花夕拾》里，"我们仍然可以看得见鲁迅一贯的战斗的

35

---

① 丁易：《中国现代文学史略》，作家出版社1955年版，第187页。

② 同上书，第194页。

③ 刘绶松：《中国新文学史初稿》，作家出版社1956年版，第115页。

④ 同上书，第117页。

⑤ 王瑶：《中国新文学史稿》（上册），上海开明书店1951年版，第124页。

⑥ 同上书，第125页。

⑦ 同上。

意气和精神"①。

"毛泽东时代"文学史家这种阐释模式的弊端在于：其一，造成了对鲁迅那些"战斗性"不明显的作品的有意回避和忽略，如王瑶在论及《野草》时，只举表现"战斗性"内涵的《这样的战士》，而对表现鲁迅内心矛盾、彷徨、绝望乃至虚无情绪的篇章，诸如《希望》、《墓碣文》、《影的告别》、《复仇》（其二）等篇则避而不谈，而这些散文诗其实是《野草》思想内涵的重要组成部分。其二，把一些具有丰富多维内涵的作品褊狭化地甚至牵强地阐释出"战斗性"内涵，如以上所说的刘绶松从"战斗性"的角度来理解《伤逝》和《离婚》等小说。其三，总体而言，单一的、功利化的、意识形态化的阐释趋向，限制或扼杀了对鲁迅作品进行多元开放性阐释的可能性。事实上，无论是《呐喊》、《彷徨》，还是《野草》，其内涵从来就不是单一的，它们都是独特的"大综合文本"，具有社会的、现实的、政治的、文学的、艺术的、历史的、文化的、哲学的、心理学的、人类学的、宗教学的、民俗学的等多个维度的内涵。

而在台湾文学史家那里，相对于鲁迅其他体裁的创作，其对鲁迅小说评价相对较高，虽夹杂有局部的批评或"不实"的评价，但总体上还是以肯定评价的主要趋向。首先看对鲁迅小说的评价。周锦从开创性角度来评价鲁迅小说，认为"鲁迅，是新文学运动后，创作新小说的第一人"，《呐喊》"是研究中国'新文学'史的重要资料"，"打开局面的先锋精神是不容忽视的。……就这些小说，已经完全奠定了他在中国新文坛的地位"②。尹雪曼从小说的启蒙主义、现实主义、乡土性和峭拔简洁的语言等艺术特色方面来肯定鲁迅的小说，指出其"揭出疾苦，引起疗救的注意"，"暴露旧社会的罪恶，反映民间的疾苦"③的特色与优点，激赏其如下的艺术特征：乡土特色；笔锋犀利、文字深刻；文字峭拔有力，但又简洁；能在中国旧文学的基

① 刘绶松：《中国新文学史初稿》，作家出版社1956年版，第125页。

② 周锦：《中国新文学简史》，（台北）成文出版社有限公司1980年版，第86—88页。

③ 尹雪曼：《五四时代的小说作家和作品》，（台北）成文出版社有限公司1980年版，第64页。

础上创新。① 陈敬之从中国文学由"旧"到"新"发展链条上来确认鲁迅小说的价值，肯定他"吸收了西洋小说的体式和技巧而为中国短篇小说的奠基人"②，并对鲁迅小说呈现出的丰富艺术造诣称赞不已："（他对人物）惟妙惟肖的刻画着，他从不用繁复的铺叙，也没有很长的对话，而只是以精炼的手笔，含蓄的讽刺，构成他特殊的作风。"③

台湾文学史家对于《阿Q正传》和《狂人日记》最为关注，评价最高。刘心皇高度评价《狂人日记》，认为"找不出同样成功的第二篇创作小说"④，赞赏其"笔法锋利与深刻"⑤。周锦赞赏《狂人日记》"以讽刺的犀利笔触，刻画出那个社会的现象"，"并表现了改造社会的伟大抱负"；认为"《阿Q正传》是一篇非常成功的作品"⑥。尹雪曼对于《狂人日记》的文本细读充满了意识形态的色彩，但肯定了其"开创的功劳"，认为"在民国七年的时候，新小说还没有可以参考的形象，《狂人日记》所表现的不论题材、风格、思想，却都是崭新的面目，特别是在形式上"⑦；称赞《阿Q正传》"是中国现代小说中享有国际盛誉的作品之一"，"为读者在阿Q身上发现中华民族的病态，在当时或有针砭时弊的作用"⑧；尹雪曼同时总结了阿Q的卑怯性、精神胜利法、投机性、夸大性等性格特点。陈敬之亦赞《阿Q正传》"是他（鲁迅）的具有代表性和精心结构之作"⑨；在艺术上，则是"中外人士目为一篇最成功的作品"⑩。如果说，台湾文学史家对鲁迅

① 尹雪曼：《五四时代的小说作家和作品》，（台北）成文出版社有限公司1980年版，第70—74页。

② 陈敬之：《中国文学的由"旧"到"新"》，（台北）成文出版社有限公司1980年版，第84页。

③ 同上书，第63—64页。

④ 刘心皇：《现代中国文学史话》，（台北）正中书局1971年版，第221页。

⑤ 同上书，第223页。

⑥ 周锦：《中国新文学简史》，（台北）成文出版社有限公司1980年版，第86—87页。

⑦ 尹雪曼：《五四时代的小说作家和作品》，（台北）成文出版社有限公司1980年版，第41—42页。

⑧ 同上书，第59页。

⑨ 陈敬之：《三十年代文坛与左翼作家联盟》，（台北）成文出版社有限公司1980年版，第64页。

⑩ 同上书，第65页。

杂文是以负面评价为多的话，那么对于鲁迅散文（诗）则是以正面评价为主。周锦认为鲁迅"有很多非常好的散文"，《野草》"不仅具有散文的意境，如果在排列上加以变更，将是气势雄浑的新诗。另外，民国十七年由未名社出版的《朝花夕拾》，也是一本很好的散文集"①。舒兰在其史著中对鲁迅《野草》"独创"的文体表示了赞许。

台湾文学史家对鲁迅的小说散文（诗）批评不多，以尹雪曼为代表，他的批评，或明显不实，如认为《在酒楼上》的写作技巧"可取的地方实在不多"②；或过于苛刻，如认为鲁迅的小说"缺少救疗的可行方案……破坏性极强，建设性却是一点也没有"③，鲁迅是小说家，并非注重操作性的政治学家；或不理解鲁迅改造国民性的殷殷苦心，如认为鲁迅小说的讽刺性，"徒逞一时之快，揭一时之病，并不能根本挽救中华民族的厄运，而且落得外人当笑柄"④。但除了这些不多的批评，总体而言，台湾文学史家对鲁迅的小说散文（诗）是持实事求是的肯定态度的，其对鲁迅作品的解读比较自由，超出了"战斗性"内涵而呈现出相对多元化的阐释倾向，而这一阐释倾向正是同时期大陆所缺乏的。

三 杂文观：毁多誉少的评价和"一边倒"式的肯定

台湾"戒严"时期文学史家对于鲁迅杂文的评价总体上是持否定意见的多，认为鲁迅的杂文不算文学作品，而是政治斗争的工具，不承认鲁迅杂文的价值，当然也有少数文学史家承认鲁迅杂文的思想和艺术成就，给予较高评价。⑤

陈敬之对鲁迅的杂文评价极低，而且夹杂着许多情绪性的辱骂之

---

① 周锦：《中国新文学简史》，（台北）成文出版社有限公司 1980 年版，第 109 页。

② 尹雪曼：《五四时代的小说作家和作品》，（台北）成文出版社有限公司 1980 年版，第 68—69 页。

③ 同上书，第 64 页。

④ 同上书，第 62 页。

⑤ 如赵聪在《五四文坛泥爪》中认为鲁迅"杂文风格的形成"是鲁迅对中国新文学的三大贡献之一，刘心皇在《现代中国文学史话》中亦称赞鲁迅独创的杂文文体。

语，意识形态倾向十分明显，部分表现出"反共"色彩，他认为鲁迅的杂感"概为在'叫喊和反抗'之外又加以讽刺和谩骂的仇世嫉俗与造谣惑众之作"①，"无不以鼓吹人与人之间的仇恨，提倡以牙还牙的阶级斗争，肆意人身攻击，贬损政府威信，摧毁社会基础，否定民族传统，敌视西方盟友，拥护赤俄帝国等等为其主要内容"②。周丽丽否认杂文文体，认为"杂文，不只是不能算做文学作品，就连时评短论也没有资格的"③，"在中国新文学的第二个十年里，给予真正散文最大打击的是杂文，罪魁祸首乃是鲁迅"④。周锦承认鲁迅早期"随感"杂文"简捷有力"、"文字节约"、"嬉笑怒骂都可以成为文章"的优点，但又认为它"不是创作，不能算做文学作品"⑤。李牧肯定鲁迅早期的杂文，否定鲁迅后期的杂文，认为鲁迅后期杂文"完全以中共的好恶为依据"⑥。尹雪曼的态度与李牧很相似，对鲁迅晚年杂文评价很低，认为是被中共所利用，但他对鲁迅杂文本身还是持肯定态度的，称赞鲁迅是杂文文体的开创者。⑦

陈敬之和周丽丽全盘否定鲁迅杂文，周锦、李牧、尹雪曼虽然局部肯定了鲁迅的"随感"杂文，但总体上对鲁迅的杂文评价偏低。此种阐释趋向无疑是偏颇的。鲁迅杂文具有巨大的思想和艺术价值，就思想价值而言，它是把中国社会历史、文化心理以及其他种种现象和知识汇集而成的"大百科全书"，它是一部最全面最准确地反映中国人民心和民情的历史，它对中国文化的深刻感悟和中国人国民性的开掘发现，堪称独一无二，"迄今为止，鲁迅杂文还是了解中国特别国情的最可靠的文字，最深刻的文字"⑧。因此，鲁迅杂文具有不朽的认识价值。同时，鲁迅杂文在艺术上，是诗与政论的结合，

39

---

① 陈敬之：《三十年代文坛与左翼作家联盟》，（台北）成文出版社有限公司1980年版，第66页。

② 同上书，第60页。

③ 周丽丽：《中国现代散文的发展》，（台北）成文出版社有限公司1980年版，第73页。

④ 同上书，第72页。

⑤ 周锦：《中国新文学简史》，（台北）成文出版社有限公司1980年版，第108页。

⑥ 李牧：《三十年代文艺论》，（台北）黎明文化事业公司1973年版，第123页。

⑦ 参见尹雪曼《中华民国文学史》，（台北）正中书局1975年版。

⑧ 王得后、钱理群：《〈鲁迅杂文全编〉前言》，《鲁迅研究月刊》1992年第6期。

形象与逻辑的结合，情、理、趣的结合，它更注重诗情的传达，它创造性地贡献了一系列富有生命力的"社会相"类型形象，它有机运用了丰富多样、毫不逊于文学作品的艺术手法，具有极高的审美价值。正因为如此，"我国鲁迅研究主流的意见是肯定和赞扬鲁迅杂文的巨大价值的"①。因此，台湾文学史家对鲁迅杂文的整体评价显然有失公允。

大陆"毛泽东时代"的文学史家清一色地肯定鲁迅的杂文，且都突出强调鲁迅杂文的"战斗性"意义。王瑶史著的第五章第一节专论鲁迅的杂文，标题为"匕首与投枪"，可以看出其评价鲁迅杂文的基本价值取向。丁易的史著中，鲁迅的杂文被辟为专章，分为三小节，透过这些章节的标题，如"鲁迅的杂文——社会主义的内容，民族的形式"、"清醒的战斗的现实主义精神"、"'韧性战斗'的策略"、"光辉的思想跃进"、"为无产阶级解放事业而斗争"、"伟大国际主义精神"等标题，可以看出作者对之的基本价值判断。刘绶松的史著，也从现实战斗性的角度来肯定鲁迅杂文的价值，把杂文视为"战斗的武器之一"，认为"这些（前期）杂文的战斗作用，较之本时期鲁迅的其他著作，也显得更为犀利，更为精悍"②。而后期杂文的战斗性更为突出，甚至能达到"社会主义现实主义的高度"，所以"带着比较前两个时期更为巨大的光彩和价值"③。

台湾文学史家极力贬低鲁迅杂文不可取，大陆文学史家对鲁迅杂文"一边倒"的高评，也并非正常现象。首先，其对于鲁迅杂文的评价多集中于杂文的思想层面，相对忽略对其艺术层面的评价，除王瑶、刘绶松之外，其他人对于鲁迅杂文的艺术特色或三言两语，一笔带过，或干脆不提。这种"重思想，轻艺术"的评价倾向割裂了鲁迅杂文的整体性，忽略了对鲁迅杂文艺术价值的确认，无疑降低了鲁迅杂文的整体价值。其次，在杂文的内容层面上，置鲁迅杂文思想内涵其他丰富而多层面的内容不顾，一味强调鲁迅杂文的战斗性意义，这无疑又

40

---

① 张梦阳：《中国鲁迅学通史》（下卷），广东教育出版社 2002 年版，第 540 页。
② 刘绶松：《中国新文学史初稿》，作家出版社 1956 年版，第 100 页。
③ 同上书，第 266 页。

一次降低了鲁迅杂文的整体价值。实际上，鲁迅杂文最大思想价值与其说是"战斗性"，毋宁说是对中国人社会、文化心理的准确揭示和深度开掘。

四 不同形式的意识形态化"附会式"阐释

在台湾，意识形态化的阐释主要体现在尹雪曼、舒兰的史著中，其对鲁迅有关作品的解读，穿凿附会，影射比拟，讥讽大陆，有时达到离题万里的程度。关于《狂人日记》，尹雪曼虽然对之总体评价不低，但在文本细读上，却站在赤裸裸的意识形态立场，进行令人啼笑皆非的比附。例如，对于小说中这样一句话："我又懂得一件他们的巧妙了，他们岂但不肯改，而且早已布置，预备下一个疯子的名目罩上我。"尹雪曼评价说："共产党也是用此种帽子的方法整人，作者似有先见之明。"① 对于小说中所涉及的"吃人"内容，尹雪曼更是站在反共的立场进行富有想象力的穿凿式理解："如果以军阀时代和今天大陆上的共党统治相比，军阀吃人比共党吃人还瞠乎其后，简直可以说是小巫见大巫哩。"② "所写情境，几乎正是大陆共区情景的映照。刘少奇被吃了，林彪也被吃了，将来，邓小平也会被人吃掉！只是目前他们正在准备吃华国锋。"③ 这哪里是文学研究？文学研究纯粹变成了赤裸裸的政治斗争的工具，荒谬至极，匪夷所思。关于《高老夫子》，尹雪曼说："鲁迅在那个时候写出这样的一篇小说来，一方面是有感于知识分子思想的浮动和分歧，另一方面是以他独到的眼光看清了共产党的真面目。"④ 把一篇讽刺封建旧知识分子的小说和共产党扯上关系，岂非咄咄怪事？舒兰说："他（鲁迅）在著作中也有一些至理名言，现在用来比拟中共，可说是最确切妥当的了，他说：暴君治

41

---

① 尹雪曼：《五四时代的小说作家和作品》，（台北）成文出版社有限公司 1980 年版，第 62 页。

② 同上书，第 38 页。

③ 同上书，第 36 页。

④ 同上书，第 38 页。

下的臣民，大抵比暴君更暴，暴君的暴政时常还不能满足暴君治下的臣民的欲望。这不就是说的红卫兵吗？……这不是今日大陆暴政统治下千万同胞的心声吗？"① 舒兰在此书中研究的是五四时代的新诗作家和作品，怎么由鲁迅扯到了大陆 20 世纪六七十年代的 "红卫兵" 和所谓的 "大陆暴政统治"，真是离题万里，荒诞不经，令人喷饭。所幸这种 "附会" 式的阐释在台湾文学史家的著作中并不具有普遍性。

台湾 "戒严时期" 的文学史中这种意识形态化的 "附会式" 阐释，是直接服务于国民党 "反共" 政治任务的需要。而大陆 "毛泽东时期" 的文学史也多有 "附会式" 阐释，但并不像台湾的那样，沦为赤裸裸的政治斗争的工具，它通常表现为将具有普遍或不确定内涵意义的鲁迅作品狭窄化地阐释 "附会" 成某一具有特定阶级性的内容，表现出对毛泽东 "鲁迅论" 的自觉呼应。如将阿 Q 这一超越阶级、超越民族、具有广泛人类性内涵的 "精神胜利法" 单一化地理解为农民阶层所特有的精神特征。张毕来就认为阿 Q 的 "阿 Q 主义"（"精神胜利法"）是属于阿 Q 所特有的社会阶层，"当我们说 '阿 Q 主义'（'精神胜利法'）时，不是指抽象的精神胜利法，而指带着被压迫的阿 Q 所代表的社会阶层的特色的精神胜利法。因此，'阿 Q 主义'（'精神胜利法'）是属于阿 Q 所代表的阶层的，不是属于全民的，不是社会各阶层所共有的。它是这一阶层的弱点的概括"②。

事实上，"精神胜利法" 具有超越阶级、超越民族的普遍性内涵是一个再平常不过的常识，但在当时，由于毛泽东 "鲁迅论" 钦旨式的总体定调，所以很少有人作出有悖于毛泽东的阐发。但也有个别文学史家对以上观点表现 "异议"，如王瑶就承认阿 Q "精神胜利法" 的普遍性和广泛性，而不只是农民阶级所独有的特点。不料这一 "常识性" 的 "异见" 却在当时遭到批判，批判者认为王瑶 "贬低鲁迅的小说"，"不只承袭了冯雪峰评价阿 Q 的超阶级理论，甚至还带有资产

---

① 舒兰：《五四时代的新诗作家和作品》，（台北）成文出版社有限公司 1980 年版，第 91 页。

② 当然，张毕来随后又在 "《阿 Q 正传》的艺术性问题" 这一节，对 "阿 Q 主义"（精神胜利法）的普遍性作了相对明确的确认。

阶级世界主义的臭味"①。

　　另外，大陆文学史家还把鲁迅作品的人物和毛泽东等中共领导进行一一对应式理解，或者竭力夸大鲁迅与中国共产党及毛泽东之间的密切关系。如丁易引用苏联汉学家波兹涅也娃的观点，认为《非攻》和《理水》中的主人公墨子和大禹"隐喻当时毛泽东同志和朱德同志及其所领导的红军"②。刘绶松在谈及鲁迅人生的最后十年时，竭力论证鲁迅和中国共产党的密切关系，特别是鲁迅对毛泽东的深厚情感，认为"（鲁迅）非常信任地接受我们党对他的领导，承认我们党是他应该和愿意服从的唯一的领导者"，并强调了鲁迅"对毛主席的感激和爱戴的心情"③。实际上，无论是将墨子和大禹等同于毛泽东与朱德，还是寻找证据竭力论证鲁迅与中共及毛泽东之间的感情，都是不切实际地夸大了鲁迅与中共及毛泽东之间的关系。鲁迅后期与中共的关系很复杂，其间牵涉许多现实瓜葛，他虽对中共有好感，但并非毫无保留地投入与相信，亦没有加入中国共产党，仍然保持一个知识分子的独立性，缘此，遭受到周扬等中共领导人以革命之名的"鞭打"，目前学术界基本能取得一致意见的是：晚年鲁迅，只能是中国共产党的"同路人"④。总体来说，对鲁迅和鲁迅作品意识形态化的"附会式"阐释的弊端是明显的。其一，将具有丰富内涵的鲁迅作品作单一化，甚至子虚乌有的意识形态化理解，扭曲了鲁迅作品的本真思想面目，降低了鲁迅作品的思想内涵和审美价值。其二，将鲁迅本人作意识形态化的理解，也是把一个复杂矛盾、具有内在悖论的鲁迅抽空为一种僵化的意识形态的"标签"。缘此，一个丰富的鲁迅和鲁迅作品世界亦被抽空，不复存在。

43

---

　　① 中国人民大学现代文学教研室：《王瑶〈中国新文学史稿〉批判》，人民文学出版社1958年版，第38—39页。

　　② 丁易：《中国现代文学史略》，作家出版社1955年版，第195页。

　　③ 刘绶松：《中国新文学史初稿》，作家出版社1956年版，第263页。

　　④ 徐改平：《作为共产党同路人的鲁迅》，《陕西师范大学学报》（哲学社会科学版）2010年第5期。

五 不同的"两段论"

台湾"戒严"时期和大陆"毛泽东时代"的文学史中乃至所有层面的"鲁迅研究",都存在一个不同内涵的"两段论"现象。大陆"毛泽东时代"的"两段论"是把鲁迅的思想和创作分为截然不同的两个阶段,其主要理论构架为:将鲁迅的思想分为前期和后期,历史任务是从思想启蒙到政治革命,思想性质是从革命民主主义到马克思主义,思想内涵是从进化论到阶级论、从个性主义到马克思主义,阶级性质是从激进的小资产阶级到无产阶级,创作方法是从批判现实主义到社会主义现实主义,并突出后者在鲁迅思想和创作历程中的主体地位。事实上,新中国成立后 30 年,鲁迅研究中关于鲁迅的思想发展,始终没有走出上述"两段论"模式。张梦阳曾经指出中国鲁迅研究"低水平重复研究"的弊端,认为 99% 的论文(著)都是"套话、假话、废话、重复的空言",只有 1% 说出真见,"即一百篇文章有一篇道出真见就已谢天谢地了。试回想,我们多少学者的多少文章是在瞿秋白进化论到阶级论转变说的模式中重复啊!"[①] 这种"两段论"的倾向在一些文学史的目录中就已经有体现。如丁易史著的目录中,就有这样的标题:"彻底的反帝反封建的精神以及从进化论到阶级论的自我改造","鲁迅的小说——彻底的批判的现实主义到社会主义现实主义"。而在分析鲁迅的具体作品时,大陆的文学史家将鲁迅前期的创作方法定位为"批判现实主义",将后期的创作方法定位为"社会主义现实主义",在具体的文本阐释中,特别强调后期作品中的"社会主义现实主义"典型特征,甚至竭力挖掘前期作品中"社会主义现实主义"的因子。刘绶松认为,鲁迅"战斗在中国共产党的旗帜之下,……包含在鲁迅前期创作中的社会主义现实主义的因素得到了迅速巨大的发展,(后期的)他成为了我国新文学历史上最伟大的社会

44

---

① 陈漱渝:《新时期关于鲁迅的论争》,四川文艺出版社 2002 年版,第 446 页。

主义现实主义作家"①;"鲁迅的后期杂文,具有高度的社会主义现实主义的精神"②。蔡仪亦认为鲁迅后期的很多杂文,"从基本精神看来,可以说是社会主义现实主义的"③。丁易断言《非攻》和《理水》"已经是社会主义现实主义文学了"④。更多的文学史家戴着"放大镜"竭力寻找鲁迅前期作品中的"社会主义现实主义"的因子:蔡仪发现《一件小事》"含有社会主义现实主义的萌芽"⑤;刘绶松指出"在他(鲁迅)的早期创作里,又自然地包含了社会主义现实主义的因素"⑥,《狂人日记》"包含着极其显著的社会主义现实主义的因素"⑦;张毕来认为"鲁迅(初期)的批判的现实主义,有着社会主义的个别因素"⑧。

"两段论"的弊端在于用线性的时间观来代替作家思想发展的内在悖论,将鲁迅的人生过程乃至文学创作历程视为一个直线飞跃的进步过程,把复杂的鲁迅作了意识形态化的简化,从而抛弃和遮蔽了这一过程中的复杂的感性内容。事实上,无论鲁迅的前期和后期,都是一个复杂的、具有内在悖论性的存在。特别是在后期,鲁迅更表现出其复杂的分裂性思想状态,一方面他加入"左联"文化阵线,另一方面为了"智识阶级"的人格独立而又保持对"左联"的批判立场,后期,他虽然靠近马克思主义,但尼采的个人主义在他的思想中仍然占有"一席之地"。而"社会主义现实主义"一词来源于苏联,"社会主义现实主义"最权威的定义见于1934年苏联作家第一次代表大会通过的《苏联作家协会章程》,并被确认为苏联文学与苏联文学批评的基本方法。周扬在20世纪30年代就将"社会主义现实主义"方法介绍到中国,但在当时的中国并没有盛行,原因是当时的新民主主义社会

---

① 刘绶松:《中国新文学史初稿》,作家出版社1956年版,第259页。
② 同上书,第268页。
③ 蔡仪:《中国新文学史讲话》,新文艺出版社1954年版,第135页。
④ 丁易:《中国现代文学史略》,作家出版社1955年版,第194页。
⑤ 蔡仪:《中国新文学史讲话》,新文艺出版社1954年版,第107页。
⑥ 刘绶松:《中国新文学史初稿》,作家出版社1956年版,第96页。
⑦ 同上书,第57页。
⑧ 张毕来:《新文学史纲》第一卷,作家出版社1955年版,第48页。

虽不乏社会主义的因子，但毕竟不是社会主义，"社会主义现实主义"在当时缺乏外部的社会条件，无法成为主流的创作方法。只有到了新中国成立后，社会性质发生变化，"社会主义现实主义"才有了存在的土壤。1953 年 9 月，第二次全国文代会正式确认了"以社会主义现实主义作为我们文艺界创作和批评的最高准则"，"社会主义现实主义"在中国获得了合法的统治地位，也产生了一大批如《创业史》等之类的"社会主义现实主义"的典范性作品。把鲁迅的后期创作定位为"社会主义现实主义"，特别是认为鲁迅前期创作中也存在"社会主义现实主义"的因素，无疑是人为地"拔高"鲁迅的思想认识，在鲁迅所生活的时代，并不存在典范意义上的"社会主义现实主义"，况且即使局部存在，鲁迅也不会追逐"时髦"，把一顶与鲁迅不相干的"社会主义现实主义"的高帽戴在鲁迅头上，就等于把《故事新编》视同为如《创业史》一样的文学范式，无疑是一种"张冠李戴"。

台湾"戒严"时期的文学史家则提出另一种内涵的"两段论"，即把鲁迅的创作分为两个阶段，肯定前期创作，否定后期创作。周锦认为，"这些小说（《呐喊》、《彷徨》）已经完全奠定了他在中国新文坛上的地位，至于后来分量很多的骂人杂文，那是不能算做文学作品的"[①]。尹雪曼在《中华民国文艺史》中，肯定鲁迅早期的小说创作，惋惜鲁迅晚年被杂文所利用。[②] 陈敬之认为，鲁迅"是中国短篇小说的奠基人，也以小说而驰誉中外文坛，但他自民国十五年出版了《彷徨》之后，自此，就很少有好的创作发表。而只是呶呶不已的以写作'杂感文'为专业了。虽然其间曾发表过一本《故事新编》，但这不过是改头换面式的新瓶装旧酒而已，更说不上是什么创作"[③]。

上文第三节中已经涉及台湾文学史家对于鲁迅杂文的评价，总体上评价不高，但相对而言，他们对于鲁迅后期杂文的评价更低。怎样评价鲁迅后期杂文呢？这是一个富有争议性的问题，但是学术界的多

---

① 周锦：《中国新文学简史》，（台北）成文出版社有限公司 1980 年版，第 108 页。
② 参见尹雪曼《中华民国文艺史》，（台北）正中书局 1975 年版。
③ 陈敬之：《三十年代文坛与左翼作家联盟》，（台北）成文出版社有限公司 1980 年版，第 62—63 页。

位学者,如瞿秋白、李长之、朱自清、徐懋庸、林非、邵伯周、彭定安、朱彤等倾向于认为鲁迅前后期或人生不同时期的杂文创作各具特色,各有千秋,只有风格的差别,并无质量的差异。① 笔者认为此种立场是比较可信的。关于《故事新编》的评价,综览近百年《故事新编》研究史可以得知:绝大多数学者认为它"是中国现代小说史上第一部杰出的历史小说集,是中国现代历史小说的发轫,标志着鲁迅后期思想、艺术的发展","是中国现代文学史上卓越的讽刺文学作品",也有少数学者认为它"不是鲁迅后期的重要作品,不应当看作是他的代表作"②。最后一种意见虽然对《故事新编》的评价不高,但也并非如陈敬之所断定的"说不上是什么创作"。

结　语

纵观台湾"戒严"时期和大陆"毛泽东时代"文学史著中的鲁迅研究,如上文所论及,虽取得一些不可否认的成就,但其缺陷也是明显的,最大缺陷是两者都受到意识形态的影响,鲁迅在大陆是被"魅化"与"神化",在台湾则被"丑化"与"妖魔化"(其中也有局部的客观评价),无论是"魅化"还是"丑化",都是对鲁迅的扭曲与变形,距离真实的鲁迅遥远,无法"回到鲁迅那里去",这种接受特征并非只出现在文学史研究中,更出现在特定时期整个社会对鲁迅的接受和研究中,成为彼时最基本的学术生态。但两岸文学史著中鲁迅研究的缺陷,与其说是缘于治史者个人的局限,毋宁说是缘于时代的局限,因为,自从1987年台湾宣布"解严"后,大陆"毛泽东时代"结束后特别是20世纪90年代之后,鲁迅研究摆脱了意识形态的干扰,被异化的学术生态恢复正常,鲁迅研究回归学术本位,遂产生一批高质量的鲁迅研究成果。大陆所取得的成果有目共睹,不必夸说。就是台湾,也出现一批鲁迅研究学者,如陈芳明、陈建忠、黄英哲、林瑞

47

---

① 张梦阳:《中国鲁迅学通史》(下卷),广东教育出版社2002年版,第543—546页。
② 同上书,第406页。

明、廖淑芳、张健、颜秉直、萧绮玉、颜健富、刘季伦、彭明伟、刘正忠、廖明秀等，以一些专门学术刊物和大学学报为阵地，如《中国论坛》、《中国现代文学理论》、《汉学研究》、《国文天地》、《中外文学》、《中国文哲研究集刊》、《人文中国学报》等，发表了大量科学严谨、富有独创性的鲁迅研究论文，台湾高校更产生了数十篇以鲁迅为研究对象的博、硕士学位论文。这些成果，真正从学理层面对鲁迅进行多维开放性的研究，其总体研究质量直追同时期的大陆研究成果，令人欣喜。这些骄人成绩的取得显然是跟外部学术生态的变化分不开的。

经典的台湾"面貌"

——四十年来台湾学者新文学史著中的
"鲁郭茅巴老曹"书写

　　台湾国民党"戒严"时期产生了多部中国新文学史（含文学专题史）著作，这些史著有周锦的《中国新文学简史》和《中国新文学史》，尹雪曼的《中华民国文学史》、《五四时代的小说作家和作品》、《鼎盛时期的小说》、《抗战时期的小说》，刘心皇的《现代中国文学史话》，舒兰的《五四时代的新诗作家和作品》，周丽丽的《中国现代散文的发展》，李牧的《三十年代文艺论》，陈敬之的《三十年代文坛与左翼作家联盟》、《中国文学的由"旧"到"新"》，赵聪的《五四文坛泥爪》等。这些史著大多构思写作于 20 世纪五六十年代，出版于 20 世纪 70 年代和 80 年代初期。"解严"之后特别是 2000 年之后，则出现了皮述民等的《二十世纪中国新文学史》、马森的《世界华文新文学史》、唐翼民的《大陆现代小说小史》等。这些史著中，既有全面铺开论述的通史，典型者如周锦的《中国新文学史》、马森的《世界华文新文学史》、皮述民等的《二十世纪中国新文学史》、尹雪曼的《中华民国文学史》等，也有专门领域研究的专题史，典型者如周丽丽的《中国现代散文的发展》、唐翼民的《大陆现代小说史》等，前者涉及比较完整的"鲁郭茅巴老曹"叙述，后者有涉及之，但并不完整。本文以上述主要史著为观照对象，系统研究台湾学者新文学史著中的"鲁郭茅巴老曹"书写。

导论　政治家与文学史家的联手"建构"："鲁郭茅巴老曹"在大陆的"命名"

　　在台湾，最初并没有"鲁郭茅巴老曹"这一说法。"鲁郭茅巴老曹"一词并非自动形成的，而是一项被建构的"命名"工程，是在大陆"毛泽东时代"，经过以毛泽东、周恩来和周扬为代表的政治家和以王瑶、丁易、张毕来等为代表的文学史家联手建构、共同打造的一项文化工程。政治家的舆论权威和宏观规划，文学史家的推波助澜和微观操作，产生双重合力，直接推动了"鲁郭茅巴老曹"文学大师命名工程的完成。就政治家而言，毛泽 1940 年在《新民主主义论》中对鲁迅作出了"伟大的文学家、思想家、革命家"的崇高评价；周恩来 1941 年在纪念郭沫若诞辰 50 周年庆典上作的《我要说的话》一文中说："鲁迅是新文化运动的导师，郭沫若便是新文化运动的主将，鲁迅如果是将没有路的路开辟出来的先锋，郭沫若便是带着大家一道前进的向导。"① 周扬作为毛泽东文艺政策的执行者，在"鲁郭茅巴老曹"大师命名工程中最为用心，周扬主要是通过作报告的方式重新规划新文学秩序，在他的各类报告中，有意凸显"鲁郭茅巴老曹"的重要性和文学地位，引导"鲁郭茅巴老曹"大师命名工程的基本方向。政治家的宏观规约需依托于文学史家的实践性操作，文学史教材是大师命名工程得以建构和延续的重要载体。新中国成立初期，一批文学史家，如王瑶、丁易、刘绶松、蔡仪、张毕来等自觉不自觉呼应政治家的大师"命名"，对原本多元共存的文学史秩序进行重新调整，"鲁郭茅巴老曹"在众多作家中闪耀登场，聚焦显示，甚至被设以专章（专节）在史著中显现（如丁易、张毕来的史著）。借助于国家意识形态，"文学大师"的命名工程初具成效。"鲁郭茅巴老曹"在"毛泽东时代"新文学史著占据重要位置，而一些自由主义作家或被靠边站，或被打入"冷宫"，成为"文学史上的失踪者"。"鲁郭茅巴老曹"扮

50

　　① 李书磊：《1942：走向民间》，山东教育出版社 1998 年版，第 34 页。

演主角的现象一直延续到新时期出版的新文学史著中。以当下高校最通行的两本新文学史教材为例，在钱理群等著的《中国现代文学三十年》中，"鲁郭茅巴老曹"都设专章，其中鲁迅还设两章，而其他设专章的作家仅有沈从文、赵树理和艾青。再如在朱栋霖等主编的《中国现代文学史》中，"鲁郭茅巴老曹"虽没有在专章标题中显示，但实际上都是以专章的篇幅论述，整本文学史享受专章"殊荣"的除"鲁郭茅巴老曹"之外，仅有沈从文一人。与"毛泽东时代"的新文学史相比，这两本文学史只是稍稍改变了"鲁郭茅巴老曹"内部结构比例，即改变鲁迅"一家独大"的格局，增加后五家的比重，但"鲁郭茅巴老曹"占据文学史中心位置的基本格局依然没有改变。

一 "去中心化"："鲁郭茅巴老曹"在台湾学者新文学史著中的地位

如果说"鲁郭茅巴老曹"在大陆学者新文学史著格局中处于"中心"地位，而在台湾学者的新文学史著中，则是另外一番风景，呈现出"去中心化"的倾向。综观台湾所有的新文学史著，极少有将"鲁郭茅巴老曹"设成专节乃至专章予以重视，对他们的介绍文字也不比同时期的其他作家多。在尹雪曼的《中华民国文艺史》中，对于"鲁郭茅巴老曹"轻描淡写，介绍不多，视为一般，甚至对个别作家"不屑一顾"，如将郭沫若混杂在数十位诗人中，其中很多是不知名诗人，对他的介绍也仅仅数十字："创造社前期的诗人，以郭沫若最著，后因参加政治运动，诗思日渐枯竭，已写不出像样的诗。该社后期诗人王独清、穆木天和冯乃超三人都较为出色，尤以王独清的诗写得最多。"[①] 转而用相对充分的文字高度评价王独清等人的诗歌，却对郭沫若《女神》的杰出成就避而不谈，给我们的感觉是郭沫若的诗歌成就和文学史地位皆逊于王独清。再以周锦的《中国新文学史》为例，鲁迅散落于五四众多有名无名的小说家之中，与汪敬熙、王统照、庐隐、

51

---

① 尹雪曼：《中华民国文艺史》，（台北）正中书局 1975 年版，第 188 页。

冰心、杨振声、叶绍钧、孙俍工、落花生、郭沫若、张闻天、张资平、郁达夫、周全平、冯沅君、倪贻德、蒋光慈、许钦文、冯文炳、王鲁彦、刘大杰、黎锦明等人并列论述，并未得到作者特别的"优待"，自然亦不能引起读者格外的关注。再如茅盾、巴金和老舍，也只是得到和谢冰心、张天翼、施蛰存、靳以、庐隐、绿漪、凌叔华、萧红、萧军、孙陵等人同等地位的介绍，与大陆新文学史著中那种"长篇小说三座高峰"的突出和渲染相比，似乎显得十分"委屈"。相对于前两本史著，刘心皇的《现代中国文学史话》具有鲜明的个人化色彩，但也是按照史著的框架来写。而令人感到费解的是，在此著中，郁达夫、刘半农、朱自清、林语堂、周作人、徐志摩、戴望舒、李金发等都能在目录的"专（章）节"标题中得到显示，"鲁郭茅巴老曹"却在"专（章）节"标题中"不见踪影"，而是分散在某个时期文学的总体论述框架中。除对鲁迅的评价相对重视以外，对其他作家只是简单论及或三言两语地带过。"在论新文学运动初期的新诗"这一节，按常理而言，以《女神》而名噪一时的郭沫若应该是其中的翘楚者，然而作者却对胡适、沈尹默、刘半农、周作人、康白情、俞平伯、沈玄庐、刘大白、朱自清、"湖上诗人"（包括汪静之、应修人、潘漠华等）、宗白华等诗人，不厌其烦，娓娓道来。唯独对郭沫若"避而不谈"，好像郭沫若在五四诗歌史上"失踪"了一样，联系到其在大陆新文学史著中的"受宠"地位，真觉得"人情浇薄"、"世态炎凉"。史著对巴金和老舍在长篇小说上的贡献也语焉不详。

52

  "鲁郭茅巴老曹"、"去中心化"现象在台湾"戒严"时期的史著中表现最为典型，但也不同程度地体现在"解严"之后的台湾学者史著中，以马森的《世界华文新文学史》为例，"六大家"中的郭沫若在小节标题中没有出现，连胡适、刘半农与康白情都出现在小节标题中，也许在作者看来，郭沫若的诗歌成就不及胡适、刘半农和康白情。"六大家"中的茅盾、巴金、老舍则出现在第十五章"新小说的开花与结实"中，分别各占一节，与蒋光慈、丁玲、沈从文、李劼人等作家，以及"浪漫主义的余绪"作家、"其他的写实者"作家、"鲁迅的追随者"作家、"现代派小说"作家等并立。而在皮述民的《二十世纪中国新文学史》中,郭沫若一例"备受冷落",茅盾和巴金"待遇"稍好一些,但茅盾是与李劼人、许地山、张资平、叶绍钧、张恨水、郁达夫、王统照等作家并立,巴金是与废名、蒋光慈、沈从文、萧军、还珠楼主、王度庐、金庸等作家并立,两人并无得到在大陆新文学史著中那种格外的"优待"。值得注意的是,在马森和皮述民的史著中,对曹禺的介绍都比较详细,非常重视,这似乎是一个例外。

从下述"附表"可以看出,大陆无论是在"毛泽东时代"还是"新时期","鲁郭茅巴老曹"(尤其是"鲁郭茅")都在文学史舞台上扮演主角,独领风骚,甚至在"新时期"更加走向中心化,因为"巴老曹"在"新时期"较之"毛泽东时代"更受器重,和"鲁郭茅"形成并驾齐驱的势头。而在台湾"戒严"时期,因为文学史写作受制于国民党"反共"政策等诸多原因,"鲁郭茅巴老曹"不受重视,被抛离文学史的中心位置。"解严"之后,文学史写作回归学术本位,"鲁郭茅巴老曹"在台湾新文学史著中的分量已经大幅度增加,如鲁迅由"戒严"时期的两千字左右增加到万字,曹禺在马森的史著中也是增加到万字以上,但即使这样,"鲁郭茅巴老曹"仍然不能取得如大陆新文学史中的那种"中心化"地位,"非中心化/中心化"仍是"解严"之后台湾新文学史著和大陆新文学史著中"鲁郭茅巴老曹"书写的重要区别。假如比较"解严"(1987年)之后两岸的几本新文学史著,就会发现明显差别:如果说每本文学史都是一座结构宏大、气势恢宏的古典中式"宫殿",但当你抬眼仰望大陆的"宫殿",会发现它主要由"鲁郭茅巴老曹"几根巨型的"柱子"撑起基本构架(也许再加上沈从文和赵树理等少数作家),而其他作家不过是梁宇屋檐间的一块块并不起眼的"横木"。但你若再一瞥台湾的"宫殿",则面貌殊异,它不再由"鲁郭茅巴老曹"几根主要"柱子"撑起,而是由众多中型"柱子"和小型"柱子"密集地支撑,在这些中型的"柱子"中,你看不出这根是鲁迅还是张爱玲,那根是茅盾还是李劼人,另外一根是巴金还是徐訏,因为它们看起来几乎是一样的高低大小。

53

"鲁郭茅巴老曹"在各文学史著中的内容分量　　（单位：万字）

文学史 ＼ 作家	鲁迅	郭沫若	茅盾	巴金	老舍	曹禺	备注
国民党"戒严"时期（1949—1987）	由后表数据可知，在"戒严"时期的台湾"新文学史"中，"鲁郭茅巴老曹"明显存在"去中心化"趋向，而在20世纪50年代初的大陆"新文学史"中，"鲁郭茅巴老曹"的命名工程虽没有正式形成，但已具雏形，特别是鲁迅的榜首地位，已经无可争议地确立						
《中国新文学史》（周锦，1983，台湾）	0.26	0.37	0.34	0.29	0.36	0.16	约60万字，皆无专节
《中华民国文艺史》（尹雪曼，1975，台湾）	0.13	0.2	0.035	0.02	0.035	0.015	约68万字（含音乐、美术、舞蹈等艺术内容），皆无专节
《现代中国文学史话》（刘心皇，1971，台湾）	0.2	0.06	0.02	仅提到名字	仅提到名字	仅提到名字	约62万字，皆无专节，该著"个人化"色彩浓厚，突出郁达夫、林语堂、周作人、戴望舒等自由主义作家
《中国新文学史稿》（王瑶，1951，1954，大陆）	1.25（不含第六章"鲁迅领导的方向"，3.4万字）	0.9	0.61	0.35	0.25	0.5	全书上下册约50万字。除鲁迅外，其他作家尚没有在目录标题中显示
《中国现代文学史略》（丁易，1955，大陆）	4（两个专章，不含其他涉及鲁迅的内容，约3万字）	0.78（有专章）	0.87（有专章）	0.2（小节标题显示）	0.2（小节标题显示）	0.38（小节标题显示）	全书约33.3万字。该著章节标题以鲁迅为主线
《中国新文学史初稿》（刘绶松，1956，大陆）	5.2（三个专章）	2.2	0.87	0.3	0.32	0.72	全书上下册约54.8万字，除鲁迅外，其他作家内容尚没有在目录标题中显示
国民党"解严"后（1987—）	由后表数据可知，"解严"之后，台湾"新文学史"中"鲁郭茅巴老曹"的内容分量已经明显增加，但与大陆相比，仍显不足，存在着"非中心化/中心化"的相对区别						

续表

文学史 \ 作家	鲁迅	郭沫若	茅盾	巴金	老舍	曹禺	备注
《二十世纪中国新文学史》（皮述民，2008，台湾）	1	0.08	0.39	0.35	0.8	0.65	约51万字，鲁迅设一个"准专章"，其他皆无专章、节
《世界华文新文学史》（马森，2015，台湾）	1	0.55	0.53	0.54	0.73	1.25	全书上中下三编约126万字，除郭沫若外，都有专节
《中国现代文学三十年》（钱理群等，1998，大陆）	3.45	1.35	1.75	1.4	1.35	1.1	全书约58.7万字。皆有专章，其中鲁迅2个专章
《中国现代文学史》（上）（朱栋霖等，1999，大陆）	3	1.7	1.35	1.7	1.85	1.75	全书约39万字。皆有专章，其中曹禺准专章

注：表中所标示的字数皆是约数。

二 意识形态印记："戒严"时期台湾学者"鲁郭茅巴老曹"评价的"偏至"

国民党溃败台湾后，将其失败"归咎于文艺工作上的失策所造成的左翼文学的得势"①，确立了"反共抗俄"、"反共复国"的基本政治路线，加强对文艺领域的管制，对台湾具有左翼色彩的文艺思潮进行遏制甚至剿灭，大力提倡和鼓吹"反共文艺"，"将文艺纳入为其反共政治服务的轨道"②，并通过各种途径全面占据文艺阵地，一时间，"反共"成为20世纪五六十年代台湾地区文艺的主调。在这种时代背景之下，台湾的文学史家也很难不受其影响，配合当局的"反共"意图，进行强制性的意识形态阐释，打上了鲜明的意识形态烙印，主要体现在以下两个层面：

55

———————

① 朱双一：《"反共文艺"的鼓噪与衰败——兼论50—60年代国民党的文艺政策》，《台湾研究集刊》1894年第1期。

② 同上。

　　首先，意识形态对文学史的整体格局产生影响，决定了文学史的基本框架、作家作品裁选和叙述价值立场。一般而言，文学史家在评价"鲁郭茅巴老曹"乃至全部作家时，有一个左翼/非左翼、共产/非共产的二元对立的价值标准，贬抑前者，抬高后者，郭沫若、茅盾、鲁迅、丁玲、胡风等遭到贬抑，曹禺、巴金、老舍因与左翼保持一定距离而相对受到好评，胡适、张爱玲、沈从文、梁实秋、钱锺书等则受到赞扬。周锦的《中国新文学史》将中国新文学的发展分为"初创期"（1917—1927）、"成长期"（1927—1938）、"混乱期"（1938—1949）、"净化和复兴时期"（1949—）。把 1938 年到 1949 年、由共产党领导和参与的文学时期称为"混乱期"，把 1949 年之后台湾地区（不含大陆）的文学称为"净化和复兴时期"，这里讲的"混乱"、"净化"和"复兴"明显带有意识形态印记。而在具体作家选择上，该著则把一些重要的左翼作家打入另册，一提到左翼文人就从政治上乃至人格上加以诋毁。陈敬之的《中国文学的由旧到新》中把左翼文学、革命文学一律视为"新小说发展中的逆流"①。刘心皇的《现代中国文学史话》在"三十年代文学对我国的影响"这一编中，认为"所谓'三十年代的文艺'，就是左翼的文艺"，"三十年代的文艺，被共党渗透、运用、阴谋、操纵，并把政治目的提到第一优先的经过，是一种血的经验、血的教训，还是可以作为自由世界政治领袖们的参考"②。

　　其次，在对"鲁郭茅巴老曹"作家作品的评价上，由于意识形态的干扰而导致评价的"偏至"，造成学理性的丧失。"鲁郭茅巴老曹"中，鲁迅被骂的最凶。文学史家用"不择手段"、"颠倒黑白"③、"其恶无比的帮凶"、"泼妇骂街"、"睚眦必报"、"卖身投靠"④ 等之类的词汇来辱骂鲁迅。对于鲁迅作品，也不乏许多从意识形态角度进行的扭曲性解读。对于《狂人日记》中这样一句话，"他们岂但不肯改，

---

①　陈敬之：《中国文学的由旧到新》，（台北）成文出版社有限公司 1980 年版，第 86—90 页。
②　刘心皇：《现代中国文学史话》，（台北）正中书局 1975 年版，第 465 页。
③　周丽丽：《中国现代散文的发展》，（台北）成文出版社有限公司 1980 年版，第 77 页。
④　陈敬之：《"新月"及其重要作家》，（台北）成文出版社有限公司 1980 年版，第 16—18 页。

而且早已布置，预备下一个疯子的名目罩上我"。尹雪曼解读说："共产党也是用此种帽子的方法整人，作者似有先见之明。"① 对于小说所揭示的"仁义道德"、"吃人"的本质，尹雪曼则解读为："'仁义道德'给人的约束力很大，青年人往往不容易接受；但是把'约束行为'说成了吃人，用意则在于'哗众取宠'，这是左派文人惯用的手法"；"如果以军阀时代和今天大陆上的共党统治相比，军阀吃人比共党吃人还瞠乎其后，简直可以说是小巫见大巫哩"②。真是句句解读不离"共党"、"左派"，可是《狂人日记》诞生的时候，"共党"和"左派"尚未诞生，岂非咄咄怪事？对于鲁迅的杂文《赌咒》，周丽丽认为它是一篇"恶毒"的反政府文章，认为"在中国新文学的第二个十年中，杂文是兴盛的，而且发生过不算小的作用，那就是伤害了政府，帮助了苟延残喘的共产党"③。

对于其他作家作品，很多文学史家也从"反共"的立场，进行牵强附会的意识形态化解读。例如，尹雪曼认为郭沫若的戏剧《棠棣之花》、《屈原》、《高渐离》、《南冠草》、《孔雀胆》、《虎符》等，"皆把历史故事加以曲解，并以恶意攻击政府，宣传毛共思想"④；曹禺的《家》、《北京人》、《蜕变》等，"内容均含有毛共思想的毒素"⑤；认为茅盾的剧本《清明前后》"为攻击政府金融政策者"⑥；小说《腐蚀》是为了"打击民心士气……茅盾为了共产党的利益，故意把他们（指参加情报工作的青年男女）加以丑化，是非常不应该的"⑦；《第一阶段的故事》中，"共产式的教条很明显，尤其是对小资产阶级的讽刺，更是不饶人，而且时时不忘记在必要处把参与抗战的人挖苦一番"⑧。李牧认为，《子夜》"无一不是迎合当时中共的政策要求。《子

57

---

① 尹雪曼：《五四时代的小说作家和作品》，（台北）成文出版社有限公司1980年版，第62页。

② 同上书，第34—36页。

③ 周丽丽：《中国现代散文的发展》，（台北）成文出版社有限公司1980年版，第78页。

④ 尹雪曼：《中华民国文艺史》，（台北）正中书局1975年版，第744页。

⑤ 同上。

⑥ 同上书，第743页。

⑦ 尹雪曼：《抗战时期的新小说》，（台北）成文出版社有限公司1980年版，第77—79页。

⑧ 同上书，第70页。

夜》不但是一部'政治小说',而且是一部为共党宣传、为共党统战、最标准、最有力的'政治小说'"①。而老舍"被中共压迫得喘不过气来之时,他又写了一篇《猫》的短文,用极含蓄的笔法,以猫作比喻来描述大陆上的知识分子的性格及其遭遇,在接近文章尾之处,他以这两句话来说明'兔死狗烹'的悲哀:'老鼠已差不多被消灭了,猫还有什么用处呢?'于是,老舍也逃不出被批斗的命运"②。陈敬之虽对巴金小说整体评价不低,但也将之与意识形态进行"绑架",贴上意识形态的"标签",认为巴金的小说,"影响所及,不仅在抗战期间使得曾经被他的作品所感染的许多青年,其中由此而思想左倾,驯至离家弃学,间接辗转到陕北去上'抗大',打游击,并以投身匪党引为'光荣'"。巴金"对群众的煽动力量比之共匪什么口号、教条,又是如何的来的强烈而有效"③。总之,台湾"戒严"时期新文学史著分布的这些"意识形态化"阐释"怪胎",大失水准,不忍卒读,不能不说是史著中一个最大的"败笔"。

三 吊诡式存在:学理立场对意识形态的疏离和抵抗

诚如上节所述,台湾"戒严"时期文学研究服务于国民党的"反共"需要,受制于意识形态的影响,并鲜明地表现在"鲁郭茅巴老曹"评价中。但是,吊诡的是,即使是同一文学史著,一方面呈现出高度意识形态化的特征,另一方面在某些内容的解读上,又有意无意疏离和抵抗这种意识形态化的阐释,坚持客观公正的学理标准,在总体上呈现出意识形态偏见和学理立场互相并存互相缠绕的复杂现象。

首先看文学史家怎么评价鲁迅?尹雪曼对鲁迅的作品既有穿凿附会、无中生有的意识形态化解读,也有客观公正的评价。在《中华民国文艺史》中,他极力肯定鲁迅对新文学的开创之功,认为"当鲁迅

---

① 李牧:《三十年代文艺论》,(台北)时报文化出版事业有限公司 1980 年版,第 214 页。
② 同上书,第 218 页。
③ 陈敬之:《三十年代文坛与左翼作家联盟》,(台北)成文出版社有限公司 1980 年版,第 201—202 页。

第一个尝试成功的短篇小说《狂人日记》，在民国七年五月的《新青年》杂志出现时，不但还没有第二个惹人注意的作家，同时也找不出同样成功的第二篇作品"①。对于鲁迅的散文和杂文，他十分认同郁达夫在《中国新文学大系·散文二集导言》中对鲁迅的积极评价。② 而刘心皇在谈到"由旧变新"的新文学初期的小说时，直接引用了鲁迅在《中国新文学大系·现代小说导论（二）》中对自己小说的有关评价，"从一九一八年五月起，《狂人日记》、《孔乙己》、《药》等，陆续的出现了，算是显示了'文学革命'的实绩"③。二人的史著皆能公正评价鲁迅的成就和文学地位。

陈敬之既恶毒地咒骂鲁迅，同时又不得不公正评价鲁迅的文学地位和成就。她咒骂鲁迅"狂妄骄横"、"领袖欲极强，而自视又甚高"，"'左联'时代之与赤匪合流，助桀为虐，致国家民族，深受危害，其心可诛，其罪莫诛"；"鲁迅对整个中华民族所造下的罪孽来说，实在是够深重够悲惨了！"④ 她说："周氏兄弟虽然后来都因晚节不终，一个做了汉奸，一个做了中共匪党的应声虫，以致他们先后都变成了出卖国家民族的叛逆分子，且久已成为国人所不屑齿及的人物，但我们如果基于不'以人废言'，而有只从新散文发展的观点来看周氏兄弟，则他们俩在这一方面的成就和表现，确有我们重视和不容抹煞的地方……所以他们两人在新文艺运动后期的中国文坛，不仅为新散文开创了两种风格；而同时也为新散文建立了千秋功业。"⑤ 对于鲁迅的小说，她也能予以公正评价，如认为鲁迅"吸收了西洋小说的体式和技巧而为中国的短篇小说的奠基人"⑥；认为《呐喊》、《彷徨》"是比较成功的一种乡土文艺"；"他使那些头脑简单的乡下人，或世故深沉的土劣，像活

59

① 尹雪曼：《中华民国文艺史》，（台北）正中书局1975年版，第436页。

② 同上书，第306页。

③ 刘心皇：《现代中国文学史话》，（台北）正中书局1975年版，第222页。

④ 陈敬之：《三十年代文坛与左翼作家联盟》，（台北）成文出版社有限公司1980年版，第57—61页。

⑤ 陈敬之：《中国文学的由旧到新》，（台北）成文出版社有限公司1980年版，第115—116页。

⑥ 同上书，第84页。

动影片似的，在我们面前行动着，他把他们的喜怒哀乐，他们愚蠢或奸诈的谈吐，可笑或可恨的举动，惟妙惟肖的刻划着。他从不用繁复的铺叙，也没有很长的对话，而只是以精炼的手笔，含蓄的讽刺，构成他们特殊的作风"①；认为《阿Q正传》是"一篇最成功的作品"②；《孔乙己》"文字的经济，技巧的卓越，真可谓传神阿堵，妙到毫巅了"③。此外，赵聪、周锦、舒兰等人都对鲁迅或其代表性作品作出较高的评价。总之，台湾"戒严"时期文学史家，虽然对鲁迅有这样或那样的意识形态偏见甚至辱骂，但是，"大部分对鲁迅的小说集《呐喊》和《彷徨》，特别是对其中的《阿Q正传》与《狂人日记》，以及散文（诗）集《朝花夕拾》和《野草》皆作出较高评价，由此可以间接看出文学史家对鲁迅的基本价值判断"④。

当然，"鲁郭茅巴老曹"的创作并非完美无缺，所谓学理性批评，是要站在实事求是的立场，对作家作品作出恰如其分的辩证评价，既指出其成就，亦指出其不足。例如，尹雪曼认为，巴金的"作品的思想性和艺术性却很薄弱，书里个人的爱憎过深，缺少冷静的思索和周密的构思，可说是他的缺失……这些缺失如玉之瑕疵，日之缺蚀，但并不妨碍巴金作品在中国新文学史上的地位和价值。……巴金的作品，虽然没有伟大思想，但它却是反映了一个时代的社会。奠定巴金在中国新文学创作上不朽地位，受到当时青年男女的普遍喜爱，最为特出，也最为轰动的一部巨著是《家》"⑤。以下章节内容则具体探讨了《家》的写作动机、内容、人物个性刻画、写作技巧及行文得失，既有肯定，也有不留情的批评。

对于茅盾的作品，周锦批评了具有"主题先行"倾向的《子夜》⑥，

---

① 陈敬之：《三十年代文坛与左翼作家联盟》，（台北）成文出版社有限公司1980年版，第63—64页。

② 同上书，第65页。

③ 同上书，第64页。

④ 古大勇：《台湾"戒严"时期和大陆"毛泽东"时代两岸的"鲁迅书写"》，《中国现代文学研究丛刊》2013年第11期。

⑤ 尹雪曼：《鼎盛时期的小说》，（台北）成文出版社有限公司1980年版，第50—52页。

⑥ 周锦：《中国新文学史》，（台北）逸群图书有限公司1983年版，第439页。

但同时对《蚀》、《虹》和《腐蚀》却给予相对较高的评价，肯定其多方面的艺术成就。① 尹雪曼对茅盾的小说特别是《子夜》也多有批评，但也肯定了茅盾小说的几个特色和优点，即"颇具时代性"、"具有高度的社会性"、"重视资料的收集和整理"②，这等于从另一个角度间接肯定了茅盾小说的贡献。

对于老舍的早期小说，尹雪曼认为"在当时文学界另外表现了一种风格，这便是现代人所爱谈的幽默风格"③，但亦指出其"虽然滑稽有趣，但是意味浅薄，没有深度"④，同时肯定其"研究北平社会史"的价值，因为它"揭发了当时北平社会的万事万象"⑤。对于老舍的抗战小说《火葬》，尹雪曼既肯定其"主题和题材是积极的"以及所表现的"高度爱国的热情"⑥，同时又批评作者老舍因为缺乏抗战体验，"文字间常有隔靴搔痒的情形"⑦，而导致小说"没有什么真实感，更无深刻可言"⑧，人物是"概念的"⑨ 的缺陷。

对于曹禺的戏剧，周锦认为是"新文学运动以来戏剧创作上少有的成就"，"极为出色"⑩，高度评价其独特的艺术价值，同时也辩证指出《日出》结尾"拖了一个尾巴"⑪ 的毛病，《原野》"把个农民塑成了绿林好汉"⑫ 的弊端。

如何理解以上史著中学理阐释和意识形态偏见并存的吊诡现象？这事实上是史家政治立场和学术立场、功利诉求和史家良知产生内在矛盾和悖逆的一种体现。作为"反共文艺"政策背景下的文艺工作者，迫于各种主客观原因，很难不考虑文学研究的政治功利立场，配

---

① 周锦：《中国新文学史》，（台北）逸群图书有限公司1983年版，第435—647页。

② 尹雪曼：《鼎盛时期的小说》，（台北）成文出版社有限公司1980年版，第42—44页。

③ 同上书，第1页。

④ 同上书，第17页。

⑤ 同上书，第42页。

⑥ 同上书，第58页。

⑦ 尹雪曼：《抗战时期的小说》，（台北）成文出版社有限公司1980年版，第58页。

⑧ 同上书，第43页。

⑨ 同上书，第48页。

⑩ 周锦：《中国新文学史》，（台北）逸群图书有限公司1983年版，第466—468页。

⑪ 同上书，第467页。

⑫ 同上。

合国民党的文艺政策需要。但同时，一个有良知的文学史家也一定深悉，如果文学研究完全沦为反共武器和政治奴婢，罔顾事实，颠倒黑白，自说自话，那就毫无价值。《说文·史部》云："史，记事者也，又从持中，中，正也。"无论是传统史学，还是文学史，持中守正客观是治史者必须恪守的一个基本治史理念。因此，该时期的文学史家往往处于政治功利的外在要求和学术良知的内在自律的博弈较量中，造成史著政治色彩和学理品格的混杂性存在，但每本表现都不一样，有的学理性压倒政治性，有的反之，总体而言，这两者都兼顾地呈现在所有史著中。

四 殊途同归：两岸史家对"鲁郭茅巴老曹"评价的趋同现象

台湾"戒严"时期，两岸"新文学史"著作对"鲁郭茅巴老曹"评价存在不小的差异，这种差异现象直到台湾"解严"之后产生的新文学史著中才有所改变，如皮述民等的《二十世纪中国新文学史》、马森的《世界华文新文学史》两书给予"鲁郭茅巴老曹"的篇幅内容诚然不如大陆学者的新文学史著作，但是两者在对"鲁郭茅巴老曹"文学成就的评价上，却有高度一致之处。通观以上文学史，"戒严"时期那种意识形态化的文字评价基本销声匿迹，回归到学术本位。

这里以皮述民、马森的史著为例。从文学史的作家安排格局来看，"鲁郭茅巴老曹"已经得到了应有的重视，鲁迅字数达到一万字，其他几大家各有数千字不等，基本上设有专节。对于一本贯穿百年、大小作家都要兼顾的文学史来说，这种分量已经不算少了。当然，重视并不只是体现在文学史中"露脸"的篇幅上，更体现在评价的性质上。看看史著者是如何评价"鲁郭茅巴老曹"的，不妨摘其要者如下：对于鲁迅的小说，皮述民认为《狂人日记》"是现代小说史上一个重要的里程碑"[①]，"《孔乙己》、《药》两篇，可以称为杰作，而

62

---

① 皮述民等：《二十世纪中国新文学史》，（台北）骆驼出版社 2008 年版，第 90 页。

《阿Q正传》，实可称为不朽之作"①，"鲁迅在新小说方面的成就和影响是不容质疑的"②；"我们对鲁迅在新文学史上的地位，绝对持肯定的态度"③。而唐翼明在《大陆现代小说史》中说："鲁迅是中国现代小说的奠基者，也是迄今为止最伟大的现代中国作家。"④ 这大致等同于钱理群的《中国现代文学三十年》和朱栋霖等《中国现代文学史》（上）中对于鲁迅的评价："中国现代小说在鲁迅手中开始，又在鲁迅手中成熟。"⑤

对于茅盾的《子夜》，皮述民认为："由于沈氏以社会主义现实主义为其文学思想的主体，言为心声，难免拘限。所幸他的创作还不至于臣服于思想而一味宣扬说教，理性客观的立场仍能立足……《子夜》之所以足能代表沈氏现实主义文学创作主要成就，重在巨作之深入探析时代经济结构以及人性底层。……巨作的切开时代横面，不仅是史鉴的功效，也是时局、政治的反映，更且是社会变迁、人性提升的启示，意识指涉、价值意义已然具在。"⑥ 皮述民所肯定的这一特征正是钱理群的《中国现代文学三十年》中所提出的茅盾的一大贡献——"开创新的文学范式"，这一"文学范式"就是所谓的"社会剖析小说"⑦。在台湾文化语境下，在《子夜》被某些人视为"失败之作"、文学价值"一落千丈"的当下背景下，他企图给《子夜》一个公正的评价，不能不说需要一些史家胆识。

皮述民的史著第十四章标题是"戏剧文学的建立"，其第二节的小标题为"话剧走向成熟（1930—1936）"，认为曹禺"在这一时期，最引人注目而成就也最大"⑧，并以最多的篇幅详细介绍了曹禺的剧本，事实上，他是把曹禺视为中国话剧走向成熟的标志。而在马森的

63

---

① 皮述民等：《二十世纪中国新文学史》，（台北）骆驼出版社2008年版，第92页。

② 同上书，第95页。

③ 同上书，第91页。

④ 唐翼明：《大陆现代小说史》，（台北）文史哲出版社2007年版，第11页。

⑤ 钱理群等：《中国现代文学三十年》，北京大学出版社1998年版，第30页；朱栋霖等：《中国现代文学史》（上），高等教育出版社1999年版，第40页。

⑥ 皮述民等：《二十世纪中国新文学史》，（台北）骆驼出版社2008年版，第201—202页。

⑦ 钱理群等：《中国现代文学三十年》，北京大学出版社1998年版，第171页。

⑧ 皮述民等：《二十世纪中国新文学史》，（台北）骆驼出版社2008年版，第244页。

《世界华文新文学史》中，马森给予曹禺的篇幅内容甚至超过了鲁迅，达到 13 页逾万字的内容，并以标题"话剧的高峰：曹禺的剧作"① 来显现。二著对曹禺的评价与大陆的两本代表性文学史不谋而合：钱理群本认为曹禺的经典剧作，"使中国现代话剧由此走向成熟"②；朱栋霖本认为，《雷雨》、《日出》的出现，"标志着中国现代话剧文学的成熟"③。

皮述民认为，巴金以《家》为中心的《三部曲》小说，"横跨了二十世纪的三十、四十年代，浩荡长篇的巨大流量，功能在切剖、表征了时代的横面……就文艺创作的淑世功能而言，能够表现时代，为历史作见证，为苦难大众代言的，自非长篇小说不克为功。巴金毕生笔耕不辍，他的创作所留下的价值，已可不朽"④。这和朱栋霖对巴金《激流三部曲》的评价十分相似。⑤

总之，以上史家对于"鲁郭茅巴老曹"评价事实上和大陆史家并无二致，两岸"新文学史"对于"鲁郭茅巴老曹"的评价终于形成了合流之势。究其原因，是"解严"之后，台湾的学术研究走出政治阴影，学术生态恢复了正常。以"鲁迅研究"为例，近年来台湾"学院派"鲁迅研究异军突起，从台湾图书馆数据库可查询到数十篇研究鲁迅的博硕士学位论文，一些专门性的学术刊物，如《中国论坛》、《中国现代文学理论》、《汉学研究》、《国文天地》、《中外文学》、《中国文哲研究集刊》、《人文中国学报》等，亦发表不少科学严谨、富有独创性的鲁迅研究论文，这些论文能真正从学理层面对鲁迅进行多维开放性的研究，其质量直追同时期的大陆。学术环境走向正常，两岸文学史家对"鲁郭茅巴老曹"的评价自然会在学理层面产生契合和共鸣。

---

① 马森：《世界华文新文学史》，（台湾）INK 印刻文学生活杂志出版有限公司 2015 年版，第 444 页。

② 钱理群等：《中国现代文学三十年》，北京大学出版社 1998 年版，第 318 页。

③ 朱栋霖等：《中国现代文学史》（上），高等教育出版社 1999 年版，第 227 页。

④ 皮述民等：《二十世纪中国新文学史》，（台北）骆驼出版社 2008 年版，第 229 页。

⑤ 朱栋霖等：《中国现代文学史》（上），高等教育出版社 1999 年版，第 201—202 页。

余论　两岸文学“经典化”路径的差异

“鲁郭茅巴老曹”涉及文学的“经典化”问题，由此也可以看出海峡两岸不同的文学“经典化”路径。什么是经典化？虽然文学的经典化目前还存在着“本质论”和“建构论”的分歧，但是越来越多的人赞同经典是一种“建构”的过程。建构主义代表布尔迪厄的观点认为：“（文学经典）之所以成为经典，是文化生产场内多种合力产生作用的结果，这些合力包括社会、历史、文化、语言、政治、权力等等。……哪种力量能暂时地占据文化场域的支配性位置，它就能暂时地获得定义经典的话语权力，同时也就可以以普遍性的名义将某一文学文本册封为经典。”① 当然，我们并不否定经典“先天的特质”的重要性，即经典首先自身必须具有优秀的艺术价值。但它不会自动成为经典，必须借助于外力，正如引言部分所说，大陆“鲁郭茅巴老曹”经典的建构就是政治意识形态和文学史家在文化场域内部取得支配性位置的结果；而在同时期的台湾，鲁迅、郭沫若、茅盾等左翼作家成为官方政府的禁绝对象，鲁迅的著作在台湾是“禁书”，不准公开传播与阅读，现代左翼文学乃至整个现代文学在台湾都遭遇不同程度的冷遇或隔绝，在当时台湾高校的中文系课程设置中，甚至没有“现代文学”这门课。大陆在神化鲁迅、批斗胡适的时候，台湾却在丑化鲁迅、推崇胡适；此种背景之下，连“鲁郭茅”的书在台湾都不容易被读者阅读，还遑论什么“经典化”？“解严”之后，鲁迅的作品被“解禁”，“鲁郭茅巴老曹”的作品亦可以在台湾广泛传播，但为何依然没有走向如大陆那样的“经典化”？事实上，台湾对现代文学的“经典化”建构走的是另一条途径，如果说大陆的“经典化”建构方向偏向于启蒙、救亡、革命等现实主义维度，因此，自然选择了“鲁郭茅巴老曹”；台湾的“经典化”价值圭臬则偏向于人性、自由主

65

---

① 童庆炳、陶东风：《文学经典的建构、解构和重构》，北京大学出版社 2007 年版，第102 页。

义或本土化等另一维度，于是，他们选择了张爱玲、赖和等人。张爱玲在台湾的"经典化"，正如鲁迅在大陆的"经典化"，以至于鲁迅在大陆被称为"现代文学之父"，张爱玲在台湾被称为"祖师奶奶"，影响了整个台湾文学，并诞生了一大批"张派传人"。当毛泽东、周扬、王瑶、刘绥松、丁易、唐弢、钱理群等人在大陆为鲁迅的"经典化"而煞费苦心时，刘绍铭、夏志清、王德威、水晶、唐文标、朱西宁、陈炳良、郑树森等人却在台湾和海外为张爱玲"祖师奶奶"的"尊位"而摇旗呐喊。而诞生于台湾本土的赖和则被台湾人视为"台湾新文学之父"、"台湾鲁迅"。由此可见，台湾的现代文学经典化建构表现出的是另外一种传统。如果让台湾文学史家再遴选出一个他们心目中的"鲁郭茅巴老曹"英雄榜，笔者推测，张爱玲、沈从文、徐訏、李劼人、钱锺书、郁达夫、赖和、杨逵等其中或许有人入选，而传统的"鲁郭茅巴老曹"中说不定会有若干位落选吧？

台湾“戒严”时期“新文学史”著作中的
“鲁郭茅巴老曹”叙述

——以周锦的《中国新文学史》为中心

序　言

　　台湾国民党“戒严”时期始于 1949 年，终于 1987 年。“戒严”时期的台湾产生多部中国新文学史（文学专题史）著作，这些史著有周锦的《中国新文学简史》（成文出版社有限公司 1980 年版）和《中国新文学史》（逸群图书有限公司 1983 年版）、尹雪曼（主编）的《中华民国文学史》（台北正中书局 1975 年版）和《五四时代的小说作家和作品》（成文出版社有限公司 1980 年版）、舒蘭的《五四时代的新诗作家和作品》（成文出版社有限公司 1980 年版）、刘心皇的《现代中国文学史话》（台北正中书局 1971 年版）、周丽丽的《中国现代散文的发展》（成文出版社有限公司 1980 年版）、李牧的《三十年代文艺论》（台北时报文化出版事业有限公司 1980 年版）、陈敬之的《三十年代文坛与左翼作家联盟》（成文出版社有限公司 1980 年版）和《中国文学的由“旧”到“新”》（成文出版社有限公司 1980 年版）、赵聪的《五四文坛泥爪》（台北时报文化出版事业有限公司 1980 年版）等。这其中既有全面铺开论述的通史，典型者如周锦的《中国新文学史》，也有专门领域研究的专题史，典型者如周丽丽的《中国现代散文的发展》。前者涉及比较完整的“鲁郭茅巴老曹”叙述，后者则偶有涉之，但并不完整。本文以周锦的《中国新文学史》为典型个案，来研究台湾"戒严"时期"新文学史"著作中的"鲁郭茅巴老曹"叙述特征，并深入挖掘此种现象形成的原因。

一　"鲁郭茅巴老曹"在文学史构架中的比例和位置

事实上，在台湾最初并无"鲁郭茅巴老曹"这一说法，"鲁郭茅巴老曹"名称最早起源于大陆"毛泽东时代"的文化语境。"鲁郭茅巴老曹"有两种内涵，其一是指鲁迅、郭沫若、茅盾、巴金、老舍、曹禺在文学经典化的过程中，已经成为中国现代文学史上最具代表性的经典作家。其二还隐含这六位作家在"英雄榜单"上的位次，即作家文学史地位的排序。大陆的"鲁郭茅巴老曹"经典化的形成首先是国家意识形态的需要，毛泽东对鲁迅作出了"伟大的思想家、文学家和革命家"崇高地位的定性评价，鲁迅的榜首地位由此就被钦定；而周扬作为中国共产党意识形态的"喉舌"，在"鲁郭茅巴老曹"文学大师的命名工程中，也发挥了关键性的作用。在国家意识形态层面的导引下，毛泽东时代的文学史家王瑶、丁易、刘绶松、蔡仪、张毕来等人对"鲁郭茅巴老曹"文学史秩序建构推波助澜，煞费苦心。① 如在丁易的《中国现代文学史略》中，"鲁郭茅巴老曹"就被分别安排了显赫的专章或专节。即使到了 20 世纪 90 年代后，文学研究不再如"毛泽东时代"那样受意识形态的钳制，"鲁郭茅巴老曹"在文学史构架中同样占据重要的地位，以钱理群等著的《中国现代文学三十年》（修订本）为例，该著 1998 年出版，但"鲁郭茅巴老曹"仍然以专章或专节等形式出现，全书共 29 章，其中鲁迅共设两个专章，可见著者对鲁迅的高度重视，郭沫若、茅盾、老舍、巴金、曹禺各设一个专章，从该著的编排体系来看，仍然延续着"十七年"时期的"鲁郭茅巴老曹"文学史秩序。

而在周锦的《中国新文学史》中，从文学史构架和章节安排来

---

① 程光炜：《文化的转轨——"鲁郭茅巴老曹"在中国 1949—1976》，光明日报出版社 2004 年版；程光炜：《"鲁郭茅巴老曹"是如何成为"经典"的》，《南方文坛》2004 年第 4 期。

看，"鲁郭茅巴老曹"六大家无法享受到在大陆文学史格局地盘中的那种地位和"殊荣"。《中国新文学史》共分为八章，其中第一章"绪论"，第二章"中国新文学史的分期"，第七章"中国新文学大事记"，第八章"中国新文学论文"，真正涉及作家作品的是第三章到第六章，分别是"中国新文学初期"、"中国新文学第二期"、"中国新文学第三期"和"中国新文学第四期"，其中"初期"、"第二期"、"第三期"的时间跨度是1917年到1949年，分别对应于钱理群《中国现代文学三十年》中的三个"十年"时间。而"中国新文学第四期"则指1949年到1975年的台湾文学。纵观周锦的《中国新文学史》中的各章节，"鲁郭茅巴老曹"根本没有安排以专节的形式，更遑论专章。其有关内容是分散穿插于各节的论述中。以鲁迅为例，"第一个十年"时期是鲁迅创作的高峰期，诞生了《呐喊》、《彷徨》、《野草》、《朝花夕拾》等厚重的作品，大陆的"新文学史"著作往往会浓墨重彩，大书特书。如钱理群的《中国现代文学三十年》中，"第一个十年"时期鲁迅创作就被设以专章论述，放在作家论的首位，地位独特而显赫。但在周著中，鲁迅却是很不显眼地出现在第三章的第八节"新文学初期的小说创作"和第十节的"新文学初期的散文"，鲁迅和众多作家混在一起论述，并没有在该时期的作家中被重点突出。在小说部分，他是与汪敬熙、杨振声、叶绍钧、冰心、落花生、王统照、庐隐、孙俍工、张闻天、郭沫若、郁达夫、张资平、周全平、倪贻德、冯沅君、蒋光慈、许钦文、王鲁彦、冯文炳、黎锦明、刘大杰等人并列论述。在散文创作部分，他是与朱自清、周作人、叶绍钧、徐志摩、俞平伯、郁达夫、冰心、许地山以及其他作家并列叙述。虽然他对鲁迅该时期作品的评价并不低，但也是轻描淡写，只用区区数百字的文字叙述，几乎与其他同时代作家等同，根本不能凸显出鲁迅的重要性及其在中国现代文学史上的崇高地位。茅盾、巴金、老舍代表着"第二个十年"长篇小说创作的高峰，因此他们往往在大陆的"新文学史"中被安排专章的位置，但在周锦的《中国新文学史》中，这三位小说大家没有专节论述，而只在"新文学第二期的小说创作"中，和诸如张天翼、靳以、施蛰存、谢冰心、凌叔华、庐隐、绿漪、萧军、萧红、

69

孙陵等人平起平坐，无法突出他们杰出的小说家地位。"鲁郭茅巴老曹"中的郭沫若和曹禺在周著中的地位也大致类似于上述作家。总之，"鲁郭茅巴老曹"在周锦的《中国新文学史》中没有取得他们在大陆"文学史"中那种不可动摇的核心地位。造成这种现象的原因是复杂的，但与政治环境和时代背景有着重要的因果关系。在台湾国民党"戒严时期"，一方面，由于反共的需要，鲁迅等所谓的"左翼"作家作品在台湾被禁，不准流通和公开阅读。另一方面，"戒严"时期台湾高校中文系的课程设置中，也没有"中国现代文学"这门课程，这样就阻碍了中国现代作家作品在台湾的接受和流播，"鲁郭茅巴老曹"的作品自然不为台湾读者所熟识。经典的建构除了经典本身的艺术魅力之外，还需要读者、批评家、现代传媒手段，甚至意识形态等多重因素的合力来完成。而在台湾国民党"戒严"时期的背景下，缺乏经典产生的客观条件，"鲁郭茅巴老曹"自然难以经典化，成为经典性作家。

二　基于意识形态的偏见

周锦的《中国新文学史》出版于 1983 年，属于"戒严"时期的末期，但是这本著作脱胎于 1980 年出版的《中国新文学简史》，是在后者基础之上扩充和修订的版本。据周锦的《中国新文学史》"自序"中所透露的信息，这本书至少完成于 1976 年之前。台湾国民党"戒严"时期，由于两岸政治对峙和意识形态的分野，与政治密切联系的中国现代文学研究也不可避免地受到意识形态的影响，甚至沦为"反共"的工具。在这样一种前提下，台湾"戒严"时期的文学史家戴着一种"有色眼镜"来看待现代文学作家，依据"共产/非共产（反共产）"的二元标准来划分作家阵营，对于"共产作家"或靠近"共产"的作家则评价较低，甚至"丑化"或者"妖魔化"，对于"非共产（反共产）"的作家则评价较高，甚至无限拔高，其中蕴含着不言自明的"学术政治"倾向。在"鲁郭茅巴老曹"六大家中，基于其距离中共的远近或其对中共的态度，而相应给予不同的评价。这和"冷战"

70

时期产生的夏志清的《中国现代小说史》的价值立场如出一辙,《中国现代小说史》就表现出"一种'共产宿命论',谁与共产主义思潮靠近,谁一定是失败的作家"①。例如对于鲁迅的评价,由于鲁迅后期加入"左联",与中共比较亲近,周锦不惜否定鲁迅的后期创作,甚至诽谤鲁迅是文化"汉奸",他说,"(鲁迅的杂文)不是创作,不能算做文学作品。很不幸的是,左派为了捧鲁迅,竟把这种杂文大肆渲染"②。对于鲁迅加入"左联"的动机和原因,他认为是鲁迅被日本特务操纵,而这个所谓的"日本特务"即是鲁迅的朋友内山完造。他说,"以军部的文化特务内山做主脑,用书店作为机关……最恶劣的一件事,莫过于操纵鲁迅,而鲁迅到死也不知道被那个日本人利用了将近十年……左联的成立,共产党固然要利用鲁迅的偶像地位,而真正促成鲁迅取合作态度的还是这个日本人"③。茅盾是中国现代文学史上一个最具代表性的左翼作家,周锦对此点不免耿耿于怀,行文时带着不少近乎"骂街式"的情绪化表达,认为"茅盾根本缺少文人气质,一派小商贾的作风,一点小聪明再加上投机钻营的手段。他最初的参加武汉政府只不过是想借机会出人头地,失败后写三部曲,充满了灰色,想赎罪而已,如果国民政府稍加安抚,则将顺流而下,可惜计未得逞。民国十九年国内大乱,左派势力抬头,似有可为,茅盾于是年参加了左联。国内乱事平定后身份被确定,且成为左联的实际主席,当然要有所表现,尤其这时候中共在军事上和政治上都居于下风,那么在宣传上在文艺上不得不企图有所作为,《子夜》就是在这样情况下催生出来的";"这部作品的创作过程为识者所不齿。《子夜》不仅是政治性的小说,而且是中共文总指导下的集体创作,只不过由茅盾执笔并假其名义发表而已"④。周锦不但否定《子夜》,同时对茅盾的《春蚕》、《林家铺子》等优秀的短篇小说也一概否定:"除了前面的长篇以外,他在这一时期还发表过一些短篇,如《春蚕》、《林家铺

71

① 刘再复:《文学十八题》,中信出版社2011年版,第284页。
② 周锦:《中国新文学史》,(台北)逸群图书有限公司1983年版,第297页。
③ 同上书,第315页。
④ 同上书,第438—439页。

子》、《赵先生想不通》等，但是不能算成功的作品。"① 对于茅盾抗战时期的散文集的叙述和评价，更是和政治扯在一起，认为茅盾"在新疆与苏联勾结的阴谋败露，被送去陕北……散文写得不少，且多见闻性的作品"②。周锦对于郭沫若的评价，也是类似立场。郭沫若的话剧创作具有不低的艺术价值，但周锦对此不屑一顾。说郭沫若"一直是政府的高级官员，却总认为自己是高人，甚至以'屈原'自居。但碍于身份，又不能明目张胆，因此大量制造历史剧"③；"实在不该糟蹋戏剧"④。对于取得公认成就的郭沫若的新诗《凤凰涅槃》，周锦却予以情绪化的负面评价："把做诗变成了喊口号，总是缺少了诗的情调和诗的味道"⑤；"他的诗的风格，实在没什么好。只是运用了一些新名词，但显得不伦不类，再就是创造了新的语法和句法，但是冗长得有些累赘"⑥。"六大家"中的老舍，相对于"鲁郭茅"，与中共的关系相对疏远。只在抗战期间，出于对日抗战的需要，老舍加入了1938年3月在武汉成立的"文协"。"文协"是中华全国文艺界抗敌协会的简称，是抗日战争期间较有影响的文艺界抗日民族统一战线组织，老舍担任"文协"的总务主任。在"文协"工作期间，老舍由于客观需要不免和中共有所交集，周锦却不忘对于老舍该时期的作品进行意识形态性质的附会式解读，如关于老舍的作品《剑北篇》，他认为是"为了报答毛泽东的知遇之恩，回到重庆写成了长诗《剑北篇》以暗送秋波"⑦。综观以上周锦的有关论述可以看出，由于他的作家作品评价并非立足于文本本身，而是别有用心地从意识形态的层面进行穿凿附会的解读，并且文风多情绪化的贬低嘲弄，不够平和冷静，大大损害了学术研究的客观性和学理性。由于其观点的片面性比较明显，此处不饶舌反驳。

---

① 周锦：《中国新文学史》，（台北）逸群图书有限公司1983年版，第439页。
② 同上书，第684—685页。
③ 同上书，第680页。
④ 同上书，第291页。
⑤ 同上书，第229页。
⑥ 同上书，第230页。
⑦ 同上书，第600页。

"鲁郭茅巴老曹"中，只有巴金和曹禺与中共相对比较疏远，巴金信仰无政府主义性质的"安那其主义"，他曾经为右派的"民族主义文学"主办的《文艺月刊》写过稿，因此受到左翼作家的批判。而曹禺除了在抗战时期介入时代洪流，绝大部分时间都是在大学校园度过，距离政治较远，相对比较单纯。缘此，对于巴金和曹禺，周锦没有表现出如对"鲁郭茅"那样的基于意识形态的偏见。特别是对于巴金，从长篇小说《家》，到他的短篇小说和散文，周锦一律是正面肯定。笔者推测，此中原因，一方面当然与巴金作品的艺术价值有关，另一方面可能也与周锦对一个与中共保持"距离"的巴金不无好感有关。需要注意的是，在台湾国民党"戒严"时期的"新文学史"著作中，这种基于意识形态的评价不是一个孤立的个案性现象，而具有普遍性，不同程度地出现在其他"新文学史"（文学专题史）著作中。

三 学理立场的展现

在台湾国民党"戒严"时期产生的"新文学史"著作中，相对于尹雪曼、陈敬之、周丽丽、舒兰等人的史著，周锦《中国新文学史》中所体现的意识形态偏见并不是最严重的。事实上，在不少作品的评价上，他还能站在客观公正的立场，作出学理性评价。如周锦虽然否定鲁迅的杂文，但对鲁迅的小说评价较高。他说："鲁迅，是新文学运动后，创作新小说的第一人。……他在中国新文坛的小说创作上，就如同胡适对于诗歌一样，虽然作品不算丰富，但是打开局面的先锋精神是不容忽视的。……就这些小说，已经完全奠定了他在中国新文坛的地位。"[1] 周锦从鲁迅小说的开创性方面来谈鲁迅小说的地位和贡献，的确，《呐喊》和《彷徨》的伟大贡献也正在于它是中国现代小说的奠基之作，它的意义正如严家炎先生所说，"中国现代小说在鲁迅手中开始，又在鲁迅手中成熟，这在历史上是一种并不多见的现象"[2]。周

73

---

[1] 周锦：《中国新文学史》，（台北）逸群图书有限公司 1983 年版，第 249—250 页。
[2] 严家炎：《鲁迅小说的历史地位》，北京大学出版社 1983 年版，第 101 页。

锦尤其赞赏《阿Q正传》和《狂人日记》："他的第一个短篇《狂人日记》，也是中国新小说的第一篇创作……这篇小说无情地批判了旧社会——一个吃人的社会。作者以讽刺的犀利笔触，刻画出那个社会的现象。但不只是讽刺或是揭过去的恶疮，最后乃以'救救孩子'结束，是他确认了教育的功能，并表现了改造社会的伟大抱负"；"在鲁迅的小说中，《阿Q正传》是一篇非常成功的作品……感人深远，影响很大。有人把这篇小说誉为《堂吉诃德》，那是不够深入的看法，因为《阿Q正传》所代表的是当时那个社会的普遍现象，是那个古老民族的通病，其社会性与民族性不是其他小说所能相比的"①。在周锦看来，《狂人日记》的意义首先在于其是中国现代文学史上的开山之作，其次是主题上对"吃人"社会的批判，最后是"救救孩子"式的改造社会的抱负。其对《狂人日记》意义的概括是全面而准确的。周锦甚至认为《阿Q正传》在表现"社会性与民族性"方面超越了《堂吉诃德》，他是站在世界文学的坐标上来定位《阿Q正传》的，可见他对《阿Q正传》的评价之高。对于茅盾的小说，周锦虽然否定了《子夜》、《春蚕》和《林家铺子》等"社会剖析派"小说，但是对于《蚀》、《腐蚀》和《虹》等另类风格的小说，却给予相对客观公正的评价："长篇小说《蚀》，是中国新文学比较成功的长篇小说的开始"；"在中国新文学长篇小说的开创功劳，却是不能抹杀的"②；《虹》"这部小说的写作技巧、人物刻画，以及思想的表现上，都比'三部曲'进步得多"③。《腐蚀》"是写得比较成功的一部创作，——全书用日记体，题材新鲜，故事生动，描写深刻细腻"④。对于郭沫若的新诗，周锦一方面批评了其"口号化"的缺点，另一方面肯定其风格多样的"求变"性特征，认为"他的求变，对那个时代的青年确是发生了不少影响"⑤。周锦对于曹禺的《雷雨》、《日出》等作品评价较高，认

---

① 周锦：《中国新文学史》，（台北）逸群图书有限公司1983年版，第249—250页。
② 同上书，第435—436页。
③ 同上书，第437页。
④ 同上。
⑤ 同上书，第230页。

为《雷雨》"由于严密的结构和精炼的对话，再加上故事内容深得那个时代青年的喜爱，因此立刻引起了广大的注意，得到新文学运动以来戏剧创作上少有的成就"；"这样的剧本，是应该得到空前的成功。后来从事戏剧创作的人，也是应该多加借鉴的"①。而《日出》是"新文学创作中难得的作品"②。他积极肯定了曹禺在中国现代戏剧发展史上的重要地位，认为"在中国新文学第二期的曹禺，如戏剧界的一颗彗星，赵景深在《文坛忆旧》书中会说：'他出现得虽迟，却极为出色，顿时震惊了整个的中国文坛，使得一般剧作家老辈为之黯然无光。'这样的说法是正确的"③。当然，学理性的批评不只是光说好话，而是"好处说好，坏处说坏"④。

　　"鲁郭茅巴老曹"的创作当然并非完美无瑕，周锦也同时准确指出他们创作中的缺憾。他认为，老舍的早期小说"笑料太多，描写得过于夸张，显得没有深度"；"在'好笑好玩'的原则下，他把小说弄得有似天桥的'相声'"⑤；《猫城记》"的确是一部具有时代性的讽刺小说，对当时的社会、教育，以及所谓学者和作家，作了一次痛快淋漓的揭露和数说。不过由于惯用'幽默'，使文句显得有些油滑，也使作品失去了严肃性"⑥。周锦对于老舍早期小说"油滑"特征的发现和批评，不无道理，符合老舍作品的实际，老舍自己就曾经反思过早期小说的"油滑性"特征："死啃幽默总会有失去幽默的时候；到了幽默论斤卖的地步，讨厌是必不可免的"⑦。对于曹禺的《日出》，周锦一方面肯定了"作者用了'横断面的描写'，使每一个角色的刻画都很深入，那些躲藏在黑暗里的牛鬼蛇神，那些见不得人丑行秽事，都能使观众感到似曾相识，觉得百分之百的真实"，认为其是"新文学创作中难得的作品"。另一方面又指出剧本"可惜拖

75

---

① 周锦：《中国新文学史》，（台北）逸群图书有限公司1983年版，第466页。
② 同上书，第467页。
③ 同上书，第468页。
④ 鲁迅：《鲁迅全集》第4卷，人民文学出版社2005年版，第528页。
⑤ 周锦：《中国新文学史》，（台北）逸群图书有限公司1983年版，第439页。
⑥ 同上书，第440页。
⑦ 老舍：《老舍论创作》，上海文艺出版社1980年版，第40页。

了一个尾巴"①。此处，作者既正面评价《日出》的高度"真实性"特征，又敏锐地指出《日出》最后脱离故事语境、勉强附加的"光明的尾巴"的缺憾。所谓"光明的尾巴"，就是指《日出》结尾处，伴随着工人雄壮的打夯歌声，一轮红日在东方冉冉升起，象征着黑暗必将过去、光明终将到来。曹禺此举的用意是不想让观众沉溺在毫无希望、悲惨凄切的黑暗中，所以给人指示出一个朦胧的光明未来。也许曹禺的出发点是好的，但是这个结尾游离于主体故事的结构之外，是一种人为拔高和嫁接的结尾，给读者一种不自然和突兀的感觉。

结　语

相对于"鲁郭茅巴老曹"在大陆"新文学史"著作叙述格局中不可动摇的核心地位，"鲁郭茅巴老曹"、"非核心化地位"现象不独体现在周锦的史著中，也呈现在台湾国民党"戒严"时期其他"新文学史"著作中。这种情况直到台湾"解严"之后产生的"新文学史"著作中才有所改观，如皮述民等的《二十世纪中国新文学史》（台湾骆驼出版社 2008 年版）、唐翼民的《大陆现代小说小史》（台湾文史哲出版社 2007 年版）。前者对"鲁郭茅巴老曹"都安排了相对充分的篇章论述，后者是"小说史"，共十章内容，鲁迅占了两章，茅盾、老舍、巴金各占一章。这种安排的比例几乎可以等同于钱理群的《中国现代文学三十年》了。排除了"戒严"时期政治意识形态的干扰，加上"解严"后"鲁郭茅巴老曹"作品在台湾的正常接受与传播，两岸文学史家在"鲁郭茅巴老曹"的评价上形成了合流之势和趋同走向。当然，这才属于正常现象。另外，周著对于"鲁郭茅巴老曹"及其作品的评价，呈现出一种二元并立、相互缠绕的矛盾吊轨现象：一方面，对于作家作品的评判表现出基于意识形态的偏见；另一方面，对部分作品的评价却又呈现出客观公正而不乏学理性的特征。以上现象并非个案性的存在，而是不同程度地体现在台湾"戒严"时期绝大部分

76

---

① 周锦：《中国新文学史》，（台北）逸群图书有限公司 1983 年版，第 467 页。

"新文学史"著作中。究其原因，就是该时期的文学史家都无法摆脱特定政治意识形态的规训和影响，但是史家的"良知"、"胆识"和"规范"又潜在地作为一种反向力量，与前者形成一种隐形对抗和消解的关系，史家所拥有的"良知"和"胆识"的多与寡，决定着史著学术含量的多与寡。

白先勇《台北人》中女性群像的 内涵和艺术塑造

　　白先勇的父亲是国民党高级将领白崇禧，作为军人后代，他先后经历了抗日战争、解放战争、撤军台湾等重大历史事件，亲历了国民党轰轰烈烈的辉煌时代，也目睹了它败北的仓皇与落魄，他的家族作为国民党的附属，也伴随着国民党由盛而衰，由顶峰跌入低谷。作为生活于新旧交替时代的人，白先勇亲身体验了这个时代变迁的幸福与苦难，以及作为一个台北人坎坷曲折的心路历程。正如《台北人》开篇的那首《乌衣巷》中所说："朱雀桥边野草花，乌衣巷口夕阳斜。旧时王谢堂前燕，飞入寻常百姓家。"这段非同寻常的特殊经历使他的作品带上了浓重的"历史兴亡，人世沧桑"之感，赋予了作品深刻的"祸兮福之所倚，福兮祸之所伏"的辩证思想。他的代表作《台北人》刻画了一系列栩栩如生的女性形象，这些形形色色的女性形象囊括了整个社会的妇女阶层，上至旧式封建官僚太太、新兴资产阶级夫人、社会名媛、高级交际花，下至平民百姓、女仆、妓女等。作者通过这群身份不同、地位迥异的女性的眼光来透视动荡的时局，摹绘炎凉的世态，借助她们的喜怒哀乐、悲欢离合来传达作品主题，展现台北人的生存状态，揭示台北人复杂矛盾的思想，表达对人生的哲理思考。女性形象成为白先勇观察世界、思考世界的重要手段，正如华裔美国作家於梨华所说："在二十世纪的中国，没有任何一位作家，刻画女人，能胜过他的。"①

---

① 於梨华：《白先勇笔下的女人》，《台北人》，作家出版社 2000 年版，第 196 页。

一 女性群象的内涵和意义

（一）追忆往昔的繁华昌盛

（1）对繁华时代的留恋。在《台北人》中，上海是一个重要的意象，民国时代的上海是举世瞩目的焦点，充斥着高耸的摩天大楼，新潮的流行服饰，摩登的性感女郎，它的一举手一投足都引领着世界的潮流，旧贵族们就是在这里度过了多年的纸醉金迷的生活。民国上海的繁华正是旧贵族们人生巅峰时代的侧面表现，但当她们仓皇逃离大陆，流落台湾后，昔日的无限风光已经不在，面对无法改变的现状，她们只好无奈地沉迷于对往日繁华时代的追忆中，在醉生梦死的虚幻世界里麻痹自我，熨帖心灵。《永远的尹雪艳》中，那群失意的历史遗老们躲在不低于上海霞飞路排场的尹雪艳的尹公馆里，吃着京沪小吃贵妃鸡、呛虾、醉蟹，开着舞会，设起牌局，将旧上海的生活复制过来，维持失势贵族最后的风采与气派。尹公馆散发出繁华都市的麝香味，熏得这些落魄的旧贵族们进入半醉的状态，津津乐道旧上海的光辉岁月，似乎又重返那春风得意的年代，似乎又感觉恢复了往日的地位与重要性。那位总也不老的尹雪艳便是"上海百乐门时代永恒的象征，京沪繁华的佐证"①，尹雪艳同时也吸引着一群群太太们，她们嫉妒她如同一株万年青一样年轻貌美，然而又离不开她，离不开尹雪艳带给她们的"旧上海"、"假繁华"的虚幻，亦步亦趋地紧跟着她逛西门町，看绍兴戏，吃三六九里的桂花汤圆，挑最登样的绣花鞋，穿最时兴的绸缎装，及时地安慰着她们的哀怨和委屈，抛开一切不如意的事儿，沉浸在自己想象的虚幻中。在陌生的台湾，尹公馆创造出一片"小上海"的天地，让那群美人迟暮的太太们沉醉在20年前的上海滩的纸醉金迷，沉醉于自己的风华绝代；让那些江郎才尽、英雄末路的先生们似乎回到了自己独揽乾坤、呼风唤雨的年代。

（2）对昌盛时局的怀念。国民党执政于大陆时期，统治阶级掌有

79

---

① 白先勇：《白先勇自选集》，花城出版社 2009 年版，第 99 页。

实权，又正值青壮年时期，事业辉煌，生活富裕，早年得志，意气风发。战败撤军偏安台湾后，这些上层人物空有闲职，权力落空，辉煌不再，面对"虎落平阳被犬欺"的局面，他们思念着故地家园上的亲朋好友，缅怀着过去昌盛时局中的显赫风光。《思旧赋》通过罗伯娘与顺恩嫂的对话，展示了一部生动的旧式贵族衰亡史。叱咤风云的李将军落魄潦倒，虚脱得变了形，华丽矜持的夫人病死在冰冷的手术台上，娇贵的官小姐成了为人不齿的"小三"，留学海外的少爷病成了精神分裂的白痴，曾经举办赏花会的后院长满蒿草，曾经豪华的建筑现已破烂不堪，大家庭里死的死、散的散，笼罩在一片破败、萧瑟、颓废的氛围里。两位忠心耿耿的老仆感叹着主家风水不好，回忆着曾经的显赫功勋和荣华富贵：将军的步步高升、意气风发，夫人在后花园宴请宾客，共赏牡丹的富贵花开，公馆灯火辉煌，宾客接踵而至，川流不息，好不热闹。作者借助两位女仆的视角观照现实的衰败，通过描写她们的感慨、愤懑、悲伤和怀旧，侧面衬托出李公馆昔日的繁华，抒发失落的"台北人"对于昔日昌盛时局的怀念，表达了他们对于"人生如梦、世事无常"的命运感慨。

（二）再现当下的生存状态

（1）对战争离乱的控诉。白先勇描写的多为新旧交替的没落人物，他们历尽坎坷和沧桑，对于时代的变迁十分敏感与揪心。作者生动再现了他们当下艰难的生存状态，由此也间接地表达了对战争离乱的无声控诉。《花桥荣记》里的"花桥荣记"曾是当年家喻户晓的招牌，马肉米粉一天能卖出几百碟，公馆也常来预订，生意十分兴隆。而一场苏北战役，将丈夫打得音信全无，妻子仓皇撤退台湾，告别了往日稳定安乐的日子，流落于台北，无奈之下只好孤身一人做起小生意，七拼八凑重开了花桥荣记。作为老板娘，喜迎八方客，小说以老板娘独有的女性视角观察各色往来的客人，关注这些"背井离乡"的"台北人"：客人卢先生不忘在大陆时与罗家小姐的婚约，死守住这项约定，用一生来实践诺言；而从前在柳州做大生意、有半城家产的李老头来台后穷困潦倒，在店里吃了一顿大餐纪念自己七十大寿后自杀；曾经当过广西容县县长的秦癫子，患了花痴病，最后疯疯癫癫地淹死在肮脏的地沟中。若没有战争，老板娘应该与她的丈夫白头偕老，共同打理着桂林祖传的荣记；卢先生也应与端秀美丽的罗家姑娘喜结良缘，继承家业而非孑然一身地在台湾当个小学教员；李老头、秦癫子也应安享晚年。战争打破了他们生活的节奏，改变了他们的生活轨道，把他们从理想的生活拉进黑暗的深渊，思乡之苦、思亲之痛深深地烙在他们的心中。作者在塑造老板娘的形象时，穿插进相关人物相似的生活经历，并借老板娘之口，娓娓道来这残酷冷峻的现实生活。现实与理想、现在与过去形成强烈的对比，平淡的语言实质是对战争发出的最有力的控诉。

（2）时代转型的阵痛。"台北人"所生活的年代，台湾正由封建性的农业社会向资本主义社会过渡，代表封建农业社会的旧式贵族官僚日渐式微，新兴资产阶级日益壮大，两者的角逐和地位的互换，捧起了一群资产阶级新贵，也淘汰了一批曾经在历史舞台上叱咤风云、风华绝代的人们，这些历史遗老只能眼睁睁地看着属于自己的时代的落幕，唱着一曲曲无尽的挽歌。《秋思》中华将军夫人与万大使夫人的暗自较劲，实际上暗示着传统贵族和资产阶级新贵的明争暗斗，而旧贵族的灭亡是历史的大势所趋。华家花园的极品白菊花"一捧雪"，从外表看虽开得茂盛，"吐出拳头大的水晶球子，白绒绒的一片，袭来一阵冷香"[1]，但繁花覆盖的下面有许多花苞已腐烂死去，枯黑发霉如同烂馒头一样，从花心流出黄浊的腥液，最终只能修剪掉。菊花就影射着华夫人和整个旧贵族阶层，外表娇艳动人，实则腐败不堪，已经走到了时代的末路。为了日常宴会，华夫人请来美容师为她精心打扮，敷面膜、修指甲、梳发髻、配玉器，身着"一袭宝蓝底起黑水纹的印度真丝旗袍"来衬托自己的身份，现在的华夫人只能在容貌衣着上下功夫来超越新贵万夫人，引起外界的注意，保持自己的地位。在时代转型中，产生了一大批"华夫人"，她们无疑是痛苦的，旧日显赫的地位一落千丈，经济基础轰然倒塌，空有贵族头衔，在新兴资产阶级的冲击下，竭力维持身份做派，保持形象，却如履薄冰、寸步难行。

81

---

① 白先勇：《白先勇自选集》，花城出版社 2009 年版，第 184 页。

（3）对现实的无奈反抗。物竞天择，适者生存，这是所有生命都必须遵守的法则，而在男尊女卑的社会里，女性作为弱势群体，面对时代的洪流，面对不能把握的命运，或选择逆来顺受，或选择直接或间接的反抗。在小说《一把青》中，少女朱青在新婚丧夫和背井离乡后，从单纯羞涩的少女变为泼辣孟浪的少妇，作为下层军人遗孀，为了维持生存，在没有任何依靠的情况下，面对苦难，只有孤身一人承受它，努力改变自己，更好地适应它，甚至超越它，及时行乐，享受生活，求得生存，因而在苦难面前，"朱青还是异样的年轻朗爽，双颊丰腴了，肌肤也紧滑了，岁月在她的脸上好像刻不下痕迹来了似的"①。她的改变看似堕落，实是表现了理解生活、看透人生后的坚韧和洒脱，在朱青看似妥协的表面下隐藏的是一颗反抗的心。另外，也通过朱青人生前后巨大的反差来控诉残酷的现实世界。

二　女性群象的艺术塑造

白氏有深厚的中国古典文学功底，深谙古典文学精湛的艺术技巧，同时他又留学海外，系统学习过西方的文学理论，因此，他在进行文学创作时，能将中西艺术手法同时"拿来"，融会贯通，中西合璧，创作出系列成功的女性艺术形象。

（一）西方现代派艺术手法的运用

白先勇对西方现代派艺术手法最成功的运用就是"意识流"手法。意识流本是心理学词汇，由美国机能主义心理学家詹姆斯提出，认为人的意识可以像水一样自然流动，不受时间和空间的限制，是一种不受客观现实制约的纯主观的感受和想象。这一概念后被作家所借鉴，用于文学创作，从而导致了"意识流"文学的产生。《游园惊梦》则借助"意识流"的手法来描写音乐的韵律和人的心理动态，以昆曲为纽带媒介，串联起各个时期的记忆，使其完整、流畅、自然。在小说中，昆曲《游园惊梦》对主人公蓝田玉的一生有重要意义，既使她

---

① 白先勇：《白先勇自选集》，花城出版社 2009 年版，第 112 页。

享尽荣华富贵，又令她与爱情失之交臂。在南京得月台，钱将军听得一首《游园惊梦》不能忘怀，返回娶蓝田玉为填房夫人，于是一个二十出头的优伶摇身一变为将军夫人，命运得以改写；最后一次在南京聚会为桂枝香三十岁做生，也是在唱《游园惊梦》时发现亲妹妹与自己情人郑彦青——钱将军的参谋的私情，于是怒急攻心，嗓子失声；十几年后的今天听着《游园惊梦》，看到程参谋与蒋碧月的情意浓浓，又回想起惨痛的过去，嗓音嘶哑。这三段"意识流"都是发生于台北窦公馆的晚宴上，徐太太一曲哀婉动人的昆剧，使钱夫人游走于现实与虚幻之间，往昔与现在的一幕幕伴随着音乐的跌宕起伏扑面而来，令她窒息。昆曲《游园惊梦》作为线索，联系着一个女人一生中三次重要的命运转折，也作为分水岭，将蓝田玉的一生分为青春萌动少女时代、高贵优雅的将军夫人时代和落魄潦倒的中年时代，它唱尽了钱夫人的荣华富贵与悲伤落寞。

（二）传统"赋"、"比"手法的借鉴

赋、比、兴是从中国诗歌的滥觞《诗经》中流传下来的，"赋"就是"铺成其事而直言之"，对事物进行夸张繁复的铺张描写，来表现描写对象的细节或者突出其特征，其艺术功能在汉赋中得到充分体现。"比"则为"以此物比彼物"，也约略等同于现代的比喻手段。

在《永远的尹雪艳》中，作者用赋的手法铺张细致地描绘了尹公馆的精致舒适，"西式的洋房，容得下两三桌酒席的大客厅，一色桃花芯红木桌椅，大靠背的沙发里塞满了黑丝面子鸳鸯戏水的湘绣靠枕，使人一坐便陷下去大半，十分舒适。设有特别的设备的麻将间、麻将桌、麻将灯，案头的古董花瓶四时都供着时新的鲜花"①。旧贵族们在牌桌上大战方酣时吃着金银腿、鸡汤银丝面，在尹公馆里很容易忘记阴寒及溽暑，也很容易忘记现实的不如意。小说通过赋的手法铺写了尹公馆的豪华，一方面讽刺了尹雪艳的骄奢，另一方面也抨击了这些旧贵族们逃避厌世、不思进取，贪图享乐的行为。在《游园惊梦》中，作者同样不厌其烦地铺写窦公馆的豪华气派："厅堂异常宽大，

83

---

① 白先勇：《白先勇自选集》，花城出版社 2009 年版，第 99 页。

呈凸字形，是个中西合璧的款式，左边置一堂软垫沙发，右边置着一堂紫檀硬木桌椅，沙发的黑绒子洒满醉红的海棠叶儿，中间地板上是两寸厚的二龙抢珠的大地毯，矮几上摆了一只两尺高的青天白日细瓷胆瓶，八张紫檀椅子团围着一张嵌着纹石桌面的八仙桌，边上是一档乌木架流云蝙蝠镶云母片的屏风。"① 时蓝田玉居住在冷清的台南，穿着乌黑的老款旗袍，站在闪耀夺目的厅堂里百感交集。铺写华丽的窦公馆是为了与蓝田玉的境遇作比较，是为了表现旧式贵族的落寞与新兴贵族的崛起，也抒发了人世无常、富贵不定的感慨，充满了苍凉与无奈之感。

《思旧赋》中，在描写两位老仆时运用了"比"的手法。顺恩嫂回到李公馆时，伸出那只乌爪般瘦棱的手，在破旧裂开的大门上摸索了片刻，而在李宅后门厨房里操持家务的罗伯娘则是"一头蓬乱的白发，丰盛得像只白麻织出的网子一般，面庞滚圆庞大，一脸的苍斑皱纹，像只晒得干硬的柚子，胸前一个大肚子，挺得像只簸箕"②。所有的重担都落在年迈的仆人身上，没有任何的中坚力量来支撑整个家族，封建贵族家庭失去了动力与活力，一切都沉浸在颓败失势中。作者运用比喻手法，形象生动地写出了疾病缠身的顺恩嫂和老态龙钟的罗伯娘，赞扬她们的善良与忠诚，展示了她们所热爱的、所依附的旧贵族阶层一步步走向灭亡的深渊，写出了这批人的沉沦、无奈与痛苦。《秋思》将封建贵族比作"一捧雪"，菊花娇弱美丽，虽然外表开得茂盛，实则内质已经腐坏，意味着这些"旧人"虽然现在保持着身份与地位，但仍旧不免走向衰亡。

（三）独特的叙述视角

什么叫叙事？叙事就是"按照一定的次序讲述故事，即把那些看起来头绪很多的零碎事件在话语之中组织成一个前后连贯的故事"，"叙述人是文本中讲故事行为的直接执行者，叙述人执行任务时，有时出现在文本中，有时出现在文本之外"③。在《台北人》的多篇小说中，主人公担任叙述人的角色，并且推动故事情节的发展，从故事参与

84

---

① 白先勇：《白先勇自选集》，花城出版社 2009 年版，第 151 页。

② 同上书，第 193 页。

③ 南帆：《文学理论》，北京大学出版社 2008 年版，第 61、71 页。

者的角度审视事件发展，视角集中深刻，使得叙事更加丰满与真实。《一把青》中故事的叙述人即是文中的"师娘"秦老太，她以其独有的视角为切入点，将朱青的人生蜕变娓娓道来。丈夫郭轸的意外死亡以及生活所迫，使得朱青由颇为单瘦的黄花闺女变为妖娆丰圆的妇人，由抱着丈夫制服寻死觅活的痴情女变为面对小顾死讯依然谈笑风生痴迷于麻将的冷情人，朱青不管是外貌还是内心都发生了巨大的变化。作者以细腻的笔触写尽了十几年间发生在这个妇人身上的沧桑。《孤恋花》的叙述者为云芳老六，亦是贯穿全文的主线人物。她目睹了五宝遭遇不幸，惨死在老化手中；也眼睁睁地看着娟娟被柯老雄凌辱虐待，一步步折磨至死；她钟情于五宝，在其死后移情于娟娟，为了娟娟，老六花尽一生积蓄安置了一栋公寓，并无微不至地照顾娟娟和她的饮食起居，只为让娟娟有家的归属感，但娟娟最终命丧爱巢。小说通过云芳老六之口诉尽了一个个"被侮辱"与"被损害"的小人物的凄凉悲苦的命运。

（四）人物塑造的"美丑对照原则"

雨果 1827 年在《克伦威尔序》中提出著名的"美丑对照原则"："丑就在美的旁边，畸形靠近着优美，丑怪藏在崇高的背后，恶与善并存，黑暗与光明相共。"[①]《台北人》的人物塑造正体现了人性的"美丑对照原则"，小说中的女性往往是美的象征，外表美艳或内心善良，通过对这些"美"的描绘，反衬了男子的"丑"，从潜意识里反映了作者的性别观。《金大班的最后一夜》中女主角"玉观音"金兆丽被喻为"九天瑶女白虎星"下凡扰乱人世，在外表的风光华丽下仍是为人不齿的"货腰娘"，混迹于烟花孽海二十余载，练就一副泼辣大胆的性格。但是这些并没有抹杀金大班人性中美好的一面，重情重义仍隐藏在其内心深处：不论时光流逝，她对一穷二白的月如的情感仍一如既往，想替他生下一儿半女，然后守着孩子生活。她同情朱凤，毫不犹豫地将自己手上一克拉半的钻戒摘下来资助她，奉劝她将腹中孩子生下并好好生活。身陷风尘的金大班不仅保持外表的美艳，更难能可贵的是仍怀有一颗"赤子之心"。相比之下，小说中描写的男子

85

---

① 雨果：《雨果论文学》，柳鸣九译，上海译文出版社 1980 年版，第 30 页。

则是以反面形象出现，"夜巴黎"经理童得怀被"玉观音"称为"没有见过世面的赤佬"，"那副嘴脸在百乐门掏粪坑未必有他的份"；潘金荣被她称为"千年大金龟"、"又老又有狐臭"；她在得知朱凤种下祸根时狠狠说道："舞客里哪个不是狼心狗肺？哪怕你红遍了半边天，一知道你给人睡坏了，一个个都捏起鼻子鬼一样的跑了，好像你身上沾了鸡屎似的。"①《台北人》中的男子形象一般都是外表丑陋、内心淫邪，他们作为女性形象的对立面而存在，起到红花衬绿叶的作用，也从深层映射了白先勇的性别归属矛盾性。身为"同志"的白先勇在内心深处认可自己的女性性别意识，因而其笔下的女性形象总体体现了真、善、美的品质；而他对于自己社会意义上的男性性别角色，在潜意识中似乎是排斥和抗拒的，因此其笔下的男子形象多带有负面色彩。总之，白氏作品中男女两性的"美丑对照"实则是作者内心深处无意识的自然流露。

结　语

白先勇说："中国文学的一大主流，就是对历代兴衰的历史写得特别多，从《诗经》《楚辞》就是写这种东西，一直下来到杜甫，到红楼、桃花扇。我受过这些作品的陶冶，本身也经历过许多动乱，就会有这样的情愫。"② 白先勇通过塑造一系列具有典型性与生动性的女性形象，真实地再现了民国兴衰的时代风貌，以及台北人坎坷的生存状态和复杂的心路历程，并拈重若轻地融会东西方艺术技巧，赋予笔下的女主人公以鲜明的艺术感染力，在塑造形象的同时熔铸了"人生如梦、人世无常"的命运感慨和"天行有常、盛衰相依"的历史沧桑感。因此，这些栩栩如生的女性形象，因其内涵的丰富和艺术的独创，必然具有恒久的认识价值和审美价值。（注：此文发表时练修从署名为第二作者）

---

① 白先勇：《白先勇自选集》，花城出版社 2009 年版，第 198 页。
② 白先勇：《台湾文学的两次浪潮兼答问——在广州中山大学的学术报告》，《中国现当代文学研究》1988 年第 5 期。

席慕蓉的《一棵开花的树》
爱情观新论

　　台湾女诗人席慕蓉是善于写情的高手，曾经创作过大量传诵一时、脍炙人口的爱情诗作，倾倒了无数汉语读者，而《一棵开花的树》被公认为是这些情诗中"皇冠上的明珠"。关于这首诗歌所体现的爱情观，就中国学术期刊网上出现的不多的赏析研究文章来看，基本是从正面来理解。例如，有认为此诗"向我们诠释'缘分'这个美好的字眼"①；有认为此诗"写尽了爱的坚贞与真诚，爱的失落与惆怅，更在于它将这份爱由彼岸回归于现实，升华为一种深沉而又理性的悲剧美，达到了对我国古代爱情诗的超越"②；有认为此诗"向人们证明着爱情的美丽与操守"③；有认为此诗"以无比优美的意象表达了'无法预知的时刻'那种忽然来临的刻骨铭心的'感动'，也表达了对人生的一种宽容"④ ……也许是这首诗的语言和意境太优美，其散发出的传统诗词的流风余韵十分契合读者的审美习惯，也许是这首诗所表达的深刻绵长的忧伤情绪和失落心态无形中道出了人们普遍的

---

　　① 　盛晓玲：《此情悠悠无尽期——读席慕蓉的〈一棵开花的树〉》，《阅读与写作》1997年第2期。

　　② 　时珍慧：《回归现实超越完美——浅析〈一棵开花的树〉对中国古代爱情诗的悲剧性超越》，《阅读与鉴赏》2007年第1期。

　　③ 　刘淑青：《一面缘，不了情——〈一棵开花的树〉与〈断章〉比较赏析》，《写作》2008年第21期。

　　④ 　林红霞：《动人的"假设"和"初心"——从〈一棵开花的树〉看席慕蓉的爱情诗》，《作家》2008年第12期。

情感状态，能引起读者内在的情感共鸣并由此偏爱它。我们在对这首诗叹为观止的时候，竟很少有人识别其爱情观背后隐藏的落后陈腐的一面。

在《一棵开花的树》中，从男女两性关系来说，女性是处于丧失主体地位和独立人格的奴从者的地位，男性中心主义立场隐约可见，表明此诗尚没有从中国几千年的传统女性观的阴影中走出来。在此诗中，男女的关系是不对等的，"我"是爱情王国中一个万般谦卑地企求爱情的"奴臣"，"我"对待爱情是千万分的诚惶诚恐，千万分的小心翼翼，而"你"却是一个高高在上的、几乎对"我"熟视无睹的爱情的"君王"。这种不平等的关系形象地表现在诗歌中。首先，"我"化身为"树"，而"你"却依然是"你"。树，只能静止不动，只能等待被偶然的"发现"，等待被恩赐似的"被爱"，而无法自由地去主动寻找和选择。"你"，却是一个来去自如的人，"你"走的路上有千万棵树，"你"有驻足观赏这棵树的自由，也有浪漫邂逅那棵树的自由，面对众树百花盛开，"你"完全有选择自己那份最爱的自由。人与树的角色定位就初步决定了不平等的关系。其次，"我"为了感动你，"我"要将我"最美丽的时刻"展示给"你"，然后在佛的帮助下，"我"如愿以偿地在"阳光下慎重地开满了花"，"我"这样做的目的是什么？无非是让"你"对"我"赏心悦目，从而讨得"你"的喜欢，"我"说到底是处于一种"被看"、被观赏的客体位置，"女为悦己者容"，"我"的生命价值就在于得到"你"的认可或者感动，而当"你终于无视地走过"，那"花"还能为谁"容"呢？当"我"的那份"最美丽"因得不到"你"的"发现"和"认可"，我的心瞬间便"凋零"了，"我"的生命全部意义和价值因为没有得到"你"的哪怕匆匆的一瞥而被全部掏空。总之，在此诗所体现的男女权力关系中，女性的主体性和独立性被消解，男性则获得了唯我独尊的统治地位，体现了一种典型的男尊女卑的思想。法国哲学家西蒙·波伏娃曾经这样评价作为"第二性"的女性："妇女从一开始，她主动的存在和她的客体自我，她的成为另一物之间，就存在冲突。人们教会她：为了讨人喜欢，她必须尽力去讨好，必须使她成为某种客体，她因此应该

88

放弃她的主动性。"① 而中国的封建传统文化是繁衍这样的"第二性"女性的天然温床，在中国传统的男权主义文化的统治下，几千年来中国女性恪守"三从四德"的规训，缺乏独立的女性主体意识，缺乏独立的人格，成为男性的附庸，或不可避免地"物化"，难逃"花瓶"的命运，以能得到男性的赏玩或宠幸为生命的全部价值。因此，中国古典诗词中充斥着这样的诗句："楚王好细腰，宫中多饿死"，"承恩不在貌，教妾若为容"，"自伯之东，首如飞蓬。岂无膏浴，谁适为容"，"自君之出矣，明镜暗不治"，"非无巧笑姿，皓齿为谁发"……中国古代诗词中亦出现大量的"怨妇诗"，因何而"怨"？有因为战争造成男女之间的长久隔离而怨，但更多的是因为女性得不到男性的赏玩喜爱、被男性所冷落所弃置而怨。席慕蓉的不少诗歌在内在精神上与中国历代的"弃妇诗"、"怨妇诗"如出一辙，重复地阐释后者所一再表现的那些缺乏现代女性主体意识的两性观念。总体来看席慕蓉的诗歌，其受到传统诗词影响的痕迹甚为明显，特别是更得"婉约派"诗词的神韵。这种影响给她的诗歌带来双重特征，一方面，她的诗歌承续了古典诗词中的"婉约"风格，善于撷取"婉约"诗词中的意象，意境大多纯美绝伦，而又不乏蕴含"婉约"诗词所常常传达的那种淡淡忧伤的情调，而这也正是她诗歌的魅力所在。另一方面，她在吸收传统诗词的优点的同时也不可避免地受到其落后陈腐的思想观念的影响，因袭了部分传统诗词中所表现出的缺乏现代意识的传统文化价值观念。例如《伴侣》一诗，"你是那疾驰的箭/我就是你翎旁的风声/你是那受伤的鹰/我就是抚慰你的月光/你是那昂然的松/我就是那缠绵的藤萝"。试问，当爱情的双方，"藤萝"只有在依赖于"松"才能生存的前提下，如何能产生平等的现代意义上的爱情？试比较舒婷的《致橡树》一诗，"我如果爱你——/绝不像攀援的凌霄花/借你的高枝炫耀自己/……也不止像险峰，增加你的高度/衬托你的威仪。/……我必须是你近旁的一株木棉/作为树的形象和你站在一起。/……我们分担寒潮、风雷、霹雳/我们共享雾霭、流岚、虹

89

———
① 西蒙娜·波伏娃：《第二性》，陶铁柱译，中国书籍出版社1998年版。

霓/仿佛永远分离/却又终身相依/这才是伟大的爱情"。两诗的抒情主人公的姿态截然相反，前者的"我"要做攀附在"昂然的松"上的"缠绵的藤萝"，而后者的"我"却声明自己不做攀援在"橡树"上的"凌霄花"。《致橡树》否定了传统的依附性的爱情观和奉献性的爱情观，主张一种现代意义上的爱情观，即真正的爱情应该是男女两性平等的爱情，女性应该具有自己的独立人格、个人价值与尊严，不依附于男性，不赞同女性一味自我牺牲和自我奉献，但又追求爱情双方的互相凭依、扶携与承担。《致橡树》中这种独立的女性主体意识是《伴侣》、《一棵开花的树》以及席慕蓉的大部分诗歌所缺乏的，而前者所否定的奉献性爱情观却正是后者所肯定的。席慕蓉曾经表达过她对理想爱情的理解："我一直相信，世间应该有这样的一种爱情：绝对的宽容、绝对的真挚、绝对的无怨、和绝对的美丽。"① 谁对谁"无怨"？谁对谁"宽容"？联系席慕蓉的全部诗歌创作，可以明显看出她所谓的"无怨"和"宽容"绝大多数情况下是女性对男性的"绝对的无怨"、"绝对的宽容"。

诗人通过《一棵开花的树》思考着"刹那"和"永恒"之间的关系，在"永恒"和"刹那"之间，她似乎更注重生命中灿烂精彩的"刹那"，质言之，生命的质量重于数量。"我"在"佛前求了五百年"仅仅就是为了让"你"、"在我最美丽的时刻"遇见"我"。"刹那"虽像划过天空的流星雨一样，稍纵即逝，但它攒聚了生命中闪光的密度和厚度，值得眷恋。这也是她诗歌一再表达的主题："其实我盼望的/也不过就只是那一瞬/我从没要求过你给我/你的一生/如果能在开满了栀子花的山坡上/与你相遇如果能/深深地爱过一次再别离/那么再长久的一生/不也就只是就只是/回首时/那短短的一瞬"（《盼望》）；"假如我来世上一遭/只为与你相聚一次/只为了亿万光年里的那一刹那/一刹那里所有的甜蜜与悲凄/那么就让一切该发生的/都在瞬间出现吧/……然后再缓缓地老去"（《抉择》）；"我的要求其实很微小只要有过那样的一个夏日/只要走过那样的一次"（《与你同行》）……席慕蓉对生命中"刹那"

---

① 席慕蓉：《七里香》（后记），花城出版社 1987 年版。

的重视本也无可厚非，确实，生命中如夏花一般绚烂的"刹那"，弥足珍贵，我们不希望生命是一段平庸、毫无光彩的时间流程。但是，她有时将"刹那"和"永恒"处理成对立的关系，注重"刹那"而轻视"永恒"，与时下流行的"不在乎天长地久，只在乎曾经拥有"的信条以及现世主义生存哲学有着一定的内在精神联系，所以，当下有些青年人在追求爱情的过程中，被所谓的"过程"迷惑，不注重爱情的结果，或不注重对结果的努力，执着于享受过程，即使无果而终也心安理得，不觉遗憾。我们不能说这种"潇洒"的爱情价值观是在席慕蓉那里得到了启示，但两者有相当的精神契合是非常明显的。另外，《一棵开花的树》似乎告诉我们，即使没有结果，这个"求了五百年"的"求佛"过程也是美好的，因为此过程包含了"我"的全部生命体验，对爱的虔诚祈祷和企望构成了"我"生命的全部快乐，亦体现了我生命的价值。在席慕蓉看来，过程和结果同样重要，为爱情而追求、等待与守望的过程是有意义的，纵然这种守望有时是无果而终。诗人在她的诗歌里一再地向我们娓娓而谈："长久的等待又算得了什么呢"（《悲喜剧》）；"只缘感君一回顾"，"我"愿意做古乐府里那个"弹箜篌的女子"，"我"愿意做"几千年来弹着箜篌等待着的/那一个温柔谦卑的灵魂"（《古相思曲》）；"尽管他们说世间种种/最后终必成空"，但也要在长长的生命里"请为我珍重"（《送别》）；尽管"明知道总有一日/所有的悲欢都将离我而去"，"我仍然竭力地搜集/搜集那些美丽的纠缠着的/值得为她活了一次的记忆"（《尘缘》）……我们再来比较舒婷的《神女峰》，诗中写到传统的望夫石的传说，思妇痴盼丈夫归来，丈夫久久不归，最后思妇变成了石头。人们往往赞颂思妇守望千年的忠贞不贰的精神，但在舒婷看来，"与其在悬崖上展览千年/不如在爱人肩头痛哭一晚"（《神女峰》），漫长的空空无望的等待是对女性生命力的一种压抑，尤其当这种自发的个体真情被封建伦理道德框范成每一个思妇都必须恪守的道德准则时，它就成为扼杀人性的一把利刃。舒婷认为这种抽空女性生命丰富感性内容的所谓"守望"是不值得肯定的，而这显然与席慕蓉诗歌的观点相去甚远。

91

从爱情的过程来说，女主人公的情感追求方式也不值得赞赏。整首诗歌就是女主人公自导自演、自伤自悼的独角戏，女主人公只是一味地被动地等待"被邂逅"、"被发现"、"被感动"，缺少必要的主动追求能力和审时度势的主观应变能力，从而与宝贵的爱情机会擦肩而过。不能说女主人公就没有主观追求能力，例如她"在佛前求了五百年"这个虔诚的"求佛"过程就是主人公的自身努力的追求过程，但细究起来，这种令人感动的追求过程说到底也是在男主人公丝毫不知的情况下的自导自演，"我"的痴情努力丝毫不让对方知道，亦就无法得到对方对等的回报，"我"的努力只在于渴望那万分之一机会的所谓偶然的"邂逅"，这种追求爱情的行为与其说是主动的，毋宁说是被动和盲目的。在现代爱情观念中，女性也可以充当主动追求爱情的主体，把握爱情的主动权，而不必一味被动地等待男性的发现和追求。

值得注意的是，本文在理解这首诗时，将诗歌中的"我"理解为女性，虽然作者并没有明确指出"我"就是女性，但联系到作者的全部诗歌创作、一贯的性别立场、对爱情内涵的理解、所受到传统文化的影响、独特的生活环境以及作者作为一个女性作家身份的定位等，我们可大致推测出"我"的性别应该是女性。退一步说，即使"我"是个男性，以上分析逻辑照样可以成立，无论是男性还是女性，在爱情关系中，都不能以失去自身的主体性和独立人格为前提。这首诗歌在青少年读者尤其是中学生和大学生朋友中知名度很高，得到他们的普遍喜欢，亦成为他们笔记本中最常抄录的一首纯情诗歌，但他们对此诗的接受往往都是从正面来理解，欣赏、痴爱并歌颂诗歌所体现的爱情，但却很少识别其爱情模式背后所蕴含的负面意义。正是从这层意义上来说，此诗所体现的爱情观正如"罂粟花"一样，表面上看起来美丽绝伦，充满诱惑力，备受人们喜爱而让人们不由得"采摘"它，然而其内在本质却是有毒的，多少少男少女就在这"罂粟花"般美丽外表的爱情观下悄然"中毒"却浑然不知，无怨无悔地相信、坚守和践履这样的爱情观，自以为自己的类似爱情追求行为是为伟大的爱情"献身"，自我感动着并自觉地将之自我崇高化，殊不知这一切是以抽空剥夺自己的主体意识和独立人格为代价，以牺牲自身的个体自由和真正幸福为代价，这种行为其实是不值得歌颂和提倡的。

浅论香港作家李碧华言情小说的诡异之风

李碧华在 20 世纪八九十年代就声名鹊起，在香港文坛有"奇情才女"之称。她的大部分言情小说，能融通历史和现实，在诡异奇幻的气氛中传达对爱情的哲理思考。李碧华的小说是香港这块繁华土地上生长起来的妖冶花朵，你既能瞥见它华丽妖娆的外表，也能嗅出它裹藏内里的冰冷血腥之气，散发出挥之不去的"邪性"，给读者带来强烈的感官刺激。笔者读李碧华的小说，就感觉它如同一个具有魔力的磁场，吸引着你走进她的文字的深渊，仿佛经历一个奇诡而神秘的梦境，五彩斑斓，波谲云诡，跌宕起伏，深不可测，一个个悬而未知的秘密就在那里等待你去探索，令你流连忘返。可以说，李碧华小说引人入胜的一大原因就在于她小说特有的诡异之风。

一 诡异风格的体现

（一）奇诡的意象。意象是中国古代文学中一个重要的概念范畴，是指带着创作主体情感色彩的客观景象，是主观情感和客观景象的有机融合。中国古代诗人多凭借意象来营造画面，传达情感。意象不独为诗歌文体所用，可广泛应用于各种文体创作，如鲁迅的散文诗《秋夜》中的枣树、天空、小青虫等意象，小说《药》中的"人血馒头"、"红白的花"等意象，都具有丰富的内涵，对于表达小说主题具有重要的意义。李碧华的小说就运用了许多具有特定象征内涵、诡异而神秘的意象。意象一是"孟婆亭"。中国自古以来就有阴间黄泉路一说，黄泉路上有一条忘川河，忘川河上有座奈何桥，奈何桥上有个孟婆亭，孟婆便是此亭的掌管者。在李碧华的小说中，孟婆面无表情，苍老不堪，把三杯茶汤递给即将投胎的魂灵，喝后便统统忘却前生的爱恨情仇。诡异的意象，阴森的描写，令人不寒而栗。《潘金莲之前世今生》中，死后的潘金莲来到了孟婆亭，孟婆按惯例奉劝她喝下孟婆茶，但潘金莲心念前世情仇，拒喝茶汤。《胭脂扣》没有直接提到孟婆亭，但介绍了奈何桥，痴情的如花在奈何桥等待数十年，后又转世阳间，苦觅爱人，却付出了生命的代价，令人扼腕叹息。意象二是"皇陵"。陵墓通向地府，周围充斥着阴森恐怖的气息，象征着死亡，一般人都不愿意靠近它。皇陵更有别于一般的陵墓，里面藏有历代皇帝的遗体以及数以万计、价值连城的陪葬品。《秦俑》中写到了秦始皇陵，它的入口是一片能危及生命的流沙，但盗墓者们的贪婪和野心，让他们不顾一切地踏进死亡的陷阱，一去不返，最后成为秦始皇的陪葬品。意象三是"打鬼"。《生死桥》的开篇就提及寺庙的庙会，而"打鬼"正是庙会的一项传统，黑白两个鬼，长着狰狞的嘴脸，一左一右，挥舞身躯，鬼的身后站着戴着兽面具的喇嘛，其形可怖。"打鬼"的目的是驱邪，求取平安。丹丹瞪着眼睛看"打鬼"，也为祈求吉祥平安。人们一向都畏惧鬼神，殊不知人的一切感觉意识皆由心生，人的害怕实源于心魔，若心能看透放下，纵然鬼神有三头六臂也无法入侵。但是丹丹和唐怀玉却被自己的心魔所俘房，他们为了自身妄念的满足，坠入黑暗的心灵深渊而无法自救。另外，李碧华作品中还有一些微小的意象。如《秦俑》中的蚂蚁，最卑微的生命，却见证了历史的沧桑变迁；《生死桥》中神秘而邪气的黑猫，一双敏锐的眼睛里散发着幽暗的绿光，具有灵异的特征；《川岛芳子》中诡异灵巧的猴子，却是一种和谐美好的生物，是主人公失意人生的情感寄托；《胭脂扣》如花吃过的苹果，多年来仍然完整无缺，让人不禁毛骨悚然。李碧华小说意象的设计苦心经营，或传达情感，或推动情节，或塑造人物，或针砭人性，或启悟哲理，具有极高的审美价值和认识价值。

（二）多维的时空。李碧华小说中的时空横跨古今，穿越阴阳，轮回生死，或把作品中的同一人物放在两个乃至多个迥异的时间里，或把数个不同空间的人聚合在一起，在多维的时空中书写人生，描摹世态，洞察人性，表达哲理。《秦俑》描写蒙天放与冬儿三生三世的情感纠葛。蒙天放与冬儿在秦朝相遇，因为"焚书坑儒"的动乱，冬儿一家落难，蒙天放救了她，冬儿由感激生爱，与蒙天放情定终身。后蒙天放被塑成陶俑，冬儿不惜以身殉情，投身红炉。两千多年过去了，冬儿转世投胎为女明星朱莉莉，在一次误入秦始皇陵时，将化身陶俑的蒙天放唤醒，二人欣然共续前缘。朱莉莉再次为情而死，蒙天放坚守在皇陵里，苦等冬儿再次转世。又过了几世轮回，蒙天放终于等到了由朱莉莉转世的日本女孩……忠贞的爱情能穿越生死，贯穿轮回，令人荡气回肠。《潘金莲之前世今生》则从阴阳两界的角度来写潘金莲的情爱故事。阴间路上的潘金莲带着前世对男人的憎恨，决然走上轮回的隧道，转世为香港"文化大革命"时期的单玉莲，但她的命运和前世如出一辙，再次栽在四个男人的手里。《胭脂扣》里，痴心女鬼如花在奈何桥边苦苦等待前世约定的情人十二少，落空之后便申请到阳间来寻找他，穿越阴阳，如梦如幻，诡异神秘，令人嘘叹。

（三）传奇性的框架。李碧华善于把神话传说、历史典籍中的人物"拿来"，或依托于原文框架，或大胆突破人物固定内涵，融入诡异的艺术因素，根据自己独特的创作意图，即借"古事的躯壳"表达现代人的情感，对原文本进行改写，古今杂糅，创作出一种与原文本既有有机关联又有独特主体性的小说文本。事实上，这种"古今杂糅"的叙事方式在鲁迅那里就有成熟的运用，其《故事新编》里的全部作品就"是神话、传说及史实的演义"①，鲁迅在具体创作时，以此基本史实为基础，把不同时代的人物与情境共同拼截组合到同一个时空当中，古今杂糅，作"历史的共时化呈现"。李碧华一方面继承了鲁迅的叙事方式，另一方面也创造了自身的特色。鲁迅的小说以"神话、传说及史实"为基础，增加了现代性的因素，在古今的二维上，侧重于"古"。而李碧华的小说侧重于表现"今"，在突出"今"的基

95

---

① 鲁迅：《鲁迅全集》第四卷，人民文学出版社 1981 年版，第 456 页。

础上，让小说中的人物角色返回历史，见证历史，并大量借用历史故事，如秦始皇铸造兵马俑、唐朝玄武门之变、北洋军阀混战、"文化大革命"中的红卫兵大串联和批斗大会等，增加小说的历史真实感和传奇性色彩。《潘金莲之前世今生》的人物原型脱胎于《金瓶梅》，李碧华把旧故事中的人物和情节移到 20 世纪七八十年代的香港。潘金莲摇身一变为单玉莲，她这一生又与前世的四个男人狭路相逢，重蹈着前世的覆辙。芭蕾舞学院的章院长（张大户）是个道貌岸然的伪君子，他无耻地强奸了单玉莲，却诬陷单玉莲是"淫妇"；单玉莲爱上了武龙（武松），但武龙懦弱自私，不敢承担，即使她在受众人批斗时也不能伸以援手。后单玉莲迫于生存压力嫁给了自己不爱的武汝大（武大），从乡村妇人变为都市女郎。虽然武汝大十分宠她，但单玉莲还是不满足，在与 Simon（西门庆）邂逅后，精神上和肉体上都出轨了。小说中现代各人物的性格也与古代的一脉相承，无论是前世的潘金莲，还是今生的单玉莲，都成为与他产生情感纠葛的男人的牺牲品，她们都是男权社会的受害者。《青蛇》改编自冯梦龙的《白娘子永镇雷峰塔》，以青蛇的眼睛观察世界，将人性之恶诠释得淋漓尽致。《白娘子永镇雷峰塔》原本反映的是忠孝仁义的主题，李碧华将之颠覆解构，改编成一个表现人性阴暗的小说，这里充斥了出卖背叛、尔虞我诈、钩心斗角的行径，白蛇勾引许仙，青蛇勾引许仙，许仙勾引青蛇，青蛇勾引法海，法海勾引青蛇……人性就在这诡异突变的画面和错综复杂的人物关系中得到深刻再现。李碧华的改编让我们看到一个迥异于传统的白蛇与青蛇，其令人绝望的情感故事乃是当代香港都市社会中畸形的功利化的爱情现实的投射。

96

（四）悲剧收场的结局。李碧华小说中的主角最后大都落个惨淡收场，或病，或痴，或死，或伤，或销声匿迹，他们有的为爱而生，为爱而亡，不能解脱；有的则为金钱、名利和权位而诱惑，执于其中，无法自拔，因欲望而产生心魔，最终走向毁灭。《生死桥》中，丹丹和唐怀玉在一次偶然相遇后，产生爱情，唐怀玉跟随师父闯荡上海，期望能出人头地，丹丹因为爱情也追随他而去。在上海欲望主义文化的影响下，怀玉渐渐变质，他无情离开丹丹而选择都市女郎段娉婷，为情所伤的丹丹利用金啸风来报复怀玉。而段娉婷为了能留住爱人，竟狠心弄瞎了怀玉的眼睛。痴心的丹丹最后为了怀玉，不惜舍弃自己的生命，以死来祭奠自己的爱情。《胭脂扣》中的如花决绝为爱殉情，宁可减去十年阳寿也要寻找情人十二少。《诱僧》中红萼公主为了心爱的石彦生，放弃荣华富贵与显赫的身份，甘愿与石彦生亡命天涯，最后以身殉情。《霸王别姬》中的菊仙在段小楼背叛后自缢，虞姬在得不到霸王的爱、经历多年压抑生活后也在台上自刎。李碧华残酷地将人物的结局引向死亡，刻意渲染一种诡异又神秘的气氛，她如旁观的智者，冷眼看世，洞若观火，人性的弱点在她的作品中极尽摹写，剔骨入肌，针针见血，令人震撼，对那些深陷人性"黑洞"的人们具有明显的警戒意义。

二 诡异风格的影响因素及其审美效果

（一）对妖鬼文化的继承。妖鬼文化属于民间文化的范畴，是以妖鬼狐怪为主要表现对象的文化类型。中国的妖鬼文化源远流长，最早可追溯至魏晋南北朝时期的志怪小说，文学史上以妖鬼为题材的作品较多，蒲松龄的《聊斋志异》可谓是妖鬼文学的集大成者。李碧华为了营造小说的诡异气氛，也有机借鉴了中国妖鬼文化的传统。《胭脂扣》属于典型的"人鬼恋"模式。如花与十二少的爱情类似古典的"倩女幽魂"中的爱情，两人的爱情因为门第的悬殊而遭到长辈的百般阻挠，如花大胆突破封建礼教的束缚，勇敢追求自己的幸福，在抗争无效的情况下，两人决定共赴黄泉，双双服鸦片自尽。但不料十二少被人救活，将那些海誓山盟抛之脑后，苟且偷生于人世，如花变成鬼后，仍然不忘前世约定，等待心上人，但十二少无法按照约定前来，于是她只好来到阳间寻人，以完成心愿。《青蛇》则属于"人妖恋"模式，白蛇与青蛇幻化成人后，皆爱上许仙，为了许仙不惜牺牲自己，有情有义，但许仙却是无耻小人，自私奸诈，绝情寡义，出卖白蛇青蛇，始乱终弃。尽管白蛇看清许仙的"庐山真面目"，但仍然不计前嫌，以德报怨，痴情营救被法海所困的许仙，演绎了一曲令人感喟的

"痴情女子负心汉"的故事，李碧华犀利地批判了传统妖鬼文化中男子的薄情寡义，赞扬了女子对爱情的忠贞不贰和痴心执着，表达了鲜明的女性主义意识和坚定的女性主义立场。

（二）对"文化大革命"的批判。由于身处香港，李碧华本人并没有经历过"文化大革命"，她小说中的"文化大革命"叙事，是通过阅读相关"文化大革命"资料的途径，再加上自己的想象而完成的。李碧华大胆描绘"文化大革命"中的血腥残酷的画面，细致刻画"文化大革命"时期受迫害的可怕场景，如《青蛇》中写道，"我俩慌忙躲到西湖底下去。谁知天天有人投湖自尽，要不便血染碧湖，有时忽地抛下三数只被生生挖出的人的眼睛，真是讨厌"。《潘金莲之前世今生》中描绘了这样一幅残酷的画面："他还没有完全死掉呢，两条腿折断了，一左一右，朝意想不到的方向屈曲，断骨撑穿了裤子，白惨惨的伸将出来，头颅伤裂，血把眼睛糊住，原来头上戴了六七顶奇怪的铁制的大帽子，一身是皮鞭活活抽打的血痕，衣衫褴褛，无法蔽体。"李碧华正是通过描绘诡异可怖的意象来揭露"文化大革命"的种种残酷真相，批判了"文化大革命"泯灭人性的荒谬罪行。

（三）对佛家因果报应和宿命观的信仰。李碧华本人比较相信、也深受佛家因果报应和宿命观的影响。李碧华爱画鬼神，嗜写轮回，让人物穿越时空隧道，辗转阴阳两界，经历爱恨情仇，体验悲欢离合，这些都体现了佛教因果报应的观念。佛教认为，人世间一切事物都由因果关系主宰着，每个人的善恶行为必然会影响自己的未来命运，由此带来相应的报应结果，引起人们在前世、现世和来世的生命轮回。而宿命是对冥冥之中神秘的超人力量的迷信，认为这种力量是不以人的意志为转移的，先天地决定人的命运，人不能抗拒它，不能改变它。在中国传统文化特别是民间文化中，世道轮回的宿命观相当流行。李碧华小说中主人公的命运也正典型地体现了这种世道轮回的宿命观。比如《潘金莲之前世今生》中，潘金莲被武松杀死后，脱胎转世到20世纪的大陆和香港，改名为单玉莲，但她先后与生命中四个男人的情感纠葛，竟然完全重蹈前生的覆辙，似乎有一种超然的力量在控制着单玉莲的命运。《秦俑》里蒙天放和冬儿的两世情感，均逃不脱冬儿

98

以死殉情的悲剧结局。①

（四）唯美主义和浪漫主义的双重审美冲击。"唯美主义"主张"为艺术而艺术"，如痴如醉地追求艺术的"美"，认为"美"才是艺术的本质，美的真谛在于形式，唯美主义代表作家王尔德说："艺术只有一条最高的法则，即形式的或者和谐的法则"②，因为真正的艺术家"不是从感触发展到形式，而是从形式发展到思想和激情"③。所以他们极力追求形式的美感。李碧华小说喜欢运用华丽的辞藻，不厌其烦地极尽铺写人物、景象和环境的美，弥漫着一种与众不同的"妖邪美"的气蕴，从艺术形式上给读者带来唯美主义的冲击。《青蛇》中，青蛇和白蛇经过千年修炼后幻化成人形，身姿仍若蛇那样柔软无骨，风流袅娜，空灵飘忽，放荡不羁的左右舞动，展现了蛇的天性，媚态百出，风情万种，让人不忍移开视线，仿佛天地间的一切都黯然失色，只有这个精灵在创造美的奇迹。《秦俑》中，冬儿身穿红衣，扑进蒙天放的怀抱，告诉他天地间的一个秘密，然后带着神秘的诡笑，转身投向火海，犹如一只耀眼夺目的火凤凰，这无疑是一幅带着诡异性质的唯美主义图画，给读者以极大的艺术震撼力。

李碧华的小说同时具有浪漫主义的特征，浪漫主义偏重表现主观内心世界，抒发强烈的个人感情，把情感和想象提到重要地位，特别重视爱情题材，惯用想象、夸张、对比、梦幻等手法，追求超出常规的故事情节，偏向于塑造独特的、具有个性的叛逆者形象。李碧华的小说在主观世界的描绘、个人情感的抒发、爱情题材的选择、想象和夸张的手法、奇诡的故事情节、叛逆者的人物形象塑造等方面具有明显的浪漫主义色彩。

99

（五）陌生化的审美效果。"陌生化"一词由俄国形式主义评论家什克洛夫斯基提出，它的英文名是 Make it strange，含有"使之陌生、

---

① 刘瑛：《爱恨痴缠的前世今生：论李碧华小说中的宿命观》，《当代文坛》2004 年第 3 期。

② 王尔德：《英国的文艺复兴》，赵澧、徐京安《唯美主义》，中国人民大学出版社 1988 年版，第 80 页。

③ 王尔德：《作为艺术家的批评家》，《王尔德艺术批评文选》，萧易译，江苏教育出版社 2004 年版，第 172 页。

奇特、不同寻常"之含义①，"陌生化"被什克洛夫斯基定位成一种"使事物奇特化的方法"②，它强调在内容与形式上违背人们惯见的常情、常理、常事，就是偏离常识，在那些人们习以为常的事物上生发出一种具有新的意义、新的生命力、新的审美价值的因素，从而造成理解和感知上的陌生感，给人以感官的刺激、情感的震动和哲理的启迪。例如，李碧华"改写经典"的艺术实践就能很好地达到"陌生化"的效果，她将现代性的内容融入古典题材，古今杂糅，时空穿梭，历史共时化呈现，小说文本中各方势力相互角力、此消彼长，形成一种熟悉而陌生的张力场，从而给读者以"陌生化"的审美冲击。比如在《青蛇》中，那个流传于民间耳熟能详的故事被改写成一个"现代版"的多角恋的乱伦故事；而在《潘金莲之前世今生》，虽然人物还是原著中的几个，但是环境、时代和结局都发生了不同程度的变化，并且注入了作者独特的现代性思考和新的艺术质素，与原版本差异很大，因此，必然会给读者带来"陌生化"的审美感受。另外，如上文所论述到的"奇诡的意象"、"多维的时空"、"传奇性的框架"、"妖鬼文化"等内容都能产生"陌生化"的审美效应。

李碧华小说中诡异性描写具有两个方面的意义，首先，从形式上来说，这些神秘诡异的文字符码建构起一个个精彩的视觉图像，本身就具有独立自主的形式意义，能从形式上给读者一种感官的冲击和审美的体验。其次，这些诡异性描写内容不仅仅只具有形式的意义，它本身就是内容，直接间接地体现了作品的思想内涵。作者正是凭借这些诡异性书写，刻画了现代社会男女两性关系的真实画面，指出女性在男女性别秩序中永恒的困境命运以及未来可能的出路，并且全面展示现代社会的人生百态、人性百状，探究人性深处善恶的心灵密码，鞭挞假恶丑，表达对真善美的真诚渴望。总之，李碧华是个不解之谜，不论是她不曾示人的面孔，还是她具有无限魅力的作品，都吸引着读者不断地去探索。（注：此文发表时陈晓兰署名为第二作者）

---

① 张冰：《陌生化诗学：俄国形式主义研究》，北京师范大学出版社2000年版，第162页。
② 波茨坦·托多罗夫编选：《俄苏形式主义文论选》，蔡鸿滨译，中国社会科学出版社1989年版，第65页。

评林曼叔主编的《香港文学大系·评论卷二》

一 "文学谱系学"的自觉建构

"谱系学"这一概念来源于西方，较有影响的是福柯关于"谱系学"的概念，但福柯突出"那些偶然事件，那些微不足道的背离"对历史的影响，认为"真理或存在并不位于我们所知和我们所是的根源，而是位于诸多偶然事件的外部"①。也就是说，福柯的"谱系学"关注的不是历史发展的连续性、逻辑性和本质性，而是历史发展过程中的偶然性、断裂性、无序性。福柯的"谱系学"产生于西方后现代主义文化语境中，与后现代的"解构中心"等本质化特征相互联系。而中国语境中的"谱系学"，由于特定历史传统的影响，表现出与西方不同的特征，"相较于福柯的发现历史的复杂和差异性、解剖政治、分析权力的'谱系学'，中国的谱系研究更加注重历史性、秩序性、考据性……强调文化上的一致性和连续性。同样是以历史本身和其中的事物为对象，西方的谱系研究强调其中的断裂、差异性，中国的谱系研究则看重其中的联系性、关联性"②。

从中国语境中的"谱系学"来看，林曼叔的《香港文学大系·评论卷二》便是对"中国新文学大系"这一"文学谱系"的自觉建构，

---

① 米歇尔·福柯：《尼采·谱系学·历史学》，苏力译，汪民安、陈永国编《尼采的幽灵：西方后现代语境中的尼采》，社会科学文献出版社 2001 年版，第 121 页。

② 刘勇：《关于 20 世纪中国文学谱系研究的思考》，《北京师范大学学报》2013 年第 1 期。

它促进了这一特定"文学谱系"连续性和秩序性的完成。众所周知，"文学大系"作为一种"文体类型"，滥觞于赵家璧先生主编的《中国新文学大系（1917—1927）》，这部荦荦大端式的皇皇巨著，具有开山和引领后来者的示范作用。但就"中国新文学大系"这一"文学谱系"来说，《中国新文学大系（1917—1927）》是一部未完成的"谱系"，因为它的时间段仅仅覆盖1917—1927年这短短十年，所幸后来由上海文艺出版社陆续出版了《中国新文学大系1927—1937》、《中国新文学大系1937—1949》、《中国新文学大系1949—1976》、《中国新文学大系1976—2000》，这一近百年的中国新文学"谱系"才算完成。但严格来说，这一"文学谱系"仍然是未真正完成的。从"文学谱系"的纵向坐标即时间性上来说，已经完成了"连续性"；但从"文学谱系"的横向坐标即空间性上来说，却并不完整，因为它把香港文学"屏蔽"在外。

如果说从1949年到1997年香港回归祖国之前，由于特定的政治与意识形态原因，香港文学脱离"母体"，被割裂于大陆当代文学之外，成为互不交往、相对独立的文学主体，其内涵和特征也迥然相异。但是，1949年之前的香港，虽然是被英国占领的殖民地（其中1942年至1945年被日本短暂占领），但是其文化生态和1949年至回归祖国之前的香港是不一样的，无论是北洋军阀政府统治时期，还是国民党统治时期，香港和内地交往密切，活跃在香港文坛上的作家、批评家，虽有一些出自本土，但相当一部分来源于内地，香港成为大陆作家转移的一个文学活动中心，也就是说，不少作家在内地和香港之间流转迁徙，从事各种文学活动，内地的文学活动能影响香港，香港的文学活动也能对内地造成反辐射作用。因此，1949年之前的"香港文学"，并没有脱离大陆文学母体，与大陆文学血肉相连，天然亲和，是大陆文学不可分割的一部分，有着相同的文化基因。正如林曼叔在《大系》导言中所说："香港自十九世纪中叶至二十世纪末成为英国的殖民地，但香港社会的文化的演变与中国近代以至现代历史的发展却是息息相关的。中国现代文学的发展一样在这个弹丸之地留下深深的足迹，在不同历史时期扮演着不同的角色，可说是中国现代文学的一个重要舞台。"① 从林曼叔的《香港文学大系·评论卷二》收录的理论文章作者来看，如郭沫若、茅盾、冯乃超、邵荃麟、林默涵、夏衍、聂绀弩、臧克家、胡乔木、侯外庐、以群等人，哪一个不是耳熟能详的从内地赴港的作家？只不过他们的文学活动暂时由内地迁移到香港，因此可以自然纳入"中国新文学大系"的版图。但遗憾的是，赵家璧先生主编的《中国新文学大系（1917—1927）》及其后的上海文艺出版社出版的《中国新文学大系1927—1937》、《中国新文学大系1937—1949》，竟然抛离"香港文学"这个血脉相连的亲生"孩子"，成为一张并不圆满的"文学谱系"。从这个意义上来说，陈国球先生主编的《香港文学大系一九一九——一九四九》（十二卷）意义非凡，是对这一残缺性"文学谱系"的建构性完成。在这"十二卷"中，"评论卷"共有两卷，其中"评论卷二"的作者便是林曼叔先生，此卷收录的是1942年到1949年香港文学理论的文献，这八年又分为两个历史时期，即1942年至1945年的沦陷时期（日治时期）和1945年至1949年的战后时期（国共内战时期），此时期的香港成为除延安之外的另一个中国的左翼文艺运动中心，产生了中国现代文学史上一些重要的理论性文献。《香港文学大系·评论卷二》从"左翼文艺运动的开展及文艺统一战线建立"、"对'反动文艺'的斗争及几个文艺问题的论争"、"文艺大众化与方言文学的讨论"、"关于诗歌创作的讨论"、"主要作品评论"等几个方面，对这一时期香港文坛具有代表性的理论文献进行选录，本着"重点突出、全面兼顾"的原则，既凸显"左翼文艺理论"的中心地位，同时也兼顾不同流派、不同思潮、不同特色的理论文章，比较全面地收录了香港该时期的代表性理论文献，"记录了香港文学也是中国文学一个颇为重要的历史时期的文学现象和理论建构"②，为读者了解该时期香港文坛理论建设概貌提供了一个有效的窗口，具有重要的文献学意义。

103

---

① 林曼叔：《香港文学大系·评论卷二》，（香港）商务印书馆有限公司2016年版，第43页。

② 同上书，第66页。

二 准"知识考古学"方法

福柯提出"知识考古学"研究方法,"知识考古学"主张采取返回"历史情境"的方法,将历史事件和文化现象带到特定历史语境中,关注它们产生、发展、演化的条件和情境,并努力挖掘显示这些情境和条件的原始材料,探求这一话语的生产机制和实践过程,而不仅仅作一种简单的价值判断。正如福柯所说:"考古学所要确定的不是思维、描述、形象、主题,萦绕在话语中的暗藏或明露的东西,而是话语本身,即服从于某些规律的实践。"①

《香港文学大系·评论卷二》的研究方法与"知识考古学"方法有几分类似,可称为准"知识考古学"方法。当然,作者也并非没有价值判断,在《导言》的"后话"部分,作者对 20 世纪 40 年代的香港文学理论作出了整体的价值裁判,认为"四十年代的香港左翼文艺的理论建设,为中共政权落实文艺为政治服务的文艺政策打下基础。文艺从此成为政治宣传的机器,严重扼杀文艺创作空间,只准歌功颂德,不准离经叛道。作家只能按照政治所划出的白线写作从而制造大量概念化公式化的作品,文学创作失去了真正的意义,对中国文学创作的发展造成了严重的损坏,同时,也为中共文艺界历次的批斗作好准备,揭开了序幕"②。从这一结论性判断来看,作者显然并不认同 20 世纪 40 年代占主流地位的香港左翼文艺的价值立场,从而予以相当严厉的批判。但如果按照这一价值逻辑,作者在选择《大系》所收录的理论文章时,理应少收录这些左翼性质的理论文章,因为,作为历史的 20 世纪 40 年代的香港文学理论不仅仅是一种对历史真相的再现,同时也是史学家自身的一种主体性建构,也就是说,"真实发生的历史"和"事后对历史的叙述"并非同一性质,"历史"是一回事,怎么"叙述历史"是另一回事,不同的史学家有对历史不同的叙述方式,体现了史学家的叙述策

---

① 米歇尔·福柯:《知识考古学》,谢强、马月译,生活·读书·新知三联书店 2007 年版,第 122 页。

② 林曼叔:《香港文学大系·评论卷二》,(香港)商务印书馆有限公司 2016 年版,第 66 页。

略和价值立场。如果按照《大系》作者的价值立场和他的个人偏好，他完全可以削弱他所反感的左翼文艺理论在"大系"版图中的比例。这并非没有先例，如《中国新文学大系·散文二集》，由郁达夫选编，共选了 16 家散文 148 篇作品，然由于作者格外偏嗜周氏兄弟的散文，周作人选了 57 篇，鲁迅选了 24 篇，周氏兄弟的散文占了大系的一大半，一些重要的散文作家入选的篇目就少了，"从他（郁达夫）的选文倾向来看，最注重的是作家'个性的表现'，他选的大多是'个人文体'的作品，这是散文二集的一个特色"①。如果不出于苛责，这种个性化的编选方式也不失为编撰大系的一种方法。林曼叔并没有采取郁达夫的这种编选方式，因为这种方式虽有优势，但也存在着不可避免的缺憾，正如温儒敏所说，"（郁达夫的）这种编选角度很能看出选家的性情和审美趣味，却不一定能很好地反映历史"；从而造成选本选目"不够完全，甚至可以说是失之偏嗜"②。林曼叔可能会意识到郁达夫的这种个性化编选方式的弊端，在编选《香港文学大系·评论卷二》时，做到返回"历史情境"，尽可能复活历史的真实细节，还原文学的历史现场，让文学大系的编选成为一种"知识考古"的行为，历史是怎样，"大系"就尽可能呈现出怎样的模样。在他为"大系"选择理论文章时，左翼文论占据绝大部分版图，并非因为作者对左翼文论有多么偏嗜，而是因为"历史真相"就是这样。20 世纪 40 年代后期的香港文坛，左翼文艺独领风骚，占据着话语权，其他各派文艺或处于无法平等对话的劣势状态，或处于缺席"失语"的状态。"大系"的选文虽然稍嫌单调，但却客观反映了当时香港文坛的基本格局，还原了历史真相。

正是因为作者采取了准"知识考古学"的方法，"导言"部分除了"后话"有较为明确的表态外，作者很少直接站出来作出价值裁判，即使有，也只是只言片语，从不多说。如《导言》中也出现如下判断："从政治出发的文学批评，必然扼杀了中国文学的正常健康的发展。"③ 但对更多内容却并没有作出明确褒贬，似乎秉持中立的价值

105

---

① 温儒敏：《论〈新文学大系〉的学科史价值》，《文学评论》2001 年第 3 期。

② 同上。

③ 林曼叔：《香港文学大系·评论卷二》，（香港）商务印书馆有限公司 2016 年版，第 61 页。

立场，如《大系》介绍了郭沫若批判沈从文的《斥反动文艺》一文，郭沫若斥责沈从文"一直是有意识地作为反动派而活着"①；邵荃麟在《朱光潜的怯懦与凶残》指出朱光潜的文字"卑劣、无耻、阴险、狠毒"，"俨然以戈培尔的姿态在出现"②；聂绀弩在《有奶便是娘与干妈妈主义》中指出，"萧乾先生的见解是反民主的，同时也是反民族的……他是南京政权最合适的代言人"③，但作者并没有对以上观点作出褒贬判断，而侧重于还原历史的真相与细节，此乃"知识考古学"的一贯传统。但"知识考古学"也并非完全拒绝价值判断，而仍然可以在返回历史现场的客观叙述中隐隐看出作者的价值立场，例如，以上通过对于沈从文、朱光潜、萧乾等的批判文字的冷静客观的叙述，难道不可以透露出作者的态度吗？正如一些小说，叙述不动声色，无一贬词，而能达到情伪毕露的效果。林曼叔的冷静叙述其实也能达到类似的效果。

三　特色鲜明的大系"导言"

对于作为一种"文体类型"的"文学大系"来说，"导言"的意义非常重要。如果说"文选"是"大系"的主体，具有文献价值，那么"导言"就是"大系"的文眼和灵魂，引领读者对该阶段文学进行阅读，具备"准文学史"的功能。如赵家璧先生主编的《中国新文学大系（1917—1927）》，其殊胜之处不但在于选录了第一个十年的各体文学资料，反映了该时期文学发展的历史轨迹，同时也在于每一位编选者都撰写了一篇鞭辟入里、风格各异的"导言"，其中卓越者，如鲁迅的《小说二集》导言，"堪称是文学史的经典学术之作"④，产生了广泛的学术影响。而林曼叔的《香港文学大系·评论卷二》也提供

---

① 林曼叔：《香港文学大系·评论卷二》，（香港）商务印书馆有限公司 2016 年版，第48—49 页。

② 同上书，第 49 页。

③ 同上书，第 50 页。

④ 温儒敏：《论〈新文学大系〉的学科史价值》，《文学评论》2001 年第 3 期。

了一篇特色鲜明的"导言"。

第一，以特定文学历史现象作为基本单元，构成"导言"的结构形式和叙述逻辑。"导言"分为前言、后话（结语）和主体部分。主体部分乃是导言的核心，作者将香港十年时期的文学理论通过六个以文学历史现象为特征的叙述单元呈现出来，如同六个大的珠子串联起整个香港十年文学理论地图。这六个"单元"或"珠子"分别是"左翼文艺运动的开展及文艺统一战线建立"、"对'反动文艺'的斗争"、"文艺大众化与方言文学的讨论"、"关于新诗创作的讨论"、"文学批评原则与主要作品评论"、"关于马华文学的讨论"，其内容与大系正文内容的标题大体一致，但也有不同之处，如"导言"就将"马华文学"作为一个独立的部分提出，足见作者对有关"马华文学"问题的重视。大系便是以这六个"单元"或"珠子"作为统摄性纲领，将相关的理论文章就收集在这一"单元"之下，摘录其主要观点。六大"单元"的集中呈现、六颗"珠子"的集中串联，香港十年文学理论全图就纲举目张地清晰显示出来了。如在"对'反动文艺'的斗争"这一"单元"中，就分别涉及左翼作家对沈从文、朱光潜、梁实秋、萧乾、萧军、胡适、林语堂、冯友兰、钱穆、张道藩、潘公展、徐仲年、顾一樵、易君左等人的批判，以及左翼文艺界内部对右倾思想和宗派主义的斗争，引用了郭沫若、邵荃麟、聂绀弩、白坚离、陈闲、丰子恺、胡乔木等人的批评文章的主要观点，让读者对这一时期左翼对"反动文艺"的斗争有一个感性和理性的了解。值得注意的是，左翼对"反动文艺"的斗争，其实也涉及论争的双方，双方大致分属于左翼作家群和自由主义作家群。从论争的性质来说，和郑振铎编选的《中国新文学大系（1917—1927）·文学论争集》有点类似，后者收录新文学发难期新文学先驱与林纾、学衡派、甲寅派、国故派等的论争，以及新文学阵营对旧文学阵营的批判。虽然新文学在论争中最终获得胜利，但论争的另一方——旧文学及其代表是有反击、回应和斗争的，如该书上卷分为五编，第一编是"初期的响应与争辩"；第二编是"从王敬轩到林琴南"；第三编是"学衡派的反攻"；第四编是"文学研究会与创造社的活动"；第五编是"甲寅派的反动"。也就是

107

说，论争的双方新旧两派都"在场"，因此，郑振铎所编"大系"对新旧两派的论争文章都有收录。但林曼叔所编"大系"则迥然不同，这其中当然也有论争，但是论争的双方有一方处于"缺席"状态，即沈从文、周作人、萧乾、胡适、朱光潜等所谓的"反动文艺"作家由于时代与环境的原因，他们对于左翼作家的批判，无法作出回应，处于沉默"失语"状态，也就无法形成真正的对话。这种状况，造成《香港文学大系·评论卷二》选文以及"导言"部分叙述的"单调"——这是一场没有对手回应的"大获全胜"，但这种"单调"格局却是那个时代的客观真相。

第二，"导言"思考和解决了文学领域中一些令人困惑的基本问题或难题。如在"关于新诗创作的讨论"单元中，涉及"诗歌创作规律"和"新诗发展前途"的问题，这不仅仅是存在于香港文坛的特定问题，更是一些文学发展过程中的基本问题和难题。例如，五四新文学运动后，用白话写新诗，虽打破了旧体诗的形式，但又无力建筑新诗形式，优秀新诗不多，造成了诗歌发展的困境。对于这个问题，"导言"中列举了几家诗人的看法，如郭沫若认为诗歌的出路在于"向人民学习"、"工农兵自己写出来的诗，那才是诗歌矿坑里真正的金矿银矿"[1]；林林认为新诗打破了旧体诗的桎梏，实现了诗体的大解放，是一个进步，但是，新诗"自把缠足布解放之后，又变成过于欧化，而消化不良，发生洋酸气了，诗是散文化了，缺乏中国诗音乐美，因为以白话写音节韵律太不注意了，对于大众化，对于中国气派也是有障碍的，诗失去了诗腔，好看不好朗读，这倾向相当浓厚，因而不能不提出来商讨，今天是应该来个五四文艺运动的否定之否定，这不是复古，而是进步"[2]；黄药眠提出诗歌"各种不同风格同时并存"[3]的主张；对于臧克家的诗集《泥土》，臧克家肯定其"浓厚的农民性"、"乡村"的泥土特色，而林默涵则批评《泥土》"几乎看不到一点农村阶段斗争的影子"，"嗅不到一丝丝今天已经烧红了全中国的农

---

① 林曼叔：《香港文学大系·评论卷二》，（香港）商务印书馆有限公司 2016 年版，第 57 页。
② 同上书，第 58 页。
③ 同上。

民斗争的火焰气息"；对于马凡陀的诗歌，刑天舞认为，"他运用了可能的新旧形式，但实际上他也就否定了所有的形式。我以为在形式问题上，马凡陀值得学习的地方不是他成功地运用了甚么体，而是他的放手运用一切的体。特别是更多地运用民谣体。……马凡陀之所以值得鼓励是因为他的诗反映了广泛的现实，有许多过去被认为不屑写的东西，都被他写了。有些人认为这可能破坏了诗的庄严的艺术性，但我认为真的新诗的出发点就是在于写那些被一般诗人所不屑写，而一般群众都非常关心的东西"①。笔者觉得，这里所要试图呈现和解决的不仅仅是在诗歌问题上个人是非的判断问题，也不仅仅是香港或大陆文坛诗歌领域所存在的个别性问题，而触及对于诗歌普遍性问题和难题的思考，也给出了较为满意的答案：所谓"来个五四文艺运动的否定之否定"、"各种不同风格同时并存"、"浓厚的农民性"、"放手运用一切的体"、"反映了广泛的现实"、"（写）群众都非常关心的东西"，不都可以视为解决诗歌创作困境一个个行之有效的"良方"吗？此外，对于"文艺大众化"、"方言文学"、"文学批评原则"等文学领域的基本问题，"导言"都有独特的思考。

　　第三，大系还有一个特色，就是在收录香港理论文献的时候，还提供一些珍贵的图像资料，包括一些理论文章的作者如郭沫若、茅盾、邵荃麟、黄药眠、林林、楼栖、静闻、周钢鸣等人在香港的活动照片，以及该时期香港出版的《生活文艺》、《海燕文艺丛刊》等刊物和书籍。这些图像资料，不但具有图文并茂的效果，同时也增加了历史的现场感。值得注意的是，作者在编写大系时，把叶灵凤、李志文、天任、鲁夫等"汉奸理论"排除在香港文学之外，反映了作者鲜明的民族主义和爱国主义立场。

109

---

① 林曼叔：《香港文学大系·评论卷二》，（香港）商务印书馆有限公司2016年版，第60页。

鲁迅传记"去神化"写作范式的开拓者

——论香港学者曹聚仁的《鲁迅评传》

曹聚仁（1900—1972），浙江兰溪人，在 20 世纪二三十年代就登上大陆文坛，和鲁迅交往甚密，1950 年离开大陆赴香港，后一直在香港生活写作。早在 1937 年，曹聚仁和其夫人邓珂云共同整理了史料汇编性质的《鲁迅手册》，这为后来的《鲁迅评传》的写作奠定了一定的文献基础；1956 年曹聚仁正式完成了《鲁迅评传》，由香港世界出版社出版；1967 年，曹聚仁又在香港三育图书文具公司出版了《鲁迅年谱》一书。由于曹聚仁的治史理念和大陆意识形态化的"神化鲁迅"的研究理念南辕北辙，所以这两本著作在大陆迟迟不能出版，直到 1999 年，上海东方出版中心终于出版了《鲁迅评传》，2006 年复旦大学出版社出版了新版《鲁迅评传》，并首次附录了曹聚仁的《鲁迅年谱》，生活·读书·新知三联书店 2011 年又出版了修订版的《鲁迅评传》和《鲁迅年谱》，本文在论述时则以生活·读书·新知三联书店版本为依据。

曹聚仁曾当着鲁迅的面说过，"我想与其把你写成一个'神'，不如写成为一个'人'好"[①]。在《鲁迅年谱》中他说，"把鲁迅当作有血有肉的活人来刻画，绝少歪曲事实之处"[②]。正因为它把鲁迅定位为一个"人"，一个"有血有肉的活人"，所以他不会像大陆"毛泽东时

---

① 曹聚仁：《鲁迅评传》，生活·读书·新知三联书店 2011 年版，第 1 页。

② 同上。

代"的学者那样"神化"鲁迅，也不会像同时期的台湾的苏雪林、郑学稼那样"丑化"和"妖魔化"鲁迅。在大陆，因为毛泽东在《新民主主义论》中对鲁迅作出崇高的评价，给鲁迅戴上"伟大的思想家、文学家和革命家"、"空前的民族英雄"等帽子，为"毛泽东时代"的鲁迅研究定下了基本调子，所以，"毛泽东时代"所有对鲁迅的研究与阐释必须限定在毛泽东"鲁迅论"的范围之内，不允许有任何逸出毛泽东定调之外的阐释。鲁迅在主流意识形态的推波助澜下，走向"神坛"，成为高高在上的文学神像，被广大民众虔诚地顶礼膜拜。研究者处于这样的时代语境下，难免不被主流的价值观所同化，无条件地加入到狂热的"时代造神"运动中去，因此，该时期的鲁迅研究一例带上典型的"神化"特征，所出现的几本鲁迅传，如朱正的《鲁迅传略》、王士菁的《鲁迅传》、陈白尘等著的《鲁迅传》（上集）、石一歌的《鲁迅传》（上）等，展现给读者都是一位闪耀着神的光芒、"高、大、全"式的英雄鲁迅形象。① 曹聚仁是幸运的，因为他身处香港，所以并没有被裹挟到"全民造神"的运动中去，这种与"神化鲁迅"思潮的疏离令他获得一种冷静客观的观照态度，加上他对传主鲁迅的熟悉和良好的史学修养，种种因素促成了这本反映真实鲁迅面貌的《评传》的诞生，为我们描绘出一个"人"的而非"神"的鲁迅形象。

如果说，在《鲁迅评传》产生的 20 世纪 50 年代，大陆的鲁迅研究走向"神化"，台湾的鲁迅研究却走向"丑化"和"妖魔化"，鲁迅研究受到意识形态的影响，沦为"反共"的工具。鲁迅被"妖魔化"为"文学界的妖孽"、"千古罪人"、"阴谋家"、"反鲁人士"，苏雪林甚至骂鲁迅为"剽悍的狗"、"暴君"、"一苞粪土"、"流氓首领"、"玷辱士林之衣冠败类，二十四史儒林传所无之奸恶小人"②。"神化"和"丑化"都是鲁迅研究中出现的两种非正常现象，而曹聚仁的《鲁迅评传》能做到既不"神化"，也不"丑化"，确实难能可贵。

111

---

① 张梦阳：《中国鲁迅学通史》，广东教育出版社 2001 年版，第 494—506 页。

② 苏雪林：《我论鲁迅》，（台北）传记文学出版社 1979 年版，第 54 页；古大勇：《台湾"戒严"时期和大陆"毛泽东时代"两岸的"鲁迅书写"》，《中国现代文学研究丛刊》2013 年第 11 期。

　　曹聚仁对于在他之前产生的两部"鲁迅传"并不满意，其一是郑学稼初版于 1942 年的《鲁迅正传》，其二是王士菁写于 20 世纪 40 年代末的《鲁迅传》。在曹聚仁看来，以上这些为鲁迅写传的人，由于没有见过鲁迅，不了解鲁迅，而是根据自己的猜测和想象在描述鲁迅，或神化或丑化，造成对鲁迅的曲解。而他与鲁迅交往颇深，这显然是撰写《鲁迅传》一个先天的优势条件。但是否了解和熟悉鲁迅的人都适合为鲁迅作传呢？也不一定，因为他们"所写的都是鲁迅传记史料，并不是'鲁迅传'"①。鲁迅传记之所以难写，有两个原因：一是鲁迅本人的言行，"并不符合士大夫的范畴的，所以画他的都不容易画像他"；二是中共当局"要把他当作高尔基捧起来，因此，大家一动笔就阻碍很多"②。特别是第二点，更为关键，曹聚仁自身具有一些优势：首先，他当时不在大陆，而是生活在香港，因此大陆"神化"鲁迅的研究范式无法对他产生先入为主的影响；其次，曹聚仁不但是作家，而且是史学家，还做过近 20 年的新闻记者，史学家的身份有助于他写传，他说："我承认我的治史方法和态度，很受胡适、梁启超的影响。"③ 同时他还受到中国古代的钱德洪、王懋竑和外国的路特微喜、莫罗亚及斯特莱基等人写的传记的影响，他高度评价钱德洪等编撰的《王阳明年谱》，认为"向来的传记，往往只说本人的好处，不说他的坏处，他这部年谱，不但说他的长处，还常常指出他的短处"；而路特微喜的传记，"直透到传主的灵魂深处"；斯特莱基的传记，其"取材之丰富，断制之谨严，文字之简介"，令作者"叹观止也"④。这些史学理念都对曹聚仁产生深刻影响。最后，他与鲁迅交往甚为密切，经常和鲁迅同桌吃饭、同室交谈，仅鲁迅写给他的书信就达到 44 封之多，所以由他来为鲁迅作传，应该是比较合适的人选。至少他不会从"政治化"的角度来理解鲁迅，更不会"神化"鲁迅，而是把他还原成一个"人"。他认为，"那些捧鲁迅的，一定要把鲁迅当作完人来写

---

① 曹聚仁：《鲁迅评传》，生活·读书·新知三联书店 2011 年版，第 3 页。
② 同上。
③ 同上书，第 5 页。
④ 同上书，第 5—6 页。

的，要让他进孔庙去，那当然是可笑的"①。曹聚仁在《鲁迅年谱·鲁迅研究述评》一章中说道："（A）鲁迅并不是圣人，他的思想本来有若干矛盾的，思想上的矛盾，并无碍于其在文学史上的伟大的。一定要把这些矛盾之点掩盖起来；或是加以曲解，让矛盾解消去，那是鲁迅所不同意的。（B）我们得承认鲁迅自始至终是'同路人'，是一个马克思主义者，并不是共产党员，否则我们就无从解释鲁迅回复徐懋庸的公开信以及他写给胡风的几封信了。作为一个'同路人'，鲁迅在革命道路上的贡献也是同样伟大的。（C）若干文化运动，如大众语运动，手头字运动，都不是鲁迅所领导的，一定要把这些文化工作写在鲁迅史中，对于他，也只能算是一种莫明其妙的讽刺。（D）我再三说到鲁迅所攻击的人士，有时他批评的非常尖刻；那一类人，也只是《儒林外史》中的腐迁书生，却不一定是'坏蛋'。即如他所攻击最利害的顾颉刚氏，也是。"② 事实上，曹聚仁所指出的这四点内容，是在同时期甚至其后很长一段时间内鲁迅研究中确实存在以及亟须解决的问题，曾引起了广泛的争议，曹聚仁在《鲁迅评传》中对此作了详细的阐释和独到的思考，其核心理念就是基于还原历史、科学客观公正基础上的"去神化"。

关于第一点，曹聚仁认为鲁迅并非圣人，承认其思想有矛盾之处，但另一方面也指出这些矛盾的思想具有兼容并存的趋向。例如，鲁迅对尼采思想和马克思主义兼收并蓄，后期在接受马克思主义的时候，也并没有拒绝尼采思想，鲁迅赞同马克思主义，同时又"兼容托尔斯泰的泛爱主义与尼采超人的学说"③，在《鲁迅评传》的第八节《托尼学说》中，他大胆肯定鲁迅受到"托尼学说"的影响。把曹聚仁的"尼采观"放在尼采接受史的链条上来看，就可见其观点的超前性和公正性。1956年的大陆，尼采被定性为反动的思想家，特别是尼采思想中"强横"的一面更遭到无情批判，所以学术界对于鲁迅与尼采关系的研究，要么是有意回避，要么是轻描淡写，要么强调鲁迅只是在

113

---

① 曹聚仁：《鲁迅评传》，生活·读书·新知三联书店 2011 年版，第 4 页。
② 同上书，第 131—132 页。
③ 曹聚仁：《鲁迅年谱》，生活·读书·新知三联书店 2011 年版，第 126 页。

其人生早期接受尼采思想，后期则接受马克思主义而彻底抛弃尼采思想，其立论前提显然是把尼采学说视为一种反动思想。在此背景下，曹聚仁承认鲁迅对尼采思想的接受有一个一以贯之的连续性过程，显然是极有头脑的。这其中有两点看法不同流俗：首先，曹聚仁认为鲁迅晚年并非一个坚定的纯粹的马克思主义信仰者，解构"鲁迅是一个纯粹的马克思主义者"的"神化"趋向；其次，曹聚仁是从正面意义上肯定尼采的个人主义，认为尼采的个人主义绝非反动思想，而具有先进性。联系到20世纪90年代后尼采"被平反"后成为学术热点的盛况，联系到从昔日的"谈尼采而色变"到今日的"言必谈尼采"恍如隔世的变化，我们不禁为曹聚仁的远见而折服。

第二点和第三点中，关于鲁迅是否是一个"同路人"，也是学术界颇具争议性的问题。这些问题主要集中于：第一，鲁迅晚年是否和中国共产党保持完全的一致？鲁迅晚年是否成为一个完全的马克思主义者？鲁迅晚年在中国共产党发动的系列文化运动中是否处于一种领导者的地位？20世纪50年代的大陆，学术界倾向于认为鲁迅晚年和中国共产党保持完全一致，亦成为一个完全的马克思主义者，如刘绶松认为，"（鲁迅）非常信任地接受我们党对他的领导，承认我们党是他应该和愿意服从的唯一的领导者"[①]；鲁迅亦在左联组织和中共发动的系列文化运动中处于领导者的地位，如王瑶的《中国新文学史稿》中，"把那一（指'左联'）时期，当作鲁迅领导文学运动的时期"[②]，把新文学的第二个十年（1927—1937）的文学简化为左翼十年的文学，又把这十年文学称为"鲁迅领导的方向"。曹聚仁却认为鲁迅不是"左联"的领导者，鲁迅与中国共产党的关系只是一个"同路人"关系，应该说十分切合鲁迅的思想实际。鲁迅晚年并没有和中国共产党保持完全一致，鲁迅晚年所亲近的中国共产党，在当时还是一个处于弱势位置的政党，鲁迅亲近它是源于自己独立的理性思考和政治判断，丝毫不受任何外力的胁迫或影响，也没有任何功利的考虑。鲁迅

114

① 刘绶松：《中国新文学史初稿》，作家出版社1956年版，第263页。
② 王瑶：《中国新文学史稿》（上册），开明书店1951年版。

晚年相信马克思主义，但并没有把自己的头脑完全交给马克思主义，而是保持着一份个人思想的独立性，鲁迅对任何思想和主义的接受都不以失去个人自由和个体独立性为代价。因此，鲁迅虽加入了中国共产党领导的"左联"等组织，但并没有接受这个组织的绝对领导，例如，他极力抵制"左联"中一些"极左"的做法，公然批评"左联"领导周扬的宗派主义行为并最后与之决裂。鲁迅晚年在"左联"组织和"若干文化运动"中也不是处于领导者的地位，正如曹聚仁所说，"'左联'依靠着鲁迅，而不是鲁迅领导'左联'"①，鲁迅在"左联"中起着一种核心凝聚力的作用，鲁迅的权威、精神和影响力给"左联"一种精神力量和勇气，支撑和引导着"左联"前进的方向，"只要有鲁迅存在，'左联'就存在，只要鲁迅不倒，'左联'就不会倒"②。"左联"把鲁迅视为精神旗帜，依靠或"利用"鲁迅的力量来生存壮大，但显然并不等同于鲁迅在领导"左联"。事实上，当时的"左联"实际领导者乃是周扬，鲁迅与其之间并非同心协力，团结一致，而是貌合神离，屡生冲突。

关于第四点，也体现了曹聚仁评价历史人物所具有的客观公正的辩证立场。在鲁迅研究很长的一段历史进程中，出现这样一种不好的倾向，即以鲁迅的是非为是非，以鲁迅的好恶为好恶，认同鲁迅对历史人物的臧否评价，把鲁迅批判过的人都视为坏人，因此像"资本家的乏走狗"梁实秋、"被塞了一嘴马粪的贾府焦大"似的"新月派诸君子"，"洋场恶少"施蛰存等人物，因为戴着鲁迅钦定的这顶"帽子"，在中国特定的历史阶段一度"抬不起头"，对其评价多以负面为主。曹聚仁明确反对这种倾向，他说："笔者特别要提请读者注意，并不是鲁迅所骂的都是坏人，如陈源（西滢）、徐志摩、梁实秋，都是待人接物很有分寸，学问也很渊博，文笔也很不错，而且很谦虚的。有人看了鲁迅的文章，因而把陈西滢、梁实秋，看作十恶不赦的四凶，也是太天真了的……在鲁迅的笔下，顾颉刚是十足的小人，连他的考

① 曹聚仁:《鲁迅评传》，生活·读书·新知三联书店 2011 年版，第 112 页。
② 同上书，第 101 页。

证也不足道。其实，顾颉刚也是笃学君子，做考证，十分认真；比之鲁迅，只能说各有所长，不必相轻。"① 此论极为公允，陈源、徐志摩、梁实秋等属于英美派自由主义知识分子，其和鲁迅之间的龃龉生隙更多的是源于他们政治倾向、思想理念、文学主张和审美趣味的冲突，而他们在各自的专业领域都作出了独特的成绩；顾颉刚在历史学和民俗学研究领域的成就更是有目共睹，有口皆碑，其历史贡献不容抹杀。因此，在那个"以鲁迅的是非为是非"的年代，曹聚仁能为陈源、徐志摩、梁实秋说句公道话，无疑是清醒的。

既然把鲁迅当成一个"人"来写，自然也就具有"人"的各种弱点，它体现在鲁迅的性格、为人和日常生活中。曹聚仁曾经对鲁迅说："你的为人，见仁见智，难说得很。不过，我觉得你并不是一个难以相处的人。"他赞赏鲁迅对青年人的让步和扶携，"他对中年人，甚至于对他们的朋友，都不肯认输，不肯饶一脚的，独有对青年，他真的肯让步肯认输"②。他也指出鲁迅性格中的部分缺点，譬如，他认为"鲁迅是一个'世故老人'，他年纪不大，但看起来总显得十分苍老，他自幼历尽事变，懂得人世辛酸以及炎凉的世态，由自卑与自尊两种心理所凝集，变得十分敏感"③。他甚至认为鲁迅亦有阿 Q 的影子，"'阿 Q'是一个中华民族'乏'的方面的典型人物，我们中国人，谁都有点'阿 Q'相，连鲁迅自己也在内"④，"说鲁迅是阿 Q，也并不损害鲁迅的光辉"⑤。曹聚仁还为我们揭示了一些不为人知的关于鲁迅日常生活中的秘密：鲁迅爱看电影，要坐雅座，付最贵的票，他看的几乎是侦探片、打斗片、滑稽片、生活风景片、五色卡通片，他看的最后一部苏联片为《复仇艳遇》。鲁迅爱吃糖果，吃的是几角钱一磅的廉价品，他偶尔从北京东城的一家法国点心铺里买些蛋糕享受。鲁迅喜欢喝茶，喝那种清涩的龙井茶。鲁迅貌似"鸦片烟鬼"，烟不停

116

① 曹聚仁：《鲁迅评传》，生活·读书·新知三联书店 2011 年版，第 79 页。
② 同上书，第 139—140 页。
③ 同上书，第 144 页。
④ 同上书，第 65 页。
⑤ 同上书，第 1 页。

手，抽的都是"品海牌"、"红锡包"之类的廉价品。鲁迅情绪不好时，就借喝点酒来浇愁。鲁迅穿衣极不讲究，他的裤子还是30年前留学时代的，已经补过了多少回。但对书十分讲究，书龌龊了，有时会用衣袖去揩拭，手不干净的话，他一定要洗好了才去翻看。他的书架和抽屉，摆放得井然有序，不许别人翻乱。一部新书到手，他连忙依照分类急急包裹起来，连许广平也不能获得先看的权利，只有海婴是例外。他最不愿意借书给别人，万不得已，他宁愿买一本送给那朋友。他很节俭，有时就用别人寄来的信封，翻转过来重做一张信封来用，他平日把一切包裹纸、纸袋保留，折得平整，绳子也卷好，随时可以应用。……看完这些内容，一个富有生活情趣、日常化、生活化、形神兼备、极具个性的"人间鲁迅"形象跃然纸上，令读者难以忘记。而这些都是同时期朱正的《鲁迅传略》、王士菁的《鲁迅传》所缺乏的，朱正就在传记的《后记》中说："作为一个人物的传记来看，它缺乏对于鲁迅生活方面的叙述，缺乏情节，以致读来不免有些枯燥。"①《鲁迅评传》在体例结构上也有不同于一般传记的地方，它没有完全按照纵的线索来叙述鲁迅的生平，前半部分主要叙述鲁迅的人生历程，但在其中穿插诸如"托尼学说"与"《晨北副刊》和《语丝》"等内容，后半部分则记述了印象记、性格、日常生活、社会观、青年与青年问题、文艺观、政治观、人生观、家族、师友、闲话等专题，以及用深入浅出的文字对鲁迅的小说和杂文创作成就进行了独到的分析并予以辩证评价。整个结构纵横交错，从而使传主鲁迅形象更具有一种立体感。另外，作者采取一种比较通俗化的写法，也令全书颇具特色。作者在序言中说把《鲁迅评传》写成"一本通俗的鲁迅传记，而不是一部专家的著述"②。因此，全书语言通俗易懂，没有高深的专业术语，没有千篇一律的学者腔，风格平易，令人感到亲切。

117

另外，《鲁迅评传》中还提出了几个在当时看来十分超前的学术

① 朱正：《鲁迅传略》，作家出版社1956年版，第190页。
② 曹聚仁：《鲁迅评传》，生活·读书·新知三联书店2011年版，第6页。

命题，即认为鲁迅是"自由主义者"、"虚无主义者"、"坚强的个人主义者"、"同路人"，虽然有学者对这些观点提出异议①，但是这几个命题都成为20世纪90年代后的学术热点问题，涉及鲁迅与自由主义、鲁迅与存在主义、鲁迅与西方现代主义、鲁迅的角色身份定位问题等研究领域，吸引了一批学者投身其中，亦产生不少厚重的成果，推进了鲁迅研究的发展。无论你在这些研究论争中站在何方立场，持何种观点，但你不得不承认这些学术命题的原点，可追溯至曹聚仁。

当然，《鲁迅评传》（含《鲁迅年谱》）也有缺点，最明显的就是在史实方面的"硬伤"，朱正曾撰文专门研究《鲁迅评传》中出现的不少"硬伤"，认为《评传》中"许多历史事件都被他写错了。读者看了，真觉得他不像一个受过史学训练的人"②。就史实的准确性来说，朱正的批评确实切中肯綮，无可厚非。但瑕不掩瑜，《鲁迅评传》的最大价值在于其"去神化"的治史理念和写作范式，据统计，几十年来，学术界出现的《鲁迅传》、《鲁迅评传》之类的传记达数十种，但是很多无法摆脱"神化鲁迅"现象的干扰，这种情况直到20世纪80年代末期之后才有所改变，如王晓明的《无法直面的人生——鲁迅传》和林贤治的《人间鲁迅》③ 就对鲁迅进行"祛魅"，力图展现还原一个真实的"人间鲁迅"形象，其质量达到了鲁迅传记写作的高峰点，其所体现的"去神化"治史理念与写作范式和40多年前曹聚仁的《鲁迅评传》如出一辙，但后来者是否意识到早有一位寂寞先驱者已于30多年前就开拓了这一成功的写作范式？

---

① 陈漱渝：《"毋求备于一夫"——读曹聚仁著〈鲁迅评传〉》，《学术研究》1999年第6期。

② 朱正：《"史人"、"妄人"曹聚仁——且说他〈鲁迅评传〉的硬伤》，《鲁迅研究月刊》2009年第3期。

③ 王晓明：《无法直面的人生——鲁迅传》，上海文艺出版社1993年版；林贤治：《人间鲁迅》（一、二、三），花城出版社1986—1990年版。

第二辑

泉籍东南亚华文作家创作中的
"原乡"情结

序　言

什么是"原乡"？台湾诗人席慕蓉在一次演讲中说，那是"一个从来没有见过的地方，然后那个名字一直在我心里，扎我、刺我"①。背井离乡、漂泊无根是所有海外游子无法逃脱的宿命，因此亦形成了海外华文文学中的"原乡书写"的永恒母题。"原乡"一词，最早似乎来自台湾作家钟理和的小说《原乡人》，小说中的原乡首先指作为台湾客家人钟理和的祖籍地广东梅州，除此之外，还有没有其他内涵呢？王德威对之作出了解答："作为客家子弟，钟理和显然为自己族群身份归属的不确定性，早有敏锐的反思。所谓原乡，无非是他安顿自己的终极向往：原乡可以是土地国家，是他至亲至爱，但更可以是他的文学专业。"② 黄万华也指出了"原乡"内涵的丰富性和复杂性："'原乡'也各有所指，有的实指祖居故乡，有的则是虚拟想象中的故乡，也有的泛指母国故土，更有的是融入了异乡因素的'原乡'……原乡形象是一种极富有生命、文化、审美等多种意味的形象。"③ 泉州籍东南亚华人作家众多，创作丰富，不少作品涉及"原乡"题材。笔者

---

①　席慕蓉：《原乡与我的创作——席慕蓉在复旦大学的演讲》，《文艺争鸣》2011 年第12 期。

②　王德威：《台湾：从文学看历史》，（台湾）麦田出版社 2005 年版，第 249 页。

③　黄万华：《原乡的追寻——从一种形象看 20 世纪华文文学史》，《人文杂志》2000 年第 4 期。

认为，对于泉州籍东南亚华人作家来说，首先，"原乡"是指他们念兹在兹的祖籍地泉州和闽南，原乡是"乡土的中国"。其次，"原乡"是深刻影响他们生命行为和价值观念的闽南文化或中华文化，原乡是"文化的中国"。再次，"原乡"是同样影响他们的中国式"美学传统"，原乡是"审美的中国"。本文以泉州籍东南亚华人作家驼铃（马来西亚）、朵拉（马来西亚）、年红（马来西亚）、陈琼华（菲律宾）、柯清淡（菲律宾）、雨柔（菲律宾）、若艾（菲律宾）、秋笛（菲律宾）、林锦（新加坡）、黄东平（印度尼西亚）等人的作品为例，阐析其中体现的"原乡"情结。

一 "原乡"是"乡土的中国"

（一）"原乡"是一碗家乡的"番薯粥"

原乡的第一个层面是"乡土的中国"，是家乡的村庄阡陌，草木河流，乡邻友亲，风土人情，甚至街头小吃……早期来东南亚的华侨，由于时空阻隔和交通不便，有人终老一生也没回乡一次，最终客死他乡。因此，他们无法亲见家乡亲人容颜，踏上家乡田间小路，很多人只能把家乡的风俗人情和饮食习惯带到东南亚，借此来疗治和纾解"思乡之病"。稍晚的东南亚华裔，虽有机会赴乡探亲，但同样喜欢通过重温家乡美味来一解乡愁。陈琼华的《一块月饼》中的主人公麦克的老爸，每当"思乡病发"，就不怕路途遥远，跑到马尼拉华人区，重温一下"咱人"（闽南人）的生活方式，吃番薯粥佐咸鱼、菜脯、芋咸、脆瓜；麦克为了满足父亲中秋节想吃月饼的愿望，特地跑到华人区王彬街，为父亲买"有咸蛋和瓜子馅的月饼"，一家人一起"赌中秋"。若艾深深怀念离开家乡时那个生离死别的场景："三十年一转眼/转到现在/二十几个人/煮大鼎番薯汤/连牛、狗也吃得饱/这景象要到哪里去找/我忘了出门时挥别的手势/犹记得母亲的红眼圈。"① 诗中的"番薯"是闽南方言，也叫地瓜，在 20 世纪 80 年代以前，是闽南

---

① 若艾：《若艾文集》，鹭江出版社 2000 年版，第 16—17 页。

人的主要粮食。"番薯"成为诗人到海外后念念不忘的东西。柯清淡的《抵乡》描写了诗人回乡家乡父老为他杀鸡烹鸭的隆重场面，但是诗人淤积心头、日思夜想的还是那碗家乡的"番薯粥"："我这少小离乡的'番客'/只想吃一顿：/用咱们田间收成来的米粮/煮成的一锅'番薯粥'。"一碗"番薯粥"，承载的是海外游子对故乡满溢的思念之情，"番薯粥"成为故乡物化的代名词。

中国茶文化源远流长，闽南人对茶更情有独钟，泉州尤以铁观音闻名海内外，闽南民间有"宁可百日无肉，不可一日无茶"的俗话，保持早晚喝茶的习惯，对茶的喜爱达到痴迷的程度，闽南籍的华侨便把这种"喝茶"习惯带到了东南亚。驼铃的不少小说涉及这方面的内容。《漩涡》、《养善虫的老人》中的主人公见面时的第一句话就是"喝茶"；另外，《秘密》、《十年之后》、《柴船头》、《板桥上》、《咖喱卜碎了》等小说中，写到了喝茶聊天、茶寮、茶档、茶会、茶店、冲茶、送茶等关于茶的情节。这些都说明茶已经全方位地渗透到当地华侨的生活中，华侨们通过喝茶来找到回归"原乡"的途径。

朵拉的《猪肠粉情意结》中的主人公原先不喜欢吃"猪肠粉"，后来发生改变，"钟情于猪肠粉是这两年的事，自己有点怀疑，那一盘美味的猪肠粉很可能是一份家乡的情意结搅拌出来的"①。《妈妈的面线糊》中的"女儿"在英国，特别想念故乡的"面线"，"面线好像是福建人才喜欢的"，事实上，此处的"面线糊"最早来源于闽南，后来传到南洋，成为东南亚人的最爱。朵拉所居住的槟城还流行一种"福建面"，"槟城人说，你来槟城，没有吃过福建面，怎么可以算是来过槟城呢？""槟城人把福建面当成槟城的骄傲。"②闽南籍的华侨直接把家乡的饮食移植过来，让它在居住国扎根繁荣，几可等同于"原乡"的复制。

（二）"原乡"是清雅的南音、亲切的闽南话

除了闽南地方饮食之外，风格各异的闽南地方戏、作为"世界非

123

---

① 朵拉：《小说吃》，［新加坡］新加坡惠安公会 2009 年版，第 19 页。
② 同上书，第 75 页。

物质文化遗产"的清雅南音，乃至作为闽南独特标志的闽南话同样可以成为纾解乡愁的工具，成为返祖谒根、寻求文化认同的载体，成为"原乡"的独特标志。陈琼华的《一块月饼》中的麦克老爸每当"思乡病发"，就来到马尼拉华人区听一听闽南的地方戏"高甲戏"，"思乡病"由此得到缓解。朵拉则陶醉在南音缭绕的泉州之夜，"南音对我却有不可遏制的吸引力。……那仿佛陌生又似熟悉的唱腔和音调，抚慰了既是归乡亦是旅客的泉州人我"①。游子的浓浓乡愁在余音袅袅、绕梁三日的南音中得到最大限度的释放。陈琼华的《龙子》中的华人陈中俊，为儿子不讲闽南话而恼怒，为女儿"尽量在他面前讲闽南话"而欢心。泉州籍东南亚华人作家作品中亦频繁使用闽南话，这也可以视为对原乡的一种眷念。驼铃的《白毛先生》中的"块八"和"赤肉"是闽南方言的直译，即"一块八"和"瘦肉"的意思；《养善虫的老人》中的"善虫"也是闽南方言说法，指的是"壁虎"；《采青的故事》中的闽南话"后生仔"指年轻人；《种花的故事》中的"烧肥"指用杂草或其他东西焚烧成的肥料，也是由闽南口语翻译而成。《下女》中的"你怎么能吃人家头路呢"中的后缀"人家头路"、《家福》中的"好命死了"中的后缀"死了"，都是闽南语的表达法；"大的黑狗一支来"也是闽南话的语序，规范的语序是"来一支大的黑狗"。由此可以看出闽南的词汇和语法习惯已经深刻融入东南亚华侨的日常生活中。陈琼华的小说经常使用闽南方言俗语，如"番仔囝"、"呷"、"恁父"、"鸭子听雷"等词。此外，马华作家黄锦树的小说也大量使用闽南语。② 闽南话的频繁运用表现了作家明显的原乡文化情结。

（三）"原乡"是记忆中"敬鬼神"等民间风俗仪式

民间风俗同样可以成为原乡文化认同的载体。驼铃的《板桥上》中写了"敬鬼神"仪式。盂兰盆会前夕，马来华裔妇孺都在议论最近板桥上又一个新鬼的传说。盂兰盆节也称中元节或鬼节，时间在每年

---

① 朵拉：《南音之夜》，《文汇报》2011 年 8 月 3 日。

② 李莉：《马华作家黄锦树小说中的闽南情结》，《世界华文文学论坛》2014 年第 3 期。

农历七月十五日。传说这一天，所有无主的冤魂孤鬼都会从阴间出来，人们为了平息鬼魂的怒气，纷纷对之进行祭拜，举行"普度"仪式。这种习俗在闽南地区尤为常见，随着华人的南渡东洋，它亦被带到东南亚地区。于是，在马来华人区，"翌年盂兰节前夕，镇上几个领袖级的炎黄子孙，终在这天之涯海之角，联合捐资塑造了一方刻着'南无阿弥陀如来'七个大字的石碑，希望它能发挥镇慑孤魂游鬼的作用"①。陈琼华的《敬鬼神》，同样写的是闽南地区七月"敬鬼神"故事。驼铃的《采青的故事》则介绍了闽南地区兴盛的舞狮文化。中国的舞狮分为北狮和南狮，南狮又称"醒狮"，起源于隋唐，迄今已有1400多年的历史。在闽南地区，无论是婚丧喜庆，都会有醒狮队的助兴。林锦的《过去的年》写作者从前经历过的新年，其中有分红包，喝糖水，吃甜品，穿新衣，给长辈拜年，到"天公坛"听戏。但"现在，天公坛已经不在了"②。小说表现了作者对已经淡化或渐渐消逝的中国"年"的怀念，实际上表达的是一种刻骨铭心的原乡记忆。

二 "原乡"是"文化的中国"

(一)"原乡"是安妥海外华人灵魂的中华文字

东南亚华人都把华文当作精神和文化的故乡，把文字视为连接故国母体一条最坚韧的精神脐带，只要汉字不灭，华文犹在，通往母体原乡的幽径就在。秋笛长期在菲律宾华文学校执教华文，并呼吁华裔青少年学习华文。她说："为什么要重视华文呢？第一，我们是华人，即使多数人都已入了菲籍，我们称他为华裔，因为你们的体内流的是华人的血……（我们）是构成菲律宾大家族中的华人的少数民族。身为少数民族应该懂得重视并保留自己的文化。"③柯清淡长时间生活在排斥华文、只讲英文番语的异国环境中，却依然保持着对汉语汉字的情有独钟。在一座百余碑的华人墓中，殁者之名姓或全西化，唯独作

---

① 驼铃：《驼铃文集》，鹭江出版社1995年版，第168页。
② 林锦：《林锦文集》，鹭江出版社1995年版，第169页。
③ 秋笛：《秋笛文集》，鹭江出版社2000年版，第82页。

者先祖的墓碑上赫然用汉字铭上祖宗的典雅名讳和谥号。作者的孙辈，都土生土长于以英语为法定语文的国家上。而当作者带领他们来墓碑认读碑上的汉字时，作者写道："在这蕉风椰雨的天尽头、海之涯、华人墓碑上多只见英文之地域，有我这种龙传之后辈，仍如此认读汉字，使我倍感欣慰和庆幸。尽管声音是如此稚嫩，我却听到黄钟大吕一般的雄浑，这真是大汉无声。"① 一般来说，移民到东南亚的第一代华侨，其梦想是赚钱淘金，荣归故里，东南亚只是他们的暂居地。因此，在东南亚的生活中，他们仍然保持典型的闽南或中国的生活习惯，说汉语，习汉字。但是，这些华侨的第二代、第三代乃至更年轻的晚辈，在居住国出生长大，受到居住国文化的深刻影响，没有亲身经历体验过中华文化，加上居住国政府在政策上对华文的遏制和排挤，他们与中华文化渐行渐远，有的甚至连汉字都不会写，汉语都不会说，华文教育在东南亚国家陷入了的危机。东南亚的华文作家对此困境忧心如焚。林锦的小说《优等生》、《一枝独秀的水仙》、《急促的打字声》等小说表达的就是新加坡华文教育面临的窘境。

（二）"原乡"是以儒家文化为核心的中华文化

1. "原乡"是重乡恋根、崇祖铭源的人生观念

中华民族是一个乡土意识、家园意识极为强烈的族群，特别重视"家"和"乡"的观念。中国早期的农耕居民以土为本，形成了浓厚的恋土情节，以及安土重迁的文化价值观。家是中国人安身立命的基础和本位，无家可归被视为一种人生的大不幸。对"家"的重视又催生了中国人重乡恋根、崇祖铭源的人生观念，这也典型地体现在闽南文化观念里，因为闽南文化本身就受到以儒家文化为中心的中国传统文化的影响。"重乡崇祖，中国传统文化的家族本位和乡土色彩，在闽南人中表现得淋漓尽致。闽南文化中的重乡崇祖，作为一种潜在的心理意识，已经渗透在日常生活的方方面面。在闽台地区，在东南亚，在海外，闽南人都十分强调认宗认谱，结社建馆；通过修族谱、建祠

---

① 柯清淡：《墓碑上的龙迹阐幽》，中国世界华文文学学会《相遇文化原乡》，花城出版社2014年版，第69页。

堂、注'堂号',来凝聚家族血缘关系,记忆祖地,追溯历史,建立浓厚的乡土观念。"① 于是重乡恋根、崇祖铭源便成为东南亚华文文学的一个重要主题。黄东平的《七洲洋外》中的华人,敢于漂洋过海,抛妻别子,到海外打拼,然而不管他们走得多远,他们的心从没有离开过故国家园,虔诚信奉"饮水思源"、"叶落归根"的理念,把辛苦挣来的侨汇大部分寄回故乡;慎修伯在南洋已经四十年了,他的薪金八成都寄回家乡,养活在家乡的老小;他们在海外隆重地纪念每一个中国的传统节日,终身保持着故乡的风俗习惯;林添禄始终践行着诸如祭祖先、敬天地、拜年、扫墓乃至婚嫁仪式等中国传统仪式;他们永远不忘祖国的山河、物产、气候等,那些半辈子在海外的"老番"男子汉,对家乡的香蕉、蔬菜等如数家珍,颇有研究;他们不厌其烦地向下一辈讲述关于故乡的种种趣事。

没有办法回到家乡的,只有通过对家乡的回忆表达重乡恋根之情。有办法回家乡的,就想尽一切办法在有生之年回家乡,柯清淡的《许愿》生动描述了他回乡的真实感受:"走经祠堂口/茫然摸着斑发迷信地许下这愿:/若有所谓的'转世'/'来生'还要活在此地/尽管这乡野小村/是如此的简陋、卑微/。"

作为常年漂泊海外的游子,他们一定要回家,荣光时回家,落魄时也要回家,哪怕回家后受到的不是笑脸相迎,而是冷眼和嘲笑,如施柳莺的《归》中的老许,19岁赴菲,直到垂暮之年才落魄还乡,得到的却是亲人的冷淡和凉薄。

2. "原乡"是诚信守义、知恩孝亲的道德风范

127

"原乡"也是东南亚华人所认同的以诚信守义、知恩孝亲为中心的儒家文化精髓。驼铃的《君子之诺》中的老黄,在朋友办公室还钱时,发生地震,办公室突然坍塌了下来,老黄想朋友要是死了,自己就不必还钱。但最终还是将塌陷中的朋友救出,朋友也因感激之情而撕毁贷款协议书,而老黄决定先还钱给朋友。老黄和朋友之间信守着严格的君子之诺,这正是儒家文化中诚信守义精神的体现。驼铃的

---

① 林华东:《闽南文化的精神和基本内涵》,《光明日报》2009年11月17日。

《肖》不但表现了《君子之诺》的那种诚信守义的精神，同时也赞扬了中华传统文化中知恩孝亲的道德观念。小说中的父亲老张欠老女佣的钱，也一直在努力挣钱还债，同时教育儿子接受自己的道德观念——还清债务。当他在攒到 5000 元时却意外身亡。他的儿子对女佣说："亲姐，我爹地欠你的钱，我负责，我还！"老张不但亲自坚持着中华传统文化中的欠债还钱、诚信守诺的道德操守，还把这种品质传承给下一代，这正是一个华侨自觉的文化责任感。儿子麦可不负父托，承担了父亲的债务，为保护父亲的声誉而不懈努力。而小说的题目"肖"实际寓有深意，"肖"即"相似"的意思，寓指儿子和父亲不但基因一致，连骨髓里流淌的文化精神也是相似的。这也体现了中华文化中的"孝道"精神。林锦的小说《估价单》也向读者宣扬了子女对父母知恩图报的儒家孝道精神。

年红的小说则从华人传统文化精神的失落来表达对"文化原乡"的认可与怀念。《高空天线》中的郑老头，一年之中女儿难得回来看望，倍感孤独，这次得知女儿要和她的男朋友回家过年，欣喜无比，为了让他们能看上喜欢的电视节目，他花重金找人安装了一根高 120 尺的天线，岂料夜里狂风大作，天线被吹折，还打烂屋顶，雪上加霜的是，女儿来了一封电报，说不回家过年了，电报结尾还有一行郑老头看不懂的英文字母。《领尸》写一位老人，生前儿女们不能照顾他，连去世也没有时间回来送终，最后尸体是在其死后被一群群坐着名牌车、珠光宝气的儿女们领走。年红的小说反映了大马社会中，重亲情、重孝心的中华伦理观念正在逐渐走向淡化，从而从反面表现了作者对知恩图报、孝悌亲亲中华传统伦理观的怀念和认同。

三 "原乡"是"审美的中国"

东南亚作家还常常寻找另一个"原乡"，这不是地理意义上的故乡，也不是文化意义上的故乡，这是一个审美的故乡，它要经过那条由汉赋唐诗宋词元曲、《红楼梦》等铺成的蜿蜒小径，进入文化和历史的幽深处，那里存在一个五彩斑斓、诗意葱茏、奇谲变幻的"审美的中国"。在这里，她们可以穿越历史的隧道，和这些才华卓绝的诗人作家在文字的王国中进行心与心的对话。正如雨柔所说，她常在宁静的夜晚，"窗外的月色纷辉，捧一杯清茶，走进唐诗宋词，找寻那古典的优美"①；正如施柳莺把《红楼梦》视为知己，说自己"一辈子痴迷在红楼里"②。

受"审美的中国"的影响，部分东南亚华文作家的创作呈现出高度"中国化"的美感经验、审美传统和艺术特征。有的就直接进行古诗词创作，雨柔的诗集《心之韵》第一部分就是古典诗词，共收入七律 56 首，五律 22 首，七言绝句 27 首，五言绝句 29 首，词 31 首。雨柔说："用平平仄仄的韵律来写诗，是因为我对中华传统文化有一份深深的眷恋，无论品读唐诗宋词，还是聆听古典民乐，那古朴与淡雅的优美，那雄浑与豪放的气度，那婉约与厚重的意韵，都无不蕴含着炎黄子孙的智慧与情感，华夏几千年的文化精华在古韵律中焕发着辉煌之光。我不能舍弃这笔辉煌的财富，于是，投情以笔，借用古韵律来写诗、填词，虽然都是些心情物语，却也是心灵的寄意。"③ 她仿佛一个活脱脱的"现代版"李清照，她的词也仿佛是典型的"婉约派"风格。如《双双燕·闺怨》："楼栏暮色，倚春日残香，乱红飞尽。芳魂谁葬？唯见满山愁韵。回首枝头燕隐。恨长夜，飞鸿无信。梧桐挂月扶疏，绿影风流谁向？情困，深闺红粉。晚镜待双飞，月羞星陨。纱窗重幕，只见鬓盈钗紧。玉露香醇引恨，短诗赋，舒怀解闷。残烛伴墨听愁，夜夜素笺思忖。"④ 假如把这首词置于李清照的词集里，你一定分辨不出这是一首赝品。

即使是雨柔的现代诗歌，也氤氲着古典诗歌的情韵，如《无人能审判你……爱情》，"走进《红楼梦》/翻阅西厢记/读钗头凤/听梁祝化蝶爱情/爱情的轮回/从梦里开始/在梦里/爱情的花朵/是那么美丽/……良宵一曲/诉说爱情的欢愉/梅花三弄/奏出爱情的凄美/汉

129

---

① 雨柔：《心灵的原乡》，菲律宾华文作家协会 2014 年版，第 19 页。
② 施柳莺：《施柳莺文集》，鹭江出版社 2000 年版，第 70 页。
③ 雨柔：《心之韵》，［菲律宾］于以同基金会 2010 年版，第 3 页。
④ 同上书，第 170—171 页。

宫秋月/弹出爱情的孤寂/爱情呀爱情/你陶醉了千百年的/痴情男女/爱情呀爱情/你也灼伤了无数的痴心/无人能审判你/爱情……"① 古典的意象和词汇密集入诗，形成了诗歌形式和整体氛围的古典化，诗歌的思想意蕴也是耐人寻味，把抽象的"爱情"拟人化、情感化，成为"审判"的对象，因为它灼伤了古今中外的多少情男痴女，"罪大恶极"，但却无法对这个"刽子手"审判，连上帝也无可奈何。悖论反常的表达生动形象地诠释了爱情的非理性特征。

林锦的不少微型小说也得中国传统文化审美情趣的精髓。如小说《屋树井竹》的一段描写：

> 黎明，晨曦，男挑水，女洗衣，洁静。
>
> 晌午，烈日，男生火，女做饭，平和。
>
> 黄昏，斜阳，男翻土，女播种，温馨。
>
> 月夜，清辉，男观月，女看星，安宁。②

只短短四句，用蒙太奇的手法，把男人和女人的一天、一年，乃至一生的幸福生活高度精练地概括出来。我们不难感受到其中如陶渊明、孟浩然等人的田园诗，沈从文、废名等人的京派小说，孙犁、汪曾祺等人的乡土小说的神韵和境界；其对意象的选择、意境的营造，深得中国传统艺术的"三昧"，体现在文中的审美趣味完全是中国化的。施柳莺的创作也展现了一个高度中国化的"美学中国"，体现为一种"审美型"文化认同，关于此点笔者有专文研究，此处不赘述。③

结语 "原乡"与"他乡"

东南亚华文作家往往对心目中的"原乡"及其所代表的文化魂牵

---

① 雨柔：《心之韵》，[菲律宾] 于以同基金会 2010 年版，第 304—308 页。

② 林锦：《林锦文集》，鹭江出版社 1995 年版，第 130 页。

③ 古大勇：《菲华作家施柳莺创作的"中华文化认同"》，《世界华文文学论坛》2014 年第 3 期。

梦萦，执着认同。但怎样看待"他乡"及相对应的"他族文化"呢？东南亚华人的第一代移民不过是客居他乡的中国人，身在异邦，心在中国，完全认同祖国文化。而他们的下一辈，生于长于居住国，并加入了该国国籍，逐渐认同本土文化，与中华文化传统渐渐陌生。于是，他们便努力向自己的下一辈传授中国传统文化，希望其能接受继承故国的文化传统。从而形成了东南亚华文文学中常见的冲突叙事模式，"一方渴望着绵延，另一方则是无情的断裂；一方是记忆中的过去，另一方则是正在变化着的现实。并且这类冲突模式是通过代沟的形式来表现的"①。如林锦的《来一碗粥》，就是通过父亲与儿子不同的早餐习惯来反映文化冲突，父亲喜欢的是清粥小菜的中式早点，而儿子却习惯于汉堡可乐的洋式快餐，由此引发了冲突。作家林锦显然是站在父亲的文化立场。

但有不少作家以一种开放宽容的眼光来接纳"他乡"文化。驼铃的《可可园里的黄昏》中，华侨汉叔的女儿阿华爱上了一个马来西亚小伙阿旺，汉叔由于种族偏见，不接受马来西亚人做自己的女婿，阿旺遂离开汉叔与阿旺私奔，汉叔长时间不能谅解女儿阿华。后来他经过自我反省，终于接受阿旺，"他老到底发现了一个平凡的真理：凡事做得合情合理，结果就会心安"②。作者站在文化平等和融合的角度，赞同汉叔对"他乡"文化的接纳，表现了一种开放多元的文化眼光。对"原乡"文化的认同也并不意味着"原乡"文化是完美无缺的，不少东南亚华文作家能客观地评价"原乡"文化，甚至对"原乡"文化的负面因素进行反省乃至自我批评。如驼铃的《岁寒图》中，在一场关系华族利益的选举中，华人为了个人的目的和一些小利，产生了分歧和内讧，不够团结，缺乏合作精神，反而不如马来西亚人那样一心一意、团结一致。这种"理智型"文化认同的态度无疑是值得称许的。

131

---

① 饶芃子、杨匡汉：《海外华文文学教程》，暨南大学出版社 2009 年版，第 13 页。

② 驼铃：《驼铃文集》，鹭江出版社 1995 年版，第 133 页。

菲律宾华文文学中的"晋江现象"

　　晋江是中国的"品牌之都"，中国的知名体育产品品牌绝大多数出自晋江，值得注意的是，晋江的另一种"品牌"却鲜为人知，就是在文学创作上也形成自己独有的"品牌"。晋江人善于经商，以其"爱拼敢赢"的闽南精神在经济上创造了奇迹，GDP 连续数十年位居"全国百强县（市）"前列。晋江作为一个经济发达的开放城市，在文化建设上并没有拖后腿，而是保持着与经济建设颉颃齐飞的良好局面。晋江自古以来就文风兴盛，诞生过 1853 位文武进士，其中有文科状元8 位、武科状元 3 位……进入新时期以来，晋江本土文学事业突飞猛进，成绩喜人，晋江籍作家创作了一大批有影响的文学作品，引发了评论界的关注，"晋江诗歌群体"、"晋江散文现象"、"晋江文学现象"等相继被命名。在 2016 年 2 月 25 日的"晋江诗群与晋江文学现象研讨会暨 2016 晋江新春文学恳谈会上"，就有不少学者提出，应该将"晋江的文学现象"提升为"文学的晋江现象"①，从更高的层面来评价晋江文学、总结晋江文学现象。但这里所定义的"文学的晋江现象"，其范围主要指国内。其实在海外，特别是在菲律宾华文文学文坛上，也存在一个文学的"晋江现象"，指的是一批原籍晋江的华侨，经商之余，坚持从事华文写作，创作了大量文学作品，在菲律宾文坛上产生很大影响，并通过各种方式推动菲律宾华文文学的发展和繁荣，

---

　　① 张明：《从晋江文学现象到文学的晋江现象——晋江诗群与晋江文学现象研讨会发言》，《泉州文学》2016 年第 4 期。

在菲华文学的建构中产生了重要作用，因此，不妨称之为菲律宾华文文学中的"晋江现象"。其实，菲华文学中晋江籍作家的贡献早就有学者关注，如郑楚曾写过一篇名为《晋江籍菲华作家及其贡献》的长文，比较详细地梳理了晋江籍菲华作家作品的成就和地位。[①] 戴冠青的《菩提树下——晋江文学的美学追求》[②] 也涉及对若干晋江籍菲华作家的创作的评论。但两位学者关注的是对晋江籍菲华作家作品的评论及其文学成就的肯定，还没有自觉上升到理论的高度，把它作为一种特有的文学现象来观照，因此，所引发的关注度也就不够显著，一定程度上造成对晋江籍菲华作家的创作成就和文学地位认识的不足。只有把晋江籍菲华作家上升为一种"文学现象"，才能更充分地引起文学界对"晋江文学现象"的重视，才能对晋江籍菲华作家的创作成就和贡献作出合理的定位，也就能更准确地认识和把握其独特贡献和文学史价值。庄钟庆在《东南亚华文新文学史》中把肇始于20世纪二三十年代的菲华新文学分为四个时期，即"形成时期（1933—1945）、变化时期（1946—1959）、成长时期（1960—1979）、繁茂时期（1980年至现在）"，而在菲华新文学发展的每一个历史阶段都能看到晋江籍的菲华作家的"身影"，他们在菲华新文学发展的每一个阶段都发挥了重要作用。从庄钟庆的《东南亚华文新文学史》所收录的晋江籍的菲华作家来看，多达数十位，"形成时期"的代表作家有林健民、施颖洲、白刃等；"变化时期"的代表作家有陈天怀、白浪、若艾、白雁子等；"成长时期"的代表作家有月曲了、林泥水、施柳莺、施约翰、庄垂明、王国栋等人，"繁茂时期"的代表作家有陈琼华、黄春安、陈恩、黄梅、刘一泯、一乐、吴新钿、明澈、张灿昭、弄潮儿、柯清淡、亚蓝、董君君、纯纯、陈晓冰、王勇、文志、苏荣超等，还包括在"成长时期"就已经成名的施柳莺、施约翰、林泥水等人。除以上这些作家外，郑楚的《晋江籍菲华作家及其贡献》还提及如下作家：许冬桥、陈扶助、白山、蓝菱、蒲公英、庄子明、田菁、林婷婷、

133

---

① 郑楚：《晋江籍菲华作家及其贡献》，周仪扬、陈育伦、郭志超主编《〈谱牒研究与华侨华人〉研讨会论文集》，新华出版社 2006 年版。

② 戴冠青：《菩提树下——晋江文学的美学追求》，海峡文艺出版社 2016 年版。

林励志、庄良有、施清泽、丁德仁、笔锋、杨文德、栗木星、王锦华、田中人、吴秀薇、吴仲庚、幽兰、南根、夏影、庄维民、庄幼琴、许少沧、清水草、靖竹、杨韵如、龚锦媚等。

—

晋江籍菲华作家的代际出现是与菲华新文学的产生、发展与兴盛同步的，在菲华新文学发展的每一个历史阶段都发挥了关键性的作用，他们领导建设文学社团，主编文艺刊物，发起文学论争，发表文学主张，直接推动菲华文学的产生、发展与繁荣。

首先，不少晋江籍菲华作家是菲华新文学的开拓者。其中最为重要的是林健民和施颖洲。林健民早年在国内受到五四新文学思潮的影响，20 世纪 30 年代，巴金先生曾经三次来到他读书的泉州黎明高中，带给年轻的林健民以新文学的启蒙。到菲律宾后，"他热心宣传'五四'新文学思潮，为菲华新文学的形成发挥了极大的作用"①。在菲华新文学的拓荒期，他主编《天马》文艺月刊和《海风》综合旬刊，开辟菲华新文学的发展阵地，"为开拓菲华文学做出了积极贡献，被誉为菲华新文学的'开荒牛'"②。抗战胜利后，林健民积极从事工商业，并慷慨捐款，为菲华新文艺发展提供资金保障，担任《艺文》月刊主编以及菲华艺文联合会等多个文艺社团的领导职务。另一位菲华新文学的先驱施颖洲抗战前后也在中国大陆报刊上发表新文学作品，并在巴金主编的《烽火》杂志发表新诗和译诗，"（菲华新文学）的播种前期，菲华作家只有三位闯入中国第一流文艺期刊"③。而施颖洲就是其中的一位。和林健民一样，他也将五四新文学思潮的"星星之火"带到菲律宾；他在译诗方面成就很大，"其中他翻译的菲律宾民族英雄黎萨尔的诗《我的诀别》，是菲华新文学传播得最为广泛的译文"④。他先

---

① 庄钟庆：《东南亚华文新文学史》，人民文学出版社 2007 年版，第 506 页。
② 同上书，第 507 页。
③ 施颖洲：《序言：六十年来的菲华文学》，《菲华文艺》，菲华文艺协会 1992 年版，第 3 页。
④ 庄钟庆：《东南亚华文新文学史》，人民文学出版社 2007 年版，第 508 页。

后担任菲华文坛多个重要报刊的主编，持续时间达半个世纪之久。林健民、施颖洲作为菲华新文学的开拓者。长期组织和推动菲华文艺运动，领导菲华文学建设，创办主编文艺刊物，培养菲华文学爱好者，壮大菲华文学队伍，其中不少人后来成为菲华文坛的骨干和领导者，他们二人为菲华新文学的形成和发展发挥了重要作用。

其次，积极领导建设各种文学社团，创办主编文艺刊物，为菲华新文学的发展开辟阵地。在菲华新文学的发展历程中，很多晋江籍菲华作家成立各种文学社团，担任社团负责人，通过社团开展各种文艺活动，积极推动菲华文学的发展。如施颖洲、王国栋系菲律宾影响最大的文学社团之一"菲律宾华文文艺协会"（以下简称"文协"）发起人和主要负责人；吴新钿系菲律宾另一重要文学社团"菲律宾华文作家协会"的主要发起人，担任过该会会长；江一涯曾任两届新潮文艺社社长，现任菲华作家协会会长；柯清淡现任菲华作家协会副会长；明澈、蒲公英曾任新潮文艺社社长、菲华作家协会副会长；若艾曾担任椰风文艺社主编；施柳莺曾任"辛垦文艺社"副社长；月曲了、王勇、施清泽是千岛诗社的发起人或社长，王勇目前担任菲华作协秘书长；王国栋曾是耕园文艺社的主要发起人和领导人；陈恩是菲华新潮文艺社的创办人之一；黄春安曾担任"菲华文艺工作者联合会"秘书长；小英曾任新潮文艺社社长、菲华文联常务理事；林婷婷曾任亚华作协菲华分会会长；一乐等人组织发起"现代诗研究会"……这些社团的领导者正是通过社团这个平台，团结一批文学爱好者，积极组织开展各种活动，壮大文学创作队伍，支持社团成员的创作出版，促进了菲华新文学的可持续生产。晋江籍菲华作家还积极主编各种刊物和文学选集，开辟菲华新文学的发表园地，传播菲华新文学，扩大菲华新文学的社会影响。如施颖洲曾主编《菲华文艺》、《文联季刊》，担任《联合日报》、《大中华日报》、《菲律宾中正日报》总编辑兼各报文艺副刊主编；若艾曾主编《公理报》副刊《晨光之友》；王国栋创办《菲华文坛》杂志；张灿昭、许少沧曾主编《晨光》；黄梅、陈琼华曾担任菲华《联合日报》文艺副刊主编；王勇曾担任"龙"诗刊和"学群"副刊的主编……他们还积极从事文学选本的工作，如施颖洲主编

135

有《文艺年选》、《菲华短篇小说选》、《菲律宾短篇小说选》和《菲华散文选》，以及诗集《菲律宾的一日》、《海》、散文集《芳草集》等；由施颖洲等主编的《文艺年选》"是菲华的第一本文艺选集"①。施颖洲还与他人合编诗集"长城丛刊"之二《海》、"长城丛刊"之三《芳草梦》，选文质量上乘，引起广泛关注。文学选本本着质量优先的原则，将零散分布在报刊上的华文作品集中选录出版，有利于作品的阅读接受和传播扩散，扩大受众面，扩大作品的社会影响，甚至有助于菲华文学作品走向"经典化"。

再次，参与发起文学论争，发表文学主张，推动菲华文学理论建设。菲华新文学曾发生过四次有关诗歌创作的争论，每一次争论都涉及诗歌创作的基本问题，如诗歌的题材与体裁、诗歌的用词、诗歌语言的语法与逻辑等问题，争论虽然最终没有取得一致意见，但促进了菲华诗歌理论的建设。三次论争都有晋江籍菲华作家的参与，在论争中发挥了举足轻重的作用。20 世纪 50 年代前后，白雁子发表长诗《高山晋寿》，引发菲华文学史上首次关于新诗的论争，白雁子提出了菲华文学发展的核心问题，即"如何真实地反映华侨的生活、习俗和思想言行；如何使用合适的体裁、题材和表现方法等等，在菲华新文学变化时期和后来的文学创作中产生了深远的影响"②。20 世纪六七十年代，菲华文坛发生两次有关现代诗的论争，针对有诗人发表文章认为"现代新诗人，故意用字创词以鸣新"，所谓"很夏天"来形容夏天是不合逻辑的。白雁子发表《很夏天和天体》，支持诗歌的创新，提出"试新创新，诗人本色"的主张。③ 20 世纪 80 年代的第三次论争是由林健民发起的，他在《联合日报·菲华文艺》月刊上发表了《写诗与造句》，特别强调写诗三原则，即"令人易懂"、"合情合理"和"注重语法"，虽然也遭遇了不少反对的声音，但正是通过争论加深了对于诗歌本质的认识。菲华文学的拓荒者施颖洲也积极参与菲华文学的理论建设，他撰写了《菲华小说：来龙去脉》和《菲华新诗：来龙

---

① 庄钟庆：《东南亚华文新文学史》，人民文学出版社 2007 年版，第 515 页。
② 同上书，第 525 页。
③ 同上书，第 530 页。

去脉》两篇文章，系统梳理了菲华小说和新诗发展的历史与现状，被称为"流传最广的菲华新文学史料"①，他还发表过长达3万字的《菲华文学简史》（序言），"给菲华新文学研究提供了极大的便利和有价值的参考"②。一乐（李怡乐）等出版的《论析现代诗》则被誉为"菲华第一册提供鉴赏方法的书"③。

二

在近百年的菲华文学创作史上，晋江籍菲华作家创作了大量文学作品，直接构成了菲华文学的大半"江山"，成绩显赫，影响深远，在菲律宾文坛占有重要地位。他们的文学创作，在题材内容上，包罗万象，广泛涉猎，观照视野较为开阔；在艺术手法上，则是传统与现代并存，多样化的艺术试验尤为令人瞩目。体现在题材内容上的丰富性书写和艺术手法上的多样化试验。

晋江籍菲华作家创作在题材内容上丰富多彩，在以下三个方面表现尤为突出。生动展现菲律宾的历史和社会现实，尤其对菲律宾的底层社会进行逼真冷静的透视，体现出现实主义的深度。1986年菲律宾发生"二月军变"，五百名的所谓"叛军"和两百多万马尼拉市的民众，终于迫使菲国总统马科斯宣布下台。林健民三千多行的叙事长诗《不流血的革命》，生动回顾了菲律宾历史上的这一重大革命事件，具有重要的认识价值，为菲律宾文坛留下了光辉的一页。若艾的《你们三十七个，为什么》，对菲律宾警方残害三十七个旅菲华侨的行为表示极大的愤慨和批判，对华侨们的悲惨遭遇表示深刻的同情和担忧。若艾的《这一天》中担豆腐花的矮材，为了果腹，在除夕之际仍然在街头叫卖生意，反映了菲律宾底层人民生活的无奈艰辛。林泥水的《恍惚的夜晚》等小说则在现实主义的基础上刻画菲律宾上流社会丑陋的众生相。陈天怀的小说《春风浩荡拂椰庐》，叙述在太平洋战争

137

---

① 庄钟庆：《东南亚华文新文学史》，人民文学出版社2007年版，第508页。
② 同上。
③ 李怡乐等：《论析现代诗》，（香港）银河出版社1988年版，第6页。

背景下，一对菲华青年男女冲破种族隔阂，真诚相恋的感人故事，有力地控诉战争的罪恶和中菲人民不畏强暴、团结抗敌的精神。黄梅的《齐人老康》书写菲国华侨沉重艰辛的生活，主人公老康一家8口，仅靠自己微薄的薪水养活全家，失业之后，只得依靠妻子做些小买卖，苦苦支撑，勉强生活下来。老康家乡有老妻和儿子，然而相隔30年都没有见面。亚蓝的《英治吾妻》同样反映底层小人物的辛酸故事，写一个旅菲华侨家庭成员身处两地生活的艰辛以及被不幸命运捉弄的无奈，悲凉之雾，弥漫全文，读之令人动容。白浪的《小镇之春》中的椰场打杂工水牛，生性憨厚但有酗酒恶习，生有16个孩子，收入微薄，加上酗酒开支，日子过得揭不开锅，陷入穷途末路的境地，再加上人与人之间关系的冷漠，不能给他丝毫的帮助，更使他的生活雪上加霜，小说反映了菲律宾底层社会的残酷真相，因其现实主义的深度而被视为"菲华新文学史上少见的现实主义佳作"①。

表现了华侨殊途同归的"望乡"情结。"望乡"也是所有海外华人作家创作的共同母题。对于晋江籍菲华作家来说，"乡"更多指向他们念兹在兹的祖籍地晋江或闽南。柯清淡的《抵乡》中展现了闽南人热情款待还乡游子的热闹场面。鞭炮旗鼓，杀鸡宰羊，都抵不过家乡自产的"番薯粥"（地瓜粥），那是漂泊他乡的闽南游子最怀念的味道，承载着"番客"（华侨）对家乡的刻骨记忆和无尽乡愁。《许愿》诗人宁愿相信人有来生，郑重许下"若有所谓的'转世'，'来生'还要活在此地"的坚贞誓愿。若艾的《孤客》生动展现一个老华侨的孤客情怀："孤客，天涯/曾经踌躇昨日为脚步/不敢踏回旧路/怕惊动儿时的梦/这里的窗户/庭外的梧桐/雀声过后/摇落了一地秋思/乡音在荒烟里沉寂/年代流动得快/三十年一转眼/转到现在/二十几个人/煮大鼎番薯汤/连牛、狗也吃得饱/这景象要到哪里去找/我忘了出门时挥别的手势/犹记得母亲的红眼圈/如今我风尘一身/有几颗是她的泪/原是梦一场/祖国的河流/缓缓的回旋/一道渺渺的呼声/在心里叫唤/孤客，天涯/。"②

---

① 庄钟庆：《东南亚华文新文学史》，人民文学出版社2007年版，第523页。
② 云鹤主编：《东南亚华文文学大系（菲律宾卷）·若艾文集》，鹭江出版社2000年版。

这首诗歌以 30 年后的"我"为主人公，将 30 年前的儿时之梦和 30 年后的再次别离同时植进一场孤客之梦中，一个远在天涯的孤客，身处他乡而不敢回乡，踌躇无奈，其情其意与古诗中所谓"近乡情更怯，不敢问来人"何其类似也，诗歌感情跌宕起伏，那份交织着无奈伤感、对故乡魂牵梦萦的番客情怀，正是诸多海外华侨们的内心真实写照。故乡是什么？林鼎安先生在《家乡是什么》一文中给出了定义："故乡，在华人华侨的心中，是一道永远抹不掉的风景，是永远的怀念也是永远的痛。故乡是'根'，根深而叶茂。"① 翻开林鼎安随笔作品的目录，《何处是故乡》、《故乡的中山路》、《故乡的鸡蛋花》、《故乡的风筝》、《故乡的自行车》、《故乡的"咸酸甜"》、《故乡的"谦先"》、《故乡的南俊巷》、《故乡的"十班公"》、《在故乡冬眠》等标题映入眼帘……一篇篇文章都在无声地诉说着作者对故乡的深挚情感。

反映爱情婚姻问题等其他主题的作品。除了上述主题外，晋江籍菲华作家还表现爱情婚姻等其他多维主题。陈琼华的小说通过塑造不同的女性形象表达对爱情婚姻的思考。《灰烬里的青春》中的"我"是一个具有强烈反抗意识、追求恋爱和婚姻自由的新型女性，认为婚姻需要爱情，没有爱情的婚姻就是牢笼。在面对妈妈为"我"介绍结婚对象时，毫不客气地拒绝，情愿孤独终老。小说中的二嫂则是一个处于新旧思想交替中的特殊形象，她想冲破传统伦理道德的枷锁，但却不得不被无情的现实禁锢而感到内心痛苦。小说通过对两个不同女性形象的对照，表达了对爱情和婚姻的本质、女性解放等共同性问题的思考，因而亦具有普遍意义。施柳莺的《机房往事》、《鹧鸪天》、《碧螺春》等小说也表现了类似的主题。晋江籍菲华作家创作还表现了两种文化的碰撞和交融。陈琼华的《龙子》中，父亲陈中俊对于儿子不说闽南语、用菲语讲话十分生气。与妻子结婚 20 多年，他却从没有踏进过妻子的家乡，也不愿意遵从菲律宾本地的礼仪，体现了两种异质文化的冲突。当然，随着时间的流逝，异族交往的冲突渐渐减

139

---

① 林鼎安：《岁月深处》，［菲律宾］亚洲旭林出版社 2013 年版，第 88—89 页。

小，朝着互相融合的方向发展。陈琼华《倦鸟》中的里沓作为一个"出土仔"，嫁到一个华人家庭，努力学习中国文化，主动融合进华人家庭，尊老爱幼，与公公相处融洽，两种文化终于尽释前嫌，握手言欢。

在艺术上，晋江籍菲华作家创作以传统现实主义为主，但也进行多种艺术形式的试验。20 世纪 60 年代，台湾现代主义文学思潮传入菲华文坛，影响了晋江籍菲华作家的创作，特别在艺术形式上呈现出崭新的面貌，如改变传统小说只注重故事情节而忽略表现挖掘人物内心世界的叙述方式，运用潜意识、梦境、时空倒错等手法来展示人物复杂的内心世界。施约翰的小说就具有这一典型特征，在他的《指路牌的风波》和《第五个轮胎》中，可以看到他对于梦境、潜意识、意识流等手法的娴熟运用。《指路牌的风波》的主人公克里斯蒂内心的挣扎、骄傲、满足等内心隐秘心理，和他潜意识中的那种"不能容忍任何比她高的任何事或物"的争强好胜成癖的性格在小说中被展现得淋漓尽致。王国栋的小说《长夜》是一篇心态小说，运用了典型的意识流表现手法和蒙太奇画面的组合方法。纯纯的小说《归》描写一个返菲华侨，走在菲律宾的王彬街头，思绪万千，抚今追昔，意识游走于今昔之间，时空交错，过去的画面和现实的画面叠加呈现，亦表现出蒙太奇手法的特征。月曲了的诗歌多运用现代主义手法，注重刻画诗人的内心经验，采用象征、暗示、隐喻、意象组合、转换、反讽与悖论等丰富手法。林泥水的部分小说也有意识地采用现代主义艺术手法。除了现代主义技巧之外，很多晋江籍菲华作家也创造性地继承了中国美学传统。如施柳莺的创作，中西兼备，博采众长，既能借鉴西方现代手法，也能创造性地转换中国传统艺术形式。前者如《机房往事》，打破中国传统叙事模式，弱化故事情节，增强对人物内心世界的表现，体现出心理深度，打上了现代主义的烙印。同时，施柳莺更能借鉴中国的抒情传统，从遣词到造句，从结构到手法，从形式到内容，都弥漫了中国式的美感经验。她把小说写成典型的"意境小说"或"诗化小说"，小说意境优美，情景交融，善于留白，点睛白描，虚实相生，腾挪跳跃，不着一字，尽得风流，诗意葱茏，深刻体现了

140

中国艺术的根本精神。如《鹧鸪天》、《碧螺春》等小说就典型地表现出这种特色。① 晋江籍菲华作家还能进行多种体裁的创作，如林泥水是菲华文坛上少数的戏剧家之一，生前出版戏剧集《阿飞传》、《马尼剌屋檐下》等。庄子明擅长电影剧本、歌剧、舞台剧、报告文学以及传记文学等多种题材的创作。施子荣、陈明玉等从事古体诗创作，承续了中国文学的另一文脉传统，促使古典诗词在域外土壤生根发芽，茁壮成长。后起之秀王勇则孜孜于"闪小诗"创作，"闪小诗"被喻为21世纪出现的"心灵闪电式"的新文体，以六行内为规制，以"超短"的篇幅蕴含丰富内涵，如闪电在瞬间出现以后引发的心灵触动。王勇创作了大量的"闪小诗"，扩大了由中国台湾林焕彰先生倡导的这一文体在菲律宾的影响，也延续了中国文学传统如绝句、唐诗、宋词、小令等精致短小的艺术特征。另一后起之秀雨柔则是诗歌创作的多面手，能兼具现代诗、词、律诗、绝句的创作，她因为"婉约词"写得特别出色，被称为"活脱脱的'现代版'李清照"②。白雁子擅长叙事长诗，创作有434行的长诗《高山晋寿》，在菲华诗坛产生深远影响。

结　语

菲律宾文学由菲律宾本土的他家禄语文学、英语文学以及菲律宾华文新文学（简菲华新文学）组成，作为一个人口仅仅占菲律宾总人口2%的外来语的菲华新文学，由于其有目共睹的成就和巨大影响力，最终获得菲律宾官方政府的承认，1987年，菲律宾政府正式"承认菲华新文学为菲律宾文学的组成部分"③，这在一个以菲律宾语、英语为主要语言，甚至在某些历史阶段还存在着排华现象的国度里，如果不

141

① 古大勇：《菲华作家施柳莺创作的"中华文化认同"》，《世界华文文学论坛》2015年第3期。

② 古大勇：《泉籍东南亚作家华文作家创作中的"原乡"情结》，《世界华文文学论坛》2015年第3期。

③ 庄钟庆：《东南亚华文新文学史》，人民文学出版社2007年版，第560页。

是在华语文学上取得不可否认、无法回避的成就，要想获得接纳和认同，是不可思议的。菲华新文学正是依靠自己的强大实力在菲律宾文坛上争到一席重要位置。在菲华新文学中，晋江籍菲华作家占据大半"江山"，郑楚曾在《晋江籍菲华作家及其贡献》一文中统计，"在菲华作家中，晋江籍的占70%，他们在菲华文学发展中起到了重要的作用"①。徐乃翔先生编著的《二十世纪菲律宾华文文学图文志——散文诗歌卷》所收录的77位作家中，晋江籍就占了49位。云鹤先生曾经主编"东南亚华文文学大系"（菲律宾卷），遴选出菲华文坛10位最具标志性、最有影响性的作家作品，其中6位泉州籍作家入选，即施柳莺、施约翰、陈琼华、若艾、明澈和秋笛，其中除了秋笛原籍泉州南安，其他5人原籍都是泉州晋江，可见晋江籍菲华作家创作的分量之重。正因为晋江籍作家在菲华作家群中比例大，分量重，所创作的作品多，所表现的主题和采用的艺术手法丰富多样，具有较高的认识价值和审美价值；并能通过建设文学社团、主编文学期刊、编选文学选本、发起文学论争、建构文学理论等方式，推动菲华文学的产生、发展与繁荣，成为菲华文学的中流砥柱，在菲律宾文坛产生持续而广泛的影响，成为一种引人注目的独特文学现象，因此，可以称为菲律宾华文文学中的"晋江现象"。

---

① 郑楚：《晋江籍菲华作家及其贡献》，周仪扬、陈育伦、郭志超主编《〈谱牒研究与华侨华人〉研讨会论文集》，新华出版社2006年版，第308页。

论菲华作家施柳莺创作的"中华文化认同"

序言 两个"故乡"和两种"文化认同"

东南亚的华侨，大多来自中国的第一代或第二代移民，他们漂洋过海淘金，梦想发财致富以便早日衣锦还乡，东南亚不过是他们的暂居地，他们仍保留着中国国籍。因此，"东南亚华侨文学所'望'之'乡'，主要是一个赋予了他们童年与亲情、生命与人格，既是家乡又是国的实体之乡，召唤之乡"①。也就是说，东南亚华侨所"望"之"乡"，是一个排斥华侨聚居地东南亚区域、单纯的一元化的中国之"乡"。但 20 世纪 50 年代至 70 年代后，越来越多的东南亚华侨加入了所在居住国的国籍，成为东南亚华人，渐渐融入居住国的社会生活中，经过较长时间的自身调整和文化浸染，他们，特别是他们的后代——在居住国出生长大并拥有居住国国籍的第三代、第四代华人华裔，自觉追求政治身份和文化身份的统一，增加居住地归属意识，认同居住国的本土文化，其认同的程度甚至超过了认同中国文化。而"故乡"在东南亚华人（华裔）文学的"望乡"叙事中，"不再被视作华裔自己的故乡，而已经成为演化为华裔祖辈的'原乡'，曾经存在于祖辈们成长的经验和历史中，属于祖辈的记忆图像"②。因此，东南亚华文文学

---

① 王列耀：《隔海相望——东南亚华人文学中的"望"与"乡"》，中国社会科学出版社 2005 年版，第 8 页。

② 同上书，第 13 页。

的"故乡",则呈现为两个内涵殊异的"故乡",即"蕴含着作家的家族繁衍、生命足迹与政治认同的'实体性故乡'——自己的居住所在国,而中国则只是承载着华族'集体记忆'所源、所依、所系的'精神性故乡'——华族文化家园"①。相应地,也呈现出两种不同的文化认同,既认同其入住国的文化,也认同中国文化。

一 "中华文化认同"中的理性反省

菲华作家施柳莺祖籍泉州晋江,在幼年时候就移居香港并在此完成小学教育,14岁移民菲律宾,加入菲律宾国籍,在菲律宾接受了中等和高等教育,后一直未离开菲律宾。她的最直接的"中国经验"就是回大陆短暂的旅游和探亲,因此,作为"故乡"的中国在她那里仅是一个抽象的概念,无法与生活了几十年的菲律宾的那片土地相比,她在《菲律宾才是我的乡愁》一文中说:"菲律宾才是我的乡愁!我虽不生于斯,却长于斯,她也曾美丽过,也曾风光过,也曾富饶过……我是啜饮着她的乳汁长大的呢!中国,我含泪轻轻地叫着:当然,我还会用我的一生来爱您。长江、黄河,仍然是我子我孙追寻回顾的源头。但,您只是我梦里的一条巨龙,一个富强、高贵,我们引以为傲、引以为荣的名字。菲律宾,噢,无论你多么穷困,多么破烂,您才是我的家,我的乡愁。"② 所以,两个"故乡"以及两种"文化认同"现象典型地体现在施柳莺身上,但她的两种"文化认同"却呈现出不同的面貌:对前者的认同更多地混合着自己真切的生命体验,文化在她那里是感性的、具体的、可触可摸的、生动鲜活的。而对后者的认同却毋宁说来自个体的生命体验,不如说来源于历史记忆、亲人叙述和文化典籍,作为故乡的中国对她来说是抽象的、理性的、概念的、符号的,但却是不可缺少的,这是一种源于"种"的呼唤和"血统"的归属等更高层面上精神灵魂的需求。对于中国的文化认同,

144

---

① 饶芃子、杨匡汉主编:《海外华文文学教程》,暨南大学出版社2009年版,第81页。
② 施柳莺:《施柳莺文集》,鹭江出版社2000年版,第44—45页。

在施柳莺看来，有两种可靠的载体。最基本的就是用汉字作为表达方式的"华文"，她常告诫自己的儿子立立："学好英文，是为环境的需要，充实自己的学识；学好华文是责任，一种炎黄子孙责无旁贷的义务和责任"，成为"具有中国优秀传统气质的菲律宾公民。"①《掌中汉字》一文写道，由于大地震，在菲律宾一个倒塌的菲校残垣下，挖出一具左掌写着"戴文全一九九零年七月十八日"一行汉字的十三岁童尸，其父凭此汉字认出死者身份。作者在哀悼男童不幸命运的同时，对他在生命最后时刻表现出的文化认同和皈依的选择予以高度赞同："你不写安东尼、不写扶西、不写阿菲道……你日日用惯的英文名字，想来，生为汉家郎，是你此生惟一的骄傲；死为汉家魂，是你最后的心愿。'戴文全'三个方块字才是你今生来世惟一的凭借。想来，在你小小脑海中，中国，是如何的尊贵神圣，又是如何的遥不可及。"②

施柳莺认为，除了汉字或华文可以充当"文化认同"的载体之外，中国文化特别是中国文学也可以充当"文化认同"的载体，与大多数的东南亚华人作家一样，她"对中国文学传统作了'远'与'近'的划分；采取的主要策略即为'舍近求远'"，"所谓'舍近'之'近'，主要指的是中国五四新文学传统，所谓'求远'之'远'，指的是中国古代文学传统。就是说，中国古代的辉煌文明和悠久的历史积累，仍然被认为是巨大的资源深井"③。施柳莺正是从泱泱五千年古国的传统文化、传统文学尤其是古典诗词中，寻找到可以充当"文化认同"的资源。

值得注意的是，从宏观整体的层面，从精神归属的层面，施柳莺对于作为华族"集体记忆"的"文化中国"寄予毫无保留的认同，但是在微观细部的层面，在文化的感性形态上，施柳莺却表现出一种相当理性的辩证态度，她同时指出了中华文化中的一些负面的因素。在《家住千岛》中，她以菲律宾人的"友善热诚"为对照，来批判中国

145

① 施柳莺：《施柳莺文集》，鹭江出版社 2000 年版，第 77—78 页。
② 同上书，第 35—36 页。
③ 王列耀：《隔海相望——东南亚华人文学中的"望"与"乡"》，中国社会科学出版社 2005 年版，第 13 页。

人的冷漠无礼。小说《归》中的老许，19 岁回家娶媳妇逗留了一个月，又返回菲律宾，虽在老家有了儿孙，但直到做祖父时都没有回过故乡一次。他在菲律宾如黄牛一样卖命打工赚钱，缩衣节食，将薪水统统寄回老家，不留分文，供养儿孙，殚精竭虑，无怨无悔。叶落归根，老许去国 60 年，终于要回故乡和亲人见面了，其激动期待之心溢于言表。可他回乡后与亲人之间的遭遇，却令读者瞠目结舌，难以置信。家人原以为老许回国会腰缠万贯，没想到却是囊中羞涩，落魄寒酸，女儿美云和媳妇香荷都怀疑对方得到老许的好处，为此吵得不可开交，美云说："阿爸这次回来有什么臭狗屎首饰？……你以为阿爸给了我一个家当？呸，那五大串鞭炮还是我付的钱呢！"香荷说："我们的钱贴的差不多了才真！阿爸回家多久了？足足七个月！我哪一天不是好鱼好肉伺候着？从没向他要过一分钱？"① 亲人之间凉薄如此，令人匪夷所思，不由得使人想到鲁迅的散文诗《颓败线的颤动》，想起鲁迅由此所批判过的一种国民性现象："我先前何尝不出于自愿，在生活的路上，将血一滴一滴地滴过去，以饲别人，虽自觉渐渐瘦弱，也以为快活。而现在呢，人们笑我瘦弱了，连饮过我的血的人，也来嘲笑我的瘦弱了。"② 以怨报德已经是令人所不容，如果再是发生在亲人之间，就更令人心寒齿冷了。小说《恨别鸟惊心》描写中国"文化大革命"时期人性颠倒的乱象，儿子林明佳主动批斗自己的父亲林海文，亲自把大字报贴上去，公布父亲的"莫须有"的累累罪行。而归国的菲侨，却在临走之前，被"堂叔"、"硬剥下他的西装裤"③。《丁香结》中，"文化大革命"时期带头到奶奶家进行红卫兵革命行动的就是"一落地就给奶奶捧在手中的丁香"④。在《怎一个麻辣了得》一文中，作者对中菲两国的风土习俗文化作了对比："我发现台北和大陆有一个相同的现象，就是普通一般餐馆的厨房，都安置在店门口，客人进出，鱼肉蔬果，一目了然；而同时客人的食欲也大大地打了折

---

① 施柳莺：《施柳莺文集》，鹭江出版社 2000 年版，第 106—107 页。
② 鲁迅：《两地书·九五》，《鲁迅全集》第 11 卷，人民文学出版社 2005 年版，第 253 页。
③ 施柳莺：《施柳莺文集》，鹭江出版社 2000 年版，第 180 页。
④ 同上书，第 160 页。

扣了！我不禁温柔地想：纵然是一水相隔半个世纪，同根生的风土习俗却是如此紧紧相近，牢不可破！菲律宾目前即使一千个比不上人家，但一般食店的表面卫生却在两岸之上，就算一间小食店，装饰拙朴简陋，但明窗几净，门口没有令人反胃的污水锅碗，至少让客人舒舒服服清清爽爽地跨进门，我更温柔地想着：这一点倒是我们引以为傲的。"①

施柳莺用冷静客观的文字将中国人国民性中一些冷漠、自私、残忍的因子（包括落后的习俗文化）不动声色地展现出来。什么是"国民性"？"国民性"是"用来表示文化精神和心理结构的集合概念，指一个民族多数成员共有的、反复起作用的文化精神、心理特质和性格特点，又称民族性格"②；"是指一个民族在长期的历史发展进程中自然形成的、其大多数社会成员所普遍具有并重复出现的道德价值观念、社会心理以及相应的行为方式的特征的总和"③。国民性具有中性的色彩，既包含国民优根性，也包含国民劣根性。但梁启超等近代学者将国民性概念引入中国时，目的是揭示病苦，唤醒国民，救国兴邦，因此他们在介绍研究中更偏向于将国民性理解为"国民劣根性"。"国民性"的形成与中国传统文化的深刻影响有关，也就是说，中国传统文化是孵化"国民性"生长的"温床"，是中国人国民性形成的直接幕后推手。因此，施柳莺此处对中国人国民性的批判，意在揭露中国文化内部形态中负面的部分。也正是在这个层面上，显示出施柳莺"文化认同"的独特性，既有对作为"种族记忆"和"精神图腾"的中华文化的整体性认同，又能对中华文化的局部不足进行冷静的反省和批判。这种对中华文化的辩证认识态度，既让她有别于早于她的第一代东南亚华侨对中华文化的全盘崇拜，也有别于那些比她出生更晚的第四代、第五代东南亚华裔对中华文化的无情抛弃。施柳莺的文化站位自有其苦心孤诣之处，这是一个生有中国式"黄色皮肤"的菲律宾人

147

---

① 施柳莺：《施柳莺文集》，鹭江出版社 2000 年版，第 24 页。

② 中国大百科全书总编辑委员会：《中国大百科全书（社会学）》，中国大百科全书出版社 2004 年版，第 88 页。

③ 袁洪亮：《人的现代化：中国近代国民性改造思想研究》，人民出版社 2005 年版，第 16 页。

的宿命：她们是文化的"两栖人"，一方面，她们自觉要求政治身份和文化身份的合一，融入"入籍国"中去，靠近本土菲人的价值观，认同本土文化，成为地道的所在国公民，以便更有利地在所在国生存下去。另一方面，她们警惕被所在国的文化完全同化，失去自身"种"的标志。当然，她们也不愿意被中华文化所完全同化，她们只愿守留最基本的华族文化认同，"确保在多元民族文化中独特的'华'性特征"①。她们企图在这两种文化的对峙中保留自己独特的身份标志。

二 "美学中国"与"审美性"文化认同

对于东南亚华人作家来说，其笔下的中国有三个类型，其一是乡土中国，村庄溪流，山川大河，乡音俚语，风土人情，承载的是少年的记忆，飘逸的是故乡的芬芳。其二是现实的中国或历史的中国，内忧外患，战火纷飞，生灵涂炭，民生疾苦，"文化大革命"反右，改革开放，表现的是知识分子的感时忧世、建功报国、心系故土的济世传统。其三是美学的中国，这是一个由《诗经》、楚辞、屈赋、唐诗、宋词、元曲、《红楼梦》所组成的古典式"后花园"，这是一个审美的王国，弥漫的是东方式的神韵风骨境界之美。施柳莺作品的"中国叙述"，虽然并不忽略乡土中国和现实中国的内容，但唯有对"美学中国"情有独钟，化力最重，几乎篇篇都留下"美学中国"的痕迹。一般而言，文化认同分为三种类型，即情感型、理智型和审美型。审美型文化认同"只是认同一种'中国式'的美感经验……它要传承的不仅仅是我们文化的精髓，更是我们心灵深处的美学神韵"②。如果说，施柳莺对中华文化中负面因素的批判，能体现出"理智型文化认同"的特色，那么，其对中国古典诗学传统的深入骨髓的把握和全方位的运用，致使其创作呈现出高度典型的"中国化"美学特征，则能典型地体现出她的"审美型文化认同"的特色，而这也正是施柳莺的文化

---

① 王列耀：《隔海相望——东南亚华人文学中的"望"与"乡"》，中国社会科学出版社2005年版，第12页。

② 饶芃子、杨匡汉主编：《海外华文文学教程》，暨南大学出版社2009年版，第15页。

认同最主要的标志和特征。施柳莺创作的"美学中国"体现在形式结构和神韵风骨两个方面，其主要特征就是"中国化"的诗意美，那不仅仅是一种细枝末节、浮于表面的形式层面的诗意，而是深入文章肌理和血脉深处、源自内核、覆盖全篇、融形式和内容为一体的整体诗意。诗意首先体现在作品的标题。不少作品的标题就直接撷自古典诗词的诗句或词牌，或标题本身就具有盎然的诗意，如小说标题"天凉好个秋"、"恨别鸟惊心"、"高楼谁与上"、"鹧鸪天"、"丁香结"，散文标题"上言加餐饭，下言长相依"、"无处话凄凉"、"寂寞的人不要坐着看花"、"抱一壶夜色回家"、"琵琶行"、"少年游"等。诗意其次体现在穿插于作品中、与作品融为一体的古典诗词的片段，以及中国经典文学作品的相关细节内容，这在她的散文中俯拾皆是。《东楼旧事》回顾了自己令人难忘的大学时代文史专业的读书生活和有关师友的生动往事，流贯全篇的是那些由中国传统文化所构成的感性记忆碎片，从庄周的"白马非马"、"子非鱼、焉知鱼之乐"，到高祖的"大风起兮云飞扬"、苏武的"生当复来归，死当长相思"，再到《渭城曲》、《阳光三叠》、《梅花岭记》……而这些如盐溶水、了无痕迹地浑然融入散文的叙事细节中去，构成了散文葱郁朴茂的"诗性"意境。

在小说中也不乏传统文化的踪影。在《天凉好个秋》、《高楼谁与上》、《碧螺春》、《丁香结》等诸篇中，无论是《采桑子》、《虞美人》等词牌，还是薛宝钗等文学人物，或是"衣带渐宽终不悔，为伊消得人憔悴"、"来世今生两茫茫，欲说因缘恐断肠"、"楚天阔，暮云愁，生死相许交与谁?"、"这一片姹紫嫣红、都付与了断井残垣!"等诗句，都让小说浸染了浓郁生动的诗意，充满感性抒情的意味，让她的小说变体为"诗化小说"。

她的语言表达完全是中国式的，她虽然不是长在中国，但却像极了在中国传统文化浸淫濡染下长大的女子，她就是一个完全中国化的菲籍"林黛玉"或"李清照"，她对中国古代诗话传统的运用已经达到了驱遣自如、炉火纯青、出神入化的程度，就是一个从小在中国文化语境中成长的作家也未必能达到如她那样的水准。如《琵琶行》中写道："六朝金粉，秦淮河畔，一切繁华早已静静地躺在发黄的古籍。

而你，千山万水，携着你的琵琶远游，你的琵琶，长颈椭腹，乌亮拙朴，三更枕上梧桐雨，四弦如丝，似在诉说她前生的多情。四弦如丝，不催征战的将士，王墙的哀怨不再，浔阳江头歌女的幽恨不再。可是，文化中心，千百座位，多少个江州司马，为你青衫湿，那一缕乡愁啊，怎禁得起你如此撩拨？"①

　　施柳莺很多作品的"美学中国"特征更是一种整体性的存在，体现在作品从内到外、从立意到结构、从内容到形式的整体氛围上，她的小说是一种典型的"诗化小说"或"意境小说"，诗意流转，意境优美，情景契合，虚实相生，点睛白描，传神写意，腾挪跳跃，善用空白，不着一字，尽得风流，深深浸染着中国传统艺术的精髓。如《鹧鸪天》、《碧螺春》等小说就具有这种特征。《鹧鸪天》写的是一个传统"怨妇"的爱情悲剧。美丽幽怨的林大少奶奶与远在重洋之外的丈夫聚少离多，十年只见一面，耐不住寂寞的她与小木匠春生好上了，并怀上身孕，但春生胆小怕事，始乱终弃，最后她绝望自杀。这样一个传奇的悲剧爱情故事，作者仅仅通过几幅画面或事件的跳跃性转换就叙述完成，其中有喜剧性场面的穿插，第一个有关"调笑傻子憨狗"的画面是以喜剧开场，以喜衬悲。而"行不得哥哥"的鹧鸪啼声贯穿全篇，更增加悲剧气氛。浪漫而刺激的偷情细节只用三两含蓄而不落痕迹的语言传达："剑芒似的双目变成一泓春水"，"月色中，春生看到的不再是冷霜般萧飒的白脸，而是一朵晚春的牡丹花，再不采撷，就要谢了"，"他甚至怀疑，眼前这火样的女人真是日间那病恹恹的林大少奶？"② 看似空白的文字之间却给人以无限想象的空间。连主人公的自杀身亡也是通过一个凄绝唯美的意境画面来定格："月已西斜，月菱色的大裾衫慢慢地往池中移动，慢慢地，风很冷，弯弯的半弦月终于沉落，再也照不见散在池中那凄艳的载沉载浮的长发。"③《碧螺春》写一个名叫温柔的女孩的爱情选择，通过一个现实的故事和一个梦境的故事，将"缘定三生"的爱情主题充满诗意化地表达出

150

---

①　施柳莺：《施柳莺文集》，鹭江出版社 2000 年版，第 31 页。
②　同上书，第 150—151 页。
③　同上书，第 153—154 页。

来，那个梦境的故事被描述得如梦一样飘忽迷离，五彩斑斓，亦真亦幻，虚实相生，充满传奇色彩。

结　语

东南亚华人在居住国一代代繁衍下去，随着时光老人不停地向前迈步，可以预见，将来终会有一天，东南亚华人后裔将会疏远甚至忘记中国，完全皈依本土文化，变成一个纯粹的东南亚人，中国作为承载着华族"集体记忆"所源、所依、所系的"精神性故乡"的作用渐被削弱或淡化，甚至沦为一个陌生的概念。但笔者坚信，乡土中国可以忘记，现实中国可以忘记，历史中国也可以忘记，但美学中国却不能轻易忘记，只要《诗经》楚辞在，只要唐诗宋词在，只要《西厢记》、《红楼梦》在……这个斑斓神奇、美不胜收、令人流连忘返的"美学中国"就在，永远不会消失，成为连接东南亚华人和遥远中国之间最后一条坚韧的文化纽带。

论菲华诗人施子荣怀古诗

菲律宾华裔诗人施子荣原籍泉州晋江，自幼渡菲经商，商余耽好诗文翰墨，创作古典诗词1470首，已出版《晨曦阁诗集》、《楚鸿轩词稿》等诗词集。2012年出版的《施子荣诗词选辑》从其创作的诗词中精选1085篇，可窥诗人创作全貌。诗词创作内容丰富，涵盖多样，反映了作者开阔的文学视野和广泛的社会阅历。诗843首，分为咏人、咏动物、咏风花雪月、咏时令、咏岁节、感时、怀古、感怀、逸志、雅集、志庆、奉和、赠酬、吊挽、咏景物、游历、咏物、杂咏等不类别。词共242首，分为花、物、人物、景物、节庆、赠酬、吊挽、游历、感怀、逸志、杂咏。本文专门研究他的21首怀古诗。

一 施子荣怀古诗的表现内容

怀古诗创作在中国古代具有悠久的历史传统，文学史上的刘禹锡、杜牧、苏东坡、王安石、陆游、李白、杜甫、陈子昂、李商隐、皮日休、陆龟蒙等知名诗人都创作过怀古诗，影响甚大。怀古诗主要分为怀古人、古事和古迹三类。施子荣的怀古诗以怀古人为主，所涉及的古人又侧重于两类：女性和英雄。女性是中国历史上一些妇孺皆知的美女和女英雄以及文学作品中的著名女性形象，如西施、王昭君、绿珠、杨贵妃、虞姬、蔡文姬、女侠秋瑾、《西厢记》中的红娘等。英雄则是中国历史上一些如雷贯耳的英雄人物，如郑成功、史可法、文天祥、岳少保、韩信、楚霸王、诸葛亮、刘秀、韩世忠等。余者属于怀古迹诗，如《乌江水》、《古战场》、《白水村》、《赤壁江》、《乌衣巷》、《马嵬坡》、《黄天荡》等诗。而怀古事的诗多隐藏在怀古迹或古人的诗中，如《赤壁江》隐藏着三国"赤壁之战"之古事，《马嵬坡》隐藏着安史之乱中唐玄宗缢死杨贵妃之古事。施子荣的怀古诗从内容上来说主要分为以下三类。

（一）赞英雄之旷世行为，嗟英雄之悲剧命运，传诗人之文化认同

《郑成功》、《史可法》、《文天祥》、《岳少保》、《韩信》、《楚霸王》等诗歌，从正面表达了作者对中国历史上一些民族英雄的崇敬、赞颂之情或对其悲剧命运的慨叹，还有一些怀古迹的诗歌中也侧面表现了英雄，如《赤壁江》中的诸葛亮，《白水村》中的刘秀，《黄天荡》中的韩世忠。诗歌多用虚指性概括性的语言，或实指性的历史细节，凸显英雄"力拔山兮气盖世"的英勇气概或彪炳史册的英雄事迹，如"儒士一呼惊蓟北，义旗直指逼江东，凭将赤手天心挽"之于郑成功，"半壁江山费运筹，四书大义引春秋"之于史可法，"丹心血碧照千秋，正气歌声动九川"、"柴市成仁忠节见，声香终古姓名留"之于文天祥，"留得芳名传简册，长将浩气寿乾坤。餐胡壮志词犹在，报国忠心史最尊"之于岳飞。《韩信》一诗的颔联"兵机莫测亡田广，恩遇难辞谢蒯通"，选取韩信人生中两件典型的英雄事迹对韩信进行点睛式"画像"，"亡田广"突出韩信的大智大勇，"谢蒯通"凸显韩信的大忠大义。另一方面，施子荣选取的英雄多是一些天不佑我、时运不济、虽败犹荣的英雄类型，诗歌同时表达对这些英雄悲剧命运的感慨和嗟叹，抒发英雄怀才不遇、难遇良主、信而见疑、忠而被谤、屡遭谗言、无法施展宏大抱负的人生缺憾。八言律诗《楚霸王》前四句用概括性的语言描写项羽的赫赫战功，后四句语意陡转，"鸿门留汉易，垓下别虞难。父老江东面，应羞瞥眼看"，对项羽在鸿门宴所犯的致命性战略失误发出一声叹息。《岳少保》首句"黄龙未饮召归辕，三字狱成万古冤"就痛斥奸佞当道、英雄遭谗、报国无门的悲剧。《郑成功》、《史可法》的主公皆为"反清复明"的历史背景下诞生的英雄人物，为了"复明"事业鞠躬尽瘁呕心沥血，虽肝脑涂地也在所不惜，但都无法力挽狂澜，成为失败的孤独性英雄，前者是缘

153

于"无奈朱明王气终",后者缘于"荒淫庸王惟亲佞,跋扈将军是隐忧"。《韩信》中韩信虽一生功成名就,但最终也不免落个"钟室诡谋饮恨终"的悲剧下场。

古人作怀古诗往往是借历史人物表托咏己怀之意,施子荣有无这方面的用意呢?有,但非传统的借怀英雄而抒怀才不遇或以英雄自况之意,而是借英雄来传达爱国之心、思乡之情和文化认同之感。施子荣虽少小离家,远赴南洋,但骨子里流淌的是中国文化的血液,虽身在异质的文化环境中,仍不忘研习传统诗词,如他所说,在菲国"夜校期间,得高蔡两师教导有方,得益匪浅,又承李淡师傅授词学,深受教益良多"①。诗人虽然已经加入了菲律宾国籍,在国家身份上,他无疑属于菲律宾公民,但在文化身份上,他却没有"本土化",虽然他的文化整体构成中也有菲律宾文化的成分,但其中占最大比例的应是他文化血脉中的"先天基因"——中华文化。文化认同(cultrual identity)是人类社会发展中一种普遍存在的现象,是一个民族的成员在长期共同生活中所形成的对本民族有价值的事物的肯定性确认,是凝聚一个民族共同体的精神纽带,是民族认同、国家认同的深层基础。施子荣作为一个远离故土、与母体隔断的海外游子,寻求文化认同是他的心灵需要。而作者所塑造的英雄人物,是能获得中国人最广泛认同、凝聚着民族的心理、情感和文化、代表着民族的优秀传统和正面精神资源的几个人,是民族精神和文化的符号化象征。因此,自然成为诗人寻求文化认同,传递爱国情思的最好载体,甚至古典诗词这一极具中国化色彩的"文学体裁"本身就成为诗人寻求文化认同的重要中介。

(二)赞美女性绝伦丽质,肯定女性生命价值,同情女性悲剧命运

诗集中所表现的女性形象都属于美女、才女或女英雄。笔者注意到作者对这些女性人物的态度和评价,特别是一些容易引起争议的女性,如杨贵妃、绿珠等。总体来说,作者从三个侧面表达对这些女性人物的评价。其一,赞美女性绝伦丽质。《西施》直接铺叙西施的倾

① 施子荣:《施子荣诗词选辑》,中国华侨出版社 2012 年版,第 5 页。

城之美："冰姿玉质生谁家，千载争传秀色夸，越国钟灵釐态出，吴宫承宠舞腰斜。"前两句通过"冰姿玉质"式的概括描写和"千载争传"的侧面描写来渲染西施的风华绝代，但还限于抽象层面。后两句中"釐态出"和"舞腰斜"则是动态化、形象化的具体描写，西施为兴越大计而献身于夫差，以曼妙歌舞醉君王，一个"斜"字，把西施柔软优美的舞姿身段惟妙惟肖地表现出来，西施千娇百媚的绝代佳人形象跃然纸上。其二，肯定女性生命价值。施子荣的诗歌高度评价王昭君、蔡文姬、秋瑾和梁红玉等女性在中国历史上的杰出贡献或其过人的才华，大胆肯定女性的生命价值。《王昭君》赞扬王昭君"为靖边烽敢惜身"的英雄行为，《女侠秋瑾》歌颂秋瑾"一片丹心气贯虹"的革命献身精神。《黄天荡》通过"枹鼓扬威一妇人，金兵胆丧此江滨"两句，描写南宋名将韩世忠的夫人梁红玉在对金战斗中飒爽英姿及所取得的显著功勋，而《蔡文姬》通过"难得阿瞒敦世谊，肯将金璧赎蛾眉"一句诗，间接表现了蔡文姬的卓绝才华，唯此曹操才肯不惜一切代价将之赎回。《红娘》一诗通过"尝引痴魂临月下，更衔尺素到灯前"两句诗，积极肯定红娘在成就崔莺莺和张珙爱情传奇中的关键性作用。其三，同情女性悲剧命运。《马嵬坡》感怀唐明皇李隆基和杨玉环的爱情故事，在男权主义价值观里，李杨的爱情饱受非议，杨贵妃是李隆基的儿媳，乱伦关系已与中国传统道德相悖，更因李隆基沉迷女色，致使朝政荒废，引发安史之乱，导致唐朝衰落。所以人们都咒骂杨玉环是"红颜祸水"，是第二个祸国殃民的妲姬。但后来白居易的《长恨歌》、洪升的《长生殿》却站在传统价值观的对立面，站在女性的立场，正面肯定李、杨的爱情，杨玉环成为同情的对象。鲁迅甚至为杨贵妃鸣过不平："我一向不相信昭君出塞会安汉，木兰从军就可以保隋；也不信妲己亡殷，西施沼吴，杨妃乱唐的那些古老话。我以为在男权社会里，女人是决不会有这种大力量的，兴亡的责任，都应该男的负。但向来的男性的作者，大抵将败亡的大罪，推在女性身上，这真是一钱不值的没有出息的男人。"① 鲁迅在这里犀利批

---

① 鲁迅：《鲁迅全集》第六卷，人民文学出版社 2005 年版，第 208 页。

判了男权文化语境中诞生的"怪胎"——"红颜祸水论"。《马嵬坡》也表达了类似的价值立场，通过"三生盟誓君王负，一死轻沉妃子冤"两句诗，遣责负心的唐明皇，为杨贵妃的死亡喊"冤"，其中体现的女性主义价值观与鲁迅如出一辙，无疑具有时代进步意义。《王昭君》中的"玉颜憔悴人胡尘"和《蔡文姬》中的"拍奏胡笳泪暗垂"，暗示了在"昭君出塞"和"文姬嫁匈奴"的历史事件中，她们是感觉不幸福的，传统正史在肯定她们做出历史贡献的时候，忽略了她们个体的感受，她们事实上是作为政治交易的筹码，沦为男权社会的牺牲品，无法追求个体的独立自由，无法自主选择自己的幸福。

（三）抒盛衰无常之慨，写历史兴亡之感，明托古喻今之意

第一，抒盛衰无常之慨，写历史兴亡之感。施子荣的诗歌多将自然的永恒不变与人世的短暂巨变相互对照映衬，或用自然的沉寂凄凉去表现人世的荣枯盛衰和沧海桑田，寓乡关家国之思，抒盛衰无常之慨，写历史兴亡之感。如《乌衣巷》一诗："王谢风流记昔年，千秋笔下尚名传。珠光玉彩今安在，鸟迹虫文亦化烟。"王谢指的是东晋权贵王导谢安的并称，权势显赫，威震朝野，后常以"王谢"为高门世族的代称。乌衣巷当年权贵云集，繁华鼎盛，而今野草丛生，荒凉残照。王谢的珠光玉彩早已风流云散，灰飞烟灭，留下的只是一条衰败冷寂的乌衣巷，依然映照在残阳中，见证了历史的沧桑变迁和荣枯兴衰，诗歌传达了浓厚的历史兴亡之感。其他诗歌，如"雄图霸业几春秋，消尽赢蹄志未酬。谁道楚歌哀怨甚，头颅慷慨付江流"（《乌江水》），"尚有斑斑旧血痕，即今谁复吊英雄。伤心骨露尘沙里，鬼哭燐飞暮色昏"（《古战场》），"天心无奈太偏情，更令东风片刻生。千里舳舻归劫火，江流呜咽为谁鸣"（《赤壁江》），等都表达了类似的盛衰无常之慨与历史兴亡之感。第二，明托古喻今之意。施子荣的怀古诗还有意识地对古人古事进行评论，指点针砭，托古喻今，揭示历史教训，提供可资殷鉴，为当世所参照。如《李后主》一诗，"双华并丽种欢愁，梦入南朝舞未休。玉树漫歌承叔宝，金莲摇步继昏侯。低头惟想分周粟，膝屈宁甘作楚囚。回首石城呜咽水，万行酸泪洒孤舟"。显然是托古喻今，通过针砭李后主沉溺声色、荒淫误国的行为，

对后世的统治者或一切领导者提供警醒的例子。《吴三桂》一诗有两方面的用意，一方面把吴三桂作为英雄的反衬，来烘托诗人怀古诗中诸多民族英雄的伟大形象；另一方面，诗人通过对吴三桂"不护君亲护美人"、"引狼入室"、"为虎作伥"行为的批判，事实上是对现实生活中存在的没有大义、丧失节操和原则、为虎作伥的一类人的鄙夷和鞭挞。

二 施子荣怀古诗的艺术手法

（一）虚实相生的"留白"艺术

西方美学倾向于追求对客观事物的精细模仿和客观再现，而中国美学由于特殊的民族传统文化心理，相对注重表现和含蓄，擅长以有限表现无限，以虚写实，以局部来表现整体，追求"言近旨远"、"言有尽而意无穷"、"意在言外"的艺术效果。"留白"是绘画中一种技法，指在一幅画面中特意留出部分空白，从而产生一种以虚为实、虚实相生的审美效果，给读者留下想象和再创造的余地。中国古代的绘画理论对"留白"手法多有精彩论述，如"空白，非空纸。空白即画也"（张式《画谭》）、"虚实相生，无画处皆成妙境"（笪重光《画筌》），这种"以无胜有，意到笔不到"的手法，是中国传统美学思想精髓之一，不但被运用到中国古代传统绘画的艺术实践中，同时也被古代诗人所广泛运用。"留白"手法一方面造成了文本内涵的含蓄朦胧、虚无相生，增加了鉴赏理解的难度；另一方面，又提升了文本的诗性内涵和审美趣味。施子荣的诗歌就自觉运用了这种虚实相生的"留白"艺术。如《赤壁江》感怀于中国历史上一次著名的"以少胜多"的战役——赤壁之战。短短四句，其中两句属于写实，抓住赤壁之战中最核心的"借东风"事件，然后形象化为诗歌中典型的细节意象，即"东风片刻生"、"千里舳舻归劫火"，把整个赤壁之战的经过高度浓缩在这个因果相连的典型意象中，读者由这两个富有发散性和凝聚性的意象触发，也可以感知回溯起赤壁之战的来龙去脉。而诗歌中的"江流呜咽为谁鸣"属于虚写，是一个空白性的"召唤结构"，给人以不确定的想象空间，是为曹操"智者千虑，必有一失"的军事

157

行动而遗憾？是为周瑜"谈笑间，樯橹灰飞烟灭"的雄才大略但却不能善终的命运而嘘唏？是为战争的惨烈导致生灵涂炭民不聊生而不平？还是对三国诸雄终被大浪淘尽，是非成败转头空，逃不过盛衰无常的宇宙哲理而感喟？……集子中的《西施》、《王昭君》、《李后主》等诗歌也典型地运用了这种"留白"艺术，此处不赘述。

（二）历史典故的巧妙入诗

用典是中国古典诗歌写作一个悠久的传统，怀古诗因为以古人古事为表现对象，所以用典更为常见，但如果使用不当，典故运用过于密集；或典故内涵过于冷僻晦涩，不为普通读者所理解；或典故运用过于突兀，不能与诗歌的整体语境水乳交融，浑然一体，就会产生"掉书袋"的毛病，如辛稼轩的不少诗词就有这个诟病。施子荣的怀古诗也巧妙地运用了历史典故，但却无"掉书袋"的毛病。首先，施子荣运用的典故很多是中国历史上知名的历史典故，为读者所熟知，所以并不产生理解的困难。如《岳少保》中所运用的"三字狱"、"黄龙未饮"的典故，就具有这个特点。"三字狱"指岳飞被以秦桧为代表的投降派以"莫须有"的罪名冤杀。"黄龙未饮"指岳飞屡败金兵后，对部下说："直抵黄龙府，与诸君痛饮耳。"不幸壮志未酬，被召回朝，功败垂成。因为岳飞抗金的故事在中国广为流传，妇孺皆知，所以读者对这两个典故的理解非常容易。《楚霸王》中的"鸿门宴"和"霸王别姬"的典故以及《李后主》中的"（伯夷、叔齐）不食周粟"的典故，也同样为读者所熟知。其次，除了《韩信》等个别诗歌外，施子荣大多数怀古诗的典故运用数量适中，一首八言律诗，多用一个至两个典故，以防止内涵和信息量的过于密集而形成对读者理解的障碍。再次，施子荣的怀古诗典故的运用信手拈来，嵌入诗中，不落痕迹，浑然一体，天衣无缝，并不产生"隔"的感觉。如《李后主》中的"玉树漫歌"一词两指，一方面指亡国前的李后主耽于靡靡之音，纵情声色犬马的荒嬉生活；另一方面指南朝后主陈叔宝撰写的被视为"亡国之音"的《玉树后庭花》，因此，在摹写李后主亡国前穷奢极欲的荒淫生活时，自然联想到与之极为类似的陈叔宝，引陈叔宝的典故入诗，以史为鉴，借古讽今，可谓水到渠成，自然天工。总之，历史典故的有机巧妙运用，大大增加了诗歌的文化内涵、信息承载量和历史厚重感。

（三）映衬手法的自觉运用

映衬，从现代汉语的修辞手法上来说，也叫衬托或烘托，指为了突出和强调主要事物，运用类似的或有差别的反面事物作为陪衬的辞格。刘勰说："事类者，盖文章之外据事以类义，援古以证今"①，《诗法家数》在论用事时认为，"陈古讽今，因彼证此"②。怀古诗所表现的对象属于过去，但往往借古喻今，立意在当下，讽喻启示的是现实，所以对比映衬的今昔关系是怀古诗所要把握的第一重关系。如《乌衣巷》感叹历史上的"王谢风流"，诗中"珠光玉彩今安在，鸟迹虫文亦化烟"两句采用了今昔对比的方法，"王谢"的"珠光玉彩"之"风流"早已俱归乌有，化为历史的尘埃，永恒不变的只有亘古同一的时间，诗歌在今昔对比中表达了一种时空更替、兴衰盛亡的历史沧桑感。其他如《西施》中"今日浣纱人迹杳，春光寂寞冷残霞"，《史可法》中"至今香满梅山岭，犹见衣冠土一丘"等诗句也运用了今昔对比的手法。施子荣还运用了人物对比的手法，人物对比分为同质人物对比和异质人物对比，前者指把两个具有相同内涵的人物进行类比，后者指把两个内涵截然相反的人物进行对比。《岳少保》运用同质人物对比，把岳飞比成于谦，更突出岳飞的民族英雄形象。《李后主》同时运用两种人物对比方法，将李后主与历史上的两位亡国之君陈叔宝和萧宝卷进行同质类比，兵（兵改为"并"）将李后主与"不食周粟"的伯夷、叔齐进行异质类比，在参差错落的对比中将李后主的形象塑造得更加丰富。作者在怀古诗写作对象的选择中，也运用了"映衬"的手法，如把《吴三桂》作为其他英雄诗的"反衬"。诗人在选择郑成功、史可法、文天祥、岳少保等作为怀古对象时，却有意识地写了一首《吴三桂》，把吴三桂作为诗歌的主人公，其苦心孤诣的整体构思读者自然不难揣摩。

159

---

① 周振甫：《文心雕龙今译》，中华书局 1998 年版，第 339 页。
② 何文焕：《历代诗话》，中华书局 1980 年版，第 726 页。

论马华作家朵拉的情爱书写

　　朵拉，女，1954 年生，海外华文文坛著名作家，原名林月丝，马来西亚人，祖籍福建惠安。朵拉的创作涉及小说、散文、诗歌、报告文学、广播剧等诸多领域，但小说是她最钟情的文体，在小说里，她又特别倾心于短篇小说和微篇小说创作。她自 1983 年出版第一部小说集《问情》以来，笔耕不辍，相继出版了 10 多部小说集。总体而言，朵拉的小说大都是以爱情婚姻家庭为题材，逼真冷静表现了现代社会中男女爱情和婚姻中呈现出的林林总总的"众生相"，对爱情婚姻途中诸如误解、错过、机缘、压抑、苦闷、背叛、悲伤、困惑、无奈、思考、彷徨、挣扎、醒悟、拯救、报复、爱情欲望化和物质化、"速食爱情"、择偶观、婚外情、一夜情、第三者、男女对待爱情的不同态度、女性爱情与事业及家庭与职业之间的矛盾、爱情的善变与创新、婚姻的困境与经营、男权和女权等种种心态、现象和问题作了淋漓尽致的刻画和呈现。本章重点阐析朵拉小说是如何对男女两性关系进行独到的思考。

一

　　朵拉的小说告诉我们，女性往往更注重爱情本身的质量和内涵，更注重爱情的诗意、浪漫和幻想，更注重对爱情的保鲜、经营与创新。而男性在这方面表现远远不及女性，由此产生了男女两性的错位并造成悲剧。《离婚》写的是一潭死水的婚姻生活对女性天性的扼杀。婚后，他习惯于一成不变的程序化生活，什么事物也引发不了他的兴趣，对太太的"你知道我今天穿什么衣服吗？"等之类的问题，他觉得完全没有意义，甚至觉得愚蠢。可是有一天，太太突然向他提出离婚，他实在想不通自己哪儿做错了，他自认是好丈夫，每天准时上班下班，每个月的薪水全部交给太太，没有不良嗜好，最多是看报纸看电视，平日没事不出门，那些同事相约去风花雪月的地方，他都推掉，他可是著名的"标准好人"。可就是这样的"标准好人"却遭到妻子主动提出离婚的命运。《剩余的色彩》中，有一年他们在海边度假，他对她说："要结婚前，我们再到这里，我要在海涛声中向大海说声我爱你，然后向你求婚。"为了这句浪漫的爱情承诺，她故意在婚礼前半个月失踪了，一个人来到大海边，没有告诉他，而是等他为了那句曾经说过的爱情诺言来找她，可她失望了，他根本忘记这一切。婚期逼近了，她回来了，却不愿意告诉他究竟去了哪里，他以取消婚礼相要挟，她同意取消婚礼。

《离婚》、《剩余的色彩》中女主人公的行为乍看起来有点不可思议，缺乏理智。但那背后的心理动机就是基于女人的天性，没有一个女人能拒绝爱情中所有富有浪漫诗意的内容，没有一个女人不希望自己的爱情美丽、生动、热情、独特、诗意盎然甚至轰轰烈烈，没有一个女人愿意自己的爱情单调、枯燥、程序化、了无惊喜、味同嚼蜡甚至死水一潭，没有一个女人愿意婚姻成为爱情的坟墓。鲁迅说过："爱情必须时时更新、生长、创造。"① 进入婚姻围城中的爱情更应该如此，缺乏更新创造的爱情更容易在程序化的婚姻中"枯死"。而在爱情的保鲜和创新方面，女人往往能比男人付出更多的精力和努力，对这方面的要求亦就更高，而男性由于天性，或由于地位、金钱、事业等外在功利性东西的干扰，在这方面的表现远远逊于女性，由此产生男女对爱情不同的价值期待，为悲剧的产生埋下了可能的祸根。

朵拉的小说多表现出女性对爱情的痴情、专一和忠贞，对爱情始终有"飞蛾扑火"的执着态度和自我牺牲的精神。而相对而言，小说

161

---

① 鲁迅：《鲁迅全集》第二卷，人民文学出版社 2005 年版，第 118 页。

中的男性对爱情的态度很多是逢场作戏、不负责任、善于欺骗、喜新厌旧、见异思迁、充满着功利色彩。《绿叶子》中,庄为淳和曾幸美恋爱并同居的同时,又和另一个女人谈恋爱,并打算和其结婚,此举并非出于爱情,而是因为他可以到这个女人父亲的公司里当总经理,他想凭借一场婚姻来改变自己的卑贱命运。《病人》中,爱敏爱上了赵吉,可赵吉欺骗了她,他早已经有了太太,不可能为她离婚。她为他自杀未遂,还始终爱着他,痴痴等他来病房看她。《心结》中,一个口口声声发誓说永远不会忘记她的男人,最后还是把她忘得一干二净。《手术》中,唐立达尽管一再地伤害叶米雅,但是叶米雅却始终忘不了他。《蕾丝爱情》写的是两位女性苏静红和方瑜平各自"为情所困"的故事,篇尾以"再独立的现代女性,即使生活小事,也被感情所牢牢控制,无法自主,真是值得怜悯的凄凉"作结,表明了女人天生是情感的动物。小说《心焦如焚》、《虚拟之爱》、《鸦片电话》、《有一首歌》,无一例外地表现主人公对情感的执着和投入,其痴情但又得不到半点回报的故事读来真是令人心酸,扼腕叹息。朵拉甚至写到女子把爱情看得和生命一样重要,可以不惜以命殉爱。《黑衣爱情》中的"她"明明知道自己所爱的男人并不能给自己一份有结果的爱情,还要飞蛾扑火地扑到这份无望的爱情里,最后以死殉情。她在遗书里写道:"不要为我伤心,我追求的是重于生命的爱情,失去爱情我活不下去。也许有人以为我是愚蠢的,但我知道自己在做什么。"①

实际上,男女在对待爱情的态度上,女性比男性更看重爱情本身,或者说爱情是女性的全部生命内容甚至信仰,虽然中外历史上也有男性把爱情视为生命的中心的例子,如英国历史上那位"要美人不要江山"的爱德华王子,但这样的男人少得可怜,总体而言,男人更看重功名事业,并为之不惜舍弃爱情。所以,中外文学中书写了一个绵延不绝的"痴心女子负心汉"的母题。这个母题的谱系从西方的《美狄亚》、《安娜·卡列尼娜》,到中国的《诗经·氓》、《杜十娘怒沉百宝箱》、《男人的一半是女人》,所反映出来的"女子痴心男薄情"的命

---

① 朵拉:《脱色爱情》,[吉隆坡]大将事业社 2001 年版,第 158 页。

运竟是如此的千古一辙，毫无两样。有人说，爱是本能，确切地说，爱是女人的本能，女性对待爱有着飞蛾扑火般的义无反顾，即使被焚烧也丝毫不惜。如果一定要在那么多的中外爱情悲剧中找出"罪魁祸首"的话，那"祸首"其实就是男人和女人的差异。多少故事以"美"伊始，却以"伤"收场，上场是喜剧，终场是悲剧，悲剧的主人公永远是女性。而这样的悲剧还在永远演下去。而朵拉作为一名观众，站在这巨大剧场的旁边，表面是"冷眼旁观"，实则怀着无奈、痛苦、悲悯、同情的复杂心态来观看这亘古至今的都在上演的人类悲剧。

二

朵拉的小说对婚外恋尤为关注。一方面，她并不赞成婚外恋，主张男女回到忠贞的婚姻里来。另一方面，朵拉对婚外恋并非一例采取谴责的态度，而是采取辩证的双重立场：她判断婚外恋的标准不是世俗的道德原则，而主要是看这种婚外恋关系中有没有真正的爱情。首先，朵拉对那种游戏情感、对各自婚姻极端不负责任、出于功利性目的的婚外恋持坚决否定的态度，对男性打着婚外恋的旗号，利用地位、职位、金钱等玩弄女性的行为深恶痛绝。像小说《山顶的星星》、《臭味》、《逃情》、《病》等就犀利嘲讽了那些见异思迁、对情感极端不负责任的男人。《老故事》诠释了一个千年不变的"老故事"的模式：男人天性喜欢寻找第三者，女人则永远受伤。小说中的林依莎和"我"都成为这个故事的主人公。《臭味》中，"他"背着太太和苏西偷情，偷情的场面被小罗偷拍了，小罗凭此讹诈他五千块钱，他不得不答应，因为"他的钱都是从太太那边来的，要是不答应小罗的条件，他马上就变成穷人了"。小说《礼物》的嘲讽意味更为高妙。小说采用了典型的欧·亨利式的笔法来铺写故事：主人公骆为民，每次偷情回来总要为妻子买一件礼物，以弥补自己的愧疚之情。而妻子对他总是很信任，一次他跟妻子说在晚上12点之前一定回家，可是因为情人临时有事，他带着送给妻子的礼物提前回家，但却不见妻子踪影，

163

等到 11 点多的时候，他看到打扮得分外妖艳的妻子推门而入，手里拿着一包非常精致的礼物，殷勤地说是送给他的，骆为民"张着嘴，但说不出话来"。

朵拉总体上能洞察现代婚姻的种种"病象"，但她并不因此主张消解婚姻。小说《废弃的车站》写一个女子有了婚外恋，她已经想好了和情夫一起出走的时间和地点（废弃的车站），但在整理衣物时，他想到丈夫的种种好处，"除了口拙，何志威没有别的缺点"，最后终于取消了出走的计划。而那天晚上，那个废弃的车站根本没有人去过，暗示这个女子和她情夫在关键时刻都改变了出轨的念头。她们都理智地回到各自的家庭，很显然，"废弃的车站"这个意象就是被放弃的婚外恋的象征。这篇小说明确表达了朵拉对婚外恋的态度，她并不主张婚外恋，相反却表现出回归到忠贞婚姻的决心。在朵拉看来，尽管现代婚姻存在着不可避免的缺陷，但它却是社会稳定与和谐的基础，不可以轻易废除。另外，如果我们能正视婚姻本身的缺陷，以积极的态度应对它，医治和消除婚姻中的"病象"，结果不一定像我们想象的那么悲观。譬如在婚姻中，男女双方都能对爱情进行呵护和创新，婚姻也并不一定是爱情的坟墓，有无爱情的问题可以在婚姻内部结构里解决，不必一定以摧毁爱情为代价。总体来说，与当下一些女权主义学者的主张相比，朵拉对婚姻的态度是相当"传统"的。例如就有激进女权主义学者认为，人的本性是喜新厌旧的，而婚姻是对人的本性的压抑，所以，婚姻是反人性的、不道德的，应该取消婚姻。还有学者主张多边恋、换偶、一夜情，甚至对聚众淫乱、乱伦都保持宽容的态度。朵拉虽然自称为女权主义者，但与这些主张相比，她实在不够"女权"。

但不能因此就认为，朵拉是一位捍卫传统婚姻的"卫道士"，一例排斥和否定婚外恋。在朵拉看来，如果婚外恋的双方本身的夫妻关系中的感情已经破裂，婚姻关系虽然因法律维持而没有解体，但已经名存实亡，而婚外恋的产生确实是因为真感情，这种婚外恋是可以宽容和谅解的。朵拉对婚外恋的开明态度其实体现了现代的"人的意识"的觉醒。朵拉的小说写了那么多的女性陷入婚外恋不可自拔，企图通过婚外恋的感情来拯救自己，这并不是说女性对婚外恋有天生的癖好。女人如此，实是无奈之举，正如朵拉所说："每个女人都在寻求生命中的最甜美爱情，没有一个女人愿意在别人的家庭和婚姻里混淆不清，扮演被人轻视辱骂的难堪角色，无论那段婚姻是否已经败坏或者看起来幸福美满。"① 但女人最终身不由己地"在别人的家庭和婚姻里混淆不清"，是源于现实生活中的客观条件所限，源于女性对爱的本能的渴求。《病情》中的"她"理智上知道婚外恋是一件玩火自焚的事情，可却不自觉地成为"他"的情妇，"她"实在敌不过那个男人给予她的点点滴滴的感动。《奈何情》中，对于女主人公爱上有妇之夫的行为，作者明显抱着一种理解和宽容的态度。《不死之爱》中，主人公米雪儿和有妇之夫罗山哲的婚外恋，竟然成为作者所欣赏的"不死之爱"，米雪儿和罗山哲互相深爱，但罗山哲并不因此而毁坏自己的家庭。后来，一方面为了米雪儿的名声，另一方面也为了保全自己的家庭，罗山哲迁往他处，在距离中保持对米雪儿的思恋。小说把婚外恋写成见证美好爱情一种方式。《演绎爱情的另一种方式》、《病情》、《星光的歌》、《黑夜中的风景》、《等待肩膀》等小说涉及婚外恋主题，但作家显然是站在同情的立场，对于其中个别的婚外恋，朵拉竟给予了大胆的激赏。

前几年，美国婚姻问题专家保妮·韦尔出版了《外遇：可宽恕的罪》，风靡一时。该书研究了人类婚姻过程中出现的大量的婚外恋或外遇现象。在这部书中，作者的基本观点是：外遇毕竟是一种罪过，作者原则上并不主张外遇，但是由于外遇现象持续的存在，几乎成为人类婚姻的伴生物，成为婚姻之外的补偿机制，而且外遇现象包含了十分复杂的社会、家庭、个人的心理内容，考虑到它的现实性，作者主张以宽恕的态度对待之，而不主张激化矛盾，加剧冲突。保妮·韦尔的观点有人誉之，有人毁之。笔者认为，婚外恋（外遇）在某些特定情况下可宽恕，某些情况下则不可宽恕。因此，并不赞同保妮·韦尔对婚外恋（外遇）不分性质、不分情况、无条件的宽容。如朵拉小

165

---

① 朵拉：《朵拉微型小说集》，上海文艺出版社 2008 年版，第 99 页。

说所言，婚外恋的产生有种种原因，有游戏情感、玩弄情感的，有确实源于真爱的，怎么能一概对之，统统给予宽恕的态度呢？正是从这个意义上来说，朵拉对婚外恋的辩证态度无疑是明智的。

三

朵拉小说表现了女性对两性平等、对自我人格尊严和自我独立意识的执着追求，张扬了一种以平等、独立和个人价值观为内涵的现代女性人格。她们拒绝做男人和家庭的附庸，非常珍惜自己的事业和职业，因为这是她们实现自我价值的社会基础和经济基础。朵拉以一种同情式的立场写她们的失恋的痛楚和忧伤，但更赞赏她们在失恋中维持女性的独立人格和自我尊严，赞赏他们在逆境中独立自主、自强不息的奋斗精神。

《宠物》中的"她"似乎成了他的"宠物"，但最终"她"觉醒了，在"养猫"这件事上，她决定"不听他的"。《自由的红鞋》中，女主人公为了一双红色的跳舞鞋子，和她那个讨厌红色的男友吵架，最后她选择了红色的跳舞鞋子，放弃了反对她喜欢红色跳舞鞋子的男友。事实上，红色的跳舞鞋子代表女人的独立自我，她不愿意为一个男人而放弃自我。《失恋之后》曾经深爱的男友终于"回头"了，请求"她"的原谅，可是"她"却坚决地回答说"不"，因为在她的意识里，"爱情的字典里是没有回头两个字的"。《单身女郎》中的"我"不满意妹妹给"我"撮合的婚姻，淡然于母亲对"我"的婚事的焦急和催促。《轻言聚散》中的"她"的男友丁至强是一个充满功利色彩、精于谋算的男人，一边和"她"恋爱，一边却在寻找新的目标，一次，"他"对"她"说要和某董事长的独生女儿结婚了，并坦白分手的原因："我可以省掉三十年的奋斗"，对男朋友提出分手，"她"并没有挽留，反而感到一种释然。以上五篇小说女主人公身上无一例外地表现出对女性自我独立意识和女性个体尊严的追求。

而在《惆怅旧欢》中，"我"在婚后辞掉了工作，支持丈夫的事业和家庭，七年后，丈夫却移情别恋，"我"把自己多年不用的文凭找出来，开始注意报纸的招聘启事。小说其实指出了众多家庭主妇式女性走出自身困惑的人生之路。《婚姻的玩笑》中，董心怡被章建平抛弃后，毅然独立把儿子抚养长大，并创立了减肥学院，开创了成功的事业。朵拉赞扬了现代女性这种独立自主、自强不息的奋斗精神。她曾说，"两性关系从此成为我最爱探讨的课题，既是女性作家，对于女性处在男权社会所受到的压迫、挣扎、艰辛、努力等等，感受特别深刻。女性的社会定位依靠女性自己努力去争取实现"，"（我）喜欢描述受到歧视和忽略的女性，不气馁不灰心，反而更加自强自尊的故事。我固执认为，以此为母题，用我的笔，用我的心去刻画，一再强调并且永不绝望"①。

朵拉的小说描写了女性为追求独立却不得不付出惨重的代价。《时间的错误》中，"我"积极投身事业，冷淡了男友，于是男友另结新欢，"我"收获了事业却丢失了爱情。《胜利者》中，女主人公梁幸嘉为了在事业上大展宏图，获取总经理的宝贵位置，而放弃了怀孕，引起丈夫秦大可的不满，当她如愿以偿，准备怀孕生子时，丈夫却背叛了她，和别的女人生下了儿子。朵拉小说中有太多的现代女性为追求女性自我价值而不得不以失去爱情、家庭和幸福的人生为代价。

我们不禁感叹：为何女性实现自我价值和获得爱情家庭幸福就不能两全？难道两者天生为敌？朵拉的小说告诉我们，现代社会中男女两性对抗是一个暂不能改变的规律和困境。据人类学家研究，在历史的早期，妇女曾经拥有优越的社会地位，在那时男女两性是平等的，人类社会曾经历过母系社会，女性占据着社会的主导地位，形成了一种"女性崇敬意识"。但由于社会分工和私有制的产生，母系社会形态很快就演变到父系社会形态，这个庞大的父系社会一统治就是几千年，直到当下的 21 世纪，仍然"淫威犹在"，虽然从 18 世纪末期开始，全球范围内就掀起了一个声势浩大的女权主义运动，不懈争取女性权利，呼唤两性平等，英国女作家霍尔·东克兰德的《妇女的权利》的出版成为女权运动的先声，这股女权主义的"熊熊之火"一直

167

---

① 朵拉：《朵拉微型小说集》，上海文艺出版社 2008 年版，第 247 页。

绵延不绝燃烧至今。总体来说，女权主义运动虽取得一定成效，但没有根本改变父权文化占据社会统治地位的现状。正如朵拉说："今天大马的华人社会，男尊女卑仍旧非常普遍，向这样的一个社会要求不管任何一种东西，女性得付出比一般男性更高更大的代价。"① 这说明在朵拉所生活的社会中，两性仍处于不平等的对立状态。男女两性对立的困境在当下虽不能消弭，但随着社会的不断发展，文明的不断进化，女权主义运动不懈坚持，全人类的共同努力，男女两性平等的目标一定可以实现。例如，研究男女两性冲突的英国学者就预言："两性间健全的、快乐的、平衡的、均等的关系即将出现"，"将会给人类带来无限美好的前景"②。

朵拉曾说她从 1986 年"开始对女权意识觉醒"③，但朵拉的女权意识并非意味着她张扬一种女性一元独尊的性别秩序。当今西方的女权主义中有一类激进（极端）女权主义流派，激进女权主义明确提出了"女性是优越的"（"Female as superior"）的口号。她们将女性的优越追溯到女性的生理基础，弗洛伊德的"阳具羡慕"假说受到激进女权主义最激烈的抨击。她们认为，无论在精神上还是肉体上，女性都比男性优越，所以应该由女性承担主要的社会工作，改变女性在性活动中被动受虐的形象，以主动自主的形象出现。凯特·米利特在她的《性的政治》一书中第一次引入"父权制"（Patriarchy）的概念④，她认为妇女受压迫的根源是"父权制"，女人最主要的敌人就是男人。激进（极端）女权主义将女性和男性完全对立起来，挑战男性，要把男人"踩在脚下"，呼吁彻底颠覆传统的男性中心主义文化和性别秩序，让女性的地位发生一个 180 度的转弯，由传统的男尊女卑秩序转变为女性占统治地位的女尊男卑的秩序，让男性成为"第二性"，女性成为"第一性"。朵拉的女权主义与此迥然有别，她呼唤的是两性平等、两性和谐相处的女权主义，而不是两性对立的激进女权主义，

168

---

① 朵拉：《朵拉微型小说集》，上海文艺出版社 2008 年版，第 247 页。
② 约瑟·麦勃奎：《两性的冲突》，上海文化出版社 1988 年版，第 75、83 页。
③ 朵拉：《朵拉微型小说集》，上海文艺出版社 2008 年版，第 246 页。
④ 凯特·米利特：《性的政治》，社会科学文献出版社 1999 年版。

她说："女性抬头不表示超越男性，要求的是平起平坐，在这之前，先拥有自信自强自立，才有其他可说的。""我的文学创作，尤其是小说，其实是对男权社会和女性自甘矮化的一种安静的反抗。"① 西方女权主义自产生以来，共出现了 10 种左右的女权主义派别，朵拉的女权主义主张其实接近于"自由解放的女权主义"和"走向性属融容的女权主义"。前者主张建立社会公正，争取两性的机会平等，获取女性的生存与发展的自由，最终走出性属差别，通过人道主义的公正而获得解放。后者主张不要为了突出女性性别权力，剥夺男性权力或把男性"踩在脚下"，而要超越男女性别的对立，实现男女合作和性属融容的局面，以和谐合作的方式促进人类社会的发展。

总之，朵拉小说书写了现代社会特别是都市社会中男女爱情和婚姻的"百相"，而又侧重于对"病相"的观察。质言之，朵拉的观察视角不是侧重于爱情的"常态"，而是侧重于爱情的"变态"，也即她并非廉价歌颂爱情的幸福与和谐，而是冷峻地凸显爱情的"残缺"与"不和谐"，她走的不是琼瑶的爱情小说的路子，而从某种程度上来说她接近于张爱玲，她像张爱玲一样冷酷无情地消解了理想爱情的"神话"，暴露爱情的残缺真相。她洞明了女性命运的先天困境，但又不懈寻找女性突围与生存的自我救赎之路。她的小说站在女性的立场，表现了女性对两性平等、对自我人格尊严和自我独立意识的执着追求。她揭示了现代社会男女两性对抗的规律，但并不因此绝望，而对未来社会实现两性关系的平等充满着向往和希望。所以，虽然她具有张爱玲式的犀利和透彻，但她比张爱玲多了些许温情和关怀。张爱玲对爱情婚姻的刻画让我们感到绝望，感到冰寒，朵拉对爱情婚姻的书写既让我们感到绝望，但绝望中有希望，有涌动的暖意。

169

---

① 朵拉：《朵拉微型小说集》，上海文艺出版社 2008 年版，第 247 页。

论马华作家驼铃小说中的
"小人物"形象

　　驼铃，原名彭龙飞。笔名有老虎、看山、胡笳、李菲、皮阳秋等。祖籍泉州晋江，1936 年出生于马来西亚霹雳州曼绒县南部一个濒海的乡村。1955 年实兆远南华中学高中毕业后，在星马各地担任教职。曾任霹雳研究会三届会长、马来西亚华文作家协会副主席。曾发起创办《清流》文学双月刊，强调人文关怀。驼铃在教学之余，从事小说和诗歌创作，间亦翻译马来乡土小说，主张为人生而艺术。已出版的著作有诗集《吉打的人家》（新诗集），短篇小说集《家福》、《可可园里的黄昏》，中短篇小说集《无弦琴及其他》、《驼铃文集》，中篇小说《硝烟散尽时》，长篇小说《沙哑的红树林》，译作《旋毛儿》。驼铃的小说塑造了各种各样个性鲜明、内涵丰富的小人物。本文拟对这些小人物形象的类型、意义、艺术手法、悲剧特征等进行系统分析。

一　驼铃小说的小人物类型

　　在驼铃笔下，生活在社会底层的小人物成为他重点关注的对象，因为他们是构成大马社会的主要成员，他们是小手工业者、工人、农民、店员、小商贩、匠人、佣人等依靠体力谋生的劳动者，以及教师、职员、医生、律师等自由职业者。这些被压在社会底层的"小人物"，生活环境简陋，谋生条件艰苦，求生欲望微小，但具有质朴，勤劳、善良、宽厚、克己、忍让的美德，同时也沾染了自私、狭隘、虚荣、平庸、粗鲁等恶习。作者的笔端触及大马社会的各个角落，从公署、警察局、法庭、学校到码头、乡村、茶寮、酒吧。作者对于那些遭遇种种厄运、贫困无助的小人物，给予人道主义的同情，而对于那些"浑浑噩噩只为私利而钻营的族人"，则予以深刻的揭露和鞭挞。驼铃的小说，展现了马来西亚城镇社会生活的时代缩影，也描摹了近代马来西亚底层人民艰辛奋斗的现实主义图画。驼铃小说的小人物主要有如下几种类型：

（一）卑微的教职人员

《十年之后》描写了十多年来在一些中小学断断续续充当临时教员的小周，虽然热爱教育事业，却被新来的教员挤出校门在家赋闲。偶尔得到校聘请的一位临时教员的空缺岗位，却又被王督学的表妹顶替了。战战兢兢在教学岗位上工作多年的小周，无奈之下决定下海学拖网打鱼。作者通过这个在生命线上挣扎、生命价值"等同微尘"的小人物的遭际，展示了势利社会的龌龊与残忍。《朋友》里的陈校长同样是一位值得同情的小人物。他的近于迂腐的单纯，使他轻易接受了"幸运合作社"经理职位而落入他人设计的圈套。两年来他为合作社招揽了近百万元的存款，但后来储户们担心合作社被清盘而倒闭，纷纷找他索取现金。陈校长不得已将自己一辆汽车以五千元廉价卖掉，为的是赔给瞎子阿德。但这笔钱却被一位闯进家门来的表嫂抢走了，陈校长因此险些遭阿德杀害。其实，陈校长不也把妻子积攒的三千元血汗钱存入合作社而蒙受损失吗？小说给读者留下了一句值得回味的话："这是一个抢食的世界。"

171

（二）贫苦的农民

短篇《撕》中的雇农阿旺，因受到亨利的欺骗和怂恿，偷偷地撕掉他的雇主拿督干尼竞选标贴后，被人举报。亨利说，"这是小事"，"我会帮助你"，实际上撒手不管，另一方面自己却投向了对方阵营，而让阿旺独自承担法律责任。阿旺四次到法庭，后来经过内心苦苦挣扎而被迫认罪，因为没有钱交罚款甘愿受两周监禁的处罚，他"终于发现了自己的渺小和无助"。《不中用的人》中的农民阿九，大半年来在一百八十亩园地里辛勤耕种木薯，眼看快到收获的时候，他计算着将有三万二千多元可观收益，却被当地地痞恶霸黄金水派来的人偷偷收割；他告到警察局，虽人证、物证俱在，但拿督迫使阿九撤回了入案捉拿那个恶人的决定。难怪村长麦丁气愤地讥讽道："阿九，你实实在在不中用"，驼铃对于贫苦农民阿九，在"哀其不幸"的同时又"怒其不争"，无奈之情显而易见。

（三）悲哀的工人

《秘密》中的"我"为新房粉刷占了两桶油漆的小便宜，却被"无赖"缠上，不断受到敲诈，使"我"天天躲在家里不敢出门。小说把小市民因贪点小便宜而日夜受良心煎熬的苦痛心理揭示得惟妙惟肖。《家福》中的瓦匠家福长期受包工头老狗延长工时的剥削，拖欠他应得的工资，后又被解雇。家福除了借酒浇愁，只能回家打老婆和拿孩子出气。为生活为吃饭"妻哭子号"，像是"幽灵的悲鸣"。就在走投无路的时候，警察传来了他的儿子在吉隆坡被人砍死的噩耗！在这里，当作者展示那些在死亡线上挣扎呼号的人们命运的时候，揭示那些无拳无勇的弱者遭遇的时候，便越发激发了读者的人道主义同情，加重了小说的悲剧浓度。

（四）勇于反抗的女性形象

《下女》描写了年轻的印籍女佣拉芝米承受的双重压迫：一方面来自她父亲的家长制统治，禁止她和家境贫困的詹得南约会，并粗暴地把情人送的纱巾撕烂；另一方面来自华族男主人的侮辱，偷窥她的乳房后并进行粗暴的性调侃。然而，她不顾父亲要打断她的腿的威胁，仍勇敢追求自己的真爱；对于他的色情狂男雇主，她宁可少拿工资也要离开以示抗议。作者描写了一个出身微贱的下女，在承受社会压迫时却处处闪耀出人格的尊严和人性的光辉，从中我们可以发现人类脆弱生命埋藏在卑微下的尊贵、绝望中的坚强。

二 小人物的形象意义

驼铃擅长塑造小人物，他的成功在于他的深切的情感倾向与客观的审美视角。他用一种宽厚仁爱的胸怀和公正客观的眼光，审视着马来西亚这块热带土地上的一切人和事。他总是喋喋不休赞扬普通劳动者身上善良、豁达和淳朴的精神品质，而对于"小人物"的自私、贪婪、狡黠的劣根性又是那样疾恶如仇，如《面子问题》中的史罐廉，虽累经挫折，却达观进取，终于取得正式老师的资格，但他爱慕虚荣，喜欢吹牛说谎。《一块钱》里的老校长，利用职权让皮老师替代写一封信而获一元钱的报酬，但因漏写了重要内容又不知所措，当晚失眠引发血压升高，驾驶的车竟滑进路旁的沟渠里。作者有意地要刺激那些"患有类似的精神病态者，使他们觉醒过来，以免跟着那位老校长滑进阴沟里去"。事实上，"在感叹小人物命运的同时，我们也是在感叹自己，我们在对残酷命运的戏谑和对人类自身有限性的自嘲中，发现了现代人彼此隔离的那份心灵相通的联系"①。

小人物是表现马华底层社会的一个窗口，借此可以了解马华社会底层人民原生态的、艰难的生活真相。如《下女》写了一对夫妻主人对下女工作的诸多挑剔的虐待，然而下女拉芝米为生活默默忍受苟待，默默忍受艰难的生存状况。《十年之后》中的小周也是默默忍受艰难的生活，眼巴巴到手的职位却硬生生地给别人夺去了。一个手无缚鸡之力的教书先生，竟然沦落到不得不下海学拖网捕鱼以维持生计的地步，小人物命运的渺小和无奈令人扼腕叹息。《家福》中的家福一家也是挣扎在生存线上的贫苦百姓，为生活为吃饭已经到了"妻哭子号"的境地了。驼铃通过小人物形象的刻画，描摹了马华社会基层人物的众生相，揭示了沉沦于底层的农民、工友、佣人以及浮游于中层的知识分子的艰难生活。

173

小人物是表现人性的一个鲜活"标本"，即小人物身上能折射出丰富复杂的人性特点。《职业问题》中的问圭因学校减薪主动辞去教书职务。然而他好逸恶劳，大事做不来，苦活累活不肯做，"连自己要怎样活下去，似乎也不曾好好地想过"；对待求职，挂在嘴边的话是"走走、看看、找找"，生活浑浑噩噩不思进取，东不成西不就。小说暴露和鞭挞了知识分子人性中不顾廉耻、无知自大的特点。《偷

---

① 包新宇：《浅析小人物形象的美学寓意》，《电影评介》2011年第1期。

渡者》中的两兄弟，为了生存，也为了养活双目失明的母亲，成了无奈的偷渡者。他们虽然逃过了大海的吞没，可是弟弟却因生活所迫参与了合伙抢劫。然而兄弟情深彼此不愿分开，兄弟俩就故意被警察一起缉获，等待他们的将是惨苦的囚徒生涯。在艰难的生活中，折射出兄弟俩对母亲的孝顺之心以及手足之间的深厚情谊，散发出人性的光辉。《肖》中的普通劳动者老张，生活艰辛，负债累累，他没有采取儿子小张"还不清，不如不还"的做法，而是勒紧裤腰带、省吃俭用来还债。眼看债务就要还清的时候，老张却意外摔死。一向不理解父亲行为的小张，似乎此时领悟到了什么，觉得不能破坏父亲即将实现的美好德行，决定继续替父还债。父子两代人的隔阂，此时得到了化解。对小张来说，良知战胜了邪念，恪守信义的中华美德得以代代相传。驼铃小说通过对小人物形象的描摹，向读者展现了人性的种种特点，深刻针砭了人性中的假、丑、恶，赞扬了人性中的真、善、美。

三 小人物形象塑造的艺术手法

（一）准确深刻的心理描写

驼铃小说一个显著艺术特色就是准确而深刻的人物心理描写。又因为挖掘得深，展示给读者一个个鲜活的战栗的灵魂，作者俨然成为"人的灵魂的拷问者"。《君子之诺》把"我"（老黄）的丑恶嘴脸，揭露得入木三分。小说情节并不复杂，债主把"我"叫到他办公室催着还债，"我"表示先还两万。当大楼坍塌，"我"发现"他"挣扎着想从墙脚爬上来的时候想到，"如果（'他'）死了，我这债不就清了"。尤其在"他"死后，作者对"我"到底要不要还这两万块钱的心态刻画，更是形神毕肖："这还罢了，万一他们不领情，反而追讨另外八万块钱，我怎么办"，"现在该如何决定？这钱拿不拿出去"，"我看我不得不再认真考虑一下，感情用事，不但于己无益，往往还要被人看作傻瓜，值得么？"小说正是从金钱的窟窿里透视了人的灵魂的阴暗与自私。

《柴船头》描写了作为政治犯的"我"度过十年铁窗生涯获释归

来后的心境。当"我"在中秋节回到板桥村与妻儿团聚时，重享天伦之乐，"做我能做的事，爱我所爱的人"，当听到天性乐观善良、晚年孤苦无依的阿叔逝世的噩耗时，更使阔别十年的"我"百感交集，心境带有几分凄凉，风景依旧，人事已非。作者写人回归故乡后落寞伤感的思绪，所反映的却是时代的变迁和人际关系的淡化。因为专注于写人的精神风貌，同样显示了作者"心理体验"艺术的光彩。

（二）以小见大，见微知著

驼铃用细致的笔法如实地描写了小人物的那种琐碎、贫乏的世俗生活，妇人们总是勤俭持家，男人们拼命工作，但换来的只是艰辛地活着。如《家福》中的瓦匠家福长期受包工头老狗延长工时的剥削，拖欠他应得的工资，后又被解雇。为生活"妻哭子号"，儿子的死无疑使这个挣扎在生存线上的家庭雪上加霜。通过家福这样的一个家庭缩影，我们可以看到生活在马来社会底层千千万万类似家庭的悲哀和无奈。小说《焚》描写了中学生大孚由于考试"失败"，在家庭和社会的压力下服毒自杀的故事。然而具有讽刺意味的是，大孚的父亲在儿子死后，才意外收到皇家统计局的来信，被告知大孚的马来语并非不及格而是优等。《焚》向读者揭示了马来西亚教育弊病的所在，以及当代中学生在家庭和社会施加压力下心理承受力脆弱的一面，小说的最后通过大孚同学之口，一针见血地喊出了"自毁不如反抗"的口号，揭示了人们对现行教育制度的不满。《茶店里的风波》中的小伙计，讥笑拥有拿督头衔的村长是喝酒不付钱的大鳄鱼，引起村长盛怒挥拳要教训他，但村长却被那位他看不起的书记一把抓住怒骂。驼铃犀利地剖析了小人物的精神世界，把底层人物被欺压、受剥削的经历与苦闷，与骑在良民身上专横人物的那种偷懒渎职、欺善怕恶的丑恶面目一一加以揭露，哀其不幸，怒其不争，自觉地进行国民劣根性批判。

四　小人物悲剧及其意义

（一）小人物悲剧

鲁迅先生在评介果戈理名著《死魂灵》时，提出了"近乎无事的悲剧"① 的概念，他说，"人们灭亡于英雄的特别的悲剧者少，消磨于极平常的，或者简直近于没有事情的悲剧者却多"②。在这里，鲁迅提出了英雄悲剧和平常悲剧两种概念。英雄悲剧中的主人公是英雄人物，"他们有思想，有个性，是革命的先驱者，国家、人民利益的捍卫者，他们在反抗恶势力的斗争中豪迈、悲壮、威武、崇高"③。平常悲剧的主人公是普通人，是平凡的小人物。他们在苦难中挣扎，为争取做人的权利与残酷的命运搏斗。驼铃笔下描绘的往往都是"不值一提"的小人物，令人心酸可笑的故事展示出一幕幕"几乎无事"的小人物悲剧。

小说《板桥上》开头提到天定河一带正在流传着关于"新鬼"的故事。实际上作者成功地塑造了一位勤劳、善良而又孤独、懦弱的老寡妇形象。老寡妇钟华太太，在浮脚楼里过着还算平静的晚年，不料那个当了国会议员的儿子钟汉源为了竞选，瞒着母亲竟把老屋连带两公顷的椰园卖掉。老人向买主哈山讨回属于自己的房屋和土地，遭到拒绝。老人无家可归，儿子把她送进"安老院"。某日黄昏，老人挨着桥栏，发现一只翠鸟孤独地蹲在河中央一根木杆上，无处栖息，无家可归。触景生情，老人在极度悲哀的情景中投河自尽。鲁迅说过："中国百姓，默默的生长、萎黄、枯死了，像压在大石底下的草一样，已经有四千年。"④ 驼铃塑造的钟华太太的悲剧形象，不就是像野草一般默默枯死而被活着的人讹传为"新鬼"吗？镇上几个华族贵胄捐款铸造一块刻着"南无阿弥陀如来"的石碑，用于"镇慑野鬼游魂"。这是何等残忍、何等虚伪的世界，作者的愤怒之情，溢于言表。

在《可可园里的黄昏》中，华裔老人汉叔的独生女华爱上了马来青年阿旺，因为是马来人，老人坚决反对，固守"凡为华人都好、非华人都不好"的狭隘民族主义意识，女儿无奈就跟随阿旺私奔。二十

176

---

① 鲁迅：《鲁迅全集》第六卷，人民文学出版社 2005 年版，第 383 页。
② 同上书，第 384 页。
③ 朱向军：《论鲁迅"平常悲剧"的社会价值和审美意义》，《甘肃社会科学》2006 年第 3 期。
④ 鲁迅：《鲁迅全集》第七卷，人民文学出版社 2005 年版，第 83—84 页。

几年后，他的孙儿已经长大，而汉叔仍不愿意见他的女儿。老人直到他的马来女婿去世后才意识他一生犯下的不可饶恕的错误，最终亲情战胜了世俗，民族情感的融合取代了隔阂与偏见，小孙子罗希便是这种融合的象征。发生在汉叔与女儿之间都是"几乎无事的悲剧"，但具有深刻的悲剧文化内涵。

（二）小人物悲剧的意义

鲁迅说："悲剧将人生有价值的东西毁灭给人看。"① 驼铃从马来西亚社会生活中发现和提炼出一个个普通的小人物形象，让他们毁灭于人们习以为常、几乎无事的生活。几乎无事的悲剧，有力地揭示了社会的本质和历史发展的必然性，更有悲剧的深度。因为社会生活的主体并非是个别性的英雄，而是千千万万的普通人，甚至是看上去微不足道的小人物。他们大多被一种丑恶的社会关系所蚕食，但他们又麻木不仁，任其摆布，没有对之做出有力的反击。正因为如此，鲁迅才认识到"软刀割头不觉死"的悲剧才是最可怕的悲剧。"他们被压在社会的最底层，长期过着屈辱的生活，套着沉重的枷锁，受着无穷的苦难。大家也看得多了，习以为常，觉得平凡"；"其实普通人的悲剧更悲惨更广泛。一旦艺术家把他们写成悲剧人物，把下层群众的苦难以艺术的形式集中概括起来，就更能激起广大群众的情感"；"因为悲剧人物的生活、思想、情感与我们多么接近多么相似，恰如莱辛所说同类人的命运最易引起我们的恐惧和同情"②。如《十年之后》中小周的经历，让我们感同身受；《朋友》里的陈校长这类的人物，在我们的身边也随处可见。因此，"几乎无事的悲剧，在社会中具有很大的启蒙力量和惊醒力量，更有悲剧的感染力"③。（注：此文发表时肖梦丹署名为第二作者）

① 鲁迅：《鲁迅全集》第一卷，人民文学出版社 2005 年版，第 203 页。

② 朱向军：《论鲁迅"平常悲剧"的社会价值和审美意义》，《甘肃社会科学》2006 年第 3 期。

③ 同上。

论马华诗人江天对鲁迅的接受

　　江天，男，原名吴江天，现名吴天才，1936 年生于马来西亚吉隆坡，祖籍福建莆田。他先后毕业于新加坡国立大学中文系和马来亚大学中文系，1965 年起一直任教于马来亚大学中文系，历任讲师、副教授、教授，曾任该系系主任，并担任过马来西亚翻译与创作协会会长，集诗人、学者与翻译家三者身份于一身。著译数十种，仅就诗歌创作而言，就出版有诗集《流水行云之梦》、《花之恋》、《灵魂底悲歌》、《信奉之星》、《心永远向着你》，《黎明底星山》、《神州如此多娇》、《土地的呐喊》、《马来班顿》、《马来谚语班顿》、《灿烂的星光在微笑》、《黎明的召唤》、《鲁迅赞》、《民族魂》等。其中《鲁迅赞》、《民族魂》是两本歌颂鲁迅的诗集，本文专以《鲁迅赞》为研究对象，探讨江天对鲁迅的接受。

　　江天的《鲁迅赞》共收诗歌 28 首，大致可以分为三类（按编年的方式）：第一类是为纪念历届鲁迅逝世周年而作的诗，篇目如下：

　　《有一个人》（鲁迅逝世 18 周年，1954 年 10 月 19 日）

　　《永恒》（同上）

　　《民族魂》（鲁迅逝世 20 周年，1956 年 10 月 19 日）

　　《巍巍的丰碑》（同上）

　　《一座高大的塑像》（同上）

　　《不灭的巨星》（鲁迅逝世 21 周年，1957 年 10 月 19 日）

　　《真的猛士》（鲁迅逝世 22 周年，1958 年 10 月 19 日）

《读鲁迅》（鲁迅逝世 23 周年，1959 年 10 月 19 日）

《战士与苍蝇》（鲁迅逝世 24 周年，1960 年 10 月 19 日）

《悼鲁迅》（鲁迅逝世 26 周年，1962 年 10 月 19 日）

《望着您，我永不寂寞》（鲁迅逝世 40 周年，1976 年 10 月 19 日）

《鲁迅先生，我们永远怀念你》（鲁迅逝世 45 周年，1981 年 10 月 19 日）

第二类是访问北京、上海、仙台等地的鲁迅碑墓以及故居等有感而发的诗，篇目如下：

《仙台鲁迅碑》（1971 年 2 月 12 日）

《上海虹口公园鲁迅墓》（1989 年 12 月 21 日）

《至交——鲁迅与内山完造》（同上）

《过上海鲁迅故居》（1989 年 12 月 22 日）

《北京鲁迅故居》（1989 年 12 月 24 日）

《鲁迅在北京的旧居》（同上）

《藤野先生》（同上）

《枣树（一）》（同上）

《无名英雄》（同上）

《鲁迅的梦》（1989 年 12 月 25 日）

《野草》（同上）

《枣树（二）》（同上）

第三类是读鲁迅著作有感而发的诗，篇目如下：

《为了对烈士的纪念》（1957 年 2 月 28 日）

《重读〈阿 Q 正传〉有感》（1971 年 5 月 2 日）

《题鲁迅石雕》（1959 年 10 月 25 日）

　　当然以上只是一个大概的分类，也有交叉的内容，如《读鲁迅》中就涉及鲁迅的著作，但因为是作者写于鲁迅逝世纪念日，所以就归于第一类。①

　　如果从纯诗歌艺术的角度来看，《鲁迅赞》的艺术价值不宜作较高评价，甚至可以说它是一部艺术平平之作，相信大部分阅读过这部著作的读者都会有这个阅读感受，但不能因此否定这本诗集的价值，这部《鲁迅赞》的最大意义不在于它的诗艺本身，而在于它生动展现了人类社会发展中一种普遍存在的"文化认同"现象。文化认同（cultrual identity）是一个民族的成员在长期共同生活中所形成的对本民族最有价值的事物的肯定性确认，是凝聚一个民族共同体的精神纽带，是民族认同、国家认同的深层基础。包括马来西亚在内的东南亚，分布着大量的华人华侨，这些华人的祖籍大多在福建和广东，他们早年漂洋过海，来到南洋，后来就留在东南亚各国，繁衍子孙，这些华人有的还保留中国籍，有的则加入了当地的国籍，成为该国的公民。这些华侨华裔，也许在"国家认同"上，可能已经偏向于自己所居住的国家，但是在"文化认同"上，却往往仍与自己的民族有着深层次的精神关联，在语言文字、文化传统、生活方式、风俗习惯、情感属向等方面，还顽固地保持着自己的民族性。《鲁迅赞》的作者江天的祖籍就是福建莆田，这种割不断的故国血脉使他对中国文化有着一种强烈的认同感。当然，中国文化博大精深，源远流长，分为多个文化板块，其中以孔孟为代表的儒家文化在海外华人那里最有影响，也最能获得海外华人的认同。但江天有所不同，他认同的是五四新文化的代表鲁迅，他在鲁迅身上找到了文化认同感，他多维度多层面地歌颂鲁迅的精神，抒写鲁迅高尚的人格、韧性战斗的精神、深邃先进的思想、震古烁今的文学遗产、批判旧文化和建设新文化的坚韧气概、对人民的无私奉献、献身于民族解放的伟大精神、对祖国和世界的巨大影响，他真正从心底与鲁迅的精神和思想产生深刻共鸣，所以才有几

---

　　① 参见黄源《〈鲁迅赞〉序》，江天《鲁迅赞》，东南亚华文文学研究中心 1991 年版，第 67—68 页。

十年如一日对鲁迅坚持不懈的赞颂；可以说，作者在精神上始终没有离开过鲁迅，这就是精神的力量，这就是文化的力量。江天是通过鲁迅这一媒介实现了对故国的文化认同。

前文提到，江天的《鲁迅赞》从艺术上来说很一般，总体来说，诗的形象化不足，很多抽象的情感和思想不是通过形象化的语言表达出来，而是作者直接表达出来，缺乏可感性和生动性。诗歌的构思也很平面简单，很少有别树一帜、不同常规的艺术构想，对鲁迅及其作品的理解比较单一，仅仅限于革命的、斗争的和现实主义的层面。他的诗句语言缺乏文采，必要的锤炼与推敲不够，有亮点的"警句"和"诗眼"不多，苦吟的功夫不足，有些诗句显得过于冗长，如《北京鲁迅故居》中，直接在诗句中罗列了鲁迅的15篇小说。但即使有以上欠缺，《鲁迅赞》却照样能打动我！倒不是源于它的艺术性，而是一个最基本的事实在不断触动我：这里的28首诗歌，清一色地来自一位海外华人作家之手，从1954年到1989年，长达35年的时间，这位诗人的心始终和鲁迅相连相通，虔诚地歌颂鲁迅，这不是应酬之作，也不是官样文章，因为马来西亚没有中国那样的"鲁迅逝世或诞生××周年纪念"的会议，这种歌颂纯粹发自内心，是心与心的交流和默契，没有谁强迫他这么做，也没有什么机构什么人来褒奖他的这种行为，这纯粹是一种超功利的精神行为。一个异邦的诗人，毫无功利地对一个非本国的作家葆有长达35年的"痴情相守"，这种"从一而终"的精神确实令我很感动。所以诗歌纵然显得朴实无华，但情感真挚。诗歌贵在真情实感的抒发和表达，我国古代的文论家都很注重诗歌真"性情"的表达：明代胡应麟说：诗"以情真为得体"，"情真则意远"。明代焦竑说："诗非他，人之性灵所寄也。苟其感不至，则情不深，情不深则无以惊心而动魄，垂世而行远。"清代黄宗羲认为："诗以道性情"、"诗之为道，从性情而出"。由此可见真情实感乃是诗歌的灵魂。江天《鲁迅赞》中的28首诗歌，也是作者真实情感的结晶，是作者的内心真正被鲁迅精神所打动，所以才通过诗歌的形式表达出来。虽然作者并没有用华丽的辞藻，一切的遣词造句都是那么平淡而朴实无华，但因为有作者真挚的情感熔铸在里面，所以就有一种动人的力量。

从诗歌所表达的内涵上看，大致可分为以下几个侧重点：第一，对鲁迅精神的直接礼赞。例如：您/吃的草/挤出/香美的/好奶/哺育/神州的/炎黄子孙/（《鲁迅的"奶"——序诗》）；他把生命/交给苦难的土地/（《永恒》）。这两句诗歌颂鲁迅对人民、对民族无私的奉献精神和自我牺牲精神。您的骨头是最硬的/无惧于一切强横暴力/您的为人正义凛然/从不向敌人奴颜婢膝/您的笔是最锋利的/时时投枪击中反动文人的要害/（《民族魂》）。此句诗歌颂了鲁迅大无畏的韧性战斗精神。第二，直接抒发主体"我"对鲁迅爱戴和敬仰的情感以及视鲁迅为自己的精神灯塔。如《望着您，我永不寂寞》一诗中，每当"我"感到"颓然"、"沮丧"时，"遇到挫折"、"面对敌人"、"感到寂寞"时，面对鲁迅的塑像，就觉得"象一座仰之弥高的/巍峨高山"，获得一种坚定的精神力量，从而"永不寂寞"。而在《有一个人》中，在"我"的生活里，鲁迅就像"精神支柱"、"长明灯"、"灿烂的太阳"、"熊熊的火把"，"给我浑身奋力"，"照亮我长夜里崎岖的荆途"，"给我无量的光芒"，"驱逐了黑夜的豺狼"。第三，对鲁迅所从事的以"改造国民性"为中心的文化工程进行歌颂。例如，他抨击吃人礼教的遗毒/揭发封建的黑暗势力/暴露愚弱国民的劣根性/（《北京鲁迅故居》）；希望以文艺改变国民精神/您荷载奋战千万敌人/歼灭文坛鹰犬文氓/您拼将野草滴成乳/滋润愚弱的国民/（《仙台鲁迅碑》）；震古烁今的/《阿Q正传》/改造愚弱的国民/（《题鲁迅石雕》）；他以《呐喊》/激昂慷慨地/唤醒愚弱国民的觉悟/（《永恒》）；静静地/你远去了/留下了璀璨的/思想结晶/象无声处的惊雷/震醒了/愚弱国民/麻木的/精神/（《悼鲁迅》）。第四，对鲁迅从事的新文化和新文学运动的礼赞以及对鲁迅文学成就的肯定。例如，当年点燃了/五四的战火后/您扛着倔强的/大纛/大义凛然地/在"新文苑"奋战/您怀着磅礴的/浩气/与迂腐颓废之辈/交锋于"旧战场"/……/您的著作遍布全世界/为人类留下宝贵的文化遗产/（《民族魂》）；您呕心沥血的名著/像太阳照遍了全球/《狂人日记》已唤醒了人们的沉思/《祥林嫂》的命运已敲碎了封建的陋俗/《孔乙己》的迂腐已成为历史的警钟／《阿Q》形象已深入亿万人心／（《题鲁迅石雕》）。第五，对光明的新中国的高度礼赞。例如，受尽凌辱的阿Q／已挺起的脊骨面向强权／喜见苦难的中国／有了美好明天／（《上海虹口公园鲁迅墓》）；苦难的土地／复活了／春天的梦／已实现／繁华开遍了／莽莽神州／广袤的大地上／升起了／璀璨的／东方红／照亮了宏伟的／天安门／绽开了／十一亿人民／深锁的／笑靥（《小粉红花》）。这是作者对鲁迅时代未竟的梦想的一种描绘和展现，鲁迅的民族复兴之梦现在已经实现。第六，对鲁迅作品思想内涵的直接阐释或在此基础上的意义生发。例如，阿Q被枪毙／已超过半个世纪／他的幽灵／远远地／飞渡重洋／如华盖罩在／马来西亚人的头上／阿Q的《精神胜利法》哲理／却牢牢地活跃在／华人的心中／（《重读〈阿Q正传〉有感》），作者认为阿Q的精神胜利法是每一个人身上都具有的精神弱点，中国人有，马来西亚人亦有，阿Q是一个穿越国家、穿越民族的"世界性"文学形象，有力地凸显了阿Q形象的典型性和人类普遍意义。《野草》、《枣树（一）》、《枣树（二）》、《无名英雄》、《小粉红花》等诗歌直接来源于鲁迅的散文诗《野草》，作者在不偏离原散文诗内涵的基础上，选择一个意象层面和意蕴角度进行阐释。《野草》歌颂了虽"烧成灰烬"的"野草"却能"滋润泥土／把稻穗儿／变成／一串串／璀璨的／黄金／"的奉献精神。《无名英雄》则歌颂了"小青虫"为追求"光明"、"理想"和"真理"而不惜"献身"的精神。《枣树（一）》歌颂了枣树"英勇顽强"、"锲而不舍"、"毫不妥协"、"一定能战胜黑暗势力"、"实现美好理想"的斗争精神。《枣树（二）》描叙了而今枣树斗争胜利后的情形，事实上是对新中国的一种描绘和展望：奇怪而高的天空不见了／发白的月亮消失了／星星不再闪闪地眨着冷眼／小粉红花不再瑟缩地做着残梦／小青虫已变成景仰的英雄／苦难的大地复活了／受辱的民族站起来了／受难的国家迎向晨光／人间充满一片光明／到处洋溢着灿烂的微笑／。《小粉红花》一诗则大胆畅想"小粉红花"的未来，是对新中国的一种礼赞。集子中的《一座高大的塑像》、《不灭的巨星》、《真的猛士》、《读鲁迅》等几首诗是古体诗，其反映的内容大致不外乎以上几种类型。

183

　　但江天的"鲁迅赞"无疑存在一定的局限性，他对鲁迅及其作品的接受，尚局限于光明的、先进的、革命的、斗争的、阶级的和现实主义的层面，与大陆20世纪五六十年代对鲁迅的接受很类似，带有明显的阶级斗争时代的特征，譬如对鲁迅作品中现代主义、个人主义的一面就没有涉及，对鲁迅孤独、彷徨、阴暗、虚无、绝望、独异个人的一面也几乎没有涉及，看不到鲁迅其实是一个无比复杂的矛盾统一体，只凸显鲁迅光明的、先进的、革命的一面，无疑是对鲁迅的简单化理解，有"神化鲁迅"之嫌疑，虽然作者未必有意这样做。如果说大陆20世纪五六十年代的学者对鲁迅的接受也具有这个特征，那是由于受到特定时代的限制而使然，多少有点身不由己的无奈，但江天身在马来西亚，没有这个限制，却对鲁迅作出如此单一化的理解，比一比同时期美国的夏济安和李欧梵等人对鲁迅的阐释，认识上的深浅和高低就显示出来了。夏济安在1964年发表了《鲁迅作品的黑暗面》，专门研究鲁迅作品的黑暗面，并认为鲁迅是一个光明与黑暗并存、处于过渡时代的复杂人物。而李欧梵构思于20世纪六七十年代的《铁屋里的呐喊》也阐释了鲁迅思想残缺和阴暗的一面。鲁迅不是一个单一平面的形象，而是一个丰富复杂的立体化形象，光明与黑暗、希望与绝望、伟大与平凡、人与神相结合的鲁迅才是一个接近真实的鲁迅。在此点上，江天对鲁迅的把握不够全面。

　　上文提到，江天的诗歌在艺术上显得平平，总体来说，直接说教的诗歌比较多，形象性相对缺乏，但也有一些诗歌是例外。例如《战士与苍蝇》把那些与"战士"鲁迅形象相对立的、腐朽落后反动的势力比喻为群涌飞来/嗡嗡讥笑/评头论足/议论纷纷/的"苍蝇"，灵感虽来自鲁迅的随笔《战士与苍蝇》，但毕竟情感是通过形象化的意象表达出来，具有诗歌的可感性和形象性。《过上海鲁迅故居》中，不说故居里住着一个有思想有智慧的人，而说"房屋/里面/却装满了/丰富的智慧/崇高的思想结晶"，这种表达就是诗歌的表达方式。《鲁迅的梦》中抒写了鲁迅的九个梦，每个梦都是形象可感的，情感的表达通过虚幻的潜意识中的"梦幻"形式表达出来，类似《野草》中的八篇以"我梦见……"为开头的散文诗。取材自《野草》的那几首散文也具备较为明显的形象性和画面感。江天的部分诗歌诗句比较短小精悍，急促有力，节奏感明显，饱含强烈的感情，有点类似田间的"鼓点诗"，如《鲁迅的"奶"——序诗》：

您

吃的草

挤出

香美的

好奶

哺育

神州的

炎黄子孙

茁壮

他们的

身体

丰富

他们的

知识

提升

他们的

思想意识

锻炼

他们的

坚韧战斗毅力

养成

他们的

硬骨头精神

将来

做

一个

　　堂堂正正的
　　中国人

　　诗集中具有这种"鼓点诗"文体特征的还有《为了对烈士的纪念》、《战士和苍蝇》、《悼鲁迅》等诗歌。

　　诗集前收有 20 篇序，皆出自中国大陆的著名作家和鲁迅研究学者之手，包括丁景唐、马良春、王士菁、王得后、许杰、许怀中、张恩和、陈鸣树、陈漱渝、邵伯周、林非、林志浩、周宏兴、秦牧、袁良骏、倪墨炎、黄源、郭风、彭定安、雁翼、臧克家等人，篇幅内容超过了诗作，这些序言实际上同后面的诗作构成了中、马两国诗人和学者在学习鲁迅精神上的一场特殊对话。两国学者在接受的层面上表现了较多的默契，说明他们在理解鲁迅的基本点上是相当一致的，也说明了鲁迅遗产不独属于中国，也属于世界。

论新华学者王润华的鲁迅研究

　　王润华（1941.8.13—　），祖籍广东从化，生于马来西亚，现为新加坡公民。1962 年入台湾政治大学西语系。1968 年入美国威斯康星大学。1972 年获博士学位后赴爱荷华大学担任研究员。1973 年调新加坡南洋大学中国语文系任教。1980 年转新加坡国立大学中文系任教。1983 年赴台湾"清华大学"中文系任客座教授，后长期任新加坡国立大学中文系教授，新加坡写作协会会长。王润华同时从事文学创作和学术研究，重要文学作品有《山中岁月》、《西安的尘土与树木》、《地球村神话》、《热带雨林与殖民地》、《患病的太阳》、《高潮》、《内外集》、《橡胶树》、《山水诗》、《把黑夜带回家》等作品集。在学术研究方面，擅长中西比较文学、中国及东南亚现代文学、中国唐代文学研究等。著有《中西文学研究关系》、《鲁迅小说新论》、《老舍小说新论》、《从新华文学到世界华文文学》、《司空图新论》、《从司空图到沈从文》等专著。本文专以王润华的《鲁迅小说新论》①为研究对象。

　　《鲁迅小说新论》在以下几个方面呈现出较为鲜明的研究特色：第一，较早指出了鲁迅研究中的"神化"倾向和研究的禁区。第二，研究鲁迅文学创作与西方文学之间的关系。第三，从"考证学"的角度来研究鲁迅的作品。第四，研究方法具有"新批评"的特征，即注重内部的文本细读。

　　王润华作为一个海外的中国现代文学研究者，疏离中国大陆政治

---

　　①　王润华：《鲁迅小说新论》，（台北）东大图书股份有限公司 1994 年版。

环境和文化语境，这种距离感反而让他更能清醒地"旁观"大陆的鲁迅研究，他较早地感知和发现大陆鲁迅研究的禁区和"神化鲁迅"的研究倾向。在《从鲁迅研究禁区到重新认识鲁迅》一文中，王润华认为绍兴鲁迅故居的陈设是经过主办者精心设计取舍的，其目的只是为了凸显鲁迅"中国文化革命的主将"、"不但是伟大的文学家、而且是伟大的思想家和伟大的革命家"①，所以主办者修复设计的绍兴鲁迅故居"空间实在狭窄，不但容纳不了众多鲁迅小说与散文中的人物与事件，连鲁迅的兄弟，别的房族的人更不必说，居然也被排斥出去"②。而鲁迅发妻朱安的住房是一块禁地，不但绍兴鲁迅故居如此，北京鲁迅故居也如此，鲁迅与朱安在北京虽然不同宿，但鲁迅负担赡养朱安的责任。且从 1919 年到 1926 年，都一直住在同一屋檐下，但目前北京的朱安住室"却一直未能恢复原状"；而且，"许多有关鲁迅年谱、传记、回忆录的著作，从二十年代到最近出版的，都深怕踏到地雷或冒犯众怒似的，尽量避免打开这个秘密的'住房'"③。鲁迅与朱安的婚姻似乎成了一种忌讳、一块禁区，王润华认为其原因在于"怕破坏了鲁迅作为一个'中国文化革命的主将'的光辉形象，这些人大概认为'伟大的思想家和伟大的革命家'，不应该向封建家族妥协，接受媒妁之言的婚姻"④。除此之外，王润华还揭示鲁迅参加传统科举的县考、鲁迅的小说《长明灯》发表在国民党主办的刊物《民国日报》等也是一个研究禁区，其主要原因也是怕影响鲁迅的光辉形象。在研究鲁迅小说的创作方法时，王润华发现一种研究倾向，即"把象征主义抽掉，放进写实主义"，因为"象征主义文学是资本主义社会的堕落现象"⑤。王润华甚至认为，神化鲁迅现象不但表现为对鲁迅光辉形象的维护，"连他小说中的人物也在保护之中"⑥。例如，《故乡》中闰土的原型是农民章运水，据周作人揭露，"章运水原来形象与小说中的

188

---

① 王润华：《鲁迅小说新论》，（台北）东大图书股份有限公司 1994 年版，第 4 页。
② 同上书，第 3 页。
③ 同上书，第 7—8 页。
④ 同上。
⑤ 同上书，第 18—19 页。
⑥ 同上书，第 16 页。

闰土有很大不同，他真人很庸俗迷信，婚后与村中一个寡妇要好，终于闹到离婚，害他父亲花了不少钱，全家人从此没好日子过，他们的穷困，主要还是由于家事引起的，与小说有很大出入"①。而王润华认为，学术界不谈闰土的离婚事件，而是"一律强调章运水小时候的英雄形象与老了以后被剥削的农民形象"。最后，王润华呼吁，目前的当务之急是要"重新认识鲁迅"，其途径是"从神到人，从政治到文学"，既要警惕"台湾及海外一些学者的'右倾'的偏见的视野"，也要警惕"中国大陆左倾研究路线或反共政治影响的日本与西方学术界"②。

当然，王润华的这篇文章完成于 1990 年，其观点的形成应该更早，从文中所引用的史料来看，很多史料甚至是 20 世纪 80 年代中期以前的。那时大陆的鲁迅研究生态中确实存在明显的神化鲁迅现象，但从 20 世纪 80 年代中期以后，特别是 90 年代之后，神化鲁迅现象逐渐淡化。像王润华在文中所提及的王富仁和严家炎等学者的研究成果，就能做到如王富仁所说的"回到鲁迅那里去"，表现出充分的学理性。反映到鲁迅与朱安婚姻的这个研究禁区，已经有很多学者进入并进行详尽充分的研究。除了王润华在该文中所提到的林辰、李允经、余一卒等学者已经涉及这一领域，还有很多学者关注这一话题。90 年代之后的有关鲁迅传记几乎不再回避鲁迅和朱安婚姻的话题，而是用相当的篇幅来论述，21 世纪以来，甚至出现有关朱安的传记，表明这一研究禁区已经被完全打开。例如，2010 年上海社会科学院出版社出版了乔丽华的《我也是鲁迅的遗物：朱安传》，全书超过 20 万字，以如此长的篇幅为朱安立传，从理性的立场来分析鲁迅与朱安之间的婚姻悲剧，表明学术界已经完全坦然地面对这一曾经禁忌的话题了。鲁迅与象征主义的关系（乃至西方现代主义的关系）在 1990 年后也不再是一个敏感话题，而变为一个热点性的学术问题，出现了大量的相关性成果。象征主义文学乃至西方现代主义文学不再被视为"资本主义社

189

---

① 王润华：《鲁迅小说新论》，（台北）东大图书股份有限公司 1994 年版，第 16—17 页。
② 同上书，第 17—25 页。

会的堕落现象",而是被看成一种具有积极意义的人类精神现象,鲁迅文学中的象征主义或现代主义因子表明鲁迅具有开阔的拿来主义的胸襟与气魄,表现了鲁迅文学的"世界性"因素。鲁迅所受到的外国文学的影响,其范围之广,涉猎的作家之多,几乎是中国现代作家中其他人无与伦比的。根据《鲁迅全集》中所涉及的资料统计,鲁迅一生共翻译了 14 个国家 105 位作家的作品,他所评介的外国作家则涉及 21 个国家的 166 位,这个数字还不包括他在著作中偶尔提到的外国作家。这些外国文学给鲁迅文学创作以巨大的营养。另外,20 世纪 90 年代后,像鲁迅参加传统科举的县考、鲁迅的小说《长明灯》发表在国民党主办的刊物《民国日报》、对《故乡》中闰土形象的认识等内容也出现在学者们的研究中,不再是一个禁忌的话题,鲁迅研究正在走出"神化鲁迅"的怪圈,走向学理化,这正是王润华所希望看到的可喜结果。

王润华这本书第二个特色是较为系统地研究鲁迅文学创作与西方文学特别是象征主义之间的关系,这些论文有《鲁迅与象征主义》、《西洋文学对中国第一篇短篇白话小说的影响》、《探访绍兴鲁镇的咸亨酒店及其酒客——析鲁迅〈孔乙己〉的现实性与象征性》、《从口号到象征:鲁迅〈长明灯〉新论》等。《鲁迅与象征主义》一文分为六小节,第一节"鲁迅与象征主义之关系再认识与肯定",阐释了"鲁迅与象征主义"关系的研究禁区以及被打破后的研究现状。20 世纪 80 年代以来,这个禁区逐渐被打破,"鲁迅与象征主义"关系成为研究的热点问题,学者们一致认为象征主义对于鲁迅创作的重要性。第二节"禁止承认前的认识",王润华指出,1949 年之前,当政治意识形态还没有完全控制文学研究与文学批评时,也有一些学者认识到鲁迅作品中的象征手法。如欧阳凡海的《鲁迅的书》中提到《野草》中的大部分篇章运用了象征手法,陈紫秋的《论鲁迅先生的诗》认为鲁迅的诗歌和波特莱尔的诗作很相似。[①] 第三小节"鲁迅对外国象征主义作品之肯定",介绍了鲁迅著述中一些对象征主义正面评价的文字,

---

① 王润华:《鲁迅小说新论》,(台北)东大图书股份有限公司 1994 年版,第 54—55 页。

用确凿的事实说明鲁迅和象征主义之间的关系。第四节"鲁迅自己'生发开去'的象征主义",阐释了鲁迅对象征主义的独特理解,同时也阐释了一个鲁迅式的象征主义。鲁迅在《我怎么做起小说来》一文中说他的创作,有时只"采取一端,加以改造,或生发出去,到足以几乎发表我的意思为止";而在王润华看来,"这就是作家铸造象征的方法与过程","'生发开去',在我看来就是产生象征意义的意思"。例如,鲁迅小说中的鲁镇,本来指鲁迅的故乡绍兴和他母亲的乡下安桥头,可是进入鲁迅的小说之后,它就被"加以改造","生发出去","从一个特殊的乡镇变成具有普遍意义的地方:它是代表一个愚昧、落后、保守、守旧、迷信、闭塞的地方"①。第五小节"从中外文学影响看鲁迅与象征主义的关系",介绍了哈南、佛克马、温儒敏、孙玉石、曾华鹏、李关元等人有关鲁迅与象征主义关系的研究成果。第六小节"博采众家,取其所长",在以上各小节的基础上,总结了鲁迅开放的多元的"拿来主义"的文化择取策略。

《西洋文学对中国第一篇短篇白话小说的影响》一文分析西洋文学对中国第一篇短篇白话小说《狂人日记》的影响,作者以具体的文学比较分析为基础,分别阐释了果戈理的《狂人日记》、迦尔洵的《红花》、尼采的《〈察拉图斯忒拉〉的序言》对《狂人日记》的影响,该文的独特之处在于:"不但追究每种形式、风格、主题思想,甚至每个意象、场景等的来源出处,同时密切注意一切外来影响的东西,哪一部分被吸收?哪一部分被排斥掉?"②

《探访绍兴鲁镇的咸亨酒店及其酒客——析鲁迅〈孔乙己〉的现实性与象征性》一文最大的创新点在于作者发现了《孔乙己》的象征主义,作者认为,很多现实中的人物和事件进入小说,经过鲁迅的"改造"和"生发",就"变成具有社会或普遍性的人类主题"③,咸亨酒店成为"旧中国社会的象征","咸亨酒店的人与人之间的关系,国民精神的麻木愚昧、冷酷无情,孔乙己双重性的悲剧:被压迫与被

191

---

① 王润华:《鲁迅小说新论》,(台北)东大图书股份有限公司1994年版,第62页。
② 同上书,第90—91页。
③ 同上书,第139页。

侮辱的悲剧，这些不正是当时中国'病态社会'及其'不幸的人们'的象征吗?"推而广之，鲁迅小说中其他故事发生的地点，像"《故乡》中的故乡、《阿Q》中的未庄、《长明灯》的吉光屯、《在酒楼上》的S城，不但地方原型都是绍兴（包括他母亲故乡安桥头），这些地方都象征旧中国社会"①。王润华特别指出了这篇小说所表现出来的"世界性意义"，"当我们不把这篇小说局限于中国封建社会来解释，它就是'描写一般社会对于苦人的凉薄'，这个苦人在世界各地都可以找到。这个凉薄的社会，全世界都一样，古代和现代，今天和明天都不会消失，鲁迅表面上写发生在中国清末的社会与中国人，实际上他也同时在表现人类及其社会中一个永恒的悲剧。在任何国家任何社会中，多少人就像孔乙己那样，不被社会所接纳，被群众嘲笑、欺凌和侮辱，只是原因不同而已。不过孔乙己基本上是代表理想或幻想与现实社会的冲突，他的悲剧在于他分不清理想（或幻想）与事实的区别。今天，从东方到西方，多少人根据自己的思想、理想、幻想或价值观而生活，而他自己又不了解或醒悟他是生活在梦幻中，他生活的社会根本不能容纳像他那样的人。离开那个框框读《孔乙己》我们更能感到这篇小说意义的丰富，而且具有很普遍的世界性意义。孔乙己和卡谬的《异乡人》中的异乡人，罗梭·米勒的《推销员之死》中的推销员，同样是属于同一具有全人类意义的代表人物"②。王润华对《孔乙己》的解读具有相当的创新性。其一，《孔乙己》这篇小说我们一向视之为现实主义小说，但王润华却独特地挖掘出其中的象征主义质素。其二，王润华以《孔乙己》的象征主义因素为基点，剖析出这篇小说所蕴含的"世界性意义"，拓展和加深了《孔乙己》的主题内涵，赋予了《孔乙己》哲学思考的维度，指出了《孔乙己》因为对人类共同困境和悲剧作出深刻的表现和思考，从而使之跨上了世界文学的坐标，毫无愧色地与卡谬、罗梭·米勒的小说并列，成为人类文学史上永恒的经典文学作品。这两点理解，特别是第二点，发人之所未

192

---

① 王润华：《鲁迅小说新论》，（台北）东大图书股份有限公司1994年版，第141—143页。
② 同上书，第152—152页。

发，但观点并无半点牵强，符合作品的实际，反映了作者独特的思考能力和文本分析能力，难能可贵。事实上，王润华认为，鲁迅小说中不止《孔乙己》具有这样的"世界性意义"，"鲁迅的小说，譬如《狂人日记》、《孔乙己》、《故乡》等篇，就如《白光》，往往在探索其意义中，在各种与中国现实社会有关的主题背后，发现暗寓着人类共同的悲剧：希望、理想、或幻想与现实之冲突的主题，一定会出现"①。《故乡》表现了"人类之痛苦：现实与理想之冲突与幻灭，回忆中美丽事物之虚幻，憧憬之破灭，在一系列的对比中表露无遗。这篇小说所以可读性高，因为鲁迅在刻画中国农村的现实中，同时表达了普遍性的、与全人类有关的主题"②。

王润华鲁迅研究的第三点特色是擅长从"考证学"的角度来研究鲁迅作品。《论鲁迅〈白光〉中多次县考、发狂和挖掘的悲剧结构》一文是一篇"考证型"的论文，作者在占有许多第一手材料的基础上，在分析前人各家观点的基础上，经过考证，认为《白光》中的主人公是有人物原型的，而且其"模特儿专用一人"③，就是鲁迅的叔祖兼私塾老师周子京。但王润华的目的不是进行一般性的考证，而是"尝试探索一下鲁迅如何从'专用一人'的模特儿'改造'和'生发开去'，并且掘发一下作品中的内涵与艺术手法。同时也证明采用一人一事的小说不一定就不好的事实"④。王润华对周子京的身份、掘藏事件、发狂与淹死、周子京的生存地台门、发狂的地点和时间、掘藏的地点、死亡的地点等内容进行考证，而这些内容，鲁迅是如何对之进行取舍、"改造"和"生发"，变成陈士成的表现？从周子京到陈士成，这中间有怎样的变化？鲁迅为什么作出这样的取舍、"改造"和"生发"？其背后的用意是什么？这正是王润华这篇论文所要解决的问题。例如，周子京的"掘藏"是因为他听家里的一个女仆说看见白光，而不是他自己看见白光，但在小说《白光》中，"鲁迅取消了看

193

---

① 王润华：《鲁迅小说新论》，（台北）东大图书股份有限公司 1994 年版，第 210 页。
② 同上书，第 186—187 页。
③ 同上书，第 191 页。
④ 同上书，第 195 页。

见白光的女仆的参与，主要是要陈士成自己对挖藏事件完全负责，这样不但把他的发狂戏剧化，同时也简化了故事情节"①。另外，鲁迅对两人发狂的地点也有"改造"，"周子京的每次神经病发作时，都在家里"，而"鲁迅安排陈士成在路上开始产生幻觉发起神经病来，因为那是一条从他破宅大门通向县考试院的大路。这条路给多少中国旧读书人带来希望、幻想与绝望"；"如果照实写，那就太平实。这样一改，象征性的社会意义就出现了"。现实中周子京的"掘藏"是在"蓝门内的桔子树下的明堂"，而小说中的陈士成却是"挖掘自己家里书桌下的宝藏"，因为白光出现在"靠着墙的一张书桌下"，陈士成是"相信'书中自有黄金屋'的人，因此相信书桌下才有黄金。另外也暗示掘藏是与县考相同的可以达到陈士成追求目的的一种手段"②。因此这个情节具有象征性，讽刺了"书中自有黄金屋"这一古代读书人深信不疑的"真理"的荒谬性。

在《探访绍兴鲁镇的咸亨酒店及其酒客——析鲁迅〈孔乙己〉的现实性与象征性》一文中，王润华亲赴绍兴进行实地考察，了解与探访绍兴城里的咸亨酒店。认为咸亨酒店一共有三间，"第一间是在清朝末年，建筑在绍兴城东昌坊口，由鲁迅的从叔周仲翔所经营；第二间是鲁迅运用文学艺术技巧和思想建筑在他的小说之中，其中《孔乙己》一篇所描述的最为人称道。而目前绍兴城的这一间是第三间，它出现在绍兴市编制所有的游览地图上"。其中第一间和第三间作者分别还附了详细的示意图和位置图。王润华经过比较考证，认为第一间和第二间咸亨酒店并不等同，如酒店的格局，第一间的"雅座"是在"店的后半"，而第二间的"雅座"是在"曲尺形的对面"。总之，"鲁迅小说中的咸亨酒店所依据的类型，可能是杂取的或'拼凑'起来的"③，是经过艺术改造和加工，与实际存在的咸亨酒店并不相同。王润华在大量史料的基础上，认为孔乙己的原型有三个："孟夫子的窃书行为"、"凤桐的乞丐与酗酒形象"和"穿长衫的人"，该论文还

194

---

① 王润华：《鲁迅小说新论》，（台北）东大图书股份有限公司1994年版，第199页。
② 同上书，第199—207页。
③ 同上书，第116—125页。

附录了晚清即孟夫子时代的房屋结构图和鲁迅周家房族表，有关史料一目了然，由于作者的考证和结论是建立在真实的史料基础上，所以观点令人信服。

王润华的鲁迅研究方法具有"新批评"特征，即注重内部的文本细读。如《五四小说人物的"狂"和"死"与反传统主题》一文，在谈到鲁迅小说这一部分时，以《呐喊》与《彷徨》中25篇短篇小说为研究对象，认为其中的13篇小说描写了24人的"狂"与"死"。作者以具体的文本材料为基础，对这24人的"狂"与"死"进行分类，其中7个人发狂没有死亡，8个人先狂后死，9个人死亡没有发狂，作者随之提供了一幅"狂"与"死"的家族成员表，对这13篇小说描写的24个"狂"与"死"的人物姓名与身份、狂性的具体表现、死亡的原因进行梳理归类，纲举目张，条理清晰，既能辨析其同，也能甄别其异，使读者一下子对其中的复杂关系了然于胸，而这种解读是建立在文本细读的基础上。这种表格式研究方法同样体现在《探索病态社会与黑暗灵魂之旅：鲁迅小说中游记结构研究》一文中，作者认为鲁迅小说中的游记结构大致可分为三类，即故乡之旅、城镇之旅和街道之旅，然后在熟悉文本和细读文本的基础上，把这三类小说的叙事模式特点以简表的方式列出，同样也能达到以上的效果。这种表格式研究方法还表现在《论鲁迅〈故乡〉的自传性与对比结构》和《从口号到象征：鲁迅〈长明灯〉新论》等论文中。

而在《西洋文学对中国第一篇短篇白话小说的影响》一文中，王润华以具体的文本内容为依据，考证出果戈理的《狂人日记》、迦尔洵的《红花》、尼采的《〈察拉图斯忒拉〉的序言》对《狂人日记》的事实性影响。例如，在分析尼采的《〈察拉图斯忒拉〉的序言》对《狂人日记》的影响时，就详细列举了《〈察拉图斯忒拉〉的序言》哪些具体语录对《狂人日记》产生影响？体现在《狂人日记》的哪些内容中？哪些属于直接的搬用？哪些又经过了鲁迅的"消化和改造"乃至独特创造？如关于进化论的那部分内容，就属于直接搬用，如尼采说："你们已经走了从虫豸到人的路，在你们里面还有许多份是虫豸。你们做过猴子，到了现在，人还尤其是猴子，无论比哪一个猴子"。而在《狂人日记》中，鲁迅说："大哥，大约当初野蛮的人，都吃过一点人。后来因为心思不同，有的不吃人了，一味要好，便变了人，变了真的人。有的却还吃，——也同虫子一样，有的变了鱼鸟猴子，一直变到人。有的不要好，至今还是虫子。这吃人的人比不吃人的人，何等惭愧。怕比虫子的惭愧猴子，还差得很远很远"。而如"尼采的'黎明'变成'夜晚'，'太阳'变成'月亮'"，就属于鲁迅的"消化和改造"。王润华认为，尼采的核心思想是"上帝已死亡"和"我教你们做超人"，而鲁迅经过"消化和改造"，变成自己的创造性革命宣言："打倒吃人的旧礼教"和吃人的人要"从真心改起"。①总之，经过王润华细致的文本比较解读，《〈察拉图斯忒拉〉的序言》和《狂人日记》之间的复杂影响关系清晰地显示在读者面前。

　　另外，王润华的《鲁迅小说新论》还有一个明显特征，就是建立在鲁迅接受史基础上鲁迅研究，也就是说，他把鲁迅研究放在鲁迅研究史的发展链条上来考量，他在分析某一小说、提出某一观点时，通常把学术界之前的相关鲁迅研究成果或学术观点一一列出，并分别作出点评分析，然后提出自己的观点，由于有了前人研究成果的坐标，读者也就可以判断出王润华学术观点的价值，哪些地方借鉴了前人的观点？哪些地方对前人观点有所超越？但由于该著是写于20世纪90年代之前，而鲁迅研究自该著诞生以后已经发展了二十年，因此他在二十年前提出的某些观点在当时是创新观点，在现在看来不过是常识性观点了，如上文所说，指出鲁迅小说的象征主义特色也许在当年能令人耳目一新，但现在看来确实是一个陈旧的观点了。

196

① 王润华：《鲁迅小说新论》，（台北）东大图书股份有限公司1994年版，第110页。

论新华学者林万菁对鲁迅研究的贡献

　　林万菁，男，1951 年出生于新加坡，祖籍广东省潮州市潮安县，现为新加坡国立大学中文系教授，学术专长主要体现在中国语言文学领域特别是修辞学领域。出版过《论鲁迅修辞：从技巧到规律》、《汉语研究与华文教学论集》、《中国作家在新加坡及其影响（1927—1948）》等学术著作。其中，《论鲁迅修辞：从技巧到规律》是一部从修辞学方面研究鲁迅文学创作的专门性著作，该书观点鲜明、体系完备、条理清晰、逻辑严密、阐释详尽，注重文本细读，洋洋洒洒达 500 多页，历时五载，于 1986 年出版。我们可以从两个方面来认识《论鲁迅修辞：从技巧到规律》的价值和意义：其一，按照常规的研究思路，是把该著放到鲁迅研究史的学术链条上，看该著在相同研究领域对前人的相关研究成果有哪些超越？取得哪些创新性成果？其二，从文本内部分析这部著作的学术观点、内容、结构、研究动机、目的和方法，从而清晰地洞悉这部著作的精髓性内容。

　　林万菁在该著的第一章"绪说"部分介绍了学术界对这个问题的研究状况，但主要限于 1986 年之前的研究成果。从鲁迅研究的"生态系统"来看，"语言修辞学研究"是一个不可忽视的组成部分，受到研究者的重视，产生不少研究成果。在国外，日本学界出现了有关鲁迅作品的语汇索引，比较有代表性的是上野惠司编的《鲁迅小说语汇索引——〈呐喊〉、〈彷徨〉、〈故事新编〉》和丸尾常喜、野尺俊敬、大谷通顺、山下纪久支合编的《鲁迅文言语汇索引》，索引为研究者提供了极大的便利，但只是研究的原始资料和必备工具，并不能取代对语汇本身的研究。1986 年之前的中国，产生了多篇有关研究鲁迅修辞方面的单篇论文，比较有代表性有王希杰、张雪森、邓炳坤、潘兆明、郑成训、张德明等人的论文①，这些论文，或对鲁迅创作中运用的某个修辞进行集中论述，或从某一独特角度对鲁迅的修辞运用发表看法，单篇论文由于篇幅和内容的限制，无法对鲁迅文学的修辞进行全面系统的研究。高名凯、姚殿芳、殷德厚合著的《鲁迅与现代汉语文学语言》（1957）一书则是结合语体文的发展，专论鲁迅的文学语言，其中涉及有关修辞学层面，但并不深入。真正以修辞为专门研究对象的著作有三种，即谢卓绵的《试谈鲁迅的语法修辞》（1979）、刘焕辉的《语言的妙用——鲁迅作品语言独特用法举隅》（1979）以及陆文蔚的《鲁迅作品的修辞艺术》（1982），相对那些单篇研究论文而言，这三部著作能比较自觉地从修辞的角度来研究鲁迅的作品，其研究亦具有一定的深度和广度。另外还有两种著作解释鲁迅作品中的方言，分别是倪大白编注的《鲁迅著作中方言集释》（1978）以及谢德铣编著的《鲁迅作品中的绍兴方言注释》（1979），但这两书似乎只是辞典，并没有从修辞学的角度进行研究。在日本，研究者则比较喜欢以鲁迅作品为例，研究其在语汇语法上的特征，有时涉及修辞技巧，有时取日语用法加以比较，突出鲁迅语汇运用的独妙之处。相关研究论文已经出现多篇②，虽取得一定的成绩，但其美中不足之处也是明显的，正如作者所说："日本学者侧重鲁迅个别作品或某类作品（如小说、杂文）的举例式的分析，细致有加，引人入胜；但纵观鲁迅的一生的成就与创作风格，不免觉得有关的研究仅取片断，仍应该推前一步，方能见出体系。"③

除了中国和日本，包括美国、东南亚、西欧、澳洲、捷克、苏联等国家或地区在内的世界各地，都有以鲁迅为对象的学术研究，但是罕见从修辞学的角度来研究。值得注意的是，徐士文（Ramond S. W.

---

① 林万菁：《论鲁迅修辞：从技巧到规律》，［新加坡］新加坡万里书局 1986 年版，第3—4页。

② 同上书，第5—6页。

③ 同上书，第6页。

Hsu）在英国以英文撰写的博士学位论文《鲁迅文体的研究：词汇与习惯用法》（The Style of Lu Hsun：Vocabulary and Usage），从语汇角度入手，以统计（电脑统筹资料）为中心，来探讨鲁迅的文学风格，但并没有涉及修辞学层面。

综合以上鲁迅研究成果，到 1986 年为止，虽然有一些从修辞学角度来研究鲁迅创作的成果，但绝大多数是单篇论文，单篇论文由于篇幅的限制，通常都是从某一局部来研究鲁迅文学创作中的修辞，无法对之进行深入系统的研究。也出现了如上所提及的专门研究鲁迅修辞的著作，但如果比较一下林万菁的《论鲁迅修辞：从技巧到规律》，可以发现，其研究的深度、广度、系统性和学理性以及创新特色，后者远远胜于前者。可以说，林万菁的《论鲁迅修辞：从技巧到规律》，是 1986 年之前研究鲁迅修辞最全面系统深入的学术著作，是研究鲁迅修辞的"集大成之作"，正是从这个意义上来说，《论鲁迅修辞：从技巧到规律》意义和价值得到彰显。

《论鲁迅修辞：从技巧到规律》出版于 1986 年，那么，1986 年之后出现了哪些相关的研究成果呢？据笔者所知，从修辞学角度来专门研究鲁迅创作的单篇论文很多，但相关研究性著作却罕见。郑家建的《被照亮的世界——〈故事新编〉诗学研究》①，该著改变以往惯用的研究《故事新编》的方法，从"语言层面"、"创作思维层面"、"文体层面"三个"亮点"对作品进行细致的解读，从而"照亮"了《故事新编》深邃复杂的文本世界和鲁迅那不安而丰富的灵魂。虽然这不是一本专门研究鲁迅修辞的著作，但是其中的第一章"戏拟"，第二章"隐喻"，以及后面各节的"文体越界"与"反文体"写作、"油滑"、"蒙太奇艺术"、"绘画感"等内容都不同程度地涉及鲁迅修辞问题。另外，1986 年后出现的几本鲁迅杂文研究著作，如王嘉良的《诗情传达与审美构造——鲁迅杂文的诗学意义阐释》、李德尧的《新文化先驱的文体选择——论鲁迅杂文文体精神》、吴中杰的《论鲁迅的杂文创作》、彭定安的《鲁迅杂文学概论》、王献永的《鲁迅杂文艺术

199

---

① 郑家建：《被照亮的世界——〈故事新编〉诗学研究》，福建教育出版社 2001 年版。

论》等，也在部分章节涉及鲁迅杂文的修辞问题。总而言之，专门从修辞学角度来全面研究鲁迅文学（包括小说、杂文、散文、诗歌等）的著作，目前为止尚没有见到。从这个意义上来说，来自域外的《论鲁迅修辞：从技巧到规律》更显得难能可贵。

该著的一个显著特色就是它的系统性，它具有统摄全书的核心观点，完备的内容体系，严密有序的结构，清晰的内在逻辑线索。正如上文所说，《论鲁迅修辞：从技巧到规律》是研究鲁迅修辞的"集大成之作"，全书分为"总论"、"分论"、"结论"三大部分。"总论"部分介绍了研究动机、目的、方法和范围，并提炼出鲁迅"内摄兼外铄"总体修辞风格特征，成为统摄全著的中心观点之一。而后高度精确地提炼出鲁迅的修辞观："剪浮汰缛，删而割爱；重视文采，意在笔先；曲笔藏锋，含蓄隐象；博采口语，兼纳文言；推陈出新，潜修履践。"而这几个方面也具有内在的系统性和连贯性。随后探讨了鲁迅修辞方法的形成渊源，即得力于家学与师承、中国古典文学、外国文学的研读与翻译、时人的影响和思维方式等方面。"分论"部分对于鲁迅的修辞方法进行具体的剖析，作者参照了中国修辞学和西方风格学的理论，将分析分为三个层次，语汇、句法和语意，词汇方面包括翻造、倒词、转品、单音词代复音词、三字词、锻炼一字、大词小用、浓缩拼嵌、虚词叠用、特殊量词、"们"字的特殊用法、"很"字的特殊用法、夹用方言词、借用古词语、夹用外来词及外文、夹杂符号字母、色彩词等。而句法方面的修辞包括特殊单句、特长句、排比、反复、对偶、省略与倒装、借标点符号变化句式、有乖语法等。语意方面的修辞包括反语、比喻、象征、双关、幽默、拈连、直刺不讳、文浅意深、豚辞晦意等。本部分还附上"鲁迅习用词"、"鲁迅习用句式"、"鲁迅习用意象"，以补充正文之不足。"结论"部分挖掘了"自成一格的鲁迅修辞原理"，即表现为"曲逆律"的作用，这是统摄全著的另一个中心观点，并以鲁迅的手稿修改实例和作品的英译来蠡测验证"曲逆律"的修辞作用，以《纪念刘和珍君》为例来比较鲁迅、周作人和林语堂运用曲逆律的差异，然后阐释鲁迅修辞方法的影响。书末还附录了详细完备的相关研究资料文献，包括中文、日文和英文三个部分。该著所涉及的内容看起来虽繁多丰富，但因为具有贯穿全书的灵魂观点、清晰有序的层次结构，严谨分明的内在逻辑，所以并不显得杂乱无序，而给读者的阅读感觉是中心突出，观点鲜明，纲举目张，内容丰富，条理清晰，阐释精彩，可读性较强。

该著的第二个特色是提出了一些令人耳目一新、具有创新意义的学术观点和学术名词。例如，统摄本书的两个核心观点的名词——"内摄兼外铄"和"曲逆律"就是作者的创新性命名，它是作者在对鲁迅作品充分熟稔和透彻理解的基础上而总结出的规律，发前人而未发，但阐释的内涵并没有偏离鲁迅作品的实际，观点有理有据，令人信服。所谓"内摄兼外铄"，是作者对鲁迅修辞风格最简练的概括，"内摄"，是指"将深刻的意思收敛而藏于文字的深层"，"外铄"是"因为他的词锋极为锐利，让人在字里行间看到许多闪亮光芒"。"倘若只有内摄，不见外铄，鲁迅修辞必趋于枯涩干结，纵然委婉，恐流于'晦'，读之如同嚼蜡。倘若仅见外铄，而无内摄，则鲁迅修辞必趋于轻浮，虽豪放而流于'滥'，读之一时痛快，转瞬又觉空疏无物。"① "内摄兼外铄"是作者在前人基础上的个性发现，与传统的提法不同，传统往往用"讽刺"、"幽默"、"尖刻"、"犀利"、"晦涩"、"冷静"等之类的词语来定义鲁迅的修辞风格，但或流于表面，或执于一端，没有介入鲁迅作品的深层肌理，没有看到鲁迅修辞的矛盾统一性及由此带来的内在张力和意蕴的丰富性。

"曲逆律"也是该著另一个具有创新意义的名词，正如作者在著中所说，其一，"曲逆律"是他"对修辞学研究的一点贡献"，作者认为，"语言既有表层结构和深层结构，我们在研究修辞时，绝不会满足于对深层结构的个别了解，我们要探究的，是表层结构和深层结构如何相互影响，亦即修辞如何牵动语意。……作者利用修辞技巧，使语言呈露繁复性，蒙纱叠嶂，不露本相，这就是文学语言和科学语言的基本不同。""要使文学语言曲逆化，就必须使用某种修辞技巧，或同时用上多种修辞技巧，曲逆律的存在，直接影响了文学语言的风格。

---

① 林万菁：《论鲁迅修辞：从技巧到规律》，［新加坡］新加坡万里书局1986年版，第19页。

曲逆律运用得越多，文学语言越向深层推入，其繁复性与多义性就越明显。"①"他（鲁迅）的曲逆化，可能是有意将意思藏起，使得字面义可解，但本意难明；可能是使意思岔外，虽直讽而意有别指，用字虽明，而意思曲甚；也可能是一意未了，又另起一意，文意零断，意义未尽，稍言又止，含义极深，总之，鲁迅充分体现了一个卓越文学家在驱遣语言文字方面达到伸缩自如的巅峰状态。"② 和"内摄兼外铄"一样，"曲逆律"指向的也不是鲁迅语言运用上某个局部特征，它着眼是全体，它不等同于一二"曲笔"，也非语言学问题上如"歧义"、"模棱"、"迂回说法"，它表现的是整个的修辞现象，都是鲁迅文学全部修辞的一次统摄性定义，它避免了上述"曲笔"、"歧义"等命名"只见一木，不见森林"的弊端，从而使读者更加全面认识鲁迅修辞的真实面貌。其二，"曲逆律"的内涵较"曲笔"、"歧义"、"模棱"、"迂回说法"等提法更加丰富复杂，它涉及语意和修辞、语言的表层结构和深层结构的内在辩证关系，以及两者之间的互动变化关系，其三，作者并没有把"曲逆律"视为一个偶然的、简单的、孤立的文学现象，而认为它已经成为修辞上的一个普遍性的规律，但一般作家无法做到驱遣自如地运用这种规律，而只有像鲁迅那样的卓越文学家才能游刃有余地运用。

作者对于鲁迅语言中存在的"有乖语法"现象的辩证性评价立场，也值得一提。林万菁把鲁迅作品中那些不依语法常规，以致行文时出现近乎不通顺、有悖现代汉语规范语法的现象，称为"有乖语法"。对于此种特殊语言现象，是"为贤者讳"，认为鲁迅在语言表达上臻于完美，毫无瑕疵？还是将之视为"病句"？或者将之视为鲁迅特殊修辞的一种类型？作者在这个问题上的观点是相当辩证公正的，首先他认为此种语言现象是修辞与语法之间的矛盾造成的，"修辞除了直观、直接的辩认，还要有理性的分析，于是涉及语法问题，我们不能因为鲁迅是大文豪，就盲目地替他辩解，以为他的文笔无懈可击，

---

① 林万菁：《论鲁迅修辞：从技巧到规律》，［新加坡］新加坡万里书局 1986 年版，第359—362 页。

② 同上书，第 437 页。

是标准的'范文'。"因为"作为文学语言,纵能跨越语法的常例,却也仍有语法可寻,所以文学语言并不是随心所欲,可以任意脱离语法的。"从汉语语法的角度,作者并没有"为贤者讳",并没有神化鲁迅,而是明确指出了鲁迅在语言上的瑕疵和缺憾。但是,作者并没有走向另一个极端,并没有"一棒子打死"鲁迅那些具有"瑕疵"的语言,而是极为辩证地指出,"我们也不至于因为鲁迅作品中留下了一些语法疑点就否定他整个儿的修辞艺术"①。从修辞艺术的角度来说,鲁迅的"有乖语法"的修辞现象具有存在的价值,是鲁迅"提倡语体文时的一种试验"②。在规范语法和修辞艺术两个层面,作者没有表现出非此即彼、二元对立的绝对化立场,而是展现了相当多元辩证开放的学术思维:"我承认这些句子是病句,语法学家会力主改写,但我要论证的,是这些'病句'巧妙地突出了鲁迅风格!改写后的句子,顺则顺也,韵味却远逊得多。"③而这种"韵味"正是鲁迅"有乖语法"的修辞所要达到的效果。总之,"有乖语法"应该从两个层面来评价,其一,从语法的层面来看,按照现代汉语规范语法,鲁迅的有些语言表达也许不符合规范,这也是有人"非议"鲁迅的语言别扭、不通顺甚至认为是病句的理由,从规范化的语法层面来说,这些"非议"倒也无可厚非,所以这也是很多人认为鲁迅的语言不宜被中学生模仿的原因,从语言规范化的角度来看,鲁迅的语言的确不如朱自清,这也是朱自清的文章屡被中学语文教材选为范文的一个重要原因。其二,从修辞的层面来看,鲁迅语法中的"病句"更多是为了达到某种表达效果而使用的修辞策略,鲁迅有时不自觉使用"病句",或是受古文的影响,依照古文的表达习惯;或是受到方言的影响,依照方言的表达习惯;或是信手拈来,依照欧化语言的表达习惯。鲁迅更多时候故意把语言弄得拧巴而不通顺,虽难于理解,但随之而来"味道"就产生了,这就是我们看鲁迅的文章虽觉有点"吃力",但却感到意

203

---

① 林万菁:《论鲁迅修辞:从技巧到规律》,[新加坡] 新加坡万里书局1986年版,第265页。

② 同上。

③ 同上。

趣无穷，越嚼越有意味。这里引用一个概念"结巴"。法国思想家德勒兹写过一篇标题为《他结巴了》的文章。德勒兹以用德语写作的卡夫卡、用法语写作的贝克特、英语写作的麦尔维尔、用俄语写作的别雷和曼德尔施塔姆为例，阐释这些大作家语言表达呈现出的共同点——就是"他结巴了"。黄子平参照这个观点，写了一篇文章《他结巴了——鲁迅与现代汉语写作》，专门讨论鲁迅创作中的"结巴"现象。这里的"结巴"和"有乖语法"的内涵十分相似，值得参看。①德勒兹认为这种"结巴"不是生理上的结巴，也不是心理上的结巴，而是写作上的结巴。"结巴"不仅仅指作者所描写的人物的结巴的呈现方式，更是指作者成为语言系统中的口吃者，不是"言语"的结巴，而是"语言"的结巴，语言系统的结巴。在结构主义看来，语言可以分为两个层次：表层是言语系统，即我们平时所说的话，深层的是语言系统，"如果整个语言系统本身就在震颤，语词在这一系统中就会站不稳；作者若是感受到了这种震颤，就会变成语言系统中的口吃者。所谓语言系统的震颤，是看不见摸不着的——它实际上是无数碎片的堆积，是一个个的词、一个个语法成分积压在那里，本身就是结巴而非顺畅、流转的系统"②。而鲁迅所面临的时代是两种语言对抗交替的时代，旧的文言文系统轰然崩溃，所有的词语都发生了震颤而站立不稳；而新的语言系统——白话文系统又没有完全形成。因此，当年的白话文写作就面临很多困难，最大的困难就是词汇的贫乏。鲁迅所处的时代就是一个语言废墟的时代，鲁迅"有一个更深层的考虑，既然旧的语言系统崩溃了，我们就有可能在语言的废墟上重新建立一个新的系统，那为什么不乘机把语言的极限发挥到极致？"③鲁迅是怎样利用语言的废墟来努力发挥语言的极限？途径种种，其中一个就以"硬译"来引进西方语言语法上的"精密"。一个直接的方式就是"言而不顺"，而这在语言学家和语文教师那里叫作"恶性欧化"，称为"病句"，也就是

---

① 黄子平：《他结巴了——鲁迅与现代汉语写作》，首都师范大学文学院编《被译介的语境》，社会科学文献出版社 2011 年版，第 265—281 页。

② 同上书，第 268—269 页。

③ 同上书，第 270 页。

《论鲁迅修辞：从技巧到规律》中所提及的"有乖语法"的句子。那么，鲁迅为什么要用结巴的语言，用"有乖语法"的"病句"来书写呢？"德勒兹的一个看法是，'人人都可以用自己的语言讲述他的回忆，编故事，发表意见，有时他甚至会形成一种优美的风格，这一风格赋予他充足的手段，使他成为令人欣赏的作家。但是，要挖掘故事下面的东西，砸开意见，达到无记忆的区域时，当自我必须被毁灭时，他的手段永远是不足的'。所以，'读者看到的唯一的东西是不足的手段：碎片、典故、努力、调查。……印在纸上的是一个局促不安的词，是一种口吃……'德勒兹《他结巴了》就是说，大作家是深刻地体验到了那个时代语言的震颤，不满足于一般的表达，想要挖得更深，但是没有办法用语言表达沉默，所以是一种失败；这种失败就体现在后来我们非要把鲁迅拉入一个规范化的写作系统里头。我们自然可以尽力去寻找比较符合规范系统的鲁迅写作，但通常可以发现，一个很流利很顺畅的鲁迅，就不再是鲁迅了。"①

该著不但提出了一些具有创新性的核心词汇，而且也大胆地命名或运用了一些修辞学的名词，如"翻造"和"倒词"。关于"翻造"，"目前各种修辞学专书尚未正式采用"，但作者将之置于语汇方面的修辞方法的第一节，大胆地为之"正名"②。而"倒词"，作者称"这名词是我安的"。③ 有研究者称之为"并列式同素异序同义词"，作者觉得此词过于"冗长"，于是仿照旧有的"倒文"一词，将之改为"倒词"。该著在阐释鲁迅修辞时，所运用的例证非常广博详尽，不厌其烦，如数家珍，对鲁迅文学修辞例证一网打尽，几乎无一遗漏。如果没有对鲁迅作品的烂熟于心、了如指掌，是无法达到这个程度的，读者要了解修辞学知识或鲁迅的修辞，这真是一部值得一看的修辞学"大百科全书"。作者在具体分析时，其细致入微的文本解读方式也令

205

---

① 黄子平：《他结巴了——鲁迅与现代汉语写作》，首都师范大学文学院编《被译介的语境》，社会科学文献出版社 2011 年版，第 276—277 页。

② 林万菁：《论鲁迅修辞：从技巧到规律》，［新加坡］新加坡万里书局 1986 年版，第126 页。

③ 同上书，第 134 页。

人击节赞赏。另外，对鲁迅修辞渊源的探讨也是该著的一个亮点，关于此点过去只有零星论述，浅尝辄止，很少涉及修辞方面。在鲁迅修辞影响的一节，作者论及瞿秋白、唐弢、聂绀弩、张天翼、王鲁彦等中国现代作家以及部分马来西亚华文作家，都受到鲁迅修辞或深或浅的影响，此点也是学界少有关注，值得一提。

印尼与中国民间故事比较研究

　　民间故事是民间文学中的重要门类之一。民间故事主要是由广大劳动人民口头创作并能广泛传播、具有虚构内容的口头叙事体文学作品。它立足于现实生活，以奇异而富有地方特色的语言和象征的形式，讲述人与人之间、人与自然的种种关系乃至超自然的、夸张的、异想天开的内容。表现普通人民的良好愿望，发挥道德劝谕的作用。民间故事是底层民众喜闻乐见的一种文学类型，在久远的年代甚至是许多人形影不离的伴侣，它是不同民族语言艺术的奇葩，是民众生活的大百科全书，是民族集体无意识的典型符码，是人类族群原始本质的文化家园，值得好好研究。本文拟以印尼和中国的部分民间故事为研究对象，在比较的视域中，探讨两国民间故事在母题内容和艺术特色等方面呈现出的同中有异的特征，以此来加深对两国民间故事的认识。

一　两国民间故事母题类型研究

　　中国和印度尼西亚都以拥有历史悠久且丰富的民间故事而闻名，而在不同的民族、不同的文化领域，必然也会碰撞出异彩纷呈的火花。笔者主要从"母题类型"方面来研究两个国家间民间故事的差异。中国民俗学会理事长刘魁立先生在其《世界各国民间故事情节类型索引述评》中提道："母题分类排列的顺序是以作者所谓的'从神话和超自然到现实的幽默内容的演化'为依据的。"① 也就是说，即使再抽象的母题都能在现实世界中找出相对应的原型，这些充满奇幻色彩的传说都可以影射到生活的某个层面，甚至某个领域。而在中国与印尼的民间文化范畴中，不仅有诸如"英雄传奇"、"动物形象"、"人性矛盾"等一系列表现手法迥然不同的母题类型；也有诸如"报恩传说"、"民间信仰"、"人伦悲剧"等透过异文呈现相同母题的故事原型。

（一）惩恶扬善的英雄传奇

让印尼人民饱受煎熬的是荷兰殖民统治时期。1602 年，荷兰在印尼成立了具有政府职权的东印度公司，在这之后的近 150 年中，东印度公司无情而血腥地从印尼这片土地上掠夺了数不胜数的财富，留给印尼人民的只有饥饿与恐慌。因此，在食不果腹的窘境下，人民必然期待着能拯救他们于水深火热之中的民族英雄的出现。而在中国，封建君主专制是压在中国人民头上沉重的大山，从公元前 221 年，秦始皇统一六国，一直到 19 世纪辛亥革命的胜利，中国专制社会长达两千多年。在这个时期里，人民一方面在强权的压迫下受尽欺凌，另一方面也在黑暗势力的侵蚀下祈祷"救世主"的出现。因此，在许许多多的书籍中，救世英雄的诞生成为历史的必然。

相对中国而言，印尼人民更多的是追求较为实际的一面，他们对反抗殖民统治的民族英雄满怀崇拜，但并不力求将其神圣化，而是让英雄们以平凡人的姿态救世。《巴达维时代的侠客希比东》就是一个典型的例子，故事的背景是在东印度公司统治时代，希比东出生在一个普通家庭，他的本领并非天生异禀，而是通过拜师且自身努力得来的，文中对他的英雄事迹并不大肆渲染，而是通过刻画敌人的强大来反衬主人公的力量，通过捕捉生活的细节来反映主人公的伟大，比如文中希比东与"扒手"的较量。或许我们都会认为，对付扒手不需要多大本事，但文章却用了大部分笔墨极尽详细地描述细节，为的就是从与市井混混的争锋中凸显"凡人英雄"的不平凡之处，也为这位侠客走上反抗殖民统治之路作铺垫。

---

① 刘魁立：《刘魁立民俗学论集》，上海文艺出版社 1998 年版，第 105—115 页。

　　而在中国，英雄人物往往被戴上神圣的光环，他们力大无穷，机智勇猛，拥有常人所无可比拟的神力。《十兄弟》就是一部以不畏强权、顽强抵抗的英雄主义精神为主旋律的英雄传奇故事。"十兄弟"故事讲述的是十个各怀异能的兄弟，老大顺风耳、老二千里眼、老三天生神力、老四钢脑袋、老五铁骨尸、老六有长腿、老七大脑袋、老八大脚丫、老九大嘴巴、老十大眼睛。虽然形体怪异，但是他们都怀有通天的本领。情节围绕十兄弟轮番上阵展开，他们用自己特殊的本领，对抗以"秦始皇"为代表的封建势力，最终"秦始皇"被老十的眼泪冲入大海，喂了鲨鱼。① 故事以英雄们取得斗争的胜利落下帷幕，通篇充满奇特的想象，结局更是大快人心，洋溢着热情四射的乐观主义精神。从中可以看出，中国英雄故事有一个突出的特点，即英雄人物神化，封建势力邪恶化，俗话说："正邪不两立，然而邪不能胜正。"因此，结局往往是以英雄战胜邪恶势力而告终。在皆大欢喜的氛围中，同时也蕴含了古代人民对挣脱封建禁锢、获得自由的向往和渴望，以及对揭竿而起的英雄人物们的赞颂和崇拜之情。

　　（二）劝谕训诫的动物叙事

　　动物故事在中国和印尼古代的民间故事中都占有很大比重，动物故事一般通过动物世界的故事来折射出人类现实社会的矛盾和劳动人民的爱憎情感，寓意深刻。

　　在印尼，更偏向于以动物的虚荣、妒忌等不良品德从侧面教化教育人。《想变孔雀的乌鸦》讲述的是乌鸦的羽毛为何是黑色的。在过去，乌鸦的羽毛颜色是洁白的，那时候，孔雀和乌鸦的聚居地都在同一个大森林里，但是，两个互不来往的族群却妒忌着对方，孔雀妒忌乌鸦的好嗓子，乌鸦妒忌孔雀拥有华丽的羽毛。有一只乌鸦，为了加入"孔雀"的大家庭，宁愿将自己洁白的羽毛拔掉，插上彩色的羽毛，它本以为外表美丽了就能变成孔雀中的一分子，到头来事与愿违，它不仅遭到孔雀的排挤，也受尽同类的讥笑目光。② 这种令人啼笑皆

209

---

① 《中国民间故事选》，作家出版社 1958 年版，第 37 页。
② 棉兰：《民间故事与传说》，［印度尼西亚］印华作协苏北分会 1976—1979 年版，第 31 页。

非的故事，可以促使人在笑声里深思，负面的教材从某种意义上，能够在很大程度上启迪人们的思想，开拓人们的视野，让人在一种较为轻松的氛围中自由思考，反思深省。

在中国，人们习惯性地以犬和牛等动物的忠义、勤劳、敦厚之类的良好品德正面教育人。相对而言，被世人所厌恶的诸如"蛇蝎"一类的动物则较少被列入教化德育的队伍。以忠犬为例，在民间流传甚广的故事如《狗命换人命》中讲道，"平日里狗与主人寸步不离，一天主人醉酒不省人事，意外起火，眼看火势就要蔓延到主人躺着的草地周围，狗不停地往返找寻积水将主人周围的草地濡湿，最后主人得救，它却累死在主人身旁"①。这可以说是"义犬舍命救主"故事的原型，突出展现在危难情境下，忠犬舍命护主的舍身精神。② 这种令人为之动容的正能量往往能激发人们内心深处的积极向上的情绪，使人在感动心酸中找到奋斗的方向，坚定向善的信念。

正如黑格尔所说："象征一般是直接呈现于感性观照的一种现成的外在事物，对这种外在事物并不直接就它本身来看，而是就它所暗示的一种较广泛较普遍的意义来看。"③ 其实，在动物们身上，象征意义显然存在，我们往往可以从中看到人类自身的影子。无论是崇高的品质，还是不雅的德行，在一系列动物形象中，折射出来的还是人类自身的品质。与直接以"人"为描述对象不同的是，利用动物来刻画种种道德品质，让人类可以像旁观者一样注视着一切，在嬉笑怒骂之余，内心细腻的情感也比较容易激发出来，让人在一种相对轻松的环境下看待自身的优缺点，有助于提高深省的效果。

（三）忠贞不渝的爱情传奇

从叙事学的角度来说，通常把描述爱情故事的母题类型归入"才子佳人"的叙事模式中④，才子、佳人偶然相识，互有好感直至私定

---

① 尹继兰等：《四老人故事集》，中国民间文艺研究会山东分会 1986 年版，第 45 页。

② 刘守华：《中国民间故事类型研究》，华中师范大学出版社 2006 年版，第 142 页。

③ 黑格尔：《美学》，商务印书馆 1979 年版，第 10 页。

④ 戴冠青：《想象的狂欢：作为文化镜像的闽南民间故事研究》，厦门大学出版社 2012 年版，第 113 页。

终身，却总会遭受反对与阻挠，最后才子与佳人喜结良缘或酿成悲剧。这类故事往往在歌颂青年男女对自由婚姻的向往与追求的同时，体现出对"婚姻大事，父母做主"等封建礼教的反抗意识。

印尼的民间故事中不乏这样传奇的爱情故事。《东爪哇的沙海》讲述的是统治一方土地的国王担心自己貌美的女儿会被人看中，便将其"紧闭"在山中的内宫。在偶然的机会下，公主逃出了父亲的势力范围，在路途中邂逅了神庙的巨人——布拉马的儿子。两人一见钟情，但随即便意识到双方的父亲是死对头。青年亲自去请求国王答应这门婚事，国王却提出难题，青年必须一夜之间在大火山四周围造成深一千尺，宽一万尺的沙海，且应记住，鸡还未啼就得完成。但当青年将要完成任务时，邪恶的国王却将鸡群赶得高声啼叫起来。最后，青年的任务失败了，而暗自窃喜的国王却目瞪口呆地看着眼前的一对情侣变成小山。两个国家的纠纷拆散了这对有情人，但此时他们共同成为沙海的一部分，终于可以永远在一起了。

值得一提的是，在印尼的爱情故事里，有一种颇负盛名的故事——班基故事。班基故事是印尼爪哇古典文学中最著名最具有民族特色的民间传说，在印尼和马来西亚家喻户晓。班基故事中出现较早并且故事较为完整的一个传本是《班基·固达·斯米朗传》，歌颂了纯洁真挚的爱情这一人类永恒的主题。[①]

在中国，牛郎织女鹊桥相会的凄美传说深入人心，白蛇与许仙的旷世绝恋感人肺腑，这一个又一个的爱情故事仿佛已然成为时代的印记，变成了每个社会不可缺少的一部分。在《梁山伯与祝英台》的故事里，封建家长制的毒害暴露无遗。一对情投意合的眷侣却只能在家长的百般阻挠和恶势力的压迫下走向死亡，最后梁山伯与祝英台双双化蝶的结局，不仅催人泪下，更蕴含了对当时社会制度深刻的控诉，封建大家庭容不下他们，他们只能幻化成蝶，以此远离尘嚣，追求自由。

（四）备受尊崇的民间信仰

宗教信仰是中国和印尼都颇为盛行的群众活动。中国和印尼都是

---

① 庞希云：《东南亚文学简史》，人民出版社 2011 年版，第 354 页。

一个多宗教的国家，政府实行宗教信仰自由政策，对合法的宗教统一采取平等对待、全力保护的措施。正因为如此，中国和印尼两地有关保护神的想象十分丰富，传说的内容也存在相似之处，这集中体现出了两地共通的民间信仰。

在信仰某种超自然神力的人们眼中，每一个地方都会有一位集智慧、正义、神力于一身的"俗神"专门掌管当地的治安与发展。所谓的"俗神"指的是有宗教人物原型或历史人物原型的神仙形象，是民众将自己所崇拜的对象加以神化的艺术形象。① 从科学的层面上看，这无疑是人们臆想出来的美好世界。俗语说"靠山吃山，靠海吃海"，因此，在人们依靠着自然条件的便利生存下来的同时，"山神"与"海神"也就应运而生，他们保卫着地方的和平，保护人们不受灾害的威胁。

在印尼，有这么一位具有异域风情的"妈祖娘娘"。《皇后港与南海娘娘的传说》中，在西爪哇省的皇后港生活的人们每年的 4 月初都要举行祭祀仪式，以此祈求南海女神的庇佑。有关这位女神的传说，人们都深信不疑。在西爪君王的国家里，皇后和美丽的公主深受国王的喜爱，却因此招来妃子的妒忌，无意中服下了妃子准备的毒药，一夜之间全身长满疮痍，十分吓人。在无人医治得了的情况下，国王日渐感到失望，对她们母女也失去了往日的疼爱。公主为了恢复容貌，最后选择跳进南海，后来，有人便经常看见一位美丽的女神，乘着大鱼来往于南海海面上，渔民们相信，这位女神就是当初跳入南海中的公主，并已经成为掌管南海的洛罗基都耳娘娘。在闽南民间故事中，有许多关于"民间信仰"的母题。在闽南地区，生活在海边的人们通常都信奉"妈祖娘娘"，她是上天派来镇守大海的海神，能保佑出海捕鱼的渔民平安归来；能保护来往船只不受海浪威胁。在闽南地区，有着不少关于妈祖的传说。《妈祖传说》讲述了林默娘从出生到被尊崇为妈祖的过程。天生神力的林默娘驱除怪风、收服海怪、铁马渡江

212

---

① 戴冠青：《想象的狂欢：作为文化镜像的闽南民间故事研究》，厦门大学出版社 2012 年版，第 99 页。

等一系列壮举无不体现了她的机智善良，她造福乡里，为世人所敬仰，人们在她羽化登仙的地方修建寺庙，世代供奉这位海之女神。纵观两位来自不同国度的"妈祖娘娘"，中国的"妈祖娘娘"致力于惩恶扬善，而印尼的"南海娘娘"则侧重于在磨难中浴火重生。

（五）发人深省的伦理悲剧

如果说，爱情故事是人们对美好感情的憧憬与向往；信仰是人们对美好境界的渴望与追求。那么，一出出撼动人心的人伦悲剧则是人们用以警醒自己乃至后人的"金玉良言"。

在印尼，不乏具有体现伦理悲剧的民间故事。《船岛与不孝子》顾名思义，讲述的就是不孝子的故事。一对老夫妇居住在柏里洞岛的海滨，他们有一个16岁的儿子。一天，父亲上山砍柴拾到了一根竹杖和几颗闪闪发光的宝石。一家人在商量过后，决定由儿子带去集市上变卖银两回来，没想到的是，儿子竟然一去不返了，这个爱偷懒的孩子想的是将钱私吞，自己到别的城镇发展。5年过去，发财的儿子无意中乘船回到船岛，在父母闻讯赶来相认之时，这个人却恶言相向，不认自己的父母。在伤心欲绝的父母离开船后，这个不孝子连人带船被海水淹没。①

用大自然的惩罚来警示人们，是印尼人民经常使用的方式，这类带有"惩戒"意味的叙事模式②，巧妙而独特地对心思叵测的作恶者进行警戒和惩治，从而传达出民众对人性真、善、美的追求。在当地的民间故事中，凡是涉及不孝、不忠、不义这些恶劣行径的人，往往会得到大自然的惩罚，或被沙漠掩埋，或被海水吞噬，等等。借鉴大自然这一不可战胜的力量来惩罚恶劣的人，更有震慑力，人们折服于这种不可挑战的自然力，自然也就不敢做出大逆不道的行为了。

在中国，人们普遍以"手足同心，其利断金"的良好美德作为评判个人伦理观念的重要依据之一。然而，在大力推崇兄友弟恭的同时，

213

---

① 棉兰：《民间故事与传说》，［印度尼西亚］印华作协苏北分会1976—1979年版，第21页。
② 戴冠青：《想象的狂欢：作为文化镜像的闽南民间故事研究》，厦门大学出版社2012年版，第145页。

却有不少"长鼻子"①故事为世人所唾弃。中国朝鲜族流传下来的《长鼻子哥哥》讲的是，按照朝鲜族的习惯，父母在世时，应由长子奉养。然而长兄在娶了老婆之后便霸占家产，不仅不尽孝道，反而将父母和亲弟弟扫地出门。在机缘巧合下，弟弟拾到了宝物，从此不愁吃穿。长兄知道后，也进山寻找宝物，虽然也如愿找到宝物，不料此宝物却不如弟弟的宝物"听话"，他命令它变出"钱"和"米"都未能实现，最后喊了句"长一尺"，却当真把自己的鼻子变长了……这是围绕珍贵宝物的获得以及获得者的心理状态差异所造成的结局不同而展开叙述的母题类型。善良的弟弟备受压迫却终得眷顾，而贪婪狠毒的哥哥却败在了自己身上，明显的对比使得讽刺意味更加浓厚。

二 两国民间故事的艺术手法

纵观中国和印尼的民间故事，虽然在母题类型上各不相同，但想要传达的思想往往是不谋而合的，同时，在创作的艺术特色方面，也有许多共通的闪光点。

（一）寓神话于自然的表现手法

神话，是指古代人们通过故事讲说的形式表达了他们对大自然、对社会现象的认识和某种愿望的寄托，正如刘魁立先生所说："神话是生活在原始公社时期的人们通过他们的原始思维不自觉地把自然界和社会生活加以形象化、人格化而形成的，与原始信仰相关联的一种特殊的幻想神奇的语言艺术创作。"②印尼和中国的民间故事，凡是以自然景观为描述对象的，通常背后都会有一个唯美的带有神话色彩的故事，为自然景观蒙上了一层神秘的面纱。例如，印尼民间故事里的《香水河》，其背后有一段凄美的神话传说。东爪哇有位国王的儿子冲破世仇，和邻国的公主相爱，但由于受到别人的挑拨离间，王子对公主产生误解，公主对自己的丈夫说："如果我跳下去后河水发香，就

214

---

① 刘守华：《中国民间故事类型研究》，华中师范大学出版社 2006 年版，第 529—537 页。

② 刘魁立：《刘魁立民俗学论集》，上海文艺出版社 1998 年版，第 37 页。

证明我是清白的。" 果不其然，河水真的散发出了香气，青年后悔莫及，最终也死于仇人刀下。① 中国民间故事《长白山上的天池》，讲述的也是一个藏在自然景观中的神话故事。

（二）拟人色彩的动物视点

民间故事内涵丰富多彩，也意味着它所囊括的主体不仅仅局限于人，鲜明活泼的动物形象同样是支撑起这个"宏观世界"的支柱。以动物育人、以动物教化人，是民间故事里常见的特殊方式。从各种类型的以动物形象为母题的作品中分析可知，动物形象的塑造大致可以分成三种视角："人看动物"、"动物看人"和"动物间互看"，而单纯从民间故事中涉及的母题来看，后两者占据大部分。

印尼的民间故事更喜欢追根溯源，探索动物们的"历史背景"，猫头鹰为何变夜鸟、鸽子的由来、为什么会有天堂鸟等话题。《猫头鹰为何变夜鸟》描述了原本在白天活动的鸟类，由于喜欢挑拨是非，行为不正大，陷害忠义的山鹰，最后落了个被同类驱逐排挤，只能在夜间偷偷摸摸行动的悲惨下场。而《天堂鸟的传说》描述的是一种鸟类过分贪婪，欲望不减，一味追求完美却导致后世被人类捕捉的结局。不同的动物形象的描绘，在表达方式上其实如出一辙，原型都是借某种动物名称的由来反映人类身上的陋习的母题。②

在中国，作品选中的主角经常是人们生活中所常见的，诸如猪狗鼠蚁一类，这么一来，以它为主体的故事便轻而易举地打好了所谓的"群众基础"。人们更是能在一系列幽默有趣的故事中加深对这些"熟客"的印象与了解。"老鼠嫁女"③ 是我国乃至东南亚等地区广泛流传的故事。这种故事类型通常是以父母为女儿招女婿，通过对提亲者的种种测试，最后选中强者的循环式故事。全篇将老鼠拟人化，以各种有趣的动作、形态等描写手法推动情节的高潮，结局以成功嫁女拉下帷幕，给人意趣多端之感。丰富多彩的鼠婚故事，无论是在择期完婚还是婚礼场面等细节上，都能在我们中国传统习俗中的婚嫁上找

---

① 苏岛人：《印尼民间故事》，（香港）上海书局1954年版，第13页。
② 棉兰：《民间故事与传说》，[印度尼西亚] 印华作协苏北分会1976—1979年版，第17页。
③ 季羡林：《比较文学与民间文学》，北京大学出版社1991年版，第72—77页。

出原型。

（三）寓情于理的世态展现

民间故事之所以能在历史发展的潮流中屹立不衰，很大程度上是因为故事背后所蕴含的哲理性与教育性。每一则故事，无论是以人、动物或者建筑景观为主体对象，都是以厚重的历史底蕴和人文风采为基础构建叙事体系的，给人以"听故事、明事理"的感受。在印尼的《木雕女郎》和中国的《二母争子》，同样是涉及亲情的母题，有异曲同工之妙。《木雕女郎》描述的是一个用木头雕刻出来的漂亮女郎面临三个自称是自己的亲生父亲的人。最后由资深的老圣人作出裁决："雕刻师属于创造者，他有权利做女郎的叔父和监护人；商人对于女郎的爱戴，有权利做他的兄长；魔术师赋予女郎鲜活的生命，有权利做女郎的父亲。"这个一分为三的公平裁决也正体现了"众人平等"的原型，有些许"按劳分配"的味道。而中国的《二母争子》描述两个女人抢夺一个孩子的经过，生母担心孩子受伤，宁肯放手也不愿扯痛孩子，最后在县官巧妙地裁决下，孩子回到了生母的怀抱，是以体现母爱的无私与伟大作为故事原型的。

结　语

印尼是一个有着多元民族的国家，而从中国移民到印尼发展的华侨不在少数，因此，许许多多的土生华人透过文学作品开始中华文化的"寻根"之旅，在文学的地图上大致画出了一条清晰的曲线：从转手"西方视野"中的"中国"起步，经过"重写"、"记忆"中的"中国"，转到诉说欲回而又难回的"中国"，进而再到创造出了一个他们所挖掘、概括、想象和表现的"中国"①。而对于印尼文化本身而言，当地的文学受印度文化和阿拉伯伊斯兰文化的影响较大，并没有绝对的证据或者资料证明它有由中国华侨"引进"的痕迹。

---

①　王列耀：《印尼土生华人文学曾经的"寻根"之旅》，黄万华主编《多元文化语境中的华文文学》，山东文艺出版社 2004 年版。

可见，印尼民间故事与中国民间故事的"似与不似"纯然是一种历史的巧合。传统的民间故事，无论是从内容体裁的丰富性或者从母题类型的广泛性来看，都给后代人们留下一笔十分宝贵的财富，也吸引了不少专家学者对其做出归纳整理。为了方便人们阅读查阅，各种各样的《故事类型索引》应运而生，但这里面看到的故事，往往只有情节没有细节和语言，正如贾芝先生所说的："只作结构的研究，就好像把斑斓多才的故事作为无花的枝干来研究，会使我们陷入形式主义的泥坑，使整个研究失去生命和价值。"因此，抛却形式主义的禁锢，从文本内容、人物形象、文化内涵等方面来进行分析，也许更能深刻地认识两国民间故事的无穷魅力，也因此更能借此了解两个具有不同民族民间文化的生动活泼的面貌。（注：此文发表时李聪泳署名为第二作者）

论澳华作家心水小说中的
"中华文化母题"

——以《比翼鸟》为中心

　　澳华作家心水，原名黄玉液，祖籍福建同安，出生于越南，1978年举家漂泊到印度尼西亚，翌年移民到澳大利亚墨尔本定居。正是凭着自己丰富的人生经历和对创作的执着，心水的微小说在澳洲文坛上独树一帜，是澳大利亚唯——位当选为"世界华文微型小说研究会"理事的作家。由于深受中国文化的影响，心水在创作中极力保存着母性的声音，表现出对中华文化母题的继承与变奏。本文以他的微小说的代表作《比翼鸟》为中心，分析其创作中体现的中华文化母题。"所谓'母题'，作为基本问题的呈现，通常是文学艺术作品中反复出现的、显著的、有独立自由度的成分。"① 而围城母题、因果母题和圆缺母题，都是中国文化背景和叙述风格的元素体现。本章现就从对围城、因果、圆缺这三个母题的分析来初步解读心水与中国文化链接的代表作品《比翼鸟》。

一 "围城"母题凸显生存状态的悖谬

　　"'围城'作为华文文学中的一个重要母题，不仅涵盖了人的自然本性——两性婚姻家庭，同时也是一个具有抽象意味和复合含义的

---

① 杨匡汉：《中华文化母题与海外华文文学》，长江文艺出版社 2008 年版，第 5 页。

'能指',婚姻、事业、人生、人性,都可能处在某种进退两难的困境,都可能被'围城'母题所涵盖。"① 在《比翼鸟》中,心水突破时空表层的界限,再现了现实社会的人生百态和武侠江湖的风霜雪雨,借此来叩问隐藏在事实背后的真相,也就是"围城"这一具有人类普遍性的困境状态。在小说文本中,一则则简短的故事都寄托着深刻的人生哲理,其中所体现的有关"围城"母题的叙述主要包括了以下三个方面的内涵:婚姻困境、社会困境和自身困境。

(一)婚姻困境

"生"借"性"延续,靠"食"维持。"食色,性也"是中国传统的古训。在《比翼鸟》之"浮世篇"中,作者创作内容的主旋律也依旧是传统的"食、色"本性,因此,对婚恋故事的描写成了小说中集中表现"围城"母题的一个重要形式,而故事中的人物所表现出来的痛苦和矛盾心理恰如钱锺书先生在《围城》里借苏文纨之口说的:"城外的人想冲进去,城里的人想冲出来。"心水正是通过对世俗男女现实相处的关注来折射有关婚恋危机的理性思考。

如《宿命》,外表幸福的丁竹一心想反抗妻子婚后多年来的严厉对待,相信自己天生具有"双妻"命,整日幻想着命定的另一位娇妻的出现,最后终于如愿在网上娶得一名"网妻",谁知竟是个患末期血癌的丑八怪。小说写丁竹企图通过婚外情来弥补现实婚姻生活中缺乏的自由和尊严,最终却徒劳无功,只能"脸颊再度僵硬"地在婚姻里徘徊。

《谈虎》更是形象地暗示了婚姻家庭中内外纠葛的混乱状态。外人眼中温柔贤惠的妻子离家出走是为了报复丈夫的过失,其实事实并非如此。谈虎的太太是一个戴着假面具生活的女人,她与丈夫一样是偷情的种,甚至比丈夫更早步入婚外情的伦理罪恶中,只是她比丈夫更懂得伪装与掩饰。一对背妻偷人和背夫偷汉的可怜人在虚伪的婚姻中濒临毁灭的边缘,他们在婚姻的笼子里各自挣扎,企图摆脱夫妻间牢牢捆绑的表面关系。

219

---

① 杨匡汉:《中华文化母题与海外华文文学》,长江文艺出版社 2008 年版,第 123 页。

再如《盲卜》一文，则是写性成为维系婚姻关系的关键因素，卜嫂为了挽救沉沦赌场的丈夫盲卜施展浑身媚术，在极尽享受闺房之乐的毒瘾后，不久又因盲卜不能人道而到外偷情。小说中作者写以性挽救婚姻的失败来表现人在克服婚姻困难中所表现出来的盲目和荒唐。

除此之外，《艳遇》、《比翼鸟》、《同床异梦》等篇目也都在不断地重复表现"围城"这一永恒的婚恋主题。当处在婚姻这个小圈圈内的男女逐渐失去对童话般的婚姻的向往和追寻后，夫妻双方的身体，抑或灵魂也不知不觉地在步步坍塌的爱情中背道而驰。或许这正如大多数人口中所说的"中年婚姻危机"，在面临这一许多人人生中必经的一道坎时，更多的男女在种种美好谎言的欺骗和自欺下，并没有反思改变现状，而是继续将早已貌合神离的婚姻敷衍到底，无法深入经营亦无法摆脱。

《比翼鸟》中所书写的有关红尘男女情欲的局囿恰恰暗合了钱锺书先生《围城》中混乱和盲目的婚恋状态，显然，这也就是婚姻"围城"的一种叙事符号，既是作者对奴役婚姻的世俗男女的控诉，又是对被至情至信的完美爱情所抛弃的人的悲悯。存在主义哲学家萨特在关于"世界是荒谬的，人生是痛苦的"论述中就指出人与人之间的关系是冲突、抗争与残酷的，充满了丑恶和罪行，一切都是荒谬的。在心水看来，就连夫妻、情人之间也难逃这关系的劫难。

（二）社会困境

所谓"社会"围城，我们可以将其与法国杜尔干及其弟子的主要理论——"社会决定论"相联系。社会决定论认为个人与社会是性质完全不同的实体，因此两者之间形成紧张的状态，社会现象的基本特征就是那种从个人身外作用于个人的力量，作用于个人意识的压力。也就是说，社会压力不知不觉的强迫作用使人的动作状态处于一种被控制的处境。《比翼鸟》中关于社会"围城"的描写，主要集中在社会环境因素和文化冲突这两个方面，产生了一种典型的"环境使然"的关联。

就环境因素而言，小说集主要表现了在"围城"困境的背后，有一股冥冥中的力量在影响和感染着人们行为和活动的视角。在《樱花》和《战火》中，作者都嵌入了战争这一背景，战争所带来的生离死别往往使人陷入一种生存的困境，人在动荡的环境里必然走向不安的"围城"。《放生》更是生动形象地写出了社会的纵欲现象和商品经济的发展造成人欲横流的普遍心理，佛门圣地的堕落在一定程度上也是受这一社会环境的驱使，拜金主义的潮流使本应远离"十恶"的佛门也难逃沉沦的困境。

在文化冲突方面，心水的小说让我们看到了华人在传统的东方文化和西方文化的普遍碰撞冲突下所产生的生存困境。其中最为典型的当属《香肉官司》，文中写了阮成等四个越南难民在澳洲因宰狗吃肉而被法院罚款的事，筑起了越南享用香肉的习俗和澳洲保护动物的文明之间的隔膜，揭示了异域文化彼此冲突和颠覆带给人的适性难题。这种在不同国度背景下关于文化认同和生存方式的"围城"，恰恰也是多数海外华文作家得天独厚的写作素材，海外华人的身份参照和生活体验让这一作家群拥有更广阔的视野和独特的思考张力，作为澳华作家的心水自然也不例外。

（三）自身困境

与前面所提到的社会决定论相对立，"自身"困境所要揭示的则可以说是有关"自我决定"的理论。自我决定理论是一种关于人类自我决定行为的动机过程理论，该理论强调个人在充分认识自我需求和环境信息的基础上作出行动的选择。由此可见，其实自我困境才是"围城"最本质的内涵，正如存在主义所提出的另一个哲学主张，人的本质是由自己所选择的行动来决定的。

221

纵观《比翼鸟》中的"围城"现象可以发现，所谓的婚姻和社会都只不过是人生存困境的表象，是促使人迷惘和困惑的催化剂，真正根深蒂固的危机是人自身的精神困境，或者可以说是自身人格的缺陷。或迎合，或迟疑，或错位，倘若改变一种态度，一种认知，"围城"的最终"突围"也不无可能。

《争如不见》中的梅嫂一度陷入"期望—失望—希望—绝望"的处境中无法自拔，真正困扰她的其实不是她口中念念不忘的恶缘，归根结底在于她内心深处对自身命运的否定。在梅嫂的意识里，初恋情人萧波的去留决定了她幸福的走向。我们说，正是这种男人主宰命运的错误观点使她的痛苦得不到解脱。《古玉》中处于"秋之恋"的"我"，在婚姻道德与非分之想中左右挣扎，既想爱又不能的绝望最终使"我"以死来守候对心上人的痴情和对妻儿的责任。在这里，性格的弱点和欲望的冲突成为主人公生死的归因，这不只是一个婚姻的"围城"，更是一个由于自我搁浅所造成的困顿。

人对自我的束缚就像一座无形的城堡一样，而自己却往往处于无知的状态。有些时候我们会觉得自己好像被什么力量牵制住而举步维艰，其实一切外在的因素都不可能从根本上改变我们，最大的威胁仍旧在于人本身。婚姻本身无关福祸，幸与不幸在乎彼此之间"你中有我，我中有你"的相处之道。社会亦是如此，能否更好地生活取决于自身如何在"适人"与"自适"之间维持一种自我定位的平衡。

"围城"涉及人生的方方面面，《比翼鸟》正是通过对婚姻、社会、自身这三个方面困境的统一呈现，将"围城"这一内容推向人性的高度和哲理的深度。作者并不仅仅停留在生活现象的表面描写上，而是站在一种哲学的高度来俯视社会和人生，把"食、色"本性的不易升华到人生中现象与本质的形态，展现了一种"围城"式的困境，从而集中凸显了人生存状态的悖谬，并揭示了人与这种困境之间的关系，闪烁着存在主义的哲学光芒。

二 "因果"母题关乎福祸的叙述

222

在博大精深的中华文化基本理念中，关于因果观的论述自古有之，我国历史上各成一家之言的儒、道、佛三教对于因果之说就已各有说辞。早在春秋战国时期，《易经》就已提出"积善之家，必有余庆；积不善之家，必有余殃"这句影响了中国人几千年的因果教义。而在被称为"道教劝善三圣经"之一的《太上感应篇》开篇所云十六字："祸福无门，唯人自召，善恶之报，如影随形"，即是宣扬类似因果报应的思想，而另外两部劝善经典《文昌帝君阴骘文》和《关帝觉世真经》中亦不断重复此说。众所周知，因果律更是三教之一的佛教最基本的理论之一，是佛法中十分重要的道理，其《三世因果经》中便有有关行善积德与行凶作恶的因果循环报应规律，佛教业因果报论强调个人的善恶行为必定会给自身带来前世、现世或来世的轮回报应，也就是说一切事物皆由因果法则支配，有因必有果，有果必有因。由于因果报应思想迎合了中国几千年来传统伦理道德的价值取向，因果律已从单纯的佛门教义渗透到世俗生活的方方面面，成为人们的一种精神依托。中国许多作家在文学作品中也极力呈现这一规律，如《西游记》的邪不胜正、《水浒传》的官逼民反、《金瓶梅》的因果宿命、《雷雨》的悲惨命运等，都或多或少地体现了有关因果的叙事模式，于是，因果律就这样逐渐走进了中华文学母题的行列，成为文学反观人的行为，进行劝世说教的有力工具。深受中华文化影响的华文作家心水，在创作中也有意无意地追寻这一文学现象的呈现，以因果报应的观念为支撑去构思行文的框架。在代表作《比翼鸟》中，作家通过道德规约和江湖概念形成了一套独特的有关因果的表现机制。

（一）道德规约

面对浮华世俗、芸芸众生，心水在"浮世篇"的创作中选择把道德因果作为观察社会、审视人性的一个新视角。其中，《赔偿》和《月黑风高》都相继揭示了拜金主义、人欲横流的社会现实使人丧失本性，游离自我，因果报应必给道德沦陷的人以沉重的打击，最后他们只能以"无路可走"的结局告终。试问，《赔偿》官司上败诉的古风和《月黑风高》下的赌徒九哥，他们的运气（或者说是命运）是被谁改写的？只能说是钱财的贪念在作怪。

223

而《谈虎》一篇则是关乎所谓的"淫人妻者，妻必被人淫"这一关乎性道德的因果报应，这是冯梦龙《喻世明言》第一卷《蒋兴哥重会珍珠衫》的主旨句，此外，欣欣子即兰陵笑笑生在《金瓶梅》序中亦说道，"至于淫人妻子，妻子淫人，祸因恶积，福缘善庆，种种皆不出循环之机"。《谈虎》所讲也是如此，它写的是男主人公谈虎在给别人戴绿帽子的同时自己头上也戴着顶绿帽子的讽刺行径，我们可以称之为爱欲与受罚的因果律。

以上所举，作者似是基于现实人生的欲望基础，以财色之欲为出发点，在因果报应的逻辑下，让故事中人为自己肤浅的行为付出相应的代价。

在小说集中，最能体现佛家有关因果律的应是《烦扰的菩萨》，文中写道，为了众生各种相关联的祈求而烦恼的观世音菩萨请释迦牟尼开示指教时，佛祖指示说：

"阿弥陀佛！让有带业障者受点苦，不就都完满了吗？"

"有求必应也得看来求着的为人，那些带业者向你祈求，是非分之求啊，怎能让为非作歹者因你的法力而摆脱得报应的天理呢？"

这些细节性的语言都体现了善恶业在因果律的作用下形成善有善报，恶有恶报的结果，随着商品经济的发展，人的心理所求也在不断膨胀，在传统道德的规约下，因果报应被重构成寻求人性回归的准则，确实可以引导着人们在现实生活中尽力维持德福的统一。

（二）江湖概念

在武侠小说所虚构的江湖中，虽然现实社会的复杂性被削弱了，但在风风雨雨的较量和阴谋中仍存在着一套维护正义的权威，即江湖规律。而在这个想象的空间里，心水也极力叙述着邪不胜正的真理和偏执的江湖概念所带来的困境。

纵观武侠小说这一被誉为中华文学奇葩的创作，其故事情节大都脱离不开善恶因果律，不管是金庸、古龙、梁羽生，还是倪匡、温瑞安等人，心水的《比翼鸟》之"武侠篇"系列亦是如此。

如《武侠》中，扬名南方的青年侠客"白面神君"轻而易举地打败了奸淫掳掠、恶名远播的"东北狼"孔武，验证了"积善之家，必有余庆；积不善之家，必有余殃"及"邪不胜正"的江湖秩序。但是，所谓行侠仗义的江湖概念往往表现出的是一种依靠杀伤来除恶的倾向，这与佛门普度众生感化教育的思想相矛盾，理想的善业善果报应自然得不到完美的运行，文末白侠最后的茫然或许就是对此的悟觉。

在《柳含月》中也是如此，按因果逻辑，柳含月带有杀人的业障，但基于她复仇前的侠义行径，对等原则下作者为她安排的代价仅是断送了侠女的声誉，并未取她性命。柳含月为报亲仇，走火入魔胡乱杀人，在江湖上掀起一股血雨腥风，这就是江湖中"快意恩仇"的复仇观，在报仇中寻求血腥的快感也是武侠中人偏颇的价值观。我们可以看到，文末出现了一个极其重要的人物——老尼姑，她的出现是为了扭转柳含月的命运。面对充满杀戮之气的女施主，老尼姑劝诫道："你父母为何被杀？想必也是当初他们杀了别人吧？你报仇滥杀无辜，被你所杀者，他们的子女将来又会来找你报仇，冤冤相报何时了呢？"最后以一股佛法慈悲的至柔之气成功地感化了柳含月"苦海无边，回头是岸"，其实老尼姑的出现正是对这种以杀伤为主的偏执的江湖概念的纠正与重整。

心水在"浮世"的现实和"武侠"的理想中再现和重铸中国传统因果观的基本内涵，呼唤个体对社会道德体系的思考和自觉意识的觉醒，具有深远的现实意义。以因果之律为杠杆，不仅能够在一定程度上为人行善积德的心理寻求一个平衡和支点，更可以达到规劝心存恶念的人改邪归正的目的，使其迷途知返，实为善哉。

三 "圆缺"母题流动的悲剧意识

祁志祥认为："以'圆'为美，是佛教对现实美的变相肯定的突出表现之一。佛教认为，圆形圆满无缺，是现实中最美的图形。涅，圆满无缺，因而称'圆寂'；般若圆通无碍，因而称'圆智'；佛法圆活生动，故称'法圆'。如果说'净'是佛典中频繁出现的道德术语，那么'圆'则是佛典中频繁出现的美学术语。"① 可见，在佛家教义中，"圆"是完美、圣洁的象征，正如因果一样，"圆"的思想与中国人的审美取向不谋而合，"以圆为美"成为中国传统文化精神中不可或缺的一部分，自然也对中华文学产生了潜移默化的影响，在中国文坛上占据了一席之地。

225

我们说，世界是客观存在的，不以人的意识为转移，理想与现实之间永远隔着一条缝隙，或彼此共鸣，或不可逾越，由此便产生了"圆"与"缺"的纠缠，相对相依。就这样，"圆"与"缺"的对立

---

① 祁志祥：《以圆为美——佛教对现实美的变相肯定之一》，《文史哲》2003 年。

统一组成了中华文学另一个富有创造性的艺术表现形式，书写着艺术与人生的变奏。但有一点不难看出，自古以来中国文学作品创作大多喜好以圆满的结局收尾，就连《窦娥冤》、《长生殿》、《赵氏孤儿》、《汉宫秋》等一系列被称为悲剧代表作的作品也是如此，这就是中国人的"圆满崇拜"心理。而对于这一大众崇拜心理，有许多大家也曾大胆地提出质疑和批判，胡适先生就把这种"团圆的迷信"看成是中国人思想薄弱的铁证；鲁迅先生也于 1925 年在《论睁了眼看》一文中对这种"瞒和骗"的国民心理进行了抨击；另外，甚至有人把这种"圆满崇拜"与鲁迅先生的"阿 Q 精神"相提并论，认为这实属一种"精神胜利法"。

那么，作家心水对此又是如何抉择的呢？他依旧继承了"圆缺"这一中华文化母题的传统，在《比翼鸟》中探求完美和虚无的纠结。然而在"人有悲欢离合，月有阴晴圆缺"的哲学传承中，心水对"圆"与"缺"的选择同样有自己偏好和强化的痕迹，更多的是以一种残缺的情感倾向显现出一股流动的悲剧意识。《比翼鸟》正是通过一系列对人与社会的不完满的叙事，即"缺"，来对所谓的"圆"进行破坏与毁灭，对人类所淫浸的幸福进行封杀，对英雄本应具有的侠气给以蹂躏，从而让人感受着强烈的哀痛和遗憾。

（一）幸福封杀

就这点而言，小说对"圆缺"母题的表现首先集中在对那些不美满的婚恋故事的叙述，这里的不美满又可将其分为两种类型，一种是残破的婚姻危机，这点本文在前面所论述的"围城"母题中已详细分析过，此处不再多做解释；另一种则是"圆"中见"缺"的爱情故事，粗略看来，有人会认为心水似乎也深受"圆满崇拜"心理的影响，其实不然。心水笔下的故事结尾有的看似圆满，其实亏缺不全，正如《梁山伯与祝英台》所表现出的虽化蝶成双却生而有憾的思想基础，心水通过不同的情节切入来对这一类型的主题进行追踪和拓展。

在"浮世篇"中，《常在常活》就表明了世间总有与人为难的遗憾，阿在好不容易从一段婚姻的恐惧中走了出来，与真心待她的沉诚意缔结连理，故事到此本可结束，可心水却笔锋一转，写阿在婚后发现老沉原来不能人道，只追求精神之爱的伴侣。《争如不见》中相思数十载的重逢，激动兴奋中却平添了一丝遗憾之情，虽如愿再见暗恋已久的情人，得知其同性恋取向的打击却无法弥补梅嫂心中缺失多年的情感。相似内容的还有《同床异梦》、《蓝子》、《网缘》等。心水对爱情婚姻"圆缺"的描写情有独钟，在他的笔下，跨越时空的故事里总是伴随着"圆"的虚幻和"缺"的实在，人们幻想的完整被无情地封杀，不断制造和产生着情感的空缺，将一幕幕遗憾的世情上演。

（二）侠气消解

"侠之大者，为国为民"，对江湖侠士来说，"为国为民"才是他们最本质的精神标记，一旦丧失这一安身立命的信仰，从某种意义上而言他们便也就与"侠义"疏散，即使有另一种生活，他们的精神也是不知所终的。所以，对侠士最大的毁灭就是让他们飘然远遁，远离国民，迷茫困顿，在这方面，心水是从未手下留情的。除了爱情婚姻，《比翼鸟》的"圆缺"也与这"侠之大者，为国为民"的有关，这主要体现在辑二"武侠篇"中。

《蛊毒》就是典型的代表，被江湖视为群雄之首、具有扬名天下的大侠形象的剑神，本应是所谓的"侠之大者"，而他却深陷爱情的泥潭，忘记了自身的使命。若单说爱情，剑神最后是得到的，可若说结局，我认为却不是单凭爱情就能衡量的，因为剑神为之付出了惨痛的代价——迷失了自己的侠士人格。剑神从笑傲江湖到守候裙下的转变，其生命意义已大大被削弱了。

《孤帆远影碧空尽》亦是如此，小说中男女主人公都颇有名气——大侠一哥和兰子女侠。无奈他们一见钟情，在兰子远赴重洋弘扬峨眉武学的那一刻起，一哥就一蹶不振，最后甚而投身分别的湖畔，江湖再不闻一哥的侠义事迹。除了叹息男子的痴情外，我更惋惜一代侠士的丧失。不禁想起《神雕侠侣》中的"神雕大侠"杨过，他也曾承受过和小龙女分别二十年的痛苦，但不同的是，除了情，可为第二的"为国为民"同样在他心里占据了一席之地，从杨过行侠仗义的行径和他送给郭襄的三样生日礼物便可看出，所以即便后来隐居古墓绝迹江湖，"神雕大侠"的名号依旧流传千古。或许这就是情为第一的"侠之大

227

者"与心中独有爱的一哥的区别了。

此外，辑二中的《解药》、《玲珑》等文章也都是对武林侠士人格与精神的放逐，作为情的祭品，作品悲悯的是一种气质的蹂躏。

心水站在一个至高的立足点，在对"圆满"与"残缺"的宣判中显示了理想与现实这两个极其复杂的概念之间彼此的乖违，在不圆满中透视现实的本性。尽管人们往往心存夙愿，其实，"缺"才是世界的本真面目，正如往复循环的月缺月圆，一月之中缺多圆少是自然的规律，没有谁可以让月亮常圆不亏，缺憾是生活与人生的常态，《比翼鸟》的寓意正在于此。

结　语

围城、因果与圆缺，这三个母题是心水对中华文化认同与建构的依托，作为一个连接人与社会的符码体系，这三个母题不是相对孤立地存在于作品中，而是作为一个整体彼此牵制地负载着作者对社会的认识，对人生的思考。在一篇作品中往往同时表现了两三个母题的内涵，在一部小说集中，又是在三个母题的完美结合中来解读作者的思想逻辑的，从而提高了这三个母题鲜明的文化生命力，从"围城"到"圆缺"的叙事，起转变机制的便是"因果"的定律和人自身的主观能动性。

心水侧重于以一种独立于故事之外的旁观者身份去进行隐藏性的批判，在小说中，心水也没有直接对人物的善恶进行鲜明的爱憎表态，而是将这种评定的标准化对因果律的论证，和在对圆缺结局的安排中隐藏自己独特的情感倾向。"画人画皮又画骨"，陈勇对心水作品的这一评论高度概括了心水小说"高于生活"的哲理光芒。与刻板的说教不同，心水在冷静的叙述中巧妙地引导人们去发现生活，思考生活，这是强化生活现象的一种艺术。（注：此文发表时赖思榕署名为第二作者）

228

第三辑

社会透视、文化思考和女性关怀

——论"新移民文学"作家施雨的小说创作

以"新移民文学"为中心的海外华文文学是中国当代文学重要的组成部分,产生了如严歌苓、张翎、虹影等创作成就斐然、产生广泛影响的作家。施雨是其中与之齐名的一位重要作家,她创办了以海外华人为主的非营利性中国文学社团"文心社",该社各地分社达70个,自任"文心社"总社社长,为推动美国暨海外华文文学创作和发展起了重要的组织领导作用。出版有长篇小说《刀锋下的盲点》、《下城急诊室》,诗集、散文集《美国的一种成长》、《上海"海归"》、《归去来兮》,译著《菲律宾总统阿罗约夫人传》等10余种著作。其作品曾经获得"中国小说学会年度小说排行榜"、"全国微型小说年度评选奖"等国内文学奖项。本文主要以施雨的小说《刀锋下的盲点》、《下城急诊室》、《你不合我的口味》等为中心,综合研究其小说创作的主题。《刀锋下的盲点》、《下城急诊室》是施雨仅有的2部长篇小说,而《你不合我的口味》是施雨短篇小说的代表作之一,曾被中国小说学会评为"2008年度中国小说排行榜",这3部小说足以代表着施雨创作的最高成就。

一 对美国社会的多维透视

施雨曾经谈道:"'生存'和'文化'或许是新移民文学、甚至更早的台湾留学生文学永远摆脱不了的母题,《刀锋下的盲点》自然也是如此。但在这部小说里，我试图摆脱华裔文化的窠臼，以全球化这样更高、更大的视域来处理小说中的人和事。很多新移民作家会在本土文化或本民族文化上大做文章，即使有些对他国文化谨小慎微的尝试性窥探，也是为了给本土提供正面或反面的参照。我在《刀》里则花很大的笔墨大胆、细腻地描写本民族之外的西方文化，譬如美国的医疗制度和法律。海外小说中，我们经常只看到华裔在中西文化冲突中焦虑、迷惘、痛苦与挣扎，流露出一种无根的漂泊感。其实，美国是个移民的国家，也应该反映其他族裔的生存状态。西方文化的重要构成部分——其他少数族裔，这是一个非常重要的群体，正是他们才使得以欧洲裔为主流的美国文化变得多元和丰富多彩。"① 美国的华人文学有两个比较明显的主题，一个是描写中美两种文化的冲突，表现一种"文化无根"的困惑，典型的代表如於梨华的《又见棕榈，又见棕榈》。另外一个主题是，人虽生活在美国，但对表现美国的当下社会不感兴趣，反而把关注的目光再投向大陆的"土改"、"文化大革命"、"反右"、"知青"等特殊年代事件，重写大陆当年"伤痕文学"或"反思文学"的故事，所以有学者称之为"输出的伤痕文学"②。如严歌苓的《天浴》等部分小说。而施雨的小说走出了这些常规的主题套路，她不翻写"伤痕文学"的那些"陈芝麻烂谷子"，虽然也书写中西文化冲突和华裔"文化无根"的困惑，但主要把焦距对准了美国的主流社会，全面生动地涉及美国社会、文化、司法、医疗、新闻等领域，有助于读者深入了解美国社会内部种种光怪陆离的感性细节真相。在小说《刀锋下的盲点》中，施雨结合自己在美国从医多年的经历，从容叙写一个医学诉讼案件故事：市长纳尔逊夫人在做整容的手术台上突然死亡，而主刀医生是作为外科医生的华人叶桑；这次事故闹得满城风雨，但实际上纳尔逊夫人的死亡是因她手术前吸食过量毒品却没有告知医生，毒品在体内和麻醉药品产生剧烈反应而导致死亡，与叶桑的手术并无直接因果关系。然而，在真相未明之前，记者采访

232

---

① 江少川：《弃医从文用母语坚守精神家园——施雨访谈录》，《世界文学评论》2012年第1期。

② 施雨：《刀锋下的盲点》，中国华侨出版社2011年版，第1页。

曝光，推波助澜；市长起诉控告，欲置叶桑于死地；叶桑面临被开除、罚款、判刑、前途毁于一旦的危险。但叶桑并没有丧气，她决定讨回公道，证实自己的清白。这是一场争取正义、守护公理、捍卫尊严、维护人权的斗争。这场云遮雾障、险相丛生的斗争过程，以及与此相关联的其他事件，不动声色地暴露了美国社会的种种现实病象：法医（验尸官）丹·福克斯参与伪造证据，掩盖真相，在尸检报告上避重就轻，故意不写安眠药的毒性反应。新闻媒体出于商业目的、不究事实地推波助澜，无辜的叶桑成为媒体追逐的对象，陷入万劫不复的深渊。法律制度貌似公正，实被权力所挟持：苏珊为了捍卫自己的正当权利，高价请了一位辩护律师为自己辩护，"可这位辩护律师却要故意把这场官司败给同僚"①，苏珊的母亲无意中听到两个检察官聊天："一定要让那个中年女医生败诉入狱，否则议员那里不好交代。"② "像苏珊这样的小医生，年轻、女性、弱小族裔、没有政治背景和经济实力的新移民，很容易沦为一些政客的政治工具。他们为了连任或其他目的，便采取牺牲小医生这样的案子，而换取大众的口碑，争取选票。"③ 市长纳尔逊丧尽天良，妻子的官司只是他政治计谋的一个棋子，"他要借这个机会，来做所谓顺从民意的医疗改革，博取民众的同情和支持，获取他们的选票"④。安德森医生自私怯懦，明哲保身，明明知道事情真相，但是迟迟不敢揭露，幸有最后良心发现，才使案情柳暗花明，真相大白。整个美国社会对女性从事医生行业充满歧视和排斥，"同行陷害"现象触目惊心，"被'同行陷害'这种事常常发生在激烈竞争的医学领域"⑤。错过老师的笔记，询问邻座的同学，通常被拒绝，有的有意告知错误的答案。叶桑遭遇人生重大挫折，同行非但不同情，反而冷漠排挤，落井下石：叶桑的一位同事公开叫嚣让单位领导解雇叶桑；诬告、恶告现象无处不在，"污蔑诬告也可以是一条生财之道"⑥，"一位妇产

233

---

① 施雨：《刀锋下的盲点》，中国华侨出版社 2011 年版，第 229 页。
② 同上。
③ 同上书，第 229—230 页。
④ 同上书，第 151 页。
⑤ 同上书，第 234 页。
⑥ 同上书，第 59 页。

科医生接生过的孩子，在成年之前，只要他们的父母认为什么地方不对了，怀疑与当年接生的医生操作失误有关，都可以告状"①。社会的审美观畸形病态，一个男人要他的女朋友某一边的乳房要塞入4个盐水袋。

美国社会的种族偏见虽未流露其表，但实乃根深蒂固。在美国，包括华人在内的少数族裔总是谨小慎微的一群，面对姿态优越、自视甚高的美利坚民族，他们勤奋刻苦，希望通过成功获得认同，但却如履薄冰，甚至经不起同伴的失足失败，因为即使是某一个人的失败，也会使整个群体脸上无光，一个族裔声望大跌，这背后实乃潜伏着看不见的种族歧视立场。如叶桑事件，如不是结局柳暗花明，叶桑沉冤洗刷，那么带给华人族裔的负面影响是不可挽回的。施雨在小说中将其他少数族裔引入了与华人文化的冲突，如当叶桑的事件发生以后，单位的其他族裔反映各不相同，印度裔妇产科主任认为叶桑损害自己的利益，影响了医院的前途，坚决主张解雇叶桑。她说："一个坏苹果会殃及一筐好苹果，应该拈出来丢掉，你也看到电视了，叶医生素质不够好，不是一个合格的医生，她坏了我们整个市立医院的名声。"② 来自中东的普通外科主任主张不应该落井下石，对同伴应该像对病人一样仁慈。来自爱尔兰的怀特院长说既理解印度裔妇产科主任的忧虑和恐惧，但不满于其对叶桑的缺乏同情心。小说同时也有对南美印第安人后裔生活的详细描写。

234

二　对中西文化冲突和身份认同困境的深刻表现

施雨小说对中西文化冲突的主题也有比较深刻的表现和理解。《你不合我的口味》中的"口味"本是一种饮食范畴的词汇，表达的是一种饮食上的习惯癖好。"你不合我的口味"有如当下中国年轻人在婚恋选择中的流行语"你不是我的菜"。但恋爱语境中的"口味"

①　施雨:《刀锋下的盲点》，中国华侨出版社2011年版，第53页。
②　同上书，第93页。

和"菜"更多地意指两个人在性格、生活习惯、审美标准和价值观等方面的差异，具有明显的个人性、隐秘性和私人性的特征。《你不合我的口味》中的"口味"在第一个层面上也具有如此私人性特征：主人公茉莉是一个"Chinese virgin"（中国处女），茉莉看不惯同事亚当斯和伊娃在上班期间偷情做爱，寻求刺激，游戏情感，茉莉觉得亚当斯不合她的"口味"。而亚当斯也觉得茉莉不合他的"口味"，因为他喜欢的是不谈爱情、只重性爱快乐的女人，而茉莉偏是一个维护传统爱情价值观的中国处女。亚当斯倒是觉得伊娃合他的"口味"，因为伊娃是一个非处女的、开放的、注重感官快乐、追求生活刺激的女人。当然，作者有更深的文化指向，"口味"一词显然有一种"文化隐喻"的味道。"茉莉"是中国传统爱情价值观的隐喻意象，代表着对处女贞节的注重、对灵肉一致爱情的珍视、对爱情的坚贞专一和负责承担意识。而亚当斯和伊娃是西方两性价值观的隐喻意象，以不重处女贞节、不谈责任、注重性爱感官、刹那快乐、现世主义为主要特征。所以，茉莉和亚当斯之间的彼此不合"口味"，一定程度上隐喻着"中国文化"和"西方文化"之间的对立，中国传统价值观和西方价值观之间的悖逆。小说中有一段耐人寻味的描写："那时茉莉还是个住院医生，她与一个男人相爱，她做好了所有的准备，把自己给他，他的阳具坚强地抵住了她，她痛得直喊，他忽然问，你还是处女？他点头。噢，Chinese virgin（中国处女）！男人大惊失色，立刻疲软……男人走到时候对他说：Baby，I'm sorry，you are not my type。"①

《你不合我的口味》茉莉男友对处女令人匪夷所思的排斥态度，实乃其背后体现的价值观所决定，这与中国男人对待处女的态度形成鲜明对比。以20年代的海派作家张资平的小说为例，张资平的小说中曾描写了许多中国男性对处女的珍视：《飞絮》中吴梅所爱的是刘霞的"处女之宝"，"我决不让我以外的男人享有你的处女之宝"。《苔莉》中的（谢克欧）说："但是她（苔莉）背后的确有一个暗影

235

---

① 施雨：《文心短篇小说选2013年》，九州出版社2014年版，第70页。

禁止我和她正式结婚……她不是个处女了!"① 《不平衡的偶力》中的男主人公偶然碰到昔日的情人汪夫人后,怅然若失地说:"不能享有她的处女之美!这是我……生涯中第一个失败。也是第一种精神的痛苦!……"② 这种对处女贞节的珍视和癖好不但表现在张资平的小说中,也普遍表现在中国其他现代海派小说中③,普遍表现在中国的大部分小说中,甚至同是来自东方国家的日本作家川端康成的小说中也表现出浓厚的"处女情结"④。

诚然,张资平的小说中男性主人公对于"处女宝"的珍视乃至病态的癖好很大程度上出于自私的占有欲心理,即把女人的"处女之身"视为一种"宝物",通过占有"宝物"来获得虚荣心和自尊心的满足。与此同时,其对"处女宝"的醉心痴迷似乎也是大部分中国男性的普遍心理。而与《你不合我的口味》中那位面对主动送来的"处女宝"时"大惊失色"、"立刻疲软"的男人形成有趣的对照:同样是面对"处女宝",中国男人梦寐以求,得之欣喜若狂,美国男人则弃之如敝屣,毫不足惜。文化的差异,可见一斑。

《刀锋下的盲点》中的叶桑和《下城急诊室》中的何小寒,也属于茉莉这种类型的传统型女人。"有人喜欢拥有很多性伴侣来保持自己的新鲜感;有人拒绝滥情,也是为了保持对爱的新鲜和敏锐,叶桑属于后者。"⑤ 而在《下城急诊室》中,医学院教授用一组男女做爱的各种姿势来讲授药理学内容,令来自中国的何小寒无法接受,这也体现了中西两种文化的对立。

《你不合我的口味》虽然写的是中西方对于"处女"的不同态度,但是作者并非简单地表达一种中西文化对立。小说的结尾,两个彼此不合"口味"的人——亚当斯和茉莉一个偶然的契机在一起做爱,但这次亚当斯并非逢场作戏,而是动了真情。他对茉莉说:"你也不合

---

① 张资平:《性的等分线》,北京师范大学出版社 1993 年版,第 253 页。

② 同上书,第 55 页。

③ 韩冷:《海派小说中的处女情结与处子情结》,《淮南师范学院学报》2007 年第 6 期。

④ 吴莲:《浅析〈雪国〉中叶子的形象——兼议川端康成小说中的处女情结》,《文教资料》2007 年第 12 期。

⑤ 施雨:《刀锋下的盲点》,中国华侨出版社 2011 年版,第 110 页。

我的口味，但我要娶你。"① 亚当斯也许不同意茉莉的爱情观和文化观，但他内心深处真的被茉莉吸引住了。在这里，人性战胜了文化。文化的权威和力量固然无所不在，可以先天地规范和约束人的行为，但根植于人性深处、最原始的两性相吸和爱情的力量似乎更强大，它平时可能处于寂然沉睡状态，但在某个特定的时空可以冲破一切文化的束缚与羁绊，而闪现共通人性的光芒。施雨在此显然表达了"人性大于文化"的普遍主题的思考。

施雨还站在一个自觉的高度对美国华人的"文化认同"和"身份认同"问题作出独特的阐释：《刀锋下的盲点》出现了"芒果"和"香蕉"两个词语，"芒果"和"香蕉"比喻在美两类不同的华人。"芒果"的特征是"外黄内也黄"②，从外在的肤色特征和内在的思想文化都保持着纯粹中国人的特征，他们虽然生活在美国，但是没有被美国文化所同化，无法真正融入美国的主流社会，其生活方式、文化认同、思想情感还是顽固地保持着中国人的习惯，正如施雨在小说中所说："'华裔意识'在几百年、多少代的华人移民过程中，似乎从来没有淡化过。许多民族的移民都可以顺利同化，似乎只有华人不能，或者说同化的速度缓慢得几乎被看成不可能。华人无论到海外哪个国家，都自觉不自觉形成自己的圈子：唐人街、中国城，吃中国菜、说中国话、交中国朋友，嫁娶中国人，找中国女婿和媳妇……"③

而所谓的"香蕉"同时叫 ABC，其特征是"外黄内白"④，他们出生在美国或从小就生活在美国，已经融入美国社会，被美国文化所同化，在生活方式、价值观念、思想情感等方面都保持着美国特色。"香蕉"虽然本土化，但和真正的美国人之间存在看不见的鸿沟，正如王大卫所说："因为我是华人，那些女孩排斥我，她们犯不着冒险，找一个让父母朋友不认同的异族男人，不同种族很难真正地交流，我

237

---

① 施雨：《文心短篇小说选 2013 年》，九州出版社 2014 年版，第 71 页。
② 施雨：《刀锋下的盲点》，中国华侨出版社 2011 年版，第 154 页。
③ 同上书，第 75—76 页。
④ 同上书，第 154 页。

说的是抵达心灵的那种。"① 这反映了像王大卫那种美国土生华裔"身份认同"的困境。身份认同(Identity)追问的是"我是谁"、"从何而来"、"到何处去"的根本性问题。人往往在群体的一致性中获得保护,产生安全感,在一种确定的身份中得以安身立命。当一个人发现自己无法与群体保持一致,被群体所驱逐在外,身份标签被篡改撕毁时,就会产生强烈的焦虑感和不安全感,以及寻找身份归宿、追求身份认同的内在心理需求。"香蕉"一词则典型地反映了美国华人"身份认同"的困境:一方面,他们或从小在美国出生长大,或已被美国文化所"收编"同化,但黄皮肤标志却成为他们取得正宗美国人身份的障碍。另一方面,他们的价值观已经西化,不属于典型的传统华人,但也不能成为正宗的美国人,他们游走在"华人"和"美国人"两种身份之间,无法获得完整统一的身份属性,从而造成了身份认同的两难困境。当然,这种"身份认同"困境主要表现在如王大卫那种美国土生华裔或第二代、第三代华裔身上。

三 对女性生存境遇的追问和关怀

施雨的小说对美国华裔女性的生存境遇特别是情感寻找之路作了独特的追问和思考。小说《下城急诊室》中主人公何小寒曾在国内与医生高凡伟相识,渐生好感,虽然高凡伟有过一段婚史,但她并不介意,最后决定托付终身。然而就在他们将要修成正果、走向神圣婚姻殿堂的时候,高凡伟的前妻王静如由于丈夫发生车祸不幸死亡,并带着女儿回到他的身边。高凡伟为了安慰受伤的母女俩,便一直陪伴在他们身边,冷落了小寒,面对高凡伟的情感疏离,她不辞而别,远赴美国。事实上,高凡伟并没有变心,仍然爱着他,但小寒的眼里容不得半点沙子,他知道高凡伟对前妻还有割舍不掉的情感,她的爱不能被分享、被瓜分、被占领,如果是被分享的、不完全的爱,她宁愿一点也不要,她需要的是一份完整而纯粹的爱。小寒后来远赴美国,经

---

① 施雨:《刀锋下的盲点》,中国华侨出版社 2011 年版,第 156 页。

过不懈努力，成为纽约下城急诊室一位住院医生。她继续着对完美爱情的寻找，在与白人同事凯文的交往过程中，燃起了追求真爱的火花，最终爱上了凯文，岂料一个偶然的契机她发现凯文不过是一个 Homosexual（同性恋）。这段颇具讽刺意味的恋爱遽然无疾而终，小寒"寻爱之旅"遭受重挫。但小寒并没有因此对爱情绝望，他的上司施杰出现在她身边，施杰为了救她而被艾滋病人的针头划伤。小寒对施杰的态度发生陡转，感情激烈升温，但施杰有无感染艾滋病毒又成为横亘在他们之间的一道障碍，最后结果柳暗花明，施杰没有感染艾滋病毒，两人可以永远厮守，主人公的寻爱之旅似乎圆满成功。但是出乎意料，小说的结尾，作者却把小寒的命运定格在"9·11"恐怖事件的大灾难中，让小寒死在人类灾难的废墟中，让她的寻爱之旅终结于悲剧和虚无。

作者为什么没有迎合读者的"阅读期待"，给主人公一个水到渠成的大团圆结局呢？笔者认为，作者的安排并非偶然，而是用心良苦，颇具深意。第一，作者想要借小寒这一形象来企图证明女性永远是寻爱"在路上"的主角。作者曾经在一次访谈录中说："我想通过这个寻爱'在路上'的故事，探索这类事业成功，感情生活却一再受挫折的知识女性的心路历程。"① 小说试图在刻画某一类女性的群体：她们是永远的爱情理想主义者，她们认为爱情是绝对完美、毫无瑕疵的，爱情的天空容不得半点沙子，她们为这样"想象中的爱情"勇敢执着地追求，无怨无悔地寻觅，可是一路看到和遇到的爱情却令她们失望，但她们并没有绝望，而是坚持不懈、不折不挠地再寻找下去，她们永远都在寻爱的"路上"，可是到头来，却不得不面对残酷现实：她们"想象中的爱情"在现实生活中难觅踪影，无处栖身，人世间多的是庸常、残缺、自私、不圆满的爱，完美爱情在别处。小寒就是这样一个寻爱"在路上"的典型代表，在与高凡伟的爱情中，如果她多一些宽容，允许一点爱情沙子的存在，她和高凡伟就会有幸福的结果，毕

239

---

① 江少川：《弃医从文用母语坚守精神家园——施雨访谈录》，《世界文学评论》2012 年第 1 期。

竟高凡伟是爱她的。后来到美国，她由于自身过于理想的爱情标准，被动地错失一次次机会。而他自以为完美的凯文最后的不堪真相又成为她爱情观的一个绝妙讽刺。作者最后安排小寒死于"9·11"事件，是出于对小寒这类寻爱"在路上"女性悲剧命运的一种客观认知和理性判断，像小寒这类"完美型"女性类型，其爱情追求的结局注定是缺憾和虚妄，因为这世间没有小寒所一厢情愿的绝对完美、绝对理想的爱情。

第二，但是，如果按照以上分析，那如何理解施雨的另外一篇小说《刀锋下的盲点》中主人公叶桑和王大卫最后喜剧性的爱情结局呢？当然，叶桑的爱情旅程并非一帆风顺，和小寒一样，她在国内也有一次夭折的爱情。在国内她和陆健明相爱，并相约一同赴美深造，但叶桑签证顺利，成功赴美；而陆健明签证却七次被拒，无奈困守国内，最后因忍受不了无望的等待而移情别恋；但叶桑却在国外痴痴等待。叶桑也是寻爱"在路上"遭遇挫折。但是不同的是，叶桑的感情最后拨云见日，苦尽甘来，在那场捍卫自身权利的官司中，与鼎力援助自己的华裔律师王大卫倾心相爱，最后终成正果。这也反映了作者对女性完美爱情的结局并非完全悲观。寻爱永远"在路上"只是存在于小寒那类气质的女性身上，悲剧的结局与小寒的气质和性格有着某种直接的因果关系。作者也意识到这个问题，她说："小寒永远都在退一步，她希望给对方空间也给自己的空间。我们喜欢说，退一步海阔天空，但是退一步往往是阴差阳错。性格就是命运。那么好、那么聪明的女人，为什么偏偏没有抓住爱情，因为，她不够勇敢。小寒的性格是有缺陷的。一方面，她在事业上往前冲，有胆量、有魄力，在急诊室那种很男性化的职业氛围中，她可以冲到前面去。另一方面，在感情上她是含蓄的、退却的。她没有自信，这是她的弱点，这种性格决定她抓不到东西，她在关键的时候就往后躲了。"① 在这里，作者明确指出小寒的爱情失败与她性格缺陷的关系，如她的被动、缺乏

240

---

① 江少川：《弃医从文用母语坚守精神家园——施雨访谈录》，《世界文学评论》2012年第1期。

自信、不够勇敢大胆，过于保守等缺点，这些都是制约他成功把握爱情的负面要素。而叶桑似乎没有这些缺点，所以才最后赢得了爱情的胜利。

看来，作者对女性爱情前途的理解是辩证而暧昧的，在施雨眼里，像小寒那种类型的女性，视爱情为人生的全部，对爱情抱着绝对的完美主义主张和理想主义信念，为了心目中"想象的爱情"，一生寻爱"在路上"，但最后往往并无善终，这是完美主义女性无法改变的宿命。而对另一部分女性来说，如叶桑的那种类型，能在爱情的理想和现实、完美与缺憾之间寻找一种平衡，作出某些妥协，却反而能获得爱情。

结　语

施雨曾在国内获得福建医科大学医学博士学位，赴美后通过考试又获得比较难以考取的美国医师执照，在美国多家医院从医十多年，具有丰富的医学经验。"医学经验"是作家创作的重要资源，如鲁迅、余华、毕淑敏、张翎等人的创作皆不同程度地留下他们"医学经验"的痕迹。这种"医学经验"也给施雨带来了丰富的创作资源，首先，"医学经验"给她的小说提供了丰富的创作素材，如小说以医院和医学事件为基本素材的小说构架，穿插在小说情节发展中俯拾皆是的种种医学细节内容，这赋予她的小说高度真实性的特征。其次，"医学经验"对她小说的艺术技巧也有影响，如小说所呈现出的深刻犀利、剔骨见肌的观察能力，客观冷静的叙述艺术，具有"病理学"特征的人物形象等。但是，"医学经验"并非施雨小说表现的中心，"医学经验"只是作为一种背景和原始素材，对美国社会的多维透视、中西文化冲突和身份认同困境的逼真展示、女性的生存困境的反思和关怀等才是施雨这三部小说的真正用心所在。如果从总体上来看施雨小说的主题，可以引用著名学者刘俊的一句结论："如果要对施雨文学世界（诗歌、散文、小说）的独特性进行一个完整的概括，那就是：一个由单纯/中国（主要体现在诗歌中）和丰富/美国（美国的丰富由单

241

纯、正面、积极和复杂、混合、多面向两面组成，其单纯、正面、积极的一面主要体现在散文中，其复杂、混合、多面向的一面主要体现在小说中）融合而成的艺术世界。事实证明，这一艺术世界在北美华文文学中，已经占有一个重要的地位。"①

---

① 刘俊：《"单纯/中国"与"丰富/美国"的融合——施雨诗歌、散文、小说综论》，《华文文学》2009 年第 4 期。

生态关怀与民族寓言

——论榕籍美华作家黄鹤峰的
《西雅图酋长的谶语》

　　长篇小说《西雅图酋长的谶语》是北美华人女作家黄鹤峰的作品，黄鹤峰原籍福建福州，早年当过医生，1997 年移民到美国西雅图，成为美国公民。西雅图在历史上曾是印第安人的居住地，她被这片土地上的印第安文化所深深吸引，特别是当她读到了印第安酋长西雅图的宣言《西雅图的天空》后，更加震惊不已。19 世纪 50 年代，美国政府向印第安部落的酋长西雅图说买他们的土地设州，并要求所有的印第安人，搬到为他们划定的保留区去居住。酋长西雅图为此发表了一篇悲壮的演说："丛林哪里去了？砍完了！/老鹰哪里去了？消失了！/看不见奔驰的野马，向狩猎的日子说再见/那还叫生活吗？不！/那是人生的结束，偷生的开始/……/如果兽类尽失，人类亦将寂寞而死/发生在兽类身上的，必将发生在人类身上/因为万物都属于同一呼吸/白人若继续污染自己的床/有一夜将会在自己的秽物中窒息/我的话，像天上的星辰永不坠落。"① 酋长西雅图面对印第安这片富饶宁静的土地被出卖的命运，预言它将会遭到由于过度开发而导致的生态环境的恶化，提出了生态环境保护这个关乎人类发展与命运的时代命题。当作者黄鹤峰读到这个富有忧患意识的宣言时，"更坚定了她的创作信心，明确了创作的宗旨，出于一个作家的良知和责任，她说

---

① 黄鹤峰：《西雅图酋长的谶语》，九州出版社 2013 年版，第 3 页。

'我应当为他们发声'"①。于是,她创作了这部长篇小说。同时也就决定了这篇小说的思想主题,即通过描写印第安人在西方现代文明的冲击下的命运遭遇,形象诠释了西雅图酋长宣言的普世性价值,提出了生态环境保护的时代命题,这也是作者所要自觉表现的显在思想主题。事实上,小说还存在一个潜在主题:小说表面上写的是两个爱情故事,即描写了两代印第安人和白人之间发生的两个浪漫凄美、却以悲剧告终的爱情故事,但细细探究,发现小说不过是一则披着爱情"外衣"的民族寓言,隐含着丰富的文化密码。

一

生态文学专家王诺认为:"生态文学是以生态整体主义为思想基础、以生态系统整体利益为最高价值,考察和表现自然与人之关系和探寻生态危机之社会根源,并从事和表现独特的生态审美的文学。"②生态文学的产生往往还有一个特定的时代背景,即人类进入工业化社会之后,由于工业化的进程造成了自然生态的危机,作家则通过作品来全面反映这种生态危机以及人与自然的关系,对造成生态危机的根源进行揭示和批判,呼唤人与自然、人与社会的和谐统一。小说《西雅图酋长的谶语》因为表现了自觉的生态主义意识,显然可以划入生态文学的范畴。首先,小说揭示和批判了西方的领土扩张和工业化浪潮对自然生态造成的严重破坏。19世纪50年代西雅图酋长的宣言中所说的那些预言,一语成谶,全部成为现实。100多年后,果然丛林砍完,老鹰消失,"兽类尽失",如小说中所揭示,在欧洲人发现美洲新大陆的过程中,"无边无际的原始森林中,千年的参天大树、遍地的野生动物,使他们眼里闪出蓝莹莹的光。所到之处,谁先插上旗帜,土地就属于谁。他们滥砍乱捕,以为这里的财富是取之不尽、用之不竭的,甚至为了娱乐而去射杀动物"③。他们为了自身的利益,无休止

244

① 黄鹤峰:《西雅图酋长的谶语》,九州出版社2013年版,第1页。
② 王诺:《欧美生态文学》,北京大学出版社2011年版,第27页。
③ 黄鹤峰:《西雅图酋长的谶语》,九州出版社2013年版,第3页。

地攫取剥夺自然，最后造成了自然生态的严重破坏。而在印第安人自己的土地上，"他们砍伐了几乎所有的原始森林，使整个大地面目全非，许多部族惨遭杀绝"①。

另外，生态环境的破坏还表现为生物种类的多样性急剧下降，珍稀物种渐趋减少甚至灭绝。小说中写到野生鲑鱼和鲸鱼的数量都锐减。野生鲑鱼繁殖率极强，曾经是海豹、海象、棕熊、老鹰等动物的重要食粮，也是印第安人宝贵的财富，关乎着印第安人的命脉。但近年来野生鲑鱼的生存状况令人担忧："长期以来，由于大小河流上，兴建了很多的水坝，使鲑鱼回归无路。它们产卵环境也遭到破坏……百分之九十几在产卵后就衰竭而死。"② 鲸鱼的数量也在急剧减少，其原因不在于印第安人的捕鲸；印第安人所捕的鲸鱼，只是有限的几头，作为他们传统的食粮；有限的捕鲸，对鲸鱼物种的生存并无影响，反而会有助于调节生态平衡。捕鲸对于印第安人来说，是基于物质和精神的双重需要，是他们部落的安身立命之所在，融入他们的传统文化，成为体现他们部族精神的一种重要载体。只是西方人为了利益而过度捕猎鲸鱼，才使鲸鱼的数量锐减，成为亟须保护的濒危动物。当恶化的生态环境要毁灭人类自己的时候，人类才意识到生态环境的重要性，此时才想起要制定各种法律或宣言来保护自然环境，但已经付出了惨重的代价。因此，当我们再回想起100多年前西雅图酋长所发表的那篇庄严而掷地有声的宣言时，在钦佩其超前的远见卓识和博大的人类关怀精神的同时，难道不因为对西雅图酋长宣言的置若罔闻而感到羞愧吗？

245

人与自然的关系是人类自产生以来就已经存在的一对永恒范畴，如何看待它们之间的关系？西方启蒙主义高扬"人"的主体价值，主张"人是万物的尺度"；而在中国古代，也把"天"（自然）作为人的征服的对象，标举"人定胜天"的口号；在社会达尔文主义那里，认为弱肉强食的原理不但体现在社会领域的竞争，也体现在对于自然界

---

① 黄鹤峰：《西雅图酋长的谶语》，九州出版社2013年版，第148页。
② 同上书，第111—112页。

的掠夺；在经济学家那里，经济被视为人类社会的中心和基础，并把是否给人类带来利益作为检验人类社会发展水平的标尺。正如马克思所说，"所有的自然创造物都被变成资产：水里的鱼，天上的鸟，地上的物产"；"技术的胜利，似乎是以道德的败坏为代价换来的"①。

在以上各种人与自然的关系中，人类俨然成为凌驾于自然之上的君王，自然成为人类统治和奴役的对象，人类为了自身的发展，肆无忌惮地向自然索取和掠夺，造成了对自然的巨大破坏，最终却殃及人类自己。如小说《西雅图酋长的谶语》中所列举的那些触目惊心的生态环境恶化事件便是明证。"生态主义"提升了自然的地位，是否会造成另一种绝对化倾向的"生态中心主义"呢？即认为为了保护自然，就完全不允许开发自然来促进人类的发展？完全不赞同通过开发自然来为人类服务？笔者认为王宁教授提出的"后现代环境伦理学"思路很值得借鉴："这种新的环境伦理观认为，人与自然应该始终处于一种和谐的状态，因为人类本身就是自然的一部分。人类固然需要发展，但是这种发展不应当以牺牲自然和改造自然环境作为代价，而更应该是设法找出一条双方都可以接受的途径来达到人与自然的双赢。也即，采取一种科学的发展观，按照自然本身的规律来发展人类自身……建构一种后现代的生态环境伦理学并不意味着排除以人为本的伦理观，而是致力于在人与自然之间构筑一个可以对话和平等交流的和谐的桥梁，善待自然界的一草一木和每一物种，使其心甘情愿地服务于人类，造福于人类，最终达到与人类和睦相处的目的。"②

其次，小说《西雅图酋长的谶语》还描述并肯定了印第安人具有生态主义性质的生存方式。正如小说中的主人公尼尔的爷爷所说："天空中的飞鸟，海洋里的鱼类，还有大树、岩石、小溪、森林里的动物，他们都是我们的朋友。在这里，我们接受着大地母亲慷慨的赠与：那清甜的山泉、丰盛的猎物、甜美的果实和海里的鱼蟹……我们与天地万物保持着和谐平衡，一代又一代，在春夏秋冬中周而复始。

---

① 《马克思恩格斯全集》第 12 卷，人民出版社 1965 年版，第 102 页。
② 王宁：《生态批评与文学的生态环境伦理学建构》，《上海交通大学学报》（哲学社会科学版）2009 年第 3 期。

如果没有什么变故的话，我们还会那样幸福地生活下去。但是，那样的好日子被欧洲人打破了。"①印第安人回归自然，过着与自然为伴、与自然融为一体、简单质朴的生活。回归自然是浪漫主义文学的主张，生态文学的"自然观"与此不谋而合：认为自然是人类赖以生存的家园，是人类的衣食父母；人类不但在物质生活方面要依赖于自然的哺育，在精神生活方面同样也要仰仗自然的滋养和熏陶；人类只是自然的一部分，而非自然的主人，要以一种谦卑的态度，把自然视为朋友，珍惜自然所给予的一切；人类生存的最理想境界就是保持人与自然和谐共生的关系。切忌站在"人类中心主义"立场，把自然变为人类的客体，成为人类利用的对象，造成人与自然之间关系的紧张。梭罗的《瓦尔登湖》就是一部描写人与自然和谐相处的经典作品。梭罗远离尘嚣社会，生活在瓦尔登湖畔，一个人过着躬耕自足的生活，每天面对的就是森林、湖水、野鸭、土拨鼠和飞鸟等，并与这些动物成为亲密朋友。梭罗的这种生活状态和小说中印第安人的生活状态何其相似。生态主义所主张的"环境伦理"，即人与生态环境之间善意和解的关系，印第安人早已在身体力行。耐人寻味的是，小说中的马丁，一个喜欢印第安文化的白人，也不禁被印第安人的生活方式所吸引，而选择一个人住在森林覆盖的大山里，过着一种"诗意栖居"的生活，他并不感到孤单，因为每天也是各种动物与他为伴——"在房前屋后，有几乎每天都按时来拜访的鹿和它们时大时小的家庭；小松鼠、兔子是常客，浣熊、小狼也不时光顾。白天有翱翔在天空的苍鹰和不绝于耳的小鸟的歌声；夜晚是猫头鹰的天下，还有不甘寂寞的鸣虫"②。

247

一二

什么是"民族寓言"？詹姆逊在《处于跨国资本主义时代中的第三世界文学》中指出："所有的第三世界的文本均带有寓言性和特殊

---

① 黄鹤峰：《西雅图酋长的谶语》，九州出版社2013年版，第46页。
② 同上书，第21页。

性：我们应该把这些文本当作民族寓言来阅读……第三世界的文本，甚至那些看起来好像是关于个人和利比多（libido）趋力的文本，总是以民族寓言的形式来投射一种政治：关于个人命运的故事包含着第三世界的大众文化和社会受到冲击的寓言。"① 詹姆逊此处说 "民族寓言" 仅仅是针对第三世界文学，而《西雅图酋长的谶语》是属于哪个世界的文学呢？从作者黄鹤峰的身份来看，她已加入美国籍，属于第一世界的公民，但她同时又是一个生有黄皮肤的第三世界的中国人，她的小说所表现的对象亦是作为第三世界的印第安人，所以《西雅图酋长的谶语》在小说的 "民族" 身份标志上有些暧昧不清。再者，就 "民族寓言" 这一特点而言，是否只是绝对地存在于第三世界的文学中，而与第一世界、第二世界的文学 "无缘" 呢？未必，事实上，第一世界和第二世界也有少部分的文学作品表现出典型的 "民族寓言" 特征。如闻名遐迩的美国作家纳博科夫的小说《洛丽塔》，就具有 "民族寓言" 的特色。小说叙述一个中年男子亨伯特陷入了对一个未成年少女洛丽塔无法自拔的恋爱故事。关于这部小说的主题，普遍把它视为一则 "民族寓言"："对《洛丽塔》较为流行的解读是它并不单纯是描写性的小说，它影射了以欧洲为代表的传统精英文化向以美国为代表的现代流行文化的臣服，或日渐老迈的欧洲文明妄图通过劝诱年轻的美国文化而达到复兴，表达的是前者的悲哀无奈和后者的傲慢狂欢。"② 小说中的中年男子亨伯特象征着 "老迈的欧洲文明"，而未成年少女洛丽塔则象征着 "年轻的美国文化"，恋爱的疯狂追逐与无情抛弃实乃隐喻着民族文化的优劣比较，表现出明显的 "民族寓言" 内涵。因此可以说，第一世界的文学也不是与 "民族寓言" 绝缘的，《西雅图酋长的谶语》就是一例。这部小说描写了两代印第安人和白人之间的爱情悲剧。第一代是白人马丁和印第安拉古纳酋长的女儿秀丽特扎之间的爱情悲剧；第二代是印第安青年卡第斯与白人姑娘金娜之间的爱情悲剧。两对倾心相爱的情侣为何最后都以悲剧告终？如果

---

① 詹姆逊：《处于跨国资本主义时代中的第三世界文学》，生活·读书·新知三联书店1997 年版，第 523 页。

② Lee, L. L., "Vladimir Nabokov", Boston：Twayne Publisher, 1976, p. 27.

从文化象征的角度来看，白人马丁和金娜象征着美国文化，印第安人秀丽特扎和卡第斯则象征印第安文化，而小说不厌其烦地铺写情侣之间爱的探求、吸引、迷醉、矛盾和最后的绝望，毋宁说也是两种文化之间复杂关系的一种映射。试看小说中的描写：当白人马丁第一眼看到印第安拉古纳酋长的女儿秀丽特扎，就被深深吸引了："马丁被扑面而来的、带着浓郁山野气息的姑娘惊呆了：健康蓬勃的生命，像山间冒出的一股清泉，又似春的枝头新展的绿芽。他在毫无戒备的这一刻，心门被山中精灵般的姑娘冲撞开来，心灵顿时就被感动和激情充满了。……马丁，这匹谁也拴不住的野马，被印第安的同样充满野性、心性很高的女子降住了。这个很吸引女性的男人，在秀丽特扎的注视里土崩瓦解了。"① 而印第安人姑娘秀丽特扎同样被马丁所吸引："她（秀丽特扎）对马丁的出现，充满了极大的好奇心。自从见到他，秀丽特扎的心就被他占满了，日日夜夜想着他。因为马丁，她第一次对他生活的城市，对繁华的大地、天空有了兴趣。那里都有些什么富丽堂皇的东西。"②

在这里，主人公实际上是以一种文化"身份"出现，秀丽特扎所表现出的"浓郁山野气息"、"健康蓬勃的生命"正象征着印第安文化的自然、强健、淳朴、未被现代文明沾染的特征，以及回归自然、与自然融为一体的生命形式。而马丁所拥有的"富丽堂皇的东西"象征着美国文化中那些科技、文明乃至以个性和自由为标志的现代价值理念。主人公之间的互相吸引，则隐喻着两种文化之间的多元共存、互通有无的诉求。第二代的印第安青年卡第斯与白人姑娘金娜之间的爱情也可作如似观，卡第斯"本能地被她纯粹天然的魅力所吸引，她身上那种知识女性的幽雅智慧、女学生的活泼热情和健谈、有见地，都令他敬佩不已"③，而卡第斯对于金娜，同样具有超强的吸引力："他浑身散发出热腾腾的男性魅力……有时候却又显露出几分野性的桀骜不驯。"④ 显然，这

249

---

① 黄鹤峰：《西雅图酋长的谶语》，九州出版社 2013 年版，第 86 页。
② 同上书，第 87 页。
③ 同上书，第 159 页。
④ 同上书，第 150 页。

里的互相吸引也有文化隐喻的成分在里面。

吊诡的是，从小说的显在主题来看，作者站在"生态保护"立场，对象征现代科技和资本主义文明的西方文化抱着鲜明的批判态度，因为正是西方文化中的科技和文明、工业化进程导致了生态环境的破坏，呼应着西雅图酋长在20世纪对人类发出的忠告。但是从小说的潜在主题来看，作者对美国文化的态度却并非如此简单，而表现出暧昧的态度和辩证的立场。这种态度和立场事实上是以"民族寓言"的方式体现在以上所提及的两则"爱情"故事中：如果说《洛丽塔》影射一种文化对另一种文化"臣服"的关系，即以欧洲为代表的传统文化向以美国为代表的现代文化的"臣服"，而《西雅图酋长的谶语》隐喻的则是美国文化与印第安文化之间地位平等、互相欣赏的关系以及试图通过吸取对方优点来达到自我更新的诉求愿望。在小说的显在与潜在主题层面，作者对美国文化的态度是不一样的：在她看来，虽然在生态环境的破坏和恶化方面，美国文化也许难辞其咎，但不能因此就全盘否定美国文化，美国文化亦有可取之处，特别是那种以自由、平等、尊重个性、民主为核心的文化理念是印第安文化中所缺乏的。作者在美国生活多年，长期浸淫于美国文化之中，对美国文化的体验深入骨髓，自然能深刻感悟到美国文化的多元性和开放性，也就避免在评价美国文化时陷入一元化、绝对化的思维误区。

但既然两对主人公那么相爱，最后为什么又以悲剧结局呢？秀丽特扎最终病死，而马丁带着对她的思念孤独终老。而在卡第斯那里，障碍来自另一个印第安姑娘西西，西西也爱着卡第斯。在金娜和西西之间，他难以取舍，小说细腻描写了他在两个姑娘之间抉择的矛盾心理："卡第斯对金娜怀着一腔复杂的情绪：起初是本能地被她纯粹天然的魅力所吸引……如果没有西西，他早就放开手脚，全力以赴地追求她了。为了那份情意，他甘愿去冒险。即使粉身碎骨也心甘。对西西的爱，是美丽的！他不会轻易作出放弃的决定。西西给予他的是那种实实在在的，可以看到她将作为一个好妻子、一个好母亲的未来，是亲切和熟悉的美好。他们的生命，在自然的吸引中，互相渗透、交织在了一起。在他们的习俗中，不是说分就分得开的。说心里话，卡第斯是舍不得离开西西的。而且，离开西西，意味着要离开部落，离开家，亲手斩断自己的根。这对他来说是难以想象的，他生命里的每条血脉都和自己的部族联系在一起，外界的引力要强大到足以把他吸走，也只能是被撕裂后的他。"① 卡第斯为了金娜，"即使粉身碎骨也心甘"，但因为西西爱的羁绊，最后他无法解决这个难题，不得不与金娜双双跳海殉情来摆脱他的"困境"。

如何理解两对主人公爱情悲剧的"寓言"内涵呢？首先，两对主人公执着相爱隐喻着美国文化和印第安文化的地位平等、互相吸引之关系，在文化的价值属性层面，两种文化没有高低优劣之分。其次，在文化的现实层面，两种文化的对话在特定的社会现实中遭遇困境，最终无法真正走向和解。虽然在"全球化"文化语境中，世界有走向"一体化"的趋向，但经济可以走向"一体化"，文化却不可能，文化恰恰是以独特性、区域性和差异性为主要特征，不同文化之间完全的融合是一件极其困难的事情。正如小说的卡第斯所想："他（卡第斯）和西西、父母、部落又有千丝万缕的关系，是不能凭自己一时的冲动，就可以轻率地作出抉择的。那样的话，受伤害的不仅是西西，父母亲的声誉也将受到损害，说他们是教子无方，以后，他们怎么在部族里做人？不仅他和尼尔两家的关系堪忧，他的一家人将遭人唾弃，自己这一辈子也休想再踏进部落一步！这些金娜能理解吗？显然不能！在金娜看来，婚姻，纯粹是个人的事。"② 婚姻究竟是部族的事？还是纯粹是个人的事？这就是卡第斯和金娜之间的分歧，也是印第安文化与美国文化之间的分歧，这种分歧如果不消失，它们之间就无法实现真正的融合。

251

结　语

巴赫金在评论陀思妥耶夫斯基长篇小说的时候，认为他的小说

---

① 黄鹤峰：《西雅图酋长的谶语》，九州出版社 2013 年版，第 159 页。
② 同上书，第 160 页。

"有着众多的各自独立而不相融合的声音和意识，由具有充分价值的不同声音组成真正的复调"①；对于陀思妥耶夫斯基来说，其小说中的人物"不仅仅是作者议论所表现的客体，而且也是直抒己见的主体"②。因此，陀思妥耶夫斯基的小说，就不是内涵单一的传统型"独白小说"，而是有着多种声音、众声喧哗、内蕴丰富的"复调型"小说。从"复调"小说的角度来看，《西雅图酋长的谶语》多少也具有这个特征。小说至少有两种不同的"声音"，一种是作为创作主体的作家发出的"声音"，一种是小说中的主人公发出的"声音"，两种"声音"一显一隐，组成小说内涵的"双声部"，丰富了小说的思想和艺术价值。

① 巴赫金：《诗学与访谈》，白春仁、顾亚铃等译，河北教育出版社1998年版，第4页。
② 同上书，第5页。

旅美作家刘再复散文创作中的"故乡认同"

前　言

　　每个人心中都有一个故乡，每个人都有对故乡认同的心灵诉求，这几乎是人的一种本能需要。但是，当我们实实在在地站在故乡这块土地上的时候，故乡的概念在我们的头脑中常常是暧昧而不清晰的，"只缘身在此山中"，拥有它的时候并不容易真正认识到它的重要性，我们已经习以为常，就像我们每天习惯于呼吸空气、饮用水一样，没有谁能真切体会到水和空气乃是我们的生命之源，但假如有朝一日你的生命里忽然短缺了空气和水，你才会知道它与我们的生命息息相关，不可或缺。对故乡的需要也是这样，只有当你被强行地剥夺与故乡的联系、彻底丢失故乡的时候，你才能体会到故乡乃是你生命中最重要的有机组成部分，故乡就是你自己内在生命的需要，失去故乡，就像鱼儿失去水、鸟儿失去天空一样不可思议。刘再复先生就有类似的生命体验，1989 年的那场突发性事件，让刘再复猝不及防地告别自己生活了 48 年的故乡，黯然远赴大洋彼岸的陌生国度。对于刘再复这样一个已经把根深深扎在故土、每一片触须与故土故人血脉相连的人来说，这几乎是一种不留后路地连根拔起，又要重新寻找另一片适合自己的土壤、养分和阳光，那其实是另一场人生的开始，刘再复谓之为"第二人生"，一切都要从婴儿般重新开始，这注定是一个艰难的过程。刘再复说，"从故国到异国，真像'转世投胎'"，"可是总是投不进去"，"难以进入另一母体的语言世界和文化心理世界"，"这样一来，我便成了一种特殊的生命，既脱离了东方的母体，又未进入西方的母体，于是，就在两个母体的隙缝之间徘徊、彷徨、游荡"，"既然投不进去新的母体，就想回到旧的母体中去，于是，时时就有乡愁产生"①。

于是，他在自己的散文创作中不断表达对故乡的刻骨思念，不断地寻找故乡的踪影，不断地重新诠释故乡的内涵，生命不息，他对故乡的相思和寻找就永不停歇，乡愁成为刘再复"第二人生"割舍不断、宿命般的内在生命诉求。刘再复在"第二人生"中始终处于一种漂泊状态，他说："这一漂动的视野使我重新发现故乡，《西寻故乡》这一集子就是我对故乡的发现，漂泊使我分解了故乡并改变了故乡的意义，地理之乡，权力之乡，文化之乡，心理之乡，情感之乡，何处才是我的归程？不知道，我只是不断前行着。"② 他在"第二人生"中创作了包括十卷本《漂流手记》等在内的多部散文集，在这些散文集中，"故乡"是出现频率最高的词汇之一。刘再复在散文中对"故乡"一词内涵进行多维而开放性的阐释，梳理刘再复散文中有关"故乡"的言说，大致可以分为以下四个层面。

一　祖国之"物人"

（一）故乡是祖国的"黄土地"和生长在"黄土地"上的亲人

在刘再复那里，故乡首先意味着具体的、有形的、可感的祖国土地上的"物"和"人"，体现为"自然的故乡"，它的第一个层面指生养作者长大、伴随作者童年和少年生活的家乡，它是家乡"那个群山环绕着的平静的村庄"③，是"那一座飘雨飘雾的武夷山"，是那"一堆芳草萋萋，荆棘丛丛的老祖母的墓地"，"是祖母墓地背后的峰峦和

---

①　刘再复：《转世难》，《漂泊心绪》，生活·读书·新知三联书店2012年版，第55—56页。
②　同上书，第138页。
③　刘再复：《祖母的坟茔》，《漂泊心绪》，生活·读书·新知三联书店2012年版，第4页。

山岗"①，是"母校国光中学的教师村落的一间小屋"②。"自然的故乡"第二个层面则超越家乡狭隘的地理内涵，泛指祖国960万平方公里广袤土地上的一山一水，一草一木，泛指遍布祖国疆土上的"山川、原野、池塘、阡陌"③，作者深情地诉说"永远爱恋那片黄土地"④。故乡又是生长在"黄土地"上的"父亲、母亲、兄弟、外婆"⑤，是"仁慈的祖母"⑥，是"给我的情意如山高海深"的外婆⑦，是"最后的道德痴人"母亲叶锦芳，是母亲所给予他的"一份诚实，一份正直，一份善良，一份情的真挚，一份爱的纯粹，一份心的质朴"⑧。故乡同时是给予作者精神力量和温暖的师长聂绀弩、彭柏山、郑朝宗、刘中法……因此，他总是"背着曹雪芹和聂绀弩浪迹天涯"⑨，"他（郑朝宗）的名字还是伴随着我浪迹天涯……在天地宇宙的博大苍茫之中，他的名字和其他几个温馨的名字就是我的故乡"⑩。故乡也是给予作者心灵温暖的友人范用、施光南、张萍、徐启华……他说："到了海外，'祖国'这个概念，……其中总有'三联书店'这个名字，'三联'也不是抽象的，对于我来说，它是三代真诚牵挂着我和认真阅读我的书籍的好友：第一代是范用，……提起范用这个名字，心里就充满温暖。"⑪ 值得注意的是，刘再复肯定了自然的地理的故乡，但否定了"人造的故乡"，这个故乡"有大街，有高楼，但也有王冠、

---

① 刘再复：《两个自我关于故乡的对话》，《独语天涯》，上海文艺出版社2001年版，第42页。

② 刘再复：《别外婆》，《漂泊心绪》，生活·读书·新知三联书店2012年版，第5页。

③ 刘再复：《两个自我关于故乡的对话》，《独语天涯》，上海文艺出版社2001年版，第41页。

④ 同上书，第43页。

⑤ 同上书，第42页。

⑥ 刘再复：《祖母的坟茔》，《漂泊心绪》，生活·读书·新知三联书店2012年版，第3页。

⑦ 刘再复：《别外婆》，《漂泊心绪》，生活·读书·新知三联书店2012年版，第5页。

⑧ 刘再复：《慈母祭》，《漂泊心绪》，生活·读书·新知三联书店2012年版，第16页。

⑨ 刘再复：《背着曹雪芹和聂绀弩浪迹天涯》，《师友纪事》，生活·读书·新知三联书店2011年版，第102页。

⑩ 刘再复：《璞玉——怀念郑朝宗老师》，《师友纪事》，生活·读书·新知三联书店2011年版，第170页。

⑪ 刘再复：《三联三代皆好友》，《师友纪事》，生活·读书·新知三联书店2011年版，第198页。

枪弹、权力和计谋，我时而仰视着它，时而只想逃离它"①。这个"人造的故乡"显然是指中国那个特殊的动乱年代被政治和权谋所异化的故乡。

（二）故乡是《红楼梦》，故乡是慧能

刘再复认为，故乡更是指祖国几千年历史上所产生的《红楼梦》等不朽的典籍和慧能等伟大的灵魂，正如作者所说："《山海经》、百家语、屈原辞赋、李杜诗篇、《西厢记》、《红楼梦》……全是我的故乡。故乡在，灵魂就不会荒芜。"② 刘再复曾经将这些不朽典籍总结为"我的六经"，包括《山海经》、《道德经》、《南华经》（庄子）、《六祖坛经》、《金刚经》和《红楼梦》，在这其中，除《金刚经》外，都是产生于中国本土上的典籍。其中，他又最看重《红楼梦》，他说"《红楼梦》不仅是我的故乡，而且是我的《圣经》"③，"带着《红楼梦》浪迹天涯，《红楼梦》在身边，故乡、故国就在身边，林黛玉、贾宝玉这些最纯最美的兄弟姐妹就在身边，家园里的欢笑与眼泪就在身边。远游中常有人问：'你的祖国和故乡在哪里？'我从背包里掏出《红楼梦》说：'故乡和祖国就在我的书袋里'"④。我"把《红楼梦》视为自己的袖珍祖国与袖珍故乡，有这部小说在，我的灵魂就永远不会缺少温馨"⑤。而这些不朽典籍的作者和其他伟大的灵魂往往也被刘再复视为知音，视为心灵的故乡，他说："在自我回归的道路上，我特别要感谢我国的伟大哲学家老子。……在回归之旅中，我除了与创世纪的原始英雄们相逢之外，还与老子、嵇康、达摩、慧能、李贽、曹雪芹等伟大的灵魂相逢。我第一次向他们深深鞠躬。并与他们的灵魂展开论辩和对话。我走进他们的身体里。他们就是我的祖国、我的故乡、我的文化。于是，我非常具体地感到祖国、故乡就在我的身躯里，也

---

① 刘再复：《两个自我关于故乡的对话》，《独语天涯》，上海文艺出版社 2001 年版，第 41—42 页。

② 同上书，第 44 页。

③ 同上书，第 57 页。

④ 同上书，第 56 页。

⑤ 刘再复：《〈红楼梦〉是他的故乡》，叶鸿基编《刘再复对话集》，人民日报出版社 2011 年版，第 29 页。

非常具体地感到祖国故乡和我来到另一片土地。祖国具体到伸手就可触摸到，故乡也充满质感。"①

为什么这些不朽典籍和伟大灵魂被刘再复视为故乡？第一，这些伟大灵魂所创作的典籍布满了方块形的汉字文化符号，它不同于作者在海外所接触到英语等文字，它象征着中华文明，它是祖国文化的承载体和外在表现形式，它使抽象无形的祖国文化变得可触可感，伸手可及。刘再复前半生都浸淫在这个方块文字的世界中，浸染得太久，以致几乎被这个方块文字世界所同化。后来他陡然被抛到另一个他所不熟悉的字母所代表的文化世界中，令他有一种强烈的不适应感乃至窒息感，当他看到由汉字文化符号所组合的典籍时，无疑产生一种"他乡遇故知"的亲切感。第二，但并非所有的由汉字文化符号组合的典籍，并非所有中华文化史上的著名人物都被刘再复视为故乡，只有那些代表着人类优秀文化，且和刘再复的既在文化心理结构和灵魂图像具有同质同构、血脉相连关系的典籍和灵魂，才被刘再复视为故乡。在中国几千年浩如烟海的典籍中，他只把《红楼梦》、《山海经》、《道德经》、《南华经》等不多的几部典籍，和曹雪芹、老子、慧能等不多的几个人视为故乡，而双典《三国演义》和《水浒传》却成为他批判的对象。第三，这些他所看重的典籍和灵魂能给刘再复一种内在的精神力量，足以救援和安妥刘再复"彷徨无地"的心灵，令他产生回归心灵故乡的感觉。刘再复近年来多次在各大高校和单位做《我的六经》的巡回演讲，具体而言，他认为在以下几个方面从《六经》中获得精神启示和心灵救援：《金刚经》和《坛经》完成两大发现，前者发现人的身体是人的终极地狱，后者发现语言（概念）是人的终极地狱；慧能拒绝进入任何政治和权力体系而获得个体的大自在；禅宗主张人生的要义在于"自救"，主张破一切执、解一切"役"，主张"不二法门论"。《道德经》的主旨是主张"复归于朴"、"复归于婴儿"，返回质朴的内心。《南华经》揭示了人的悲剧的根本在于人被自

257

① 刘再复：《第二人生三部曲》，《漂泊心绪》，生活·读书·新知三联书店 2012 年版，第201 页。

己制造的东西所统治、主宰和消灭。《山海经》展现了人类童年时期具有的一种伟大的精神，即知其不可为而为之的精神。而《红楼梦》创造了一个"准基督"的形象贾宝玉，发现了青春少女的绝对价值，信仰青春生命之美和诗意情感之美，吸收了庄、禅、儒的哲学精髓但又超越各家哲学的宇宙般的大境界，表现了看破红尘的色空观念，以及对"空空"、"无无"背后"有"的把握。

对于以上这些发现，其中融合有刘再复自己真切的生命体验。譬如刘再复的"第一人生"中，对于语言地狱和身体地狱的切身感受和体验，由此生发出的对"复归于朴"、"复归于婴儿"生命状态的期待。譬如刘再复在其"第二人生"游历西方欲望化的物质世界后，对于《南华经》所揭示的人被物质所异化所统治状态的体会。譬如刘再复由"第一人生"跌入"第二人生"，其所经历的"色空"历程以及"空"之后对"有"的把握，和曹雪芹人生和心灵历程很相似。这种"色"，在曹雪芹，是钟鸣鼎食的封建贵族之家所带给他的种种荣华富贵；在刘再复，是其"第一人生"中所拥有的诸如中国社科院文学研究所所长高位等之类的荣耀。然而，当曹雪芹经历了曹家被皇帝抄家治罪，大厦倾覆时，当刘再复"第一人生"中所拥有的高位和荣耀顷刻间都成镜花水月时，他们都产生过心灵的危机，都选择禅宗来"自救"，领悟到"色"必"空"，"好"必"了"，破除一切执，放下一切幻想、妄念和偏执，从而守住生命的本真和诗意生活状态。这种"空"之后的"有"，在曹雪芹，就是立《红楼梦》之"大言"；在刘再复，就是其在"第二人生"中以数十部著作所立之"大言"。另外，刘再复在"第二人生"中如慧能一样，拒绝进入任何政治和派别体系而获得个体的大自由；刘再复身上永远保留了《山海经》中的那种"知其不可为而为之"的进取精神……正因为如此，刘再复说，"这六经便融入自己的身心，整个生命感觉便全然不同了"①。《六经》便自然成为刘再复的精神故乡。

---

① 刘再复：《回归古典，回归我的六经：刘再复讲演录》，叶鸿基编，人民日报出版社2011年版，第210页。

258

二 人间之"至情"

刘再复把体现人间"至情"的爱置于生命价值体系中至高的本体位置。"哪里能让你的爱得到灌溉与栖息，哪里才是你的故乡。"① 故乡"是母亲般让你栖息生命的生命，是负载着你的思念、你的眼泪、你的忧伤、你的欢乐的生命。……正如林黛玉是贾宝玉的故乡，林黛玉一死，贾宝玉就丧魂落魄"②。"哪里有爱和青春的记忆，哪里就是故乡。"③ 这里的"爱"主要体现为爱情和亲情。

（一）"林黛玉是贾宝玉的故乡"④

刘再复十分重视爱情在生命价值体系中的重要性。他的爱情观一定程度上受到曹雪芹的影响，曹雪芹在《红楼梦》中指出了"脂正浓"、"粉正香"、"笏满床"、"金满箱"等物色、器色、财色、女色、官色的虚妄性，但却肯定了青春少女的爱情及其青春生命的价值，人生不过是到宇宙中游历了一场，功名、财富、权势、官位、美色等最后都无法带走，人生的意义在于对"情"的体验，特别是与净水世界中少女之间的爱情，更是弥足珍贵。但在大观园中所有的少女爱情类型中，他最看重的是贾宝玉和林黛玉之间的那种爱情，这种爱情，更多地指向灵魂层面的相通相知相契，爱情的主体具有相同的精神旨趣和生命价值趋向，具有相似的精神高度和灵魂深度。在《红楼梦》中，贾宝玉对林黛玉和薛宝钗都有爱意，但他与林黛玉的灵魂向度和生命价值趋向是高度一致的，所以他对林黛玉更有一种敬意，而与薛宝钗在灵魂和生命价值层面难以形成契合，所以对她虽不乏彬彬有礼，但无敬意。《红楼梦》写到薛宝钗经常劝说贾宝玉追求"仕途经济"，宝玉斥之为"好好的一个清净洁白女儿，也学的钓名沽誉，入了国贼

259

---

① 刘再复：《远游岁月》，花城出版社 2009 年版，第 42 页。
② 刘再复：《两个自我关于故乡的对话》，《独语天涯》，上海文艺出版社 2001 年版，第 49 页。
③ 同上书，第 42 页。
④ 同上书，第 44 页。

禄鬼之流","独有林黛玉自幼不曾劝他去立身扬名等语，所以深敬黛玉"。爱中有敬，这是贾宝玉对林黛玉的态度，"林黛玉实际上是贾宝玉的'精神领袖'"①。敬是基于一种知音般的"理解"，就如伯牙在荒野弹琴，钟子期竟能领悟这是描绘"巍巍乎志在高山"和"洋洋乎志在流水"，伯牙感叹"子之心而与吾心同"，钟子期死后，伯牙痛失知音，痛失心灵故乡，遂摔断琴弦，终身不操。正如"林黛玉一死，贾宝玉就丧魂落魄"②，失去心灵故乡，只有遁入空门。

（二）母亲"是悬挂在我心中唯一的金太阳"③

"情"亦指向亲情的层面，作者在自己的生命中感受到来自母亲、外婆、奶奶和女儿等亲人的浓浓至情。特别是作者的母亲，更是与作者的全部生命息息相关，在她生前，作者为他写了《慈母颂》，在她逝后，作者为她泣写《慈母祭》，认为"母亲的去世，对我来说，是生命体内的太阳落山。我的人生唯有经历这样一次落日现象。父亲去世时我才七岁，还不懂得悲伤，以后也没有什么亲人的死亡让我感到内心突然失去一种大温暖与大光明，唯有我的母亲叶锦芳，她给了我生命一种真正的源头，她是悬挂在我心中唯一的金太阳，女性的、母性的、神性的金太阳"④。刘再复的亲情观一方面受到儒家"亲情本位"伦理思想的影响，儒家伦理是一种特殊的血亲情理精神，强调血缘亲情在人类生活中至关重要的地位，儒家的核心理念"仁"也就是以"孝悌"为核心的宗法亲情为出发点的。刘再复"第一人生"完全浸染在儒家文化的氛围之中，难免不受到儒家"亲情本位"伦理的影响。另一方面，刘再复亲情观的形成更与其特殊的生命体验有关，母爱对任何人而言都很伟大，而在刘再复那里显得尤为特别和重要。他说，"（母亲）一九四○年和我父亲结婚，一九四八年二十七岁开始守寡，至今守寡整整六十年。中间没有其他故事，她不仅是守望着我父

260

---

① 刘再复：《红楼梦悟》，生活·读书·新知三联书店 2009 年版，第 24 页。
② 刘再复：《两个自我关于故乡的对话》，《独语天涯》，上海文艺出版社 2001 年版，第42 页。
③ 刘再复：《慈母祭》，《漂泊心绪》，生活·读书·新知三联书店 2012 年版，第 14 页。
④ 同上书，第 15 页。

亲的亡灵，而且是守护我们兄弟的生命与心灵"，守护着刘再复的女儿，并且还承受了由于那场"风波"带给她的多次"伤害身心的恐惧"，她把自己的全部生命毫无保留地交给了三代人，耗尽了自己的一生，无怨无悔，她的坚贞不贰的情操、无私奉献的精神、对待苦难的态度无疑是 20 世纪中国古典情爱和伟大母爱的"孤本"和"绝本"，深深影响了刘再复，"我相信，母亲的情感态度进入我的潜意识，塑造了我的文化心理和文化性格"①。同时，她还深深影响了刘再复的女儿刘剑梅，正如刘剑梅所说："奶奶就是父亲和我的第一家园，第一故乡，就是我心灵的第一个存放之所。"②

（三）"我的乡愁就是思念这个儿童共和国"③

除了爱情和亲情外，刘再复还很看重"童心"。刘再复曾不厌其烦地写了"童心百说"，高度赞美人类伟大的童心，认为保持童心状态是人类最理想的状态，他将"童心"视为灵魂的故乡。他说："（我）终于理解尼采的那句话：'什么祖国！哪儿是我们的儿童国，我们的舵就驶向哪里。"④ "我的乡愁就是思念这个儿童共和国，就是依恋这个只有云彩没有硝烟、只有霓霞没有瘴气、只有草露没有酸果的共和国。"⑤ 事实上，童心所代表的是一种质朴真实的人生状态。"看到世界被世故、虚假、残暴、投机所充塞，看到人间布满市场气、市侩气，更明白天真的价值。所谓童心。乃是在污浊空气的包围中仍然拒绝世故的自由存在。"⑥ 童心所代表的是一个没有奸诈、没有虚假、没有伪装、没有提防、没有算计、没有利用、没有欺骗的儿童世界，保持着一种真实自然、率性而为、表里如一、质朴无华的赤子之心，一切行为都"堂堂正正，心上无邪，身上无恶，形上无垢，影上无尘，不愧

261

---

① 刘再复：《慈母祭》，《漂泊心绪》，生活·读书·新知三联书店 2012 年版，第 15 页。
② 刘剑梅：《伤心的五月》，http://blog. sina. com. cn/zaifuliu。
③ 刘再复：《两个自我关于故乡的对话》，《独语天涯》，上海文艺出版社 2001 年版，第 42 页。
④ 同上书，第 48 页。
⑤ 同上书，第 47 页。
⑥ 同上书，第 48 页。

不怍"①。所以他说："（我）尤其喜欢生活在孩子的氛围中，当孩子的晴光暖翠照耀着我的时候，我仿佛从冬眠中苏醒，人间的寒冷感立即就会消失，每个孩子都是家庭的太阳，他们的阳光能化解成年的朽气，正是这种朽气把人类引向无底的坟墓，因此，我固然呼唤'救救孩子'，但也时时呼唤'孩子救救我'。"② 刘再复的"童心说"受到老子和其家乡的哲人李卓吾的影响最大，他承认"他（李卓吾）的《童心说》成了我人生的一部伟大的启示录，因为读他的书，才觉得我的家乡有一颗太阳般的灵魂"③。李卓吾认为童心是"真心也"，是"最初一念之本心也"，是表达个体的真实感受与真实愿望的"本心"。同时，老子的"复归于婴儿"的思想也深深影响了刘再复。《老子》五千言，"婴儿"以及类似"婴儿"之义的表述共有 5 处，其中，最为人熟悉的是"常德不离，复归于婴儿"，在老子看来，"常德"是朴未散为器之前的混浑无分际的状态，就是"复归于婴儿"、"复归于朴"的状态。"复归于婴儿"并非指在智力上回归到婴儿懵懂无知的状态，而是希望人类能涤除物欲，返本溯源于质朴自然的生命，返璞归真，守住生命的开端，从而达到心灵自由的状态。除此之外，世界文学史上那些富有童心的作家（思想家）对其也产生或深或浅的影响，他们包括托尔斯泰、曹雪芹、吴承恩、安徒生、塞万提斯、歌德、泰戈尔、冰心、丰子恺、林语堂、克尔凯郭尔、雨果等。

三 普世之"价值"

刘再复"第二人生"抽离了"第一人生"的世界，他的眼光由中国一隅而转向世界各地，他在海外漂流了 40 多个国家和地区，切身感知到西方国家在政治、经济、历史、文化、教育等多个层面的内容，也阅读了大量西方文明史上巅峰性的文化典籍，这些丰富的"第二人

① 刘再复：《童心说》（一），《独语天涯》，上海文艺出版社 2001 年版，第 119 页。
② 同上书，第 152 页。
③ 同上书，第 118 页。

生"经历不但赋予他一种宽阔的世界视野，同时也给予他一种超出一般的天然视力之外的、观察和认识世界的"第二视力"①，促使他形成一种新的价值观。

（一）故乡是"自由"，是"肯定你存在意义的地方"②

刘再复非常赞同富兰克林和加缪对故乡的定义："富兰克林说：'何处有自由，何处是我家'……六年前，我丢失了地理上的故乡，在西方开始寻找另一意义上的故乡。在我精神空虚之际，富兰克林的话使我得到安慰。"③"加缪知道只有那些能肯定你存在意义的地方，那些给你的生命以阳光以温暖以自由的地方，才是真正的故乡。"④在刘再复看来，故乡不是地图上那片不可更改的空间宿命，他冲破狭隘的传统的空间故乡观，将故乡的确认与人的自由、独立、尊严、基本权利、存在意义、全面发展等基本价值标准联系起来，即故乡是指人的基本权利能得到满足，人的自由能得到保障，人的尊严能得到尊重，人的存在价值能得到确认，人性能得到全面发展的地方。刘再复显然对"自由"这种普世性价值作出肯定，自由既指一种具有可操作性的制度，更指一种包含人文关怀性质的文化存在形态。刘再复在"第一人生"那个特殊的时代中无法拥有自由，但"第二人生"所客居的美国以及西方资本主义国家就是一片自由的土地吗？他发现"在母腹之外的西方世界并非是一首诗，它有自由的阳光，也有自由的滥用"⑤，西方的自由并没有让人性得到发展，反而是人性异化，人成为物质的奴隶，"即使在美国，工业文明也正在变成吞食人性的庞大怪物，这一怪物正把人变成机器与肉人。"所以，"人类的现实生活层面并没有自由"⑥，自由在别处，自由是人类共同的理想，是一种美好的愿望，它需要我们去创造去争取。

263

---

① 刘再复：《第二视力》，《槛外评说》，生活·读书·新知三联书店2012年版，第111页。
② 刘再复：《西寻故乡》，《远游岁月》，花城出版社2009年版，第41页。
③ 刘再复：《何处是我在》，《漂泊心绪》，生活·读书·新知三联书店2012年版，第158页。
④ 刘再复：《西寻故乡》，《远游岁月》，花城出版社2009年版，第41页。
⑤ 刘再复：《漂泊六年》，《漂泊心绪》，生活·读书·新知三联书店2012年版，第140页。
⑥ 刘再复：《西寻故乡》，《远游岁月》，花城出版社2009年版，第41页。

（二）故乡是"一张平静的书桌"①，是"知识和美德"②，是"思想者种族"③

刘再复对爱默生的一句关于故乡的定义心有戚戚，他说："爱默生有一句话像一道阳光照射得我浑身震动，这就是他关于故乡的定义：'哪里有知识，哪里有美德，哪里有美好的事物，哪里就是他的家。'这是爱默生在怀念梭罗的散文中说的，这一定义从根本上拯救了我。"④ 他多次在自己的散文中强调，"知识分子的共同故乡，是人类历史所积淀的知识海洋"，"学问，书桌，就是知识人的故乡，他们对于学问的眷念，正是刻骨铭心的乡愁"⑤。"（思想者种族）散布在世界的各个角落，这支种族没有国家，没有偏见，但有故乡和见解，他们的故乡就在书本上，就在稿纸上，就在所有会思索的人类心灵里。"⑥刘再复之所以对"知识"、"思想"和"一张平静的书桌"如此渴望，是因为他知道在他的"第一人生"乃至20世纪的中国，无法拥有"一张平静的书桌"。20世纪中国的上半叶，由于连绵不断的战争动乱，所以偌大中国，摆不下一张平静的书桌。新中国成立后的30年，知识分子仍然无法拥有一张平静的书桌，反右、"文化大革命"等历次的政治运动给书桌以极大的震荡，知识分子离开书桌去批判别人或被别人批判，无法从事独立的学术研究，无法追求知识和真理，即使有人写了一些学术文章，也往往沦为意识形态的工具，并非真正的"知识"与"学术"。因此，拥有一张平静的书桌，是刘再复"第一人生"中不可能得到的奢望。当他跨入"第二人生"，虽然失去了"第

① 刘再复：《两个自我关于故乡的对话》，《独语天涯》，上海文艺出版社2001年版，第48页。
② 刘再复：《新哥伦布的发现》，《槛外评说》，生活·读书·新知三联书店2012年版，第393页。
③ 刘再复：《思想者种族》，《漂泊心绪》，生活·读书·新知三联书店2012年版，第146页。
④ 刘再复：《新哥伦布的发现》，《槛外评说》，生活·读书·新知三联书店2012年版，第393页。
⑤ 刘再复：《两个自我关于故乡的对话》，《独语天涯》，上海文艺出版社2001年版，第50页。
⑥ 刘再复：《思想者种族》，《漂泊心绪》，生活·读书·新知三联书店2012年版，第146页。

一人生"中所拥有的权力、高位、掌声和鲜花，但也因此获得了个体的充分自由，完全摆脱意识形态等一切外在因素的干扰，可以独立地读书、思考、著书立说，实现知识分子孜孜以求的学术梦想。正是因为拥有了这种自由，刘再复在"第二人生"中迎来了他的学术春天，虽然他此时已经年逾半百，但其思想锋芒却如火山喷发，不可遏制，又如江河激流，奔突直下，他秉持"思想之独立，自由之精神"的学术理念，在洛杉矶下的一座平静的书桌上笔耕不辍，《罪与文学》、《红楼四书》、《双典批判》、《放逐诸神》等一系列富有思想原创性的学术著作，以及《漂流手记》十卷本的散文集——横空出世。同时他自由遨游在古今中外的知识海洋里，穿过历史的隧道，与人类伟大的灵魂进行对话，在他们身上寻找灵魂的家园，"荷马、苏格拉底一直被我视为老乡，卢梭、莎士比亚、托尔斯泰一直被我视为思想者部落的长老"①，"他们（安徒生和托尔斯泰等）的怀抱，确实是我们的摇篮与故乡"②。

四 觉悟之"本心"

（一）故乡是"无立足境"

刘再复说："以前读《红楼梦》，见到林黛玉和薛宝钗谈论《六祖坛经》，黛玉说起'无立足境，是方干净'，给我留下了很深刻的印象，因此常琢磨着这一禅语，但总是难有真切的领悟，倒是到了海外之后，才觉得这正是漂泊的意义：四处漂泊，正是无立足境，无常住处。而无立足境的不断漂流，才不会被困死在一个不变的没有生气的处所。不流动的处所如死水泥沼，如果常住着，自然会被弄得满身污浊满身瘴气。漂泊之后，无常住处，反而干净了。要说六年的收获，至少收获一个干净。"③ 刘再复此处的"故乡观"受到曹雪芹的影响，

265

---

① 刘再复：《两个自我关于故乡的对话》，《独语天涯》，上海文艺出版社 2001 年版，第54 页。

② 同上。

③ 刘再复：《漂泊六年》，《漂泊心绪》，生活·读书·新知三联书店 2012 年版，第 138 页。

即他认为人世间不存在一个恒定不变的故乡，故乡不过是暂时的客居之地，人的境遇就像鲁迅《过客》中的过客一样，过客没有固定的立足之地与常住之所，毫不停歇地"走"就是过客脱出常规的存在方式，过客在他"反抗绝望"的"走"的过程中体现了其存在的意义。正因为人总处在不停地"走"的过程中，所以没有一个不变的赖以安顿的故乡，亦可以说处处都是故乡，走到哪里，哪里就当故乡；漂泊到哪里，哪里就当故乡。刘再复此处看似消解了故乡，但却从更高层次上来确认故乡的意义。

（二）不要"反认他乡作故乡"①

不要"反认他乡作故乡"，刘再复的这一观点也来自《红楼梦》。《红楼梦》的第一回就对故乡进行重新定义，提醒人们不要"反认他乡作故乡"，这里的"他乡"是指世人所看重的功名、权势、金钱、财产、名声、荣誉、美色等外在诸"色"所构成的存在，常为人们所孜孜追求而不倦，视为故乡一般的永恒存在，殊不知它并非真正的故乡。那曹雪芹的故乡是什么呢？"是'无'，是庄子的'归精神乎无始而甘眠乎无何有之乡'，是无可命名无可稽查而姑且命名的灵河岸边三生石畔，其实是天人合一、物我会聚的可以让自己的生命敞开的澄明之境。所谓故乡，乃是灵魂的归属。……这个'无'，这个万物万有的发源地，这个天人相融相契的聚合点，这个可以把世俗的妄念、执著放到一边而可让自己的本真生命寄寓于充分敞开的地方才是最后的故乡。这个故乡不在世俗世界的槛内，而在这个世界之外。"② 这里的"无"是一种彻底的"虚无"和"空空"吗？"无"和"空"的背后还究竟有没有"立足之境"？曹雪芹幸好找到了"情"，即"是当年的伊人、昔日的柔情"③，也找到了破一切执念和妄念之后的"自己的本真生命"、"林黛玉等女儿的青春生命"以及"青埂峰下、三生石畔等自然家园"④，这些都可以视为存在之家和灵魂的故乡。

---

① 刘再复：《红楼梦三十种人解读》，生活·读书·新知三联书店 2009 年版，第 27 页。
② 同上。
③ 同上书，第 29 页。
④ 同上。

（三）故乡是"心"①

刘再复受到禅宗和《红楼梦》的影响，主张"心性"本体论，将"心"视为安身立命的"故乡"，认为"除了身外故乡，曹雪芹还发现一个身内的巨大故乡，这就是'心'。这颗心，不是物性的心脏，而是主宰自身也主宰万物的真心、本心，它不是生命本能，不是工具和手段，而是世界本体，是本真己我的故乡"②。禅宗将"心"视为佛，以觉代佛，以悟代佛，悟则佛，迷则众，我即佛，佛即我，主张不仰仗外在的神仙和教义，而只仰仗自己的本真之心，仰仗自己的觉悟，来进行自救。如何自救呢？就是要"破一切执，解一切'役'"，"不断放下，从小放下到大放下"③，打破一切执，包括我执和法执，才不会被功名、财富、权力、妄念、他性等各种我之幻象所役，懂得"了"，懂得"止"，做到真正放下，如此方能留住生命的本真和自然，获得生命的大自在和大自由。君不见，现实生活中，有很多人纵然拥有地理上的故乡，但灵魂却失去家园，四处流浪，无处栖息，因此，故乡不仅仅是一种地理上的存在，更是一种精神性的存在，能让你的灵魂得以安妥，借以回归。当一个人仰仗自己的"心"，仰仗自性，通过"悟"和"觉"直抵生命的本真，直达生命的大自在，他便得救了，他事实上已经找到了安放灵魂的故乡。因此，有没有故乡，关键在于心之"觉"、心之"悟"，从此意义上来说，故乡乃是"心"。

结　语

267

刘再复即使很重视精神层面的故乡，但并没有削弱地理意义上的故乡在他心目中的分量，并没有因为重视"心"之故乡而消解"物"之故乡，他说："故乡固然是心灵，但故乡毕竟是土地。古人说：宁为累臣，不为逋客，屈原充当专制皇帝下的臣子固然痛苦，离开母亲的家园更加痛苦。汨罗江的浪涛固然无情，但它毕竟可以冲走相思的

---

① 刘再复：《红楼梦三十种人解读》，生活·读书·新知三联书店2009年版，第29页。
② 同上。
③ 刘再复、吴小攀：《走向人生深处》，中信出版社2011年版，第117页。

饥渴。"① 他乡再好，生活在他乡毕竟是异乡人。孤独感、沧桑感、惶惑感全属于丢失母国的漂泊者。普希金的诗云："无论命运把我们抛向何方/无论幸福把我们向何处指引/我们——还是我们：整个世界都是异乡/对我们来说，母国——只有皇村。"② 无论刘再复多么向往拥有自由、知识和美德的故乡，多么渴望"肯定你存在意义的地方"的故乡，多么喜欢"无立足境"的故乡，多么赞同"心"就是故乡，但却始终不能割舍"祖国之物人"的故乡，不能忘怀最基本层面的地理意义上的故乡。缘此，他到美国 20 年，一直心系故土，他说："我始终不情愿加入美国国籍，只拿美国'绿卡'（长期居住证），为的是守住中国护照，我把中国护照视为最后一片国土，有它在，血脉深处就和暖一些。"③ 他其实就像他喜欢的贾宝玉一样，无论贾宝玉受到释道思想的影响多么深，但始终无法摆脱儒家文化深层内容的影响，仍保留儒家的"亲亲"、"孝道"等伦理情怀，纵然贾政如何毒打他，他仍然不怨不怼，对贾政一如既往地投以虔诚的孝道。刘再复曾经表达过类似的意思：他就如同贾宝玉一样，纵然被"母亲"打过，被祖国放逐过，但却毫无怨言，一如既往地爱着"母亲"，爱着祖国，爱着故乡，深受释道思想影响的刘再复同时血脉里也流淌着儒家深层伦理文化的因子。但此时刘再复心目中的故乡已经不是那个最初的故乡，而正如禅宗的"三境"的第三境：第一境是"山是山，水是水"，第二境是"山不是山，水不是水"，第三境是"山还是山，水还是水"。最后一境，看似和第一境相似，但心灵已经全然不同，对待自身和世界的态度也完全不同。同是地理意义上的故乡，刘再复在他的"第一人生"和"第二人生"，对之都很重视，但两者所折射的精神内涵、灵魂图像和心灵指向已经完全不同了。

---

① 刘再复：《两个自我关于故乡的对话》，《独语天涯》，上海文艺出版社 2001 年版，第 43 页。

② 同上书，第 50 页。

③ 刘再复：《奥巴马童话》，《阅读美国》，福建教育出版社 2009 年版，第 13 页。

涉笔成悟，自成一体

——论刘再复"第二人生"的"悟语体"散文创作

刘再复曾经说："我把 48 岁之前（1989 年之前）的人生，视为第一人生，把这之后到海外的人生视为第二人生。"① 如果说刘再复"第一人生"主要从事散文诗创作，"第二人生"则把创作中心转向散文创作，共创作《漂流手记》十卷本散文，其中有两卷系"悟语"组成，一卷是《独语天涯》，共写了一千零一则；一卷是《面壁沉思录》，共写了五百则。而《红楼四书》中的第一卷《红楼梦悟》和第四卷《红楼梦哲学笔记》各有三百则"悟语"。《双典批判》末尾也附录有一百则"悟语"。这些言简意赅的"悟语"加起来共有二千二百多则。这些看似繁复杂乱、互不关联的"悟语"，实际如悬挂空中的万千繁星，共同组成了晶莹璀璨、深邃壮阔的景观，闪烁着耀眼的思想光芒。

刘再复的"悟语体"散文内容和主题多样化，其中有对存在的追问、自我的叩思、死亡的认知、文化的感悟、哲学的思考、情感的体验、人性的观察、人生的描画、历史的反思、社会的剖析、经典的解读，林林总总，包罗万象。而所"悟"之内容往往贴近作家独特生命体验和主体知识结构，或明心见性，切入灵魂，如佛陀拈花，会心一笑；或以小见大，言近旨远，读来令人思索万千，回味无穷；或不落俗套，另辟蹊径，读来如醍醐灌顶，令人豁然领悟。总之，所"悟"

---

① 刘再复、吴小攀：《走向人生深处》，中信出版社 2011 年版，第 13 页。

之内容莫不以独特的感悟而给读者带来情感的震撼或思想的启迪。

一 "悟语体"散文创作与作者的灵魂"自救"

刘再复的"悟语体"散文与他的生命历程特别是"第二人生"的生命体验息息相关。以1989年为界，刘再复的生命产生一次巨大裂变。1989年之前，刘再复人生一帆风顺，他曾任中国社会科学院文学研究所所长、学术委员会主任、《文学评论》主编等要职，在20世纪80年代的计划经济时代，社科院文学研究所一定程度上充当党在文学研究领域的喉舌，执行党的文艺政策，具有举足轻重的作用。同时，刘再复也是80年代文艺理论界的精神"盟主"，他提出的理论改变了中国文艺理论的基本模式，产生了时代性的影响。此时的刘再复处于人生巅峰，位高权重，一呼百应，雄姿英发，风光无限。然而随着1989年那场无法预料的变故，这一切荣华顷刻间风流云散，由色而空，化为虚无。七宝楼台似的神话世界如雪崩一样突然坍塌，职位、名誉、鲜花、故国、故人皆离他而去，他无奈奔赴另一陌生国度。一切又要像婴儿般重新开始，刘再复谓之"转世投胎"，但却何其艰难，"总是投不进去"，"难以进入另一母体的语言世界和文化心理世界"①。为了生存下来，他不得不学英语，学开车，经过漫长时间的适应、调整和更生，他才逐渐适应另一文化生态的生活，这几乎是一个焚烧旧我、诞生新我的"凤凰涅槃"之痛苦再生过程，刘再复谓之"第二人生"。两次人生，具有天壤之别，给他心灵带来巨大的震撼和影响，他的世界观、人生观、价值观发生根本性裂变，他的多数"悟语体"散文的创作灵感或思想源头就来自这些独特生命体验，质言之，如果刘再复没有"第二人生"经历，如果刘再复的人生没有在1989年产生断裂，继续保持着"第一人生"的荣耀光芒和同质的生命体验，那么，他就很难创作出如此丰富的"悟语体"散文。大起大落、跌宕起伏的人生经历是他创作的"源头活水"。另外，刘再复横跨中西、博

270

---

① 刘再复：《漂泊心绪》，生活·读书·新知三联书店2012年版，第138页。

览古今的深厚知识学养也是他创作"悟语体"散文的一个客观条件。

刘再复"悟语体"散文创作一个最基本的目的就是为了拯救自我的灵魂，为了让自己活下去。对于一个世俗的人来说，当实实在在拥有的官位权力、荣华富贵、掌声鲜花在瞬间化为乌有时，任何人都会无法坦然接受，都会产生心理危机，刘再复也不例外。面对危机，他必须拯救自己。于是，写作成为拯救自己的一种可靠方式。正是在这样的背景下，他创作《漂流手记》散文十卷本。刘再复的好友王强曾经道破刘再复散文写作的"奥秘"——"讲述只是拯救生命的前提和延续生命的必要条件"①，这更明显的体现在他的"悟语体"散文创作中。

刘再复说："荷尔德林提出'诗意栖居'的理想，曹雪芹做的也是'诗意栖居'的大梦。两者不约而同。而曹雪芹还提供了'诗意栖居'的具体形式，这就是大观园形式。……《红楼梦》的荒诞剧意义，则是'诗意栖居'被视为'痴人说梦'、愚人犯傻，做梦者全是无知的蠢物与孽障，而聪明人则全部去追逐黄金的好世界，最后剩下的也只是灰烬与废墟，还有骷髅与'土馒头'（坟）。"② 这句"悟语"表面上说的是《红楼梦》，但何尝不是刘再复对自身生命价值和意义的重新领悟，以及对自己当下生命状态的一种抉择？陷入名利泥沼、"追逐黄金的好世界"正是普通人的人生目标，或许也正是刘再复"第一人生"的价值目标，但是骷髅与"土馒头"结局提示这种一个价值颠倒的荒诞选择，正确的生命存在形式应该是荷尔德林式和曹雪芹式的"诗意栖居"方式，刘再复乃是在曹雪芹和贾宝玉的生命方式选择中产生精神共鸣，获得安身立命的参照方式。事实上，"第二人生"的刘再复正是生活在这种"诗意栖居"状态中，远离名利樊笼和世俗干扰，回到单纯明净的生命状态，安静地读书写作和思考，从而获得生命的自由，绽放出生命的诗意光彩。再如他的"悟语"："贾环为赌输了钱而哭，作为兄长的宝玉如此教训他：'大正月里，哭什么？

271

---

① 刘再复：《红楼梦悟》，生活·读书·新知三联书店 2009 年版，第 1 页。
② 同上书，第 154 页。

这里不好，到别处顽去，你天天念书，倒也糊涂了！譬如这件东西不好，横竖那一件好，就舍了这件取那件，难道你守着这个东西哭会儿就好了不成。你原是要取乐玩的，倒招自己烦恼，不如快去为是.'禅讲自性、自救，要紧的是自明，即不要陷入无谓的烦恼中。宝玉开导贾环，一席平常话，却是至深的佛理禅理：世界那么大，那么广阔，任你行走，任你选择，条条大路通罗马，这路不通那路通，东方不亮西方亮，南方不明北方明，没有什么力量能堵死你的前行。天地的宽窄，道路的有无，完全取决于自己，人生的苦乐也取决于自己，烦恼都是自寻的。"① 这句悟语何尝没有作者自己的生命体验？何尝不是作者自己在劝慰自己？想想他自己，不也是在一个偶然的瞬间把地位、权力、荣华、名声等全盘赌输了？他不也像贾环那样伤心而哭？最后不也是循着贾宝玉指点的道路而幡然醒悟，而走出心灵困境的？他对禅宗情有独钟，无非禅宗也告诉他拯救灵魂的奥秘：禅宗的本质特征是自性本体论，其重心便是自救，一切仰仗自性，仰仗自己的本真之心，从自己身上寻找光明。我即佛，佛即我，菩萨在我心中。刘再复正是借着禅宗而拯救自己。"禅宗要打破的我执，是假我之执，并非真我之执。倘若让慧能来解《红楼梦》，他要打破的是甄宝玉的世俗妄念之执，而不是贾宝玉的本真之执，贾宝玉的本真状态，愈执愈好，愈执愈明心见性。"② 这个"假我之执"，对于刘再复来说，更多地体现在其"第一人生"中，是那个"跳忠字舞"③、"充当了红卫兵的尾巴"④、"对着那些人造的敌人——那些在泥巴里滚爬一生的兄弟喊叫、咆哮，勒令他们'坦白交代'"⑤、"把受苦的母亲看得无足轻重，把大慈大悲的亲娘扔到九霄云外"⑥、"被人们视为'启蒙者'"⑦、想当

---

① 刘再复:《红楼梦悟》，生活·读书·新知三联书店 2009 年版，第 126 页。
② 同上书，第 102—103 页。
③ 刘再复:《天涯悟语》，生活·读书·新知三联书店 2013 年版，第 39 页。
④ 同上书，第 42 页。
⑤ 同上书，第 40 页。
⑥ 同上书，第 41 页。
⑦ 同上书，第 40 页。

"英雄"和"受难者"①的刘再复。直到"第二人生"，刘再复才逐渐打破"旧我"的束缚，向贾宝玉的真我之路回归。"贾宝玉之所以是贾宝玉，就因为他不被众人的习常观念所纠缠，包括不被众人以为是天大的功德荣耀所纠缠，众人关于世界、关于价值的一切认识都在他心中瓦解"②；"他的特别之处正是看穿'世人'所追求的一切（金银、娇妻、功名等）并不高贵"③。当作者还为自己丢失"第一人生"的权力地位、荣华名声而患得患失、痛苦不堪时，看到贾宝玉视功名如草芥的态度时，岂不会产生一种醍醐灌顶般的释然和顿悟之感，以及视贾宝玉为灵魂知音的惺惺相惜之感？所以他说贾宝玉"是我的救星，他帮助我从仕途经济的路上拯救出来，从知识酸果的重压下拯救出来，从人间恩怨输输赢赢计计较较的纠缠中拯救出来"④。

二　"悟语体"散文创作的多维主题

（一）存在追问

对存在的追问是刘再复"悟语体"散文一个很重要的内容。刘再复所推崇的《红楼梦》和禅宗哲学基础是"色空"和"虚无本体论"，那么，看透人必死、席必散、色必空、好必了之后，人类的出路将在何方？倘若世界真是以虚无为本体，诸般色相都是幻象，那贾宝玉和林黛玉的美好生命也是不存在的吗？看空了以后怎么办？人生到底有没有存在的意义？这个问题可以从两个角度来看，首先，在刘再复看来，《红楼梦》的"空空"、"无无"是禅境的"第三境界"：山还是山，水还是水。但已经不是第一境界的山和水，不是肉眼俗眼里的山和水，而是天眼道眼里的山和水，"是经过空洗礼后的'有'"，"是高度充盈的空"⑤。曹雪芹虽高度蔑视传统的"立德立言"，但自己却为

273

---

① 刘再复：《天涯悟语》，生活·读书·新知三联书店 2013 年版，第 43 页。
② 刘再复：《红楼梦悟》，生活·读书·新知三联书店 2013 年版，第 66 页。
③ 同上书，第 144 页。
④ 同上书，第 12 页。
⑤ 同上书，第 258 页。

人类立下一部不朽的《红楼梦》之大言。正如刘再复一样，虽也相信色空观念，相信虚无乃世界本质，但也如曹雪芹一样，创作数十部著作，企图如曹雪芹那样为人类"立言"。另外，刘再复认为，可以通过有价值的东西来抗拒或填补虚无，"人终有一了、一散、一死、死后难再寻觅，难再相逢，所以相逢的瞬间才宝贵"①。"如果说，'空'是终极存在，那么，情则是通向终极存在的并非虚幻的惟一真实。"②看来，刘再复是把"诗意的栖居"、美好的瞬间、纯真的情感等作为对抗"空"的可能性要素。其次，刘再复还通过对死亡的感悟来追问存在的价值。他认为有了死亡的假设，"可赢得许多自由"，"还追求世间虚幻的名声、地位、荣耀吗？还管人们的飞短流长，还为他人的讨伐、批判、污蔑忧烦吗？"③ 一切都会消失。海德歌尔说："未知死，焉知生"，刘再复从海德歌尔的哲学中获取精神力量，因为一旦领悟死亡是一种不可抗拒的限定，就要抓住此在，珍惜当下，在限定的时空里实现生命的价值，绽放生命的光彩。在死亡的先行观照下，作者领悟道："只有此时的情感、情怀和好奇的眼睛是真实的"，"把握住此时此刻的美与快乐"，"这一刻，我与你相逢……这一刻意味着我们已经战胜许多死亡"④。

（二）童心呼唤

刘再复在散文中不断呼唤"童心"。他说，"到处寻找天才，却常常忘记身边有一群天才，这就是孩子。……不错，天才是永远不知世故和拒绝世故的孩子。孩子的眼睛不被权力所遮蔽，也不被功名、财富所遮蔽，一眼就能看穿人间厚重的假面，所以是天才。""童心并不只属于童年。形而上意义的童心属于一切年龄。我喜欢老顽童，他们至死还布满着生命的原始气息。""与动物相比，人类有一伟大处常被忽略：它不像动物那样注定要走向腐朽——即使是狮子，也难逃愈老愈腐朽的宿命。人类可以在走向腐朽与走向再生的歧路上进行选择。

---

① 刘再复：《红楼梦悟》，生活·读书·新知三联书店 2013 年版，第 51 页。
② 同上书，第 160 页。
③ 刘再复：《天涯悟语》，生活·读书·新知三联书店 2013 年版，第 105 页。
④ 同上书，第 105—106 页。

当飘忽的白发在头上预告生命衰老的时候，他们可能转向新生，即以孩子为导师，重新赢得孩提王国的心灵状态，再次让布满早晨气息的天真像旭日从自己的身体地平面上第二次升起，从而远离动物式的溃败。"① 刘再复为什么如此苦心孤诣地呼唤"童心"？童心代表一个没有虚伪、没有心机、没有权术、没有阴谋、没有欺骗的真诚世界，永远保持着质朴自然、表里如一、拒绝世故、返璞归真、纯真无邪、混沌无分的本性特征，"童心"世界是一个理想的世界。中国儒家文化扼制个性发展，对人的外部要求太多，太多而做不到，就会伪装，假言假行，假事假文，成为李贽所谓的"假人国"，所以李贽提出"童心"说，向假人国挑战。而刘再复在中国和美国生活多年，同时周游世界40多个国家，亲身经历世风日下、唯利是图、道德沦丧、人文不在的社会现实，亲身感受投机、欺诈、世故、算计充斥的世俗世界，所以他才竭力呼唤童心世界。同时，刘再复也耳闻目睹美国的现代科学技术对孩子童心世界的侵蚀，"人类的童年正在缩短。不仅枪械、毒品入侵了孩提王国，而且堂皇的'科技'也在吞没人生的黎明，孩子已变成电脑的附件和电视屏幕的随从。二十世纪的孩子们，赢得了机器，却失去了星辰、月亮、山脉、河流和整个大自然"②。从而对现代科技文明作出深刻反思：科技文明一方面固然推动社会迅猛发展，但如果不把科技文明的目的转向人自身和人的精神世界，人类将毁灭于自己所创造的文明世界。值得注意的是，刘再复对"童心"虽然十分推崇，但也并非完全乐观，他对"童心"在特定背景下会产生扭曲或走向丧失怀抱警惕，认为童心也会变质："孩子正在变坏，孩子也布满杀气，鲁迅在《孤独者》中写道：'一个很小的小孩，拿了一片芦苇指着我道：杀！'鲁迅不幸言中了。他所写的'一个很小的小孩'在四十年之后，变成千百万个嗜杀的小孩，这些红孩儿被命名为红卫兵。……到了美国之后，则看到孩子不仅在喊'杀'，而且真的开枪杀了自己的老师与同学。"③ 这首"童心"哀曲同样连接刘再复"第一

275

---

① 刘再复：《天涯悟语》，生活·读书·新知三联书店 2013 年版，第 365、367、385 页。
② 同上书，第 370 页。
③ 同上书，第 383 页。

人生"的痛苦记忆和"第二人生"的真实见闻。

(三)人性观察

刘再复目光如炬,对人性观察烛幽洞微,剔骨见肌。"人群固然有热气,但也有毒气。人群相聚,总爱褒此抑彼,对他人评头品脚。……处于大自然之中或孤独状态之中,其好处正是可以回避人群功名利禄毒气的熏染。"① "人群相聚"中的那种相互攀比、评头论足、打探隐私、炫示升官、夸耀发财、飞短流长的场面人们应该不会陌生,然而它散发的人性"毒气"却常为人不觉。所以,作者愿意摆脱人群的羁绊,卸掉人际关系的重荷,回到孤独的生存状态,这何尝不是他"第二人生"的生存状态?他说,海外后,"我与松鼠、太阳、月亮的关系完全大于社会人际关系"②。"我是谁?暴虐的命名者告诉提问者:你是'国民公敌',你是'右派分子'、'反革命分子'。提问者说'不'。可是提问者的同事、朋友包围着他,手指顶着他的额角:'你就是国民公敌'!接着是兄弟、儿女、妻子加入了包围圈,也用手指点着他的额角:'你就是国民公敌!'提问者迷惘了,不知道自己是谁,终于接受了'国民公敌'的命名,背叛了自己。最后的犹太,不是别人,正是自己。"③ 一个规矩好人被确认为"右派分子"和"国民公敌",但其中最可悲的不是他的兄弟、儿女、妻子也加入背叛他的队伍,而是这个好人最后也自觉承认自己是"右派分子"和"国民公敌"。自己对自己进行残酷的精神自食、自我奴役、自我虐欺和自我作践。此句"悟语"一方面表达了作者对那个荒诞的异化时代的深刻批判,另一方面也残酷揭示了人性的奴化、蒙昧、卑微、和脆弱,以及"法西斯主义群众心理"和专制权力的巨大杀戮力和同化力。没有经历20世纪六七十年代的那种独特的生活体验,是不可能有如此直面人性残酷真相的感悟之语。

刘再复尤为天才的不公遭遇而感到不平,他说:"人类往往可以宽容罪犯,但不能宽待天才。因为宽容罪犯时可以居高临下,赐予悲

---

① 刘再复:《天涯悟语》,生活·读书·新知三联书店 2013 年版,第 268 页。
② 李北辰:《文学评论家刘再复:功利的教育需要诗意》,《华夏时报》2013 年 3 月 7 日。
③ 刘再复:《天涯悟语》,生活·读书·新知三联书店 2013 年版,第 29 页。

悯，心理上有优越感。对天才则必须投以敬重的目光，而且天才总是令人嫉妒。一个天才突然出现，总是要把庸才抛得更远。于是，痞子、骗子、教授和庸才们就不约而同地联合起来，要求天才十全十美，不承认天才具有弱点的合理性。攻击天才，不是天才有问题，而是人类的品性有问题。"① 刘再复一针见血地指出了人类的嫉妒本能，人类可以宽容庸才，但却每每设置道德法庭或以圣人标准来苛求天才，无视天才也有常人的一面。纵使是鲁迅这样的伟人也在生前和死后遭到辱骂、贬损和否定，纵使是当代杰出的作家高行健和莫言也遭受过这样那样的攻击，刘再复在不同场合力挺高行健和莫言，其中都是提醒国人：要善待和爱护天才，宽容天才的弱点。其他的悟语如："中国人的聪明，包括中国知识分子的聪明是少做实事。做实事总是吃力不讨好，最讨好的是让别人去做实事，自己等着瞧。不做事的人不仅永远正确，而且还可以享受'事后诸葛'评头品足的快乐和自我沉醉"；"人的脆弱，不仅在于易受权力、金钱所左右，还在于易受风气、潮流、多数、组织、团伙所左右"②。等莫不是切中肯綮、发人深省的睿智之论。事实上，刘再复针砭的多数属于中国人的国民性。人性与国民性是两个既交叉又有不同内涵的概念。人性指人的本性和天性，具有普遍性和共同性的特征，而国民性却带上民族性和地域性的标志。事实上，刘再复所提及的"人群毒气"、"少做实事"、"不宽容天才的弱点"、"易受风气、潮流等左右"等特征在中国人身上表现更为明显，更多地体现为一种国民性特色。

（四）文化感悟

277

古今中外的众多文化典籍等都进入刘再复感悟的范围，但作者感悟最为集中的是《红楼梦》、《山海经》和"双典"（《三国演义》、《水浒传》）。他对《山海经》、《红楼梦》和"双典"采取褒贬分明的文化立场，高度评价前两者，贬抑后者：认为《山海经》中远古英雄"知其不可为而为之"、造福人类的精神体现的是中国的"原形文化"，

① 刘再复：《天涯悟语》，生活·读书·新知三联书店2013年版，第232页。
② 同上书，第262、271页。

而《红楼梦》连接的是《山海经》精神，《三国演义》和《水浒传》则远离《山海经》的原形精神，它们之间有天壤之别，"《红楼梦》系生命之作，而后两者（《三国演义》、《水浒传》）是反生命之作"；"《红楼梦》让人走向婴儿状态即生命的本真状态。《三国演义》让人走向狼虎状态即人心的黑暗状态"①。刘再复以李贽的"童心说"和《山海经》所体现的精神为价值总纲，写了数百则悟语，对《红楼梦》、《三国演义》和《水浒传》进行集中的评论，这是刘再复散文"文化感悟"部分比较精彩的内容，关于这个问题，笔者曾撰写过一篇专文，此处不赘述。②

除此之外，一些零散的文化感悟片段也不乏令人击节赞赏之处："中国人形而下的恐惧感几乎充斥每个日子，怕没饭吃，怕没前途，怕丢乌纱帽，怕得罪长官与同事，怕'犯错误'和吃官司等等，然而，形而上的恐惧感却几乎没有。"③此语点出了中国文化的一大特征：正如李泽厚先生曾经说，中国文化和西方文化最大的区别在于，中国是一个世界的文化（只有人的世界和现世世界），而西方是两个世界的文化（人的世界和神的世界、此岸世界和彼岸世界）。在西方文化世界中，正是由于相信神的存在，所以人存在一种对神的敬畏之心和形而上恐惧感。"制度的黑暗与人心的黑暗是互动互补的。"④因为专制制度使人不敢说真话，丧失诚实，人人自危，失去善良。而人的自私、虚伪、冷漠、残忍又加剧专制的黑暗，专制建立在人心的黑暗之上，后者是前者产生的土壤，两者之间形成一种互动促进的关系。"学庄子固然快乐，但也很危险。学其'大道'，则可能会领悟到人生乃是一场悲剧，并会警惕知识与技术对人性的伤害，从而获得自由。学其'小道'，则会变得十分自私，冰冷，圆滑，厌倦一切人间关怀。这正如学老子，学其大道会返回童心，学其小道则可能落入术数的泥潭。"⑤

---

① 刘再复：《天涯悟语》，生活·读书·新知三联书店 2013 年版，第 95 页。

② 古大勇：《"天国之门"与"地狱之门"——论刘再复对中国四大名著的再评价》，《武汉理工大学学报》（社会科学版）2014 年第 6 期。

③ 刘再复：《天涯悟语》，生活·读书·新知三联书店 2013 年版，第 277 页。

④ 同上书，第 272 页。

⑤ 同上书，第 227 页。

这反映了作者对庄子和老子哲学的辩证性理解:一方面是对庄子那种"不为物役"、安时处顺、豁达超脱、无任何约束的大道遥精神和保持本真本然的"浑沌"生命状态,以及自然无为的"真人"人格的一种认可,同时也对庄子"齐生死"的"鼓盆而歌"、"齐物论"中的"美恶相类"等之类的行为或思想持保留态度。对于老子,作者既肯定其"复归于朴"、"复归于婴儿"等大道观念,同时也警惕老子战争论、战略论、战术论的兵家思想所产生的可能性负面意义,诸如"以奇用兵"、"欲擒故纵"、不争善胜"、"守柔曰强"等战略,如果在日常生活中过分运用,则不利于人心的健康发展。

(五)其他主题

除上述主题外,还有社会批判和历史反思等之类的主题。如社会批判主题,刘再复或担忧"象牙之塔的消失":"以往革命大潮再加上当今的商业大潮,把中国的象牙之塔冲击得荡然无存。总是听到嘲笑、批判象牙之塔的声音。实际上在喧嚣的大社会中有象牙之塔的存在并不坏。有一些知识分子躲在象牙之塔里面壁思索,抵抗俗气潮流,保持自身的尊严"①;或针砭走向异化的"二十世纪的新种族":"二十世纪是个特别的庞大的工厂,它制造了以往几个世纪少有的下列几种特殊人类:只有肉没有灵的'肉人';只有躯壳没有良知的'空心人';只有技术没有性情的'单面人'(马尔库塞的概念);只有工具性没有人性的'机器人';只有权术心术而不学无术的'政治人'"②;或对所谓"自由"的负面意义敲响警钟:"专制会压迫人,可是自由却会宠坏人。在美国就可以看到许多被自由宠坏的青年男女。当年所谓'垮掉的一代',其实是被宠坏的一代。……(他们)无所憧憬,生命失去光泽,灵魂失去了方向。自由给人欢乐,也带给人苍白。"③刘再复犀利痛陈20世纪乃至21世纪的种种"时代病",对人类物质进化、精神退化、走向异化的现状忧心如焚,从而表现了一个人文知识分子的忧患意识和终极关怀意识。另外,对故乡的多义言说也是刘再复

279

---

① 刘再复:《天涯悟语》,生活·读书·新知三联书店2013年版,第344页。
② 同上书,第73页。
③ 同上书,第301页。

"悟语体"散文的一个重要内容，本人有专文研究，可以参看，此处不赘述。①

三 "试验"的文体及其文学史价值

刘再复说："作为一种试验，我自然是想看看它能否作为一种文体而自立于散文之林，即在议论文、抒情文、记叙文三种基本类型中是否可以再派生出一种融缩三者的新样式。文章是人创造的，它可以有千种万种写法。但愿我的不拘一格的尝试，能让生活节奏愈来愈快的读者认同。"② 可见刘再复有一种自觉的文体试验和文体创新意识，这种文体有以下几个鲜明的特色。

第一，"悟"是"悟语体"散文的灵魂。刘再复说："在我心目中，'悟语'类似'随想录'与'散文诗'，有些'悟语'其实就是散文诗和随想录，但多数'悟语'还是不同于这两者，随想录写的是随感，'悟语'写的是'悟感'。所以每则悟语，一定会有所悟，有'明心见性'之'觉'。随想录更接近《传习录》（王阳明），悟语更近《六组坛经》（慧能）。"③ 刘再复的"悟语"受到禅宗"顿悟说"的影响，禅宗主张打破传统的形式逻辑，另立以心传心、明心见性的方法。刘再复曾说："'悟'，作为一种成佛的方法，扬弃'学'，特别是扬弃概念、范畴、逻辑的介入与参与，而直接把握生命的当下存在，这给我极大的启发。"④ 表现在散文创作中，就是刘再复放弃疏离散文或杂文创作中通常运用的种种技巧章法和修辞手法，以"悟"为沟通形式和内容的主要方式，省略形式和技巧的中介，以心传心，以心明理，以心悟道，直接由语言进入思想和精神的核心。事实上，"悟"不但是刘再复散文创作的方法，同时也是他的《红楼梦》研究的方

280

---

① 古大勇：《刘再复"第二人生"散文中"故乡"的多义言说》，《华文文学》2013 年第 6 期。

② 刘再复：《天涯悟语》，生活·读书·新知三联书店 2013 年版，第 405 页。

③ 同上书，第 404—405 页。

④ 同上书，第 6 页。

法，他称之为"悟证"法。

第二，"反常规"的逆向性思维方式。刘再复采取一种反常规的"多疑"思维，打破人们习以为常或习焉不察的"常识性"认知，敏锐发现其背后的不合理甚至荒诞性的部分内容，这实际上是对真理和真相的一种深刻认知。从大的方面来说，刘再复敢于打破中国文化的"常识"，最典型的就是他对《双典》（《三国演义》和《水浒传》）的"反常规"批判。从小的方面来说，他的不少片段性"悟语"同样具有"反常规"的逆向性思维方式。例如，他认为："中国人历来只为胜利者鼓掌，不为失败者鼓掌，所以鲁迅才赞赏那些在竞技场上跑在最后但坚持跑到终点的运动员，为这些坚韧的失败者鼓掌。可惜鲁迅没有提醒，在精神运动场里，有许多人不仅不为失败者鼓掌，也不为成功者鼓掌。他们的一双被嫉妒所刺激的双脚，一脚踢开失败者，一脚则把成功者踩在脚下。"① 刘再复此处观点表面上和鲁迅相左，实乃洞察出鲁迅所忽略的人性痼疾——中国人并不为成功者鼓掌，一是出于"枪打出头鸟"、不为戎先、甘居中庸的心理；二是因为成功者的光环掩盖了自己，不鼓掌是缘于个人的自私和嫉妒心理。我们常常认为知识越多越好。但刘再复却偏偏说"知识太多也可能危害身心"②；我们很多人提倡"作家学者化"，但刘再复却"反其道"提出"作家非学者化"③。

事实上，刘再复并非是具有"民粹"倾向的"反智主义者"，但他警惕知识和学问给人们带来的"知识障"，认为"知识固然会充实人的头脑，但也会膨胀人的头脑，以致使人产生幻觉，以为自己真的乃是洞察一切的大师"；认为作家"非学者化即非头脑化，用头脑创作而不用生命创作绝不是一流作家……卖弄知识的人，常常被观念带到'不知去向'的地方"④。诸如此类"反常规"的逆向性思维的"悟语"在刘再复的散文中俯拾皆是，这无疑大大增强其散文的

281

① 刘再复：《天涯悟语》，生活·读书·新知三联书店 2013 年版，第 259 页。
② 同上书，第 316 页。
③ 同上书，第 266 页。
④ 同上书，第 316、266 页。

思想性。

第三，在艺术形式上，"悟语体"散文不"以文取质"，简单明澈，没有华丽的藻饰文采和多样的艺术手法，以小见大，言近旨远，短则一两句话，长则不过数百字，但往往三言两语就直抵思想的核心。以下把"悟语体"散文与几种类似的文体进行比较，来甄别"悟语体"散文的文体独特性。

典型的"悟语体"散文与散文诗是有区别的。散文诗的开创者波德莱尔称散文诗是"一种诗意的散文，没有节奏和韵脚的音乐"①。散文诗是"散文"和"诗"的有机融合。"悟语体"散文与散文诗相比，篇幅略短或部分相等，但以思想之"悟"为主要特征，并不追求"诗"的特点，正如刘再复说："与散文诗相比，'悟语'并不刻意追求文采和内在情韵，只追求思想见识，但某种情思较浓的'悟语'也有些文采，只是必须严格地掌握分寸，不可'以文取质'，只剩下漂亮的空壳。"②

典型的"悟语体"散文有异于五四时期的"随想录"。五四时期以《新青年》为代表的"随感录"作家群创作的"随感录"，其实就是中国现代文坛上影响很大的文体——杂感或杂文。一般形式短小精悍，易于出手，充当"社会批评"和"文明批评"的武器，社会功利性较明显，但在存在叩问和本体思考方面则不及"悟语体"散文。艺术形式较"悟语体"散文丰富，或婉而多讽，寓庄于谐，或嬉笑怒骂，皆成文章。

"悟语体"与尼采的《查拉斯图拉如是说》中所呈现出的"尼采体"也是有区别的。《查拉斯图拉如是说》对五四时期的"随想录"文体有比较明显的影响。"尼采体"结构巧妙讲究，语言华美形象生动，具有音乐的节奏和美感；没有抽象的论述和直白的教条，哲思多融入可感的形象之中，并借象征、隐喻和暗示等方式表现出来，构成了一种意在言外式的"隐微修辞"③。而这些艺术特征在"悟语体"散

---

① 汪文顶：《现代散文诗论》，福建教育出版社 1994 年版，第 48 页。
② 刘再复：《天涯悟语》，生活·读书·新知三联书店 2013 年版，第 405—406 页。
③ 司同：《论尼采〈查拉斯图拉如是说〉中的隐微艺术》，《名作欣赏》2011 年第 3 期。

文中表现不明显。

"悟语体"散文与中国现代文学史上的随笔也面貌有异。随笔的特征是"兴之所致，任性闲话"、"个性精神，人格色彩"、"信笔涂鸦与雕心刻骨"，在艺术上多用"闲笔、隐喻、反讽、机智、诙谐、幽默"①。"悟语体"散文在篇幅上较随笔短，也不大运用随笔那种以"曲笔"为主要特征的艺术手法。

在文学史家看来，中国现代散文有两个创作潮流和散文传统，即"闲话风"散文和"独语体"散文。② 很显然，"悟语体"散文不属于"闲话风"散文家族，"闲话风"散文如同作者和老朋友"谈些闲天"，任心闲谈，兴之所至，漫无边际，具有一种悠闲余裕的格调。而"悟语体"散文以灵魂自救以及存在、人性和文化的多维感悟为特色，其节奏和格调是相对紧张而缺少悠闲特征的。从这点上来说，它和鲁迅及何其芳的"独语体"散文有些类似，"'独语'是不需要读者的，甚至是以作者与读者之间的紧张和抗拒为其存在的前提，唯有排除了他人的干扰，才能径直逼视自己灵魂的最深处"③。"悟语体"散文在抗拒读者的"独语"性特征方面和"独语体"散文有些类似，但是，从哲学层面进行全方位的生命和存在思考是后者所不具备的。何其芳的"独语体"散文《画梦录》完全是作者青春情绪的抒写，绝少形而上的哲学之"悟"；鲁迅《野草》中的《过客》、《死火》等篇有对存在的思考，但只是部分的内容。另外，"独语体"散文追求艺术的精致华美，与"悟语体"散文返璞归真、简单质朴的文体风格是有差别的。

综上而言，"悟语体"散文虽与中国现代文学史上其他散文文体有着千丝万缕的关系，但绝不完全等同于任何一种文体，而具有自身质的规定性和独特标志，这种具有自觉"试验"性质的创新性文体无疑丰富了现代散文文体的家园，具有独特的文学史价值，必将在中国现当代散文发展史上留下它的一席位置。

283

---

① 黄科安：《中国现代随笔研究》，中国社会科学出版社2004年版，第28—34页。
② 钱理群等：《中国现代文学三十年》，北京大学出版社1998年版，第39页。
③ 同上书，第40—41页。

刘再复与"生态主义"

　　什么是生态文学？关于这个概念内涵的界定，多达十余种，还没有完全取得一致意见。[①] 但现在能达成共识的是，生态文学不仅仅是以"自然生态保护"或"环境保护"为唯一的内容题材，应当在这个基础上有所超越。王岳川则把生态文学分为狭义的生态文学和广义的生态文学，狭义的生态文学定义为"作家有鲜明的生态文化立场，前卫地反思人与自然的关系，直面现代性生态危机而发出自己的批判之声"，而广义的生态文学则是指"那些具有生态文化意识的传统文学作品"[②]。鲁枢元则把"生态学"分为"自然生态学"、"社会生态学"和"精神生态学"[③]，其中"精神生态学"对于"生态文学"的内涵拓展具有十分重要的启发意义。本章采取王岳川的说法，认为狭义的生态文学有一个特定的时代背景，即人类进入工业化社会以来，工业化浪潮对自然生态造成破坏而产生的种种生态危机，作家则通过文学作品对这种危机现象进行反映并揭示其根源，向人类发出警告，表达了保护生态环境、人与自然和谐共生的意识。而广义的生态文学则超越这一特定背景，人类文化史上只要能表现一定的生态文化意识、生态情感趣味、自然题材写作，以及表现情感与精神生活的"精神生态"都可纳入这一范畴。本章认为，刘再复的生态主义思想，既体现

[①] 闫慧霞、高旭国：《生态文学的称谓与界定》，《广西社会科学》2012 年第 12 期。

[②] 王岳川：《生态文学与生态批评的当代价值》，《北京大学学报》（哲学社会科学版）2009 年第 2 期。

[③] 鲁枢元：《生态文艺学》，陕西人民教育出版社 2000 年版，第 146 页。

在狭义的生态文学层面，也体现在广义的生态文学以及"精神生态学"的层面。

一 呼吁以"生态意识"觉醒为标志的民族"第四大意识的觉醒"

就狭义的生态文学的层面而言，刘再复的部分散文犀利批判了工业化浪潮对自然生态造成的破坏，对中国大陆所存在的种种生态危机忧心如焚并发出警醒之声，呼吁中华民族要有一个新的民族意识的觉醒——即全民族的"生态意识"觉醒，这在国人对工业化与现代化深信不疑、趋之若鹜的时代背景下，无疑是一种少有的、超前的时代"忠言"。

在这之前，刘再复曾提出"本世纪三大意识的觉醒"的主张，认为在整个 20 世纪，中国经历了清末民初的"民族—国家"意识、"五四"时期的"人—个体"意识和二三十年代阶级意识三大意识的觉醒，构成了 20 世纪中国思想发展的基本历程，牵动了中国人每一个神经，深深地影响了国人。在此基础上，刘再复认为，中国人还需要一个新的觉醒，即全民族的"生态意识"觉醒，他称之为与前三大"觉醒"并列的民族的"第四大意识的觉醒"。

在工业化、现代化浪潮的背景下，财富的积累、GDP 的增长成为社会的唯一目标，而聚敛财富成为人们生活的第一目标，为了达到这个目标可以不顾一切，疯狂地攫取掠夺有限的自然资源，无限制地向大自然索取，最后付出惨重的代价，如江河干涸、水土流失变质、森林覆盖率不断下降、生物的多样性急剧减少等系列环境问题，整个自然生态遭到根本性的破坏。这引起了刘再复先生的警觉和忧虑。他在《生态意识的觉醒》一文中提道，"太湖已经发臭，说得难听一点，太湖几乎变成一个巨大的厕所"。他由太湖的生态环境遭到破坏说出去，认为中国的工业化进程与现代化发展虽然取得骄人的成绩，但也付出了惨重的代价，这个代价之一就是生态的破坏；并呼吁："在世纪之交，如果中国人能有一个生态意识的大觉醒，就像'五四''人—个体'意识觉醒那么强烈，也像后来的阶级意识的觉醒那么牵动知识分

285

子和人民的心，该有多好啊。在上一个世纪'民族—国家'意识觉醒时，随之而来的是救亡意识，现在虽然没有亡国的问题，但却有另一种意义上的山川危亡的问题，这是值得整个民族都来关怀、都来呼吁、都来研究的问题。西方进入现代社会比较早，其生态意识也觉醒得比较早。到了今天，他们已充分意识到：宇宙中地球只有一个，糟蹋了可没有别的去处。而中国人恐怕也应想到这一点，想到地球是人类共同的母亲，而且还应想到：中国只有一个，长江只有一条，黄河只有一条，如果毁坏了，我们的后代子孙可没有别处可以安居。"① 除了《生态意识的觉醒》一文，刘再复也写过《救救黄河》等文章，对黄河等祖国江河的生态环境遭到严重破坏的情况亦表示强烈忧虑，提出现代化不能以"山川变质"作为代价，认为："现代化是必须的，改革、开放、发展是必须的，但是，现代化的实现难道应当以毁灭'黄河母亲'为代价吗？难道应当以糟蹋中华民族过去、现在、未来赖以生存的生态环境为代价吗？"②

刘再复身在海外，却为何能关心故国的自然生态问题？为何有如此自觉的生态主义意识？原因之一是刘再复有一个"参照物"，即美国人相对先进的生态主义观念，尤其是他所生活的小城全体市民表现出来的高度自觉的自然保护观念和生态主义意识，刘再复置身于如此环境下，难免不被潜移默化，产生自觉的先进的生态主义理念，并将之作为一把"标尺"，来衡量中国人的生态观念。刘再复1992年以后，居住在一个名叫Boulder的小城，小城居民不到10万人，科罗拉多大学的师生就有3.5万人。刘再复说："Boulder城的居民特别保守。这里每一年都有一次居民投票，表决一下要不要发展城市，可是每一年投票的结果，多数居民总是说'不'。这个城市无论是住宅区还是商业区都没有高楼，原因是居民们反对兴建高楼。……他们早已悟到：现代化不等于纽约化、洛杉矶化，也不等于就是遮蔽天空的高楼大厦，发展是为了人，而不是人为了发展。"③ 而中国在工业化的进程中，却

---

① 刘再复：《生态意识的觉醒》，《沧桑百感》，（香港）天地图书公司2004年版，第269页。

② 刘再复：《救救黄河》，《漫步高原》，（香港）天地图书公司2000年版，第232页。

③ 刘再复：《小城守望者》，《阅读美国》，福建教育出版社2009年版，第164—165页。

是另一种景象：一座座高楼大厦拔地而起，栉比鳞次，工厂里烟囱喷出的浓烟如一条条怪物一样，涌向湛蓝的天空，天空慢慢变色，空气遭到严重污染；据统计，全球空气最差、污染最为严重的城市就有多个位于中国。而刘再复又有 Boulder 这样一个独特的"参照物"，他怎能不发出如此忧心如焚的呼吁？对于申请"奥运会"的主办权，全球各大城市都争先恐后地申请，然而刘再复所生活的科罗拉多市民却对此不感兴趣，敬而远之。"科罗拉多高原是美国著名的滑雪圣地。每到冬天，世界各地的滑雪英豪就纷纷来到这里大试身手，前些年，世界冬季奥运会曾要求在这里举办，没想到竟遭到科罗拉多州公民们的反对，这里的传统居民富裕而保守，生怕太多强健的双脚会踩坏自己心爱的土地。他们把家园天然的美貌视为生命，看得比名声和金钱重要。"① 刘再复居住地的居民的生态主义观念已经深入骨髓，成为一种与日常生活相伴的习惯和理念。而这些无疑影响到了刘再复，对刘再复的生态主义思想的形成起了比较关键的作用。

除了以上这些狭义层面的生态文学写作以外，刘再复还创作了一些广义层面的生态文学作品，表达了人与自然和谐共处的愿望。在他看来，人类往往把他们与自然之间视为主体与客体的关系，以自然为客体，把自然作为人类被征服被利用的对象，无休止地掠夺自然，霸占有限的自然资源，形成人类与自然之间的紧张关系。例如，人与自然界很多动物之间本来是和平相处的朋友，但更多时候却变成互相防备的敌人。因此，当刘再复看到自己的朋友和小鹿之间和谐共处的关系，不由得大加赞赏："安格尔先生给它们（鹿）送去面包片，小鹿便从容地嚼食起来，眼里没有一点惊慌，鹿是动物中最胆小的，我很奇怪它们为什么这么从容。我看到安格尔先生嘴唇动着，好像在和小鹿说话，小鹿翘首倾听着，好像也在微微地点头。此时我感到他们之间有一种可以互相沟通的语言。"② 胆小的鹿对人有充分的信任，这是鹿建立在人一千次不伤害它的经验之上的。联想到中国国内某些民众

287

① 刘再复：《脚踩千秋雪》，《漫步高原》，（香港）天地图书公司 2000 年版，第 30 页。
② 刘再复：《山那边的小鹿——缅怀保罗·安格尔》，《师友纪事》，生活·读书·新知三联书店 2011 年版，第 249 页。

出于利益的诱惑，对生活在高原上藏羚羊等珍稀动物进行围狩猎捕的行为，不难理解为何中国的珍稀动物见到人就如临大敌，仓皇逃跑，而西方有些国家的动物见到人却毫不戒备，和谐相处？刘再复也有过类似的经验："尤其让我喜欢的，是在科罗拉多还见到三种儿时的朋友：蜻蜓、蝴蝶和天牛。……蝴蝶是在小山的花丛里见到的。天牛是在小溪边的树林里见到的。我认识它们，它们不认识我，但也不陌生，不害怕，我走近它们时，天牛仍然从容地在树枝上戏耍，蝴蝶则自在地翔舞。蜻蜓则是在一个夏日的早上，突然飞入我的家，停泊在书桌上的阳光中。……我又像儿时那样，缓缓地伸出手，轻轻地夹着她的长尾巴。她竟一点不动，只用圆滚滚的蓝眼睛看着我。我松开手指，过了大约一刻钟，她才从容地飞出窗外，徘徊了几圈之后便直扑云空。"① 刘再复通过走访海明威的故居认识到，海明威"是一个社会中人，更是一个自然中人。很明显，他与自然的关系大于他与人际的关系，他与大海的关系重于他与社会的关系。想到这里，我突然升起一阵调整生命关系的冲动。……此后，生命应当多多朝向大海，朝向大自然，朝向大宇宙"②。在海明威等人的启发下，他的生命关系确实进行了重大调整，生命走向发生根本变化。如果说 20 世纪 80 年代的刘再复的生命多指向功名、官位、权力、名声等世俗功利性层面，那么，旅居海外后的刘再复的生命则摆脱这些外在世俗因素的束缚，回归生命本真，更多地向自然和自我敞开，重新确立了自己的生命价值观。他在自然中发现了生命更多的意义，正如他小女儿刘莲说："我爸爸每次看山看水，总像和它们初次见面似的"；刘再复则感喟"知父莫如女"："又是小女儿的声音。我惊讶这个小家伙的评说怎么那么准确，我真的每年见到秋叶，都好奇得像是第一次相逢似的。"③ 山水和自然不再是外在的自然景观，而是融进刘再复的生命，成为他生命中不可或缺的一部分。

288

---

① 刘再复：《高原上重逢的黄蜻蜓》，《远游岁月》，（香港）天地图书公司 1994 年版，第 133 页。

② 刘再复：《小城守望者》，《阅读美国》，福建教育出版社 2009 年版，第 27 页。

③ 刘再复：《又看秋叶》，《漫步高原》，（香港）天地图书公司 2000 年版，第 24 页。

二 "生态主义"性质的生命形式和"精神生态学"的观
照视角

(一)"梭罗"式的"生态主义"性质的生命形式

刘再复把 48 岁之前(1989 年之前)的人生,视为"第一人生",把这之后到海外的人生视为"第二人生"。从"第一人生"到"第二人生",刘再复从一个"社会的人"变为一个"自然的人","第二人生"的刘再复远离名利樊笼和世俗干扰,简化人际关系,简化到只剩下几个朋友和一些老师学生。有些时候,他和自然的关系大于和社会的关系,他曾说:"现在与松鼠、野兔的关系已大于人际的关系"①,刘再复把自己"封闭"起来,大量的时间生活在家中,经常在草地上读书、散步、劳动。他不上网,也几乎不看报纸,原来为了学英文,订了一份《今日美国》(U. S. Today),后来也不看了。只是在每周末读一下朋友赠给的《亚洲周刊》、《明报月刊》和美国的地方报。他疏离现实社会,回归自然,与自然为伴,为自己构筑了一个象牙之塔,过着一种"诗意栖居"的生活。

他的不少散文,描述了自己的这种"生态主义"性质的生活经历和生命形式。他喜欢与大自然为伴,醉心于芝加哥大学校园上青青的草地,他说,"我的根在故国的土地上扎得太深了,不容易喜欢异邦,然而,我却很喜欢异邦的草地。我在西方的享受,就是看看这些草地,这些青青的、青青的草地。……对着眼前的青青翠翠,我想到,人生其实也很简单,只要有一箪食,一瓢饮,一片草地,就可以生活得很有味"②;"花园与草圃是我生命的一部分。如果不是到海外漂流,我会满足于第一人生那种安逸与荣耀,会满足于别人为我营造的小窝。……自从有了自己的一片绿草地之后,我便常常在那里沉醉。施肥、除草、剪枝、打扫落叶且不说,还坐在那里读书想事,久久不

289

---

① 刘剑梅:《美国中部高原上的"柯老农"》,http://blog. sina. com. cn/s/blog_ 4cd081e
90102e6kr. html(2013 年 10 月 21 日)。

② 刘再复:《草地》,《漂流手记》,(香港)天地图书公司 1993 年版,第 56 页。

愿意进屋"①；对于修建自己的房屋和修整自己的草地，他会乐此不疲的"上瘾"，尤其对草地醉心到痴迷的程度，他的小女儿刘莲称他是"enjoy草地"，"修整完阳台，便进入修整草地。草地上的杂草要除，树要剪枝，菜地要开垦，还要买肥料和种子，春天到来时更是忙极了，满地是蒲公英的小黄花，千朵万朵，要一一拔掉，但不管什么活，样样都使我沉醉。这时我才知道，修建自己的房屋和草地会上瘾……一天到晚牵挂着草地，而且一走到草地上就高兴，好几回大女儿剑梅从纽约来电话找我，小妹妹告诉她：爸爸又在enjoy草地了"②。

刘再复在自己的散文中多次提到的梭罗和他的《瓦尔登湖》，他的生命状态其实和梭罗十分相似，梭罗反对工业化浪潮对自然的索取和破坏，喜爱大自然，远离尘嚣，企图在静谧的大自然中寻找一种本真诗意的生存状态。《瓦尔登湖》一书代表了一种回归生命本真的原生态生活方式，详细地记录了作家两年时间在瓦尔登湖的日常生活状态，他独自一人住在瓦尔登湖，在小木屋旁开荒种地，春种秋收，他每天打交道的就是土拨鼠和野鸭，与湖水、森林和飞鸟对话，在船上吹笛，在湖边钓鱼，细心观察四季的轮回，晚上在小木屋中记下白天的观察和思考。他隔绝与世俗社会的交往，独立地生活和写作。刘再复的生活状态和梭罗何其相似也！如果说梭罗是瓦尔登湖湖畔的"梭罗"，那么刘再复就是科罗拉多山下的"梭罗"。梭罗在瓦尔登湖畔的小木屋下开荒种地，那么刘再复就是在科罗拉多山脚下自家后院中灌溉除草；梭罗的好朋友是野生老鼠和野鸭，那么刘再复的好朋友就是"松鼠野兔"，是"蜻蜓、蝴蝶和天牛"。梭罗与"禽兽为邻"，和"野生老鼠"关系亲密："它（野生老鼠）居然跑上了我的衣服，沿着我的袖子，绕着我盛放食物的纸不断地打转。而我把纸拉向我，躲开它，然后突然把纸推到他面前，和它玩起藏猫猫的游戏。最后，我用拇指与食指拿起一片干酪来，它索

290

---

① 刘再复：《营造自己的花圃与草地》，《西寻故乡》，（香港）天地图书公司1997年版，第108—109页。

② 刘再复：《玩物丧志》，《西寻故乡》，（香港）天地图书公司1997年版，第106页。

性坐在我的手上,一口一口地吃它,吃完象苍蝇一样擦擦他的脸和前爪,然后扬长而去。"① 刘再复亦与"动物为友",与"蜻蜓"关系友好:"蜻蜓则是一个夏日的早上,突然飞入我的家,停泊在书桌上的阳光中。……(我)缓缓地伸出手,轻轻地夹着她的长尾巴。她竟一点不劲,只用圆滚滚的蓝眼睛看着我。我松开手指,过了大约一刻钟,她才从容地飞出窗外,徘徊了几圈之后便直扑云空。"② 梭罗为了种豆而"锄草":"毫不留情地把一种草全部捣毁,野蛮地摧残了它们纤细的组织,同时用锄头来仔细地区别它们,为了悉心培养另一种草。这是罗马艾草,这是猪猡草,这是醡酱草,这是芦苇草……打击它,拔掉它,把它的根须翻出来,暴晒在太阳下,别让它在阴影中留一根纤维,否则它转一个身子便又露出头来,两天以后,就又绿得像韭菜一样了,这是一场长期战争。"③ 梭罗如此热心于"锄草",刘再复同样对"锄草"乐此不疲,他的大女儿剑梅则称他是一位地道的"农民":"我父亲就是科(柯)州(科罗拉多州)的老农民,笔耕、锄耕两不误。……现在父亲仍然守望着我家后院的那一片草地,那一片丁香花与桃李树,仍然天天在那里浇水、灌溉、除草,他已用坏两部小拖拉机,这两年他改用手推割草机,这样割一回草可以流一身大汗。"④ 因此,可以说,梭罗和刘再复虽然未曾谋面,但却是生命状态和灵魂走向极为相似的知心朋友,刘再复就是在科罗拉多山下生活的另一位"梭罗"。

(二)"精神生态学"视角下的刘再复

鲁枢元先生把生态学分为三类:"以相对独立的自然界为研究对象的'自然生态学',以人类社会的政治、经济生活为研究对象的'社会生态学',以人的内在的情感生活与精神生活为研究对象的'精神生态学'。"⑤ 而"自然生态"体现的是"人与自然的关系","社会

291

---

① 梭罗:《瓦尔登湖》,文汇出版社 2010 年版,第 239 页。

② 刘再复:《高原上重逢的黄蜻蜓》,《远游岁月》,(香港)天地图书公司 1994 年版。

③ 梭罗:《瓦尔登湖》,文汇出版社 2010 年版,第 170 页。

④ 刘剑梅:《美国中部高原上的"柯老农"》,http://blog.sina.com.cn/s/blog_4cd081e 90102e6kr.html(2013 年 10 月 21 日)。

⑤ 鲁枢元:《生态文艺学》,陕西人民教育出版社 2000 年版,第 146 页。

生态"体现的是"人与人的关系","精神生态"体现的是"人与自我的关系"①。如果说"自然生态"关注的则是作为"外世界"的自然的发展与健康,那么"精神生态"关注的是作为"内世界"的个体精神世界的健康与和谐。"精神生态说"的产生是建立在现代心理学家、哲学家对人的精神世界更深刻的认知的基础上的,如柏格森的"生命哲学"、弗洛伊德的"精神分析心理说"、荣格的"集体无意识"、舍勒的"精神现象学"。这些学说,为我们认知人的丰富深邃的精神世界打开了一扇大门,也为"精神生态说"的产生提供心理学和哲学依据。在现代化浪潮的冲击下,不但外在的自然生态遭到了破坏,同时人的内在精神生态也遭遇危机,产生严重失衡现象。鲁枢元就在《生态文艺学》一书中列举了现代人内在精神生态失衡的种种"精神症状",其中之一就是"人与自己内心世界的疏离"②,造成"人"的内心世界的紧张和自我冲突。

以"精神生态学"为视角,可以发现一个有趣的现象,即刘再复"第一人生"和"第二人生"由内部"自我"呈现出的"精神生态"是不一样的,如果说他的"第一人生"的"自我"一定程度上是异化的"自我","自我"内部结构之间的关系是冲突的矛盾的,那么,其"第二人生"的"自我"不再是异化的"自我",而是回归本真的"自我","自我"内部结构之间的关系是和谐的融洽的。在刘再复看来,他"第一人生"的"自我"是被世俗妄念之执所蒙蔽的"假我","第二人生"的"自我"则是明心见性的"真我"。"第一人生"的"假我之执",对于刘再复来说,更多地体现在那个"跳忠字舞"③、"充当了红卫兵的尾巴"④、"对着那些人造的敌人——那些在泥巴里滚爬一生的兄弟喊叫、咆哮,勒令他们'坦白交代'"⑤、"把受苦的母亲看得无足轻重,把大慈大悲的亲娘扔到九霄云外"⑥、"被人们视为

---

① 鲁枢元:《生态文艺学》,陕西人民教育出版社 2000 年版,第 147 页。
② 同上书,第 156 页。
③ 刘再复:《天涯悟语》,生活·读书·新知三联书店 2013 年版,第 39 页。
④ 同上书,第 42 页。
⑤ 同上书,第 40 页。
⑥ 同上书,第 41 页。

'启蒙者'"①、想当"英雄"和"受难者"②的刘再复。刘再复说："要向人们承认，我确实中过魔。着了魔在沉睡中得了本体病：我丢失了自己。……我必须坦白自己曾经中了魔法，我必须从魔法的笼罩中逃亡，逃到天涯海角，逃到这静谧的、只有天籁、少有人籁的果园。"③ 直到"第二人生"，刘再复才逐渐打破"旧我"的束缚，向"真我"之路回归，也就是逐步摆脱仕途经济、功名权力、荣华富贵等世俗因素对"自我"束缚的过程。他的人生幸福的标准也随之发生变化：一箪食，一瓢饮，一草地就够了。他说："我想不出有其他的日子、其他的瞬间比醉卧草地时更加幸福。所谓幸福，就是对大自由与大自在的体验。此时此刻，没有人干预我，没有怀疑的目光看着我，偶像、世相、幻相、官场、商场、名利场全在遥远的地方，身边只有无声无名的小花、小草、叶子，陪伴我的是清朗的阳光和最质朴的生命。……很早就记住庄子的'与天地独往来'的话，但不知如何实现。这回斜卧草地，望着蓝天白云，才知道是怎么回事。在草地上我获得一种生命的沉浸状态。"④ 此时，那个被"偶像、世相、幻相、官场、商场、名利场"所蒙蔽的"自我"不见了，回归到最本真的"自我"，其"自我"内部结构之间的关系由原先的矛盾冲突状态转为和谐统一。

　　刘再复精神生态中"自我"内部结构的调整不是偶然的随意的，而是与其生命经历雪崩式、断崖式的"裂变"息息相关。以 1989 年为界，刘再复的生命产生一次巨大"裂变"。1989 年之前，刘再复的人生春风得意，他曾任中国社会科学院文学研究所所长等要职。在 20 世纪 80 年代的计划经济时代，中国社会科学院文学研究所作为国家级的科研机构，一定程度上充当党在文学研究领域的代言人，执行党的文艺政策，具有非常重要的作用。同时，刘再复也是 80 年代文艺理论界的"领袖"人物，他提出的"文学主体论"、"性格组合论"等文学理论曾产生重大时代影响，由此成为一呼百应的时代文学的"启蒙

293

① 刘再复：《天涯悟语》，生活·读书·新知三联书店 2013 年版，第 40 页。
② 同上书，第 43 页。
③ 刘再复：《"我是谁"的叩问》，《独语天涯》，（香港）天地图书公司 1999 年版，第 52 页。
④ 刘再复：《小城守望者》，《阅读美国》，福建教育出版社 2009 年版，第 22—23 页。

者"。彼时的刘再复处于人生顶峰，烈火烹油，鲜花着锦，功成名就，风光无限。然而人生无常，世事难料，随着1989年那场突如其来的变故，这一切人间胜景荣华顷刻间如雪崩一样坍塌，化为乌有，权力、高位、名声、荣华、故国、故人都弃他而去，他变得"一无所有"，不得不在异国他乡流浪漂泊，一切就要像婴儿一样重新开始，刘再复谓之"转世投胎"，经过漫长时间的调整，他才逐渐适应并习惯另一种文化生态的生活，即他所谓的"第二人生"。两次截然不同的人生对刘再复的心灵产生巨大影响，他的价值观、人生观和世界观产生裂变，他"精神生态"中"自我"内部结构也随之发生变化。

当然，生命际遇的断崖式"裂变"只是刘再复"精神生态"中"自我"内部结构调整的客观原因，并不是每一个人在这样的情况下都能作出类似的调整，刘再复恰恰在这个时候遇到了"禅宗"，"禅宗"救了刘再复，"禅宗"是促使刘再复"精神生态"中"自我"内部结构调整另一关键因素，可谓之主观原因。禅宗对刘再复产生根本性的影响。禅宗的本质特征是自性本体论，一切仰仗作为本真之心的自性，也就是自救，从自己身上寻找光明。禅宗警惕一切"执"对"自性"的"蒙蔽"和"役使"，正如刘再复说，"打破我执与法执，才不会被我之幻相所役。功名、权力、财富等，都是我之幻相。打破我相，便是不被功名所役，不被虚名所役，不被权力地位所役，不被财富所役。打破法执，才不被各种妄念所役，不被各种八股、本本所役，既不为人役，不为鬼役，也不为神役，总之是不为他者、他性、他念所役，守持生命的本真、本然"①。刘再复主张破一切"执"，解一切"役"，知道"了"，知道"止"，知道"放下"，如此方能保持最本真本然的自我，从而获得生命的大自由。如果说刘再复"第一人生"的"自我"被功名权力等"我之幻相"蒙蔽役使，而呈现为被异化的"自我"，其"第二人生"则在禅宗的启悟下，破除了这些功名等"我之幻相"的深度蒙蔽，由"异化"自我回归本真"自我"，其"精神生态"亦整体上呈现出和谐明朗自然健康的特征。

294

---

① 刘再复、吴小攀：《走向人生深处》，中信出版社2011年版，第117页。

从张翎的《金山》看新移民文学创作的
"淡化乡愁"新趋势

作为一名优秀的"新移民文学"的女作家，张翎在 2009 年出版了一部震撼人心的作品——《金山》。张翎说："放下《金山》书稿的那天，我突然意识到，上帝把我放置在这块安静到几乎寂寞的土地上，也许另有目的。他让我在回望历史和故土的时候，有一个合宜的距离。那些长眠在落基山下的孤独灵魂，已经搭乘着我的笔生出的长风，完成了一趟回乡的旅途——尽管是在一个世纪之后。愿这些灵魂安息。"① 作者不仅是带着那些长眠的灵魂"回家"，而且是站在更高的角度把"乡愁"升华，体现新移民文学的创作新趋势。《金山》从一个去加拿大做苦力的"金山客"——华人劳工方得法的一生铺展开来，并勾连起现实与历史、故乡与海外，展现一百多年来方家几代人关于"乡愁"这一主题的不同诠释，延续了张翎一贯的写作风格和艺术特点。

一 新移民文学创作的新趋势

（一）新移民文学对早期移民文学的发展

20 世纪七八十年代，由于改革开放的剧烈冲击和影响，一批新的青年知识分子怀揣希望和梦想，漂洋过海开辟新的学习和生活。由于

---

① 张翎：《金山》，十月文艺出版社 2009 年版，第 6 页。

旅居国外的时间比较短，加上与之前的移民在移民背景和移民目的上的不同，被人们称为"新移民"，于是，我们便将由新移民作家创作的并显示其独特写作风格与情感表达的文学称为"新移民文学"。

传统"留学生文学"及"早期新移民文学"的作家们大多沉浸在自己的"小圈子"里，在"当归"、"不当归"、"归去来兮"的反复咏叹中，抒发着一种挥之不去的浓浓乡愁。那是由于他们身处异国他乡，对于本国文化想继承却难以发挥，对于异域文化想融入却又拒斥的复杂情感所造成的局面。因此，早期的移民文学多是表现个人艰难奋斗、内心忧闷以及对祖国深深眷恋之情的主题。直到20世纪90年代后，以严歌苓、虹影、张翎等为代表的一批作家进入"新移民文学"的创作队伍，给"新移民文学"带来了"新鲜的血液"和更为丰富的内涵。"新移民文学"从此开始站在更为开阔的角度，淡化"乡愁"，关注更为广阔的精神层面，关注人类共同的人性，从认同故国文化逐步发展到欣赏乃至认同居住国文化，并最终接纳世界文化。

（二）张翎的写作对新移民文学创作趋势的新开拓

张翎的小说逐渐摆脱了以往留学生对"乡愁"的那份深深挂念，而把视野放到了更为宽阔的空间体验上。作为一个移民作家，祖国生活的经历和移民后的生活经验在一定程度上赋予了她双重的观察视角，对于本土文化既有眷念也有反思，这种反思是在居住国文化的坐标上，冷静观照和谛视本土文化的部分不足，同时她努力在新的环境下构建自己新的文化身份，就如她所说："不管东南西北，觉得哪里好哪里就是自己的家；任他黑白黄棕，觉得什么人好就找什么人。"① 张翎以多元文化的视角来观照人生和世界，而不再仅仅局限在"离家"与"回乡"之间的徘徊与困惑，在涉及一些比较重大的历史话题时，张翎并没有任意添加意识形态的印记，而是选择了淡化小说中的作家本人的主体意识、精神和情感，让小说中的人物按照自己的性格发展逻辑来说话，让共同的人性来说话。

① 傅小平：《张翎：写出落地生根的情怀》，《文学报》2009 年 9 月 3 日。

二 张翎《金山》中"乡愁"的新体现

(一) 三个层次的"乡愁"体现

1. 小乡愁：家

在最早的一批去北美淘金的"金山客"中，几乎所有人的目的都只有一个，那就是"淘到金"，赚了钱带回自己的家乡，让家人过上更好的生活。《金山》中的主人公方得法也不例外。当他在15岁那年挑起方家大梁的时候，就已经明白了这个道理，为了自己的母亲与弟妹，他毅然跟随同样是"金山客"的同村红毛，踏上了加拿大的"淘金"之旅。在加拿大，方得法和所有的"金山客"一样，过着食不果腹、衣不御寒的日子，只是赚钱的路越来越少，但他没有因此退却，他的身后是母亲期待的双眼，于是他选择了去修太平洋铁路。在不平等的待遇与死亡面前，"家"成为他心灵的港湾，成为他坚持不放弃，冒着生命危险去炸山的最充分的理由和动力。这里的"家"的内涵就不仅仅是地域意义上的表达，更体现为深刻的人伦孝道以及对美好生活的向往等人类所共同渴望拥有的情感。

就像每年的唐人街都会放半天假，所有的店铺都会关门，但这天不是年节也不是谭公的寿辰，而是因为这天香港的轮船到了。那几百个在匣子里等候了很久的灵魂，终于要踏上回家的归程了。这天，唐人街如此郑重地为他们送行，这是唐人街的伤心。这种伤心还包含了很多的复杂因素，体现了他们对于同胞的深刻感情。全书用很少的笔触直接描写华工对家的思念与向往，大多是从侧面的角度来反映的。而且在反映华工的小乡愁时，还包含着人们对于故土故人割舍不了的牵挂与思念这个人类共通的情感主题。

2. 大乡愁：国

如果说，在方得法最初的心中，他所有的付出与努力都只是为了自己小家建设的话，那么当他在加国的洗衣店遭受到一次又一次的讹诈以及不公平的判决时，有一种东西在他的心中慢慢滋长，如雪球一般越滚越大，它要急切找到一条"出口"，为这一切的不公正，为这一切的委屈，为这一切鲜活的生命……就在这时，那个"出口"来了——保皇党的梁启超来到了加国。小说中的小林说："不管谁来了，不管他哪个当政，富的还是富的，穷的还是穷的。梁先生来了又怎的？我照旧还要洗我的衣挣我的饭钱。"方得法反驳说："大清国若是强一些，你我何必抛下爷娘妻子，出走这洋番之地，整日遭人算计讹诈？当今皇上年轻有为，熟知夷道，定能以夷制夷，重振我大清江山，你我得以早日回归与老婆孩子团圆。"通过这段话可以得知方得法心中已经树立了一个信念——只有中国富强起来，才能改变自己的命运。

当方得法再遇到曾经的先生欧阳的时候，他从欧阳的口中断断续续地了解到一些维新变法的事情。而当他听讲了梁先生一场慷慨激昂的演讲后，他和阿林都睡不着了，一根接着一根的抽烟，经过一夜的思考，他作出一个惊人的决定——将两个洗衣馆都卖了。这个决定似乎在读者的预料之外，但又在情理之中。预料之外是因为那两家洗衣店是他一生的心血，凝结着他全部的人生理想，也是他养活自己家人唯一的经济来源。情理之中是因为方得法心中的那一股东西，终于找到了一个合适的"出口"喷涌而出。他已然深知"没有国，哪有家"的道理，自己的小家建设得再好，没有强大的国家作为后盾，也不免唇亡齿寒。虽然方得法不知道这条维新变法之路并不能改变当时清王朝的命运，他的钱也未必能用在他所认为能用到的地方，但在他的心中，却燃起了一个民族振兴的熊熊之火。这批被称为"猪仔"的最早的华人劳工深知，只有祖国的强大，他们在国外才会真正拥有做人的尊严，这是一个关于民族的"家"的想象。

方得法的小儿子方锦河，是一个与方得法、方锦山性格完全不同的人物，他安静、懂事却胆小。他在亨德森先生家做了几十年的帮佣，后来与其说是帮佣不如说是他们整个家庭的情感寄托。在最后离开亨家时，出乎方锦河意料之外的是，他竟然得到了亨德森太太4000加元的遗产。这对于当时的他来说，无疑是一笔巨额财产，他思索着该怎样用这笔钱。当他看到报纸上一条加大了字号的新闻，报道了关于太平洋战事日渐紧迫，华埠人士该回国参战还是为加拿大这个第二故乡效忠的讨论时，他突然明白了他衣兜里的那张银票的去处了。他后来捐了一架飞机，并代表加拿大亲自参加到反法西斯战争的第一战场中，最后为加国奉献了自己年轻而宝贵的生命。

从方得法等第一批加拿大华工所遭遇的各种屈辱、不公和生命的不可保障等因素来看，为加拿大牺牲自己的宝贵生命，有人怀疑此举不值得。但当我们真正站在人性的高度，站在人类良知和社会正义的立场考量时，我们便会理解方锦河的做法。地球上的人民应该有这样的共识：当人类家园遭遇灾难，当无辜百姓面临法西斯主义的摧残，无论来自哪个国家，无论属于哪种肤色，为了和平和正义，为了人类共同的生活家园，都要义无反顾地与法西斯主义进行斗争。

张翎《金山》中的主人公，在人民饱受苦难的时候，以其博大的胸怀和无私的行为，站在人类共同利益与人性关怀的立场，为全人类奉献了自己的力量甚至宝贵的生命，这就使得《金山》能摆脱一般华工小说的传统书写方式，表现了一种崭新的思想主题。

3. 文化乡愁：从传统文化到人性共同情感的升华

方得法在死去的红毛的胡琴里发现了一小块金子，在给了红毛家的那部分后，他用剩下的钱作为资本，开了一家属于自己的洗衣店。他的洗衣店开在加拿大的维多利亚市，洗衣店的名字不是之前的华人常用的所谓阿三、李四之类的洗衣行，而是带有中国传统韵味的"竹轩洗衣行"。方得法每天都会去听听中国戏。由此我们可以看出他的内心深处对于中国传统文化的热爱与坚持。然而，在经历了很多磨难之后，方得法开始逐渐意识到，要在异国他乡立足，一味地坚持本国传统文化是行不通的。于是他将小儿子方锦河送到加拿大的好朋友亨德森家里做帮佣，一方面是希望能够报答对亨德森的一份恩情，另一方面也希望儿子能够学习到加国的文化。因此，方得法开始从关注本国传统文化逐渐过渡到注重对移入国文化的学习与适应，这是一个重要的突破与转变。

方锦河，从 15 岁那年开始在亨德森家当佣人。起初他并不心甘情愿，但他决定从一个衣来伸手饭来张口的少爷变成服侍别人的佣人，是源于对他父亲的孝顺和尊崇。因为他知道，亨德森先生帮过父亲许

299

多忙，是父亲的朋友和恩人。而后来，亨德森太太的病越来越严重，对方锦河愈加依赖，甚至可以说深深喜欢上了这个中国"小男孩"。方锦河当时已经长大成熟了，完全可以离开亨德森先生家，摆脱那一切错杂纠结的事。可是，当亨德森太太在自杀时被方锦河救起，方锦河为了保住亨德森太太的性命而许下了不会离开的承诺，他就真的一直坚持陪在亨德森太太的身边，直到她生命的最后一刻。方锦河将自己 25 年的岁月就这样静静地奉献了出去。这是他人性中"正义"与"感恩"的一面在默默地给予他行动的力量。

从这一角度来看，作者张翎站在一个更为开阔的层面上来叙述和审视这一本该充满辛酸与屈辱的历史。一个"金山客"只身来到加拿大，不仅可以得到同乡和华人的帮助，而且可以凭借自己的勇气与毅力获得加国人的欣赏，交到自己一生的挚友；中国华人给加国人做帮佣，不仅仅是因为需要赚取生活费，也可能是出于美好的人性，就像《金山》中的方得法和方锦河一样。方得法为的是那份友谊；方锦河为的是那份经久不衰、人类共同提倡与奉行的孝道，以及对亨德森夫妇的感恩与爱。

（二）从《金山》看张翎写作风格创新趋势

1. 东西方文化的融合

传统的留学生文化和早期的新移民文化，由于各种政治经济方面的原因，常常以抒发浓浓的乡愁来表达自己去国离乡的内心苦闷与不能很好地融入他国文化而产生的苦闷之情，这种感情深深地体现在他们的作品中。借用《又见棕榈，又见棕榈》中牟天磊说的一句话："和美国人在一起，你就感觉你不是他们中的一个，他们起劲的谈政治、足球、拳击，你觉得那与你无关……而你完全是个陌生人，不管你个人成就怎么样，不管你的英文说的多么的流利，你还是外国人。"[1]而以张翎为代表的新移民作家，她们既不站在祖国文化的角度，也不站在他国文化的角度，而是以一种平视的视角来观照东西方文化，在东西方文化的碰撞中发现人类共同的东西。

---

[1]　於梨华：《又见棕榈，又见棕榈》，福建人民出版社 1980 年版，第 34 页。

在小说《金山》中，从文化的视角来看，方得法一家几代人对祖国文化和居住国文化态度的嬗变非常耐人寻味。第一代的方得法，最初到加拿大做苦力，排斥加国文化，坚守祖国传统文化，这从他坚持让还在国内的妻子去找私塾的欧阳先生来教育自己的孩子就可以看得出来。第二代的方锦河和方锦山，就开始渐渐接受加国文化，方锦山自小聪明，到了加国陪父亲卖菜，并没有像其他孩子那样显得拘束不自在，而能很好地融入其中，他对加国的文化也表现出了一定的兴趣。而到了第三代，方锦山和猫眼的女儿，已经完全本土化了，她渴望全方位融入加国的文化和生活中去；但她对于祖国传统文化的排斥与全盘抛弃，也使得她一路坎坷，心灵找不到归宿。直到第四代的艾米，在中西方文化之间找到了恰当的契合点，对加国文化和对祖国传统文化的双向接纳和辩证吸收，使得她找到了真正精神的归宿。

2. 故乡与他乡的认同

故乡是每个远游者心中深深的牵挂，不论我们离开故乡的目的是求学还是谋生，但曾经生活过的地方和所有的回忆，哪怕是一首熟悉的歌，是儿时玩伴一张熟悉的笑脸，是一道菜熟悉的味道，都始终是每一个人心中最不舍与最柔软的一角。思乡因此成为人类天生的本能情感。当我们离开熟悉的地方到一个陌生的环境中，却不能融入居住国文化，甚至有一些本能的排斥，这种对他国文化认同的障碍在於梨华的《又见棕榈，又见棕榈》中有突出的表现。当然，这种认同障碍到了 20 世纪下半叶有所改善，人们开始重新审视自己的双重文化的身份，既不放弃祖国传统文化，也尝试接受他国文化。张翎便是在这个时候以一种全新的姿态来到海外华文文坛，以一种超越地域超越种族的豁达胸襟，书写着对故乡的眷恋和对他乡的热爱。在她的作品里，故乡与他乡的界限已经模糊，时间与空间交错变化，为我们展现了一部部充满温情人性的感人篇章。

《金山》中，如果说方得法来加拿大的目的是为了赚钱然后荣归故里的话，那么他的儿子方锦河和曾孙女艾米则在加拿大和故乡开平之间找到了一种情感上的契合点，找到了在故乡和加国这片土地上都可以为之奋斗和努力的东西。方锦河在加拿大生活了 25 年，当他离开亨德森先生家时，用所得到的 4000 加元的遗产，全部捐献给加国的反法西斯的伟大事业。他自己也代表加拿大的一员出征保卫加国，最后献出自己年轻的生命。对于他来说，他的家乡不仅仅是广州开平，他生活了 25 年的加拿大也是他心中所不能割舍的地方。

方得法的曾孙女艾米，作为方家的第四代，可以说是一个"香蕉人"，黄皮肤的外表下接受的完全是西方的教育。然而，身为大学教授的她却弄不明白当初为什么会选择汉语作为自己大学的学习科目，她自己说那是在一种莫名其妙的感觉促使下的选择，当然，这其中也有她母亲的影响。他的母亲方延玲，一生都在叛逆与对抗自己华人身份的纠结中度过，她渴望做一个完完全全的加拿大人，排斥自己华人的身份，内心矛盾痛苦不已。当她老了一病不起后，对中国、对家乡、对祖国文化的渴望才彻底迸发出来。于是，艾米便带着母亲最后的渴望回来了。艾米的人生从此进入了一个新的境界。艾米年逾四十，虽有固定的男朋友，但却始终不愿结婚，这在西方文化中也许是很正常的现象。但当她真正开启了自己身世和家族的那扇历史之门后，她便在祖国那种关于血缘、亲情和伦理的文化的感召下，找回了一个属于她、却曾经并没有意识到的世界，并决定在碉楼和男朋友举行婚礼。于是，在故乡与他乡的认同中，艾米找到了心灵的归宿。

3. 历史与现实的对话

时间与空间的复杂交错呈现，是张翎小说叙事风格的一大特点。张翎小说中穿插的历史，并不是为了达到以史为鉴或者以古讽今的目的，而是以这种历史与现实的相互交错出现，给我们还原出一个更为完整、具有鲜活生命的故事情节。每个人，每个家族，都有其历史。把历史展现给我们，展现出不同的人对于命运的抗争及其在历史长河中所带来的朵朵浪花，这是张翎小说创作的一个目的。至于这种展现究竟带来一个怎样的结果，可以用张翎自己的话来说："对生命的思考是许多作家希望自己的作品能够抵达的一个境界，然而思考只是一个路口，从那个路口出发，可以通往天堂也可以通往地狱。我希望通过我的小说能给你一个路口，路口以后的事就是你的造化了。"① 历史具有必然性，然而，历史也是由无数的偶然性所组成的。张翎的小说就主要从不同的人物选择造就出不同的人物命运铺展开来，由无数的偶然性构成了无数生动鲜活的不同人的不同人生。

《金山》中，以艾米回到广州开平的碉楼开始叙述，当艾米接触到曾祖母曾经穿过的夹袄时，她仿佛触摸到了生命，触摸到了几十年前她的家族所经历的一切。于是，历史缓缓拉开帷幕，发生在 20 世纪的故事向我们展现出来。这种历史与现实的交错出现，给读者带来了一种全新的阅读体验。

三 精神家园的永恒追求

每一个人都是有根的，那既是我们生命的起源之所，也是我们心灵的最终归宿。这个根，不仅是我们的祖国家乡，也是我们精神上的追求与归宿。《金山》中几乎每个人都在寻觅，寻觅能够使他们的精神可以安定回归的一方内容。也许寻到了，也许没有，张翎笔下的人物就是这样，在历史与现实之间追寻，在祖国与异乡之间追寻，在东方与西方文化中追寻，在这一切追寻的道路上，寻找那份属于自己的精神家园。就像《金山》的最后，艾米回到了祖国，并决定在家乡举行婚礼，她是被祖国关于血缘、亲情和伦理的文化所感染，所召唤，找回了一个属于她、但却几乎被她丢弃的世界。"移民作家"这个庞大的群体，有着不同的海外经历，当他们离开故土时，便踏上了这追求之旅，也许是对故乡的追寻，也许是对祖国文化的寻觅，也许是对自己内心的探寻……但不论每个人最终追求的目标是什么，他们总是在追求"精神家园"的道路上行走着。

张翎的《金山》，与以往海外华人作家对于第一批海外劳工的心酸史书写相比，有着不同的书写策略：张翎在叙述这一切不公与屈辱

303

---

① 万沐：《开花结果在彼岸：北美时报记者对加拿大华裔女作家张翎的采访》，《世界华文文坛论坛》2005 年第 2 期。

的时候，总是在冷静的书写中仍始终不忘站在人性的角度给予人们以温情的东西。这种温情的东西便是人类所共有的及我们所追寻的东西，作者总能在艰难险阻、心酸屈辱之后，给我们一个圆满的结局，使得一切最终回到一个充满希望的起点……这种以淡化乡愁、站在人类共性基础上从东西方文化中寻找契合点，为人类建构共同的精神家园，代表着"新移民文学"写作的一个崭新的方向。正如饶芃子教授所说："张翎的'越界'写作，预示了海外华人文学未来的发展方向，对我们的海外华人文学研究有着深刻的启示……这种越界，标志着海外新移民文学已经告别了'倾诉文学'或'控诉文学'阶段，走向了一种'心平气和'的叙事，体现了海外华人作家的世界视野和开放心态，体现了他们在文化想象中建构新的文化身份的努力。"① 张翎的写作，预示了新移民文学创作的新趋势。（注：此文发表时梁燕署名为第二作者）

---

① 饶芃子、蒲若茜：《新移民文学的崭新突破——评华人作家张翎"跨越边界"的小说创作》，《暨南学报》（社会科学版）2004 年第 4 期。

论张翎小说《余震》的电影改编

　　加拿大华裔作家张翎女士创作的以唐山大地震为背景的长篇小说《余震》，2010 年被导演冯小刚改编为电影《唐山大地震》，在全国公映，成功创下了票房收入超过 7 个亿的神话。比较小说《余震》和电影《唐山大地震》，两者差异很大，冯小刚在哪些方面进行了改编？表现了冯小刚怎样的改编策略？

一

　　张翎在不同场合接受记者采访时说过，小说强调的是"疼痛"，而电影重点表现的是"温暖"。小说让读者看见了人被天灾击倒后的疼痛，电影则让观众感受到了人从废墟中站起来的温馨。张翎在加拿大和美国的医疗部门工作过十多年，她接触过的病人，有许多从两次世界大战、越战、朝鲜战争、中东战争的战场上归来的伤残军人以及一些灾区的难民，对这些遭受战争和灾难重创的病人的内心创痛，张翎感受深刻。她认为这种疼痛是长久的、酷烈的、无法轻易消除的，它是一块表面虽结痂但内里却烂成一片的伤疤。张翎不相信"地震孤儿们从此过上了幸福生活"这个廉价而乐观的结论，于是，她创作了小说《余震》，旨在探讨灾难过后一个遭受灾难重创的个体案例的消弭不掉的长久创痛。小说中的方灯的"疼痛"开始于唐山大地震时与弟弟方达同埋地底，而当情况只允许救她和弟弟中的一人时，她在地底下听到母亲撕心裂肺地说"救弟弟"时，她的疼痛加剧，由肉体转向心灵。在她后来的生命中，7岁时的那个噩梦般的回忆始终如影随形，挥之不去。她的疼痛像一个雪球一样，越滚越大，无边无际，遮天蔽日，无法疗救，她为此试图自杀过好几次。在这个疼痛剧增的过程中，又"雪上加霜"地遭遇其他的疼痛，包括养父王德清对她进行性侵犯，与女儿之间发生激烈冲突，母女关系恶化，最后与丈夫离婚。《唐山大地震》表现的则是灾后心灵重建的过程，表现的是从天灾中站起来的坚强。所以，在电影中，方灯的"疼痛"被弱化、被过滤，她虽然被别人抱养，但是养父母对她很好，养父母的爱把她7岁时的那个梦魇般的记忆慢慢淡化消除，后来她嫁给一个老外，夫妻之间恩爱，和女儿的关系也融洽。方灯的弟弟方达在母亲元妮的艰难抚养下长大，虽然没有考上大学，但是后来经过自己的不懈奋斗，成为一家公司的老总，最后为母亲娶媳生子，极尽孝顺之能事。那种相濡以沫、互相扶持、母慈子孝的伦理情感，那种达观知命、勇敢顽强、从不对困难低头的生活态度，散发出浓浓的温馨色调。电影结尾，方灯、方达和元妮三人终于团聚，虽历尽劫难，但终得"大团圆"结局。

事实上，电影也表现了"疼痛"，那场天灾必然给灾民带来"疼痛"。但是电影的主旨不在于表现"疼痛"，而是探求用什么方式来疗治这种"疼痛"，冯小刚告诉我们，亲情的力量是强大的，亲情是疗治这种"疼痛"的唯一良方。地震能毁坏一个家庭，但不可摧毁亲情，它最终维系着我们这个社会存在的基本架构。因此，在电影中，方灯的"疼痛"在养父母"亲情"的融化下慢慢消解，元妮和方达的"疼痛"在母子相濡以沫、母慈子孝的"亲情"中得以消除。而在小说中，这种"疼痛"无法彻底疗治，张翎说过，"方灯的疼是无药可治的"①，张翎在行医历程中，接触过大量遭受心理创伤的病人，她通过对这些病人案例治疗发现，疗治他们肉体的疼痛是容易的，但对他们心理创伤的治疗则非一蹴而就，这是一种潜藏的顽固慢性疾病，很难除根，当病人自以为征服它的时候，忽然因为某一契机的触发，它

306

---

① 张翎：《这是我给自己的止疼片》，《河北青年报》2010年7月20日。

又突然出现，猝不及防地再次击倒病人。弗洛伊德认为，人在童年时期所遭遇的创伤，会长久地、顽固地潜隐在人的内在无意识记忆中，而在成年后的生命过程中显示出征兆。

从小说到电影，方灯继父王德清这个人物改编是比较大的。最大的变化是他由小说中的"慈父＋兽父"形象变成电影中的"慈父"形象。在小说中，王德清的形象是复杂的。一方面，他作为方灯的养父，多年来倾注满腔爱心、毫不懈怠地抚养方灯，够得上一个称职的"慈父"。但是后来，因为生活孤寂，在没有两性生活的情况下，他对方灯进行性侵犯，"慈父"形象一跃变成"兽父"形象。而在电影中，冯小刚删掉了王德清对方灯进行性侵犯这一情节，对小说中复杂多面的王德清进行"提纯"，最终成为电影中一个纯粹的"慈父"形象。冯小刚的改编自有他的苦心和策略，但是人物形象塑造效果来说，小说中的王德清无疑是成功的，他是一个"圆形人物"。事实上，人性的内涵不是由单一性格质素构建而成，而往往是由相反相对的两极或多极质素有机组合而成的综合体，善良和凶恶、崇高和卑劣、美丽与丑陋等人性侧面有时不可思议地同时结合在一个人身上，体现了人性的丰富性和多维性，所以，刘再复先生提出著名的"人物性格二重组合"论。而电影中的王德清是一个"扁形人物"形象，内涵单一，性格是静止的，缺少变化。他虽然是一个成功的"好父亲"，但不是一个成功的"文学形象"，关于这个人物形象的评价，张翎说过："小说里的这个人物，我不愿意别人单从一个层次评价他……我希望大家看他的时候，能看到他身上洋葱皮一样复杂多层的面，而不是简单意义上的好人和坏人。"①

307

从小说到电影，主角发生变化。小说中的主角是方灯，而电影中却变为元妮。在小说中，张翎采取"蒙太奇"的结构手法，以加拿大多伦多、唐山和上海为故事发生地点，以方灯的回忆和生命过程为主线，串起其他人物的"珠子"，以表现灾难给生命个体带来的"疼痛"为主题，来解构整个故事。在电影中，冯小刚把主题改变为

① 雷公：《〈唐山大地震〉前世，独家专访〈余震〉作者张翎》，搜狐网。

"温暖"，就不能按照小说的思路展开，于是她弱化方灯这条线，把小说中原来处于次要线索的元妮拉出来，成为主线，表现她重建家园的努力，通过种种细节表现她的坚韧、顽强、勇敢、乐观、旷达、知命、慈爱、奉献、知恩图报等精神，在她身上集中体现了中华民族得以生生不息的传统美德。电影中有一个细节，丧夫后的元妮，平时得到单身的修钟表师傅的关心和照顾，有一次，修钟表师傅向她求爱，要她嫁给他。元妮对他很有好感，可是拒绝了他。她说，她是她的男人用命换来的。哪个男人能像他那样把命给她？以命谢命，体现了中国文化中的知恩图报、重情重义的意识，这是人性中最美好、最动人的东西。

二

冯小刚为什么做如此改编？其背后体现了怎样的苦心和策略？事实上，冯小刚在改编之前，一定会考虑到中国观众的口味和需要，因为观众意味着票房收入和商业利润。所以，他的电影必须照顾和迎合以市民为主体的普通老百姓的文化心理和审美习惯。中国老百姓血管里流淌的是以儒家文化为核心的传统文化的血液，其价值体系、伦理规范、道德诉求、审美方式无不与传统文化有着直接的联系。面对天灾，张翎告诉读者，这种天灾引发的"疼痛"不可疗治，"苦难可以把人彻底打翻在地，永无可能重新站立"①，而冯小刚却认为凭借亲情就可以疗治"疼痛"，苦难可以征服，人跌倒可以再爬起。冯小刚是深谙中国人心理的：传统文化告诉我们，"没有过不去的火焰山"，"船到桥头自会直"，"天无绝人之路"，要坚忍顽强、乐观知命，"好人终有好报"，以"孝悌亲亲"、自我牺牲、无私奉献为特征的亲情具有强大的凝聚力和生命力，能战胜一切困难。因此，冯小刚在电影中的一切改编，无不为这一思想观念和价值倾向所左右。冯小刚将小说重心转移，将方灯的"不治之痛"的故事易为元妮"顽强生存"的故

308

---

① 赵妍：《〈余震〉比〈唐山大地震〉残酷》，《时代周报》2010 年 8 月 12 日。

事，也将方灯形象色调由小说中的阴暗变为电影中的光明，她似乎没有小说中那么多的"疼痛"和"绝望"，而是重新找到了生活的信心和希望。就是对王德清的改编，也隐约体现了这一观念和价值，冯小刚不愿意损害或颠覆传统文化中的"父亲"形象，"父亲"在传统文化体系中是高大的、庄严的、正直的、令人尊敬的、没有道德瑕疵的，特别在冯小刚刻意营造的以"温暖"为基调的电影主题中，他不愿意出现一个不和谐的人物，让王德清的"兽性"的一面破坏整个传统文化伦理秩序中"温情脉脉"的整体氛围。冯小刚其实也考虑到观众对王德清形象的期待心理，在那样一个灾难后重建家园的过程中，传统文化浸染下的中国老百姓也不希望王德清以一个"兽父"的形象出现。另外，电影结尾部分，元妮一家团聚，孙子和外孙绕膝，三代同堂，子女各自生活幸福，事业发达。这是一个典型的传统文艺中"大团圆"的结局。中国老百姓不喜欢悲剧，喜欢喜剧，偏好"大团圆"的结局，所以，中国文学中少悲剧，多"大团圆"式的喜剧。鲁迅曾说到中国的才子佳人小说的模式：首先是"私订终身"，然后中间有了种种困难和阻挠，最后必然是"才子及第，奉旨成婚"，因为"中国人凡事都要'团圆'"①。冯小刚改编电影之际，正值中国"汶川大地震"发生不久，而电影中也直接表现了"汶川大地震"的场面。冯小刚不可能不对"汶川大地震"的灾后重建进行思考，他的电影一定程度上也是配合"汶川大地震"灾后重建家园的需要，既然有此目的，他就不能强调"疼痛"和"绝望"，而要凸显"温暖"和"希望"，告诉中国人困难是可以战胜的。这种立场，不但中国老百姓需要，也契合国家意识形态的需要，受到官方的欢迎。张翎其实也洞察到冯小刚这种改编策略，她这样评价冯小刚："他可以驾驭各类题材，特别接地气，能触摸得到老百姓的心灵脉搏。"② 所谓"触摸得到老百姓的心灵脉搏"也即是洞悉老百姓文化心理、知晓老百姓心灵需要之意。

309

---

① 鲁迅：《鲁迅全集》第一卷，人民文学出版社 2005 年版，第 252 页。
② 赵妍：《〈余震〉比〈唐山大地震〉残酷》，《时代周报》2010 年 8 月 12 日。

冯小刚如此改编的最终目的是什么？是票房收入，因为他迎合了中国老百姓的文化心理和审美习惯，老百姓就买账，利润随之滚滚而来，所以，他的改编说到底是一个商业行为，笔者如此说并没有冤枉冯小刚，例如，他的电影中植入了中国人寿保险、剑南春白酒等广告，就是一个明显的证据。

美国华人文化圈的鲁迅研究

　　美国的中国现当代文学研究属于"美国汉学"的一部分，总体上取得了比较显著的成就，像夏志清的中国现代小说史研究，金介甫的沈从文研究，李欧梵的鲁迅研究和现代性研究以及"颓废"文学史叙事研究，王德威提出的"被压抑的现代性"主张和"晚清现代性"文学史叙事研究，格里德的胡适研究，刘禾的"国民性"研究，戴维·罗伊的郭沫若研究，葛浩文的萧红研究，奚密的诗歌研究，史华慈的严复研究等，由于采取了和中国大陆现当代文学研究殊异的研究方法与理论视野，提出了一些具有颠覆性的学术观点，产生较大学术反响，甚至冲击影响到中国大陆的中国现当代文学研究。在美国的中国现当代文学研究中，鲁迅是其中的重点研究内容，虽然每个美国汉学家研究的侧重点有所差异，但大多会或多或少涉及对鲁迅的研究。本章拟以美国华人文化圈中华人华裔学者的鲁迅研究为专门研究对象，总体来说，美国华人文化圈的鲁迅研究呈现出三个基本特征：首先，一定程度上受到意识形态的影响，部分鲁迅研究更是沦为反共或冷战的工具。其次，美国华人文化圈对鲁迅的接受表现出与大陆不同的特色，虽然部分特定时期的鲁迅研究沦为冷战的工具，但毋庸置疑，其中也有一部分的鲁迅研究能摆脱存在于中国大陆地区那种特定的"一体化"意识形态的影响，获取一个相对自由的学术环境，对鲁迅进行多元解读，呈现出众声喧哗的研究生态。他们提出一些相当新颖甚至具有解构性的观点，与同时期的大陆鲁迅研究成果差异甚殊，这种解读大多时候表现为一种"正读"的灼见，达到了一定的学术高度，有时却呈现为一种"误读"的偏见。最后，由于意识形态、地缘政治、学术生态、研究传统等影响，美国华人文化圈对鲁迅的各方面评价观点各异，甚至有天壤之别，但有一点能基本取得一致，即承认鲁迅在文学上的成就，承认鲁迅某些作品是杰作，表现出对鲁迅经典价值认同的趋向。

一 意识形态的影响

意识形态是一种作为"观念形态"的上层建筑，表现为政治、道德、文化、法律、宗教、哲学、文学和艺术等多种形式。在美国华人文化圈的鲁迅研究中，夏志清的鲁迅研究乃至他的《中国现代小说史》受到政治意识形态的影响最为明显。从《中国现代小说史》的序言来看，夏志清的学术生涯开始于一个美国官方的反共文化工程，即参与编写《中国手册》，"供美国军官参阅之用，那时是朝鲜战争时期，美国政府是很反共的"[①]，后来在洛克菲勒基金会的资助下，开始了《中国现代小说史》的写作。首先应该肯定夏志清的贡献，夏志清以"优美作品之发现与评审"为宗旨，"发掘"了被埋没的张爱玲、沈从文、钱锺书、张天翼等"文坛四家"，让他们"重见天日"，重新认识他们的文学价值，确立了他们的文学史位次，从这个意义上来说，《中国现代小说史》功不可没。但是，该著存在一个明显的弱点，即作者在写作时陷入了严重的先入为主的意识形态的偏见。《中国现代小说史》存在一个基本的构架，即"共产作家"（左翼作家）与"非共产作家"的二元对立，对于前者，除了如张天翼等极个别的作家外，普遍评价较低，甚至不顾文学事实进行肆意贬抑嘲弄，而对于"非共产作家"则多是推崇有加，不吝赞美。这种评价体现了20世纪东西两极"冷战思维"和中国国共两党意识形态对立的影响。正是在这种"冷战思维"的影响下，夏著的"鲁迅"专章对于鲁迅的偏见也就在情理之中了，其对鲁迅的正面评价则多是先转述别人的话，但后

[①] 夏志清：《中国现代小说史》，复旦大学出版社2005年版，第5页。

面却来个意义的转折，例如，说鲁迅"被公认为最伟大的现代中国作家"，然而却认为是"中共"一手"推崇"制造的"神话"，因为"对鲁迅的推崇，对共产党特别有帮助"①。对于《阿Q正传》，先说它"是现代中国小说中唯一享有国际盛誉的作品"，但又认为它"显然受到过誉，它的结构很机械，格调也近似插科打诨"，从此表述来看，夏氏欲抑先扬、先褒后贬的价值立场不言自明。夏志清还认为"《故事新编》的浅薄与无聊，显示出一个杰出的（虽然路子是狭小的）小说家可悲的没落"②。而鲁迅后期转向杂文创作，是他"创作力的衰竭"的体现。③ 夏志清的《中国现代小说史》出版于1961年，时至2000年，夏志清对鲁迅基于意识形态立场的"偏见"仍然没有消除，2000年10月，在香港岭南大学召开的"张爱玲与现代中文文学国际研讨会"上，夏志清发表了题为《张爱玲与鲁迅及其他》的讲演，同时与香港《亚洲周刊》记者发表了访谈录。夏志清在此讲演和访谈录中，仍然公开肆意贬低鲁迅和丁玲等"左翼作家"，不惜抬高张爱玲，夏氏的"冷战"思维几十年来如出一辙。夏志清说："如果说张爱玲'夭折'，鲁迅更是'失败'。张爱玲的'夭折'，是为了生活，鲁迅晚年被左联利用作左翼领袖更不可取。完全可以说，从为人和作品看，鲁比张更不如。鲁迅在北京时，与胡适一样，都是不错的文人，但后来却向中共屈服了，做了左联的领袖，你可以说他伟大，但换个角度说，他也成了走狗。"④ 总体来说，虽然夏志清宣称以"优美作品之发现与评审"为《中国现代小说史》的写作宗旨，但显然这一主张并没有全部贯彻到他的写作中来，其对鲁迅的评价，笼罩着一层厚厚的意识形态的"迷雾"，以"政治法庭"代替"审美法庭"，对鲁迅进行高高在上的"裁判"。关于鲁迅成就的评价，学界自有公论，亦出现了许多相关的反驳夏志清的文章，本章不再饶舌。⑤

313

① 夏志清：《中国现代小说史》，复旦大学出版社2005年版，第23—24页。
② 同上书，第35页。
③ 同上书，第38页。
④ 夏志清：《世纪再现·张爱玲传奇》，《亚洲周刊》2000年10月30日—11月5日。
⑤ 方习文：《独见与偏见——关于夏志清的鲁迅研究》，《巢湖学院学报》2007年第5期；吴小攀：《评夏志清〈中国现代小说史〉中的"意识形态"》，《华文文学》2007年第3期。

如果说夏志清的鲁迅研究体现了一种政治层面的意识形态的偏见，那么，美籍华人刘禾的鲁迅研究则体现为一种文化层面的意识形态的偏见。刘禾主要是用后殖民主义来解构鲁迅，殖民主义体现为一种赤裸裸的政治层面的殖民统治，而后殖民主义则体现为一种比较隐蔽的文化层面的殖民统治。刘禾女士在其论文《一个现代性神话的由来：国民性话语质疑》中，对鲁迅"国民性"理论进行批判。刘禾认为"国民性"话语是站在西方中心立场的殖民霸权话语，"（国民性理论）把种族和民族国家的范畴作为理解人类差异的首要准则，以帮助欧洲建立其种族和文化优势，为西方征服东方提供了进化论的理论依据"①。刘禾认为，国民性理论目的是要创造出一个虚构"他者"的"妖魔化东方"，站在西方中心主义的立场，为西方霸权提供"合法化"外衣。来华传教的史密斯就是它在中国的实践者，而史密斯的《中国人气质》是"鲁迅国民性思想的主要来源"②，鲁迅相信这个国民性理论神话，同意史密斯关于中国人的国民性叙述，而没有看破国民性理论背后隐藏的不平等关系，事实上是认同了这种霸权话语，不自觉站在西方中心主义立场。应该说，刘禾关于国民性话语来源的观点是有道理的，但刘禾忽略了鲁迅接受国民性理论的内在动机和主体性，以及其国民性理论形成的多重原因。鲁迅国民性思想的形成确实受到史密斯的《中国人气质》的影响，但鲁迅在接受这些话语的时候，并非不加辨别地全盘接受，而是带着一种警醒和辩证取舍的眼光。鲁迅改造国民性思想的形成源于中国具体的社会和文化现实，源于他真实深刻的人生体验，源于他对中国国民性的亲身感受。鲁迅批判国民性有更为自觉的主观内在动机，是出于启蒙主义的目的，是基于对我们这个民族和人民深切关怀的立场，鲁迅的国民性批判是一种极其可贵的民族自省，是中国文化实现现代转型的前提和动力，绝非站在西方中心主义的立场。

① 刘禾：《话际书写——现代思想史写作批判纲要》，上海三联书店1999年版，第68页。
② 同上。

二 众声喧哗的研究格局

美国华人文化圈对鲁迅的接受在鲁迅生前就已经开始，美国华裔学者王际真 1935 年把鲁迅的《阿 Q 正传》连载发表于纽约的《今日中国》月刊第 2 卷第 2 期至第 4 期；而从此后到 20 世纪 80 年代中期之前，是美国华人文化圈鲁迅研究的发展期，取得了一些可喜的研究成果；从 20 世纪 80 年代中期之后，属于美国华人文化圈鲁迅研究的深化期，有更多华裔学者关注鲁迅，他们对鲁迅的解读也更加多元化。

发展期的夏济安、林毓生和李欧梵的鲁迅研究成果相对较为突出。1964 年，夏济安发表了《鲁迅作品的黑暗面》，专门研究了鲁迅作品中的"黑暗面"，认为"丧仪、坟墓、死刑，特别是杀头，还有病痛，这些题目都吸引着他的创造性的想象，在他的作品中反复出现"，"各种形式的死亡的阴影爬满他的著作"。夏济安由此得出结论，不能"仅仅把鲁迅看作一个吹响黎明号角的天使"，他是一个"极其深刻而带病态的人物"[1]，是一个光明与黑暗并存、处于过渡时代的复杂人物。林毓生 1979 年在《鲁迅的复杂意识》一文中认为，"鲁迅意识的特点是：既有整体性的反传统思想，又对某些中国传统的价值观在认识上、道德上有所承担，二者之间，存在着深刻的、未解决的紧张。"鲁迅是在"不明确的意识层"对中国的传统思想和道德观产生不自觉的承担。[2] 李欧梵的专著《铁屋里的呐喊：鲁迅研究》虽然初版于 1987 年，但据作者在序言中介绍，他早在 60 年代末就开始构思这篇著作，在论述鲁迅的精神结构时，认为鲁迅的精神结构表现为统一与矛盾、明亮与阴暗、圆满与残缺等二元对立因素的存在，深刻地揭示了阴暗、矛盾、残缺等"消极"精神元素对鲁迅创作的重要影响。[3]

315

---

[1]　夏济安：《黑暗的闸门——关于中国左翼文学运动的研究》，华盛顿大学出版社 1968 年版，第 57 页。

[2]　林毓生：《鲁迅的复杂意识》，乐黛云编《国外鲁迅研究论集》（1960—1981），北京大学出版社 1981 年版，第 40—78 页。

[3]　李欧梵：《铁屋里的呐喊》，尹慧珉译，《鲁迅研究》，人民文学出版社 2010 年版，第 88—111 页。

　　以上 3 位学者都一致表现出与"神化"鲁迅研究传统的疏离，凸显鲁迅作品中"黑暗面"与"病态"的内容，鲁迅思想中对传统道德和思想承担的"落后"和"保守"的特点，鲁迅精神结构中残缺、矛盾、阴暗等"消极"元素。与同时期的大陆鲁迅研究成果相比，确实有令人震惊的耳目一新之感。20 世纪 80 年代之前的大陆鲁迅研究，可谓之"毛泽东时代"的鲁迅研究，具有高度意识形态化的特征和"神化"的倾向，研究者多采取一种"仰视"鲁迅的态度，从而使研究缺乏一种科学客观的学理精神，而在"文化大革命"十年，鲁迅则被扭曲和利用到无以复加的程度，完全沦为宣传政治观点的工具。该时期的鲁迅研究在思想上多凸显鲁迅崇高的、战斗的、光明的、希望的、前进的、积极的一面，鲁迅几乎被描述成一个"高大全"式的完美英雄形象，看不到鲁迅其实是一个光明与黑暗、积极与消极、希望与绝望相互统一的矛盾悖论体。这种情况直到 80 年代中期后才有所改变，例如 1988 年出版的钱理群的《心灵的探寻》和 1990 年出版的汪晖的《反抗绝望——鲁迅及其文学世界》，都发现了鲁迅悖论式的精神结构，深入挖掘其精神建构中阴暗、绝望和彷徨的一面，与夏济安、林毓生、李欧梵的观点不谋而合。但后者的观点最早在 20 世纪 60 年代就已产生，我们不能不赞叹他们学术眼光的超前。

　　20 世纪 80 年代中后期之后，美国华人文化圈对鲁迅的关注更加走向"众声喧哗"的"狂欢化"。殷鼎较早运用罗兰·巴特的结构主义理论来解析鲁迅的小说《祝福》；张隆溪较早研究了鲁迅与基督教之间的复杂关系，阐释鲁迅创作中存在的基督教话语；梅仪慈分析了鲁迅小说中独特的"自我表现"特征；王斑对鲁迅《野草》的审美艺术和鲁迅小说荒诞修辞学进行了个性化的阐释；乐刚对"鲁迅与食人主义"的命题进行了深入探究；周蕾阐释了鲁迅小说《伤逝》多义的现代性；张学美运用女性主义研究领域的"女性人物旅行理论"，研究了鲁迅、丁玲等中国现代作家的创作对易卜生《玩偶之家》的主人公娜拉的接受历程；李海燕吸收本尼迪克特·安德森的《想象的共同体》中关于民族主义与情爱的理论，分析了鲁迅小说中关于"爱和同情"的思想；周杉阐析了鲁迅文言写作和白话写作之间的连续性，以

316

及鲁迅《头发的故事》中的辫子和鲁迅个人辫子之间的关系；唐小兵考察了鲁迅和现代木刻艺术之间的关系；陈德鸿认为鲁迅忠于原著的翻译思想是对施莱马赫、洪堡特到歌德的浪漫主义翻译理论的传承，与同时代的本雅明、纳博科夫等西方翻译界大师的思想形成对话关系。①

当然在这些"众声喧哗"的多元解读中，也存在部分或缘于意识形态，或缘于主观偏见等不同原因的"误读"，如上文所论及的夏志清和刘禾的鲁迅论。再如王德威的《从砍头说起——鲁迅、沈从文与砍头》一文，其对鲁迅的解读也存在一定程度的"误读"。应该说，从砍头的角度来比较鲁迅与沈从文，视角新颖独到，但是此文的主要目的是"扬沈（从文）抑鲁（迅）"，作者认为鲁迅有一种"砍头"情结，因而选择了文学，想以文学来反映人生，改造社会，鲁迅是一个文学上的功利主义者，因而其文学的价值较低。沈从文与鲁迅相反，把"人生"艺术化，以唯美的艺术的心态来看待"砍头"并进行"唯美"的砍头"叙事"，沈从文是一个文学上的超功利主义者、唯美主义者，因此其文学价值也就相对较高。王德威作为海外中国现代文学研究的重量级学者，其学术成就卓著，但此处他对鲁迅的评价，显然有失公允，也自然遭到了一些学者的反驳。②

三 对鲁迅经典价值的一致认同

与中国大陆相比，美国华文文化圈对鲁迅的解读并不具有 20 世纪 80 年代之前中国大陆那种"一体化"的特征，而是呈现出众声喧哗的多元化局面，因此对鲁迅的评价难免不同，悬殊甚大，但有一点大体能取得共识：承认鲁迅的文学成就，承认鲁迅作为经典作家的地位。

早在 20 世纪 40 年代初，美籍华裔学者王际真就向西方读者推荐了鲁迅的小说，由他撰写导言并翻译的《阿 Q 及其他——鲁迅小说

317

---

① 王家平：《鲁迅域外百年传播史》，北京大学出版社 2009 年版。
② 王彬彬：《胡搅蛮缠的比较——驳王德威〈从"头"谈起〉》，《南方文坛》2005 年第 2 期。

选》1941 年由美国哥伦比亚大学出版社出版，王际真在"导言"中说，鲁迅是"中国现代最伟大的一位文学家"，具有"敏锐和透彻的目光"，而鲁迅笔下的一些人物形象，已经经典化，譬如阿Q，王际真认为他"在当代中国小说中是唯一进入当代中国思想领域的人物，象'阿Q主义'、'阿Q逻辑'、'阿Q相'、'简直就是阿Q'等说法，已经变成活语汇的一部分，阿Q已成为中国人性格中的缺陷和耻辱的象征，也是唤起人们警惕的口令"①。1941 年，鲁迅刚逝世不久，鲁迅的文学地位还没有得到普遍的公认，鲁迅作品的经典化确认由于时间的短暂还没有完成，王际真独具慧眼，其对鲁迅文学地位的肯定和经典化文学形象的发现确乎超前，难能可贵。

李欧梵认为几十年来我们事实上并没有真正继承鲁迅的文学遗产，他指出鲁迅文学遗产的文体的创造性和难以模仿性的特质，"一种高度启示性的，甚至是寓意的，由讽刺的机智所强加的抒情散文——是任何模仿者没有超过的"，"鲁迅的杂文是被广为模仿的，但是没有一个后来者能比得上他的才能"，"鲁迅独特的散文诗集至今仍然无人可以媲美"②。海外后的李泽厚说："《略论鲁迅思想的发展》和《胡适、陈独秀、鲁迅》发表之后的这二三十年，我有两个不变，一是对鲁迅的评价不变，至今他还是我的偶像。"③ 对于夏志清等人的"贬鲁（迅）褒张（爱玲）"的倾向，李泽厚认为："把张爱玲说成比鲁迅还高，实在可笑。艺术鉴赏涉及审美对象诸多因素的把握和综合性的'判断'，不能只看文字技巧。张爱玲学《红楼梦》的细致功夫确实不错，但其境界、精神、美学含量等等，与鲁迅相去太远了。"④ 旅居海外后的刘再复对鲁迅的评价更为理性，他虽然不认同鲁迅"全盘反传统"的主张，以及鲁迅"一个都不宽恕"、"以牙还牙"的思想，但是绝对肯定鲁迅是一个"奇迹"般横空出世的文学天才，认为"不必说

318

① 王际真：《英译本〈鲁迅小说选〉导言》，《国外中国文学研究论丛》，陈圣生译，中国文联出版公司 1985 年版，第 139—140 页。

② 李欧梵：《铁屋里的呐喊》，尹慧珉译，《鲁迅研究》，人民文学出版社 2010 年版，第 200—201 页。

③ 刘再复：《鲁迅论》，中信出版社 2011 年版，第 6 页。

④ 同上书，第 124 页。

全部著作，仅仅两部小说集（《呐喊》、《彷徨》）和一部散文集（《野草》），就足以卓绝千古。他的《狂人日记》、《阿Q正传》、《祝福》等作品，其精神内涵的深广，让研究者开掘不尽。而他的文字之成熟和独特更是令人惊讶"①。王德威虽然对大陆所制造的鲁迅"神话"很反感，认为"鲁迅的迷思魔力与中国现代政治尤其相关"，是特定历史时期中国共产党文化政策所定义的文化建构的"图腾"。但同时亦认为，"鲁迅对中国现况所展现的洞见，以及借文学形式所提出的批判，当然具有典范性的贡献"②。就以那位对鲁迅具有严重偏见的夏志清而言，其对鲁迅的评价也不是没有一点矛盾和内在冲突之处的。1988年第5期的台湾《联合文学》上发表了夏志清的《五四三巨人》一文，文中提道："我在平日很少有时间重读五四时期的作家的，只有三位是例外：胡适、鲁迅、周作人。……我说五四时期的文学家，一般说来，成就不高，但有此三人，情形就不相同了"，"当时头脑较新的读者，读了胡适、周作人的文章，鲁迅的小说和杂感，才觉悟到在旧社会下生活的中国人竟如此愚昧、麻木、贪残、可怜。新文化运动不留情面地把两千多年来帝皇专制时代的旧中国作了一个全面性的总检讨，要算胡、鲁、周三人的功劳最大。"③夏志清此处对鲁迅的高度评价似乎与他之前对鲁迅的贬抑态度显得不合，夏志清显然无法抹杀鲁迅作为一位经典作家的价值和内在魅力，但因为他要坚持他数十年来一以贯之的对鲁迅的"意识形态化"的批评立场，所以他对鲁迅的整体偏见并没有改变。另外，第二部分那些鲁迅研究中的"喧哗众声"，特别是其中的种种"正读"之声，其实正体现了鲁迅作品作为经典的多元性、丰富性和独创性的特质。

319

　　什么是经典？经典具有原创性和独异性特征，它是不可重复的创造，是前人所无、后人也不能轻易超越的个性化创作，它体现了个人独特的世界观、审美观与艺术天分；经典具有丰富性和多元性特征，

　　① 刘再复：《鲁迅论》，中信出版社2011年版，第41页。
　　② 王德威：《写实主义小说的虚构》，复旦大学出版社2011年版，第2页。
　　③ 季进：《对优美作品的发现与批评，永远是我的首要工作——夏志清先生访谈录》，《当代作家评论》2005年第4期。

可以有多种阐释的可能性；经典具有开放性、超越性的特征，经典的确立是一个动态的过程，在不断的考验与淘汰中最后存留下来，经典要能经受不断的否定，在肯定与否定的对峙与抗衡中确立经典的地位。鲁迅文学所具有的原创性、独异性、丰富性、多元性、开放性和超越性等特征，正说明它是当之无愧的经典，鲁迅也正是在这个层面上获得美国华人一致的认同，李欧梵对于鲁迅"文学遗产"创造性和独异性的肯定，李泽厚对于鲁迅"境界、精神、美学含量"等的激赏，刘再复对于鲁迅文学"精神内涵的深广"和"文字之成熟和独特"的推崇，王德威对于鲁迅思想的"洞见"和"典范性"的"文学形式"的称许，无不来自鲁迅文学作为经典的魅力。鲁迅经典的地位也正是在不断的否定中，在肯定和否定的对抗中得以确立。试想，鲁迅经典自从诞生以来，就遭受众多人不断的质疑、批评和否定，但难道因为这些质疑和否定而动摇了鲁迅的经典地位吗？没有，反而在一定程度上巩固了鲁迅的地位。

当下的时代，早已不是东西隔绝的"冷战"时代，而是处于一个走向"一体化"的"全球化"时代，因此中美两国的鲁迅研究和中国现代文学研究要积极寻找对话交流的可能途径，虽然美国的鲁迅研究乃至中国现代文学研究存在着意识形态的影响等诸多缺陷，但是其取得的成果也是有目共睹，因此，大陆的鲁迅研究和中国现代文学研究，不妨有机吸收美国的鲁迅研究和中国现代文学研究的研究成果和学术方法，借鉴其多元开阔、不拘陈规的研究方法和学术思路，启发本土学者打破思维的拘囿和学科的壁垒，开辟新的学术生长点，增强自身的创新能力，促进学科的良性发展。另外，通过研究美国华人文化圈的鲁迅接受，可以充分认识到鲁迅遗产作为中华优秀文化经典对于全球华人产生文化认同和凝聚力的重要性。

夏志清对"神化鲁迅"研究范式
突破的意义

引 言

　　美籍华人夏志清的《中国现代小说史》是一部在海内外产生广泛影响的文学史著作，该著1961年由美国耶鲁大学出版社出版，其后香港、台湾和大陆都有中文版本问世，2005年，复旦大学出版社推出简体版，这些中文版本主体内容相同，差异主要体现在序言、附录和敏感性内容的增删调整，本章则以复旦本的《中国现代小说史》为研究对象。对于夏志清的《中国现代小说史》的评价，毁誉交之，对之作出崇高评价者有之，对之提出严厉批评者也有之。事实上，对夏志清的《中国现代小说史》的评价不能过于绝对，应该采取一种辩证和一分为二的眼光，既要肯定它的价值和贡献，譬如它对张爱玲、沈从文、钱锺书、张天翼等"文坛新四家"的发现，也要同时指出它的缺陷，它的最大缺陷就是作者在评价作家时带着一种明显的基于意识形态的偏见，对于"共产作家"（左翼作家）则普遍评价较低，而对于"非共产（左翼）作家"则普遍评价较高。这种意识形态的色彩使《中国现代小说史》的学理性大打折扣，所以这是一本瑕瑜互见的学术著作。对《中国现代小说史》的"鲁迅专章"的评价也一样，也要有辩证的眼光，但纵观学术界的有关评论，对于夏志清的鲁迅研究显然评价过低，他们几乎无一例外地站在捍卫鲁迅的立场，批评夏志清的鲁迅观，而没有辩证指出夏志清的鲁迅研究也有独特的价值和贡献。①

　　总体而言，夏志清的鲁迅研究最大不足是带有一种"意识形态"的偏见，夏志清的鲁迅研究最大价值是对同时期"神化鲁迅"研究范式的突破。学者们往往抓住前一点不放，专门论证夏志清鲁迅研究的缺陷，而对后一点却缺少发现，忽略夏志清鲁迅研究的价值和意义。学术界对于前一方面的阐述已经比较充分，本章不再赘述，而把重点放在另一方面，阐释夏志清鲁迅研究范式的意义和价值。

一

　　夏志清的鲁迅研究的最大价值就是他的"非神化"鲁迅研究范式是对同时代"神化鲁迅"研究范式的突破和挑战。夏志清的《中国现代小说史》出版于1961年，1961年前后的中国大陆的政治环境和意识形态，使该时期的鲁迅研究呈现出高度"一体化"的特征，鲁迅研究紧密配合国家意识形态的需要，成为政治和意识形态的"注脚"，鲁迅研究受到教条主义和庸俗社会学的影响，研究者无法从真正的学理层面来研究鲁迅，而多从政治的、革命的、阶级的、社会的等具有进步意义和功利色彩的角度来阐释鲁迅，不敢涉及鲁迅身上那些个人的、孤独的、彷徨的、虚无的、绝望的等维度的内容，一个具有丰富内涵的鲁迅被诠释成单一的、教条式的"高大全"的完美英雄，鲁迅成为该时期万民皆仰的"圣人"，"神化鲁迅"现象在该时期达到登峰造极的程度，鲁迅研究呈现出空前的危机。中华人民共和国成立后的"十七年"时期，只有1956年10月纪念鲁迅逝世20周年前后出现的一些鲁迅研究成果，呈现出一定的学理精神，例如，冯雪峰、陈涌、唐弢、王瑶、李长之等一批鲁迅研究先驱发表了一系列的论文，都不

---

　　① 吴小攀：《评夏志清〈中国现代小说史〉中的"意识形态"》，《华文文学》2007年第3期；方习文：《独见与偏见——关于夏志清的鲁迅研究》，《巢湖学院学报》2007年第5期；刘畅：《在政治立场与学术探讨之间——评夏志清先生〈中国现代小说史〉鲁迅专章》，《重庆社会科学》2007年第1期；邱向峰：《洞见与偏狭——读夏志清〈中国现代小说史〉》，《滁州学院学报》2008年第6期。

同程度地呈现出学术研究的理性精神，但是这种好现象并没有持续多久，1957年的"反右"运动，像冯雪峰、陈涌、许杰、李长之等鲁迅研究的中坚力量被打成"右派"，"极左"倾向统治中国，而对鲁迅的"左"倾扭曲在"文化大革命"时期达到巅峰，鲁迅研究的学理性遭到重创。我们以"十七年"时期诞生的《鲁迅传》为例来阐释这种"神化鲁迅"的倾向，"十七年"时期产生了朱正的《鲁迅传略》、王士菁的《鲁迅传》、陈白尘等著的《鲁迅传》（上集），由于特定的时代局限性，这几部传记无不是以"仰视"的态度来刻画鲁迅，鲁迅被描绘成一个完美无缺的英雄，陈白尘等著的《鲁迅传》还刻意迎合当时的政治需要，扭曲历史事实和鲁迅个人生活的真相，只表现和突出鲁迅的革命性行为。与同时期诞生于香港的曹聚仁的《鲁迅评传》相比，大相径庭，后者是"把鲁迅当作有血有肉的活人来刻画"①，而前者却把鲁迅写成一个"神"，难怪曹聚仁对王士菁的《鲁迅传》不屑一顾，认为它"简直是一团草，不成东西"②。实际上，就是1956年左右冯雪峰、唐弢和王瑶等人的那些鲁迅研究论文，虽然呈现出一定的学理性，但这种学理性只是相对而言，并不纯粹和彻底，他们无法超越时代的限制性，其对鲁迅的"仰视"情结和不自觉"神化"倾向仍然隐约可见。而纵观同时期的文学史写作，在夏志清《中国现代小说史》诞生前后，大陆先后出版了王瑶的《中国新文学史稿》、刘绶松的《中国新文学史初稿》、丁易的《中国现代文学史话》、张毕来的《新文学史纲》等现代文学史著作，在这些著作中，鲁迅占了很大的篇幅内容，治史者也几乎不约而同地以一种"仰视"的姿态来书写鲁迅，鲁迅成为中国现代文学史人物画廊中最伟大的一尊"神"；完全以一种"颂歌"的方式来肯定鲁迅，没有也不敢指出鲁迅及其作品哪怕一点点的不足。事实上，在20世纪大陆的现代文学史写作中，不但五六十年代的现代文学史著作不敢批评鲁迅，就是90年代以降的现代文学史著作，也不敢批评鲁迅，试以国内影响最大的两本"中国现代

323

---

① 曹聚仁：《鲁迅年谱》，生活·读书·新知三联书店2011年版，第1页。

② 同上书，第3页。

文学史"教材为例，一本是钱理群等著的《中国现代文学30年》，一本是朱栋霖等主编的《中国现代文学史》，分析一下两本教材对传统的"鲁、郭、茅，巴、老、曹"是如何评价的："鲁、郭、茅，巴、老、曹"，是传统的中国现代文学六大家，通常放在一起相提并论，但是，在以上两本教材中，都出现了有关阐述"郭、茅、巴、老、曹"创作不足的文字，唯独找不到一丁点儿有关鲁迅创作不足的评价文字。"教材的评价给我们的感觉是：在'鲁、郭、茅，巴、老、曹'六大家中，后五家的创作都有或多或少的缺陷，但惟有鲁迅的创作完美无缺。类似的情况还出现在国内出版的数十种不同版本的《中国现代文学史》教材中。究其原因，这显然不是因为鲁迅作品百分之百完美无缺，其实是因为写作者有意识或者无意识'神化鲁迅'的一个表象。"① 时代发展到21世纪之交，大陆的"鲁迅研究"还没有彻底消除"神化鲁迅"的迹象，在这样一种鲁迅研究的"生态格局"下，50年前的夏志清发出的声音应该是难能可贵了，即使他对鲁迅的评价并非完全准确，有很多内容充满偏见，但毕竟他的声音打破了同时期大陆"一体化"的鲁迅研究生态，疏离和突破了同时期大陆"神化鲁迅"的研究范式，启发了多元化乃至"众声喧哗"的鲁迅研究生态格局的发展方向。

二

夏志清的"非神化"鲁迅研究范式在《中国现代小说史》中体现为以下几点：首先，他指出"神化鲁迅"现象形成的一个最重要的原因就是源于毛泽东和中国共产党的推崇。夏志清认为，"在中国共产党夺取政权的过程中，鲁迅被视为一个受人爱戴的爱国的反政府发言人，甚至于毛泽东也在1940年《新民主主义论》一文中，觉得应该像鲁迅致以最高的敬意"，"在三十年代和四十年代期间，对鲁迅的推

324

---

① 古大勇：《附魅与神化——对新时期"鲁迅研究"的反思》（一），《甘肃社会科学》2007年第6期。

崇，对共产党特别有帮助，因为他的作品可以用来加强国民党贪污和腐败印象"，"中国共产党把他推为英雄"①。虽然这里夏志清把鲁迅的崇高地位的形成主要归结于毛泽东和中国共产党的推崇，忽略了鲁迅本人的卓越成就的内在原因，有夸大或以偏概全之嫌，但是，他毕竟指出了毛泽东和中国共产党对于鲁迅的崇高地位的形成乃至"走向神化"起着关键的作用，是符合历史事实的。鲁迅对国民党没有好感，所以以杂文为武器，抨击国民党政府，鲁迅的反政府姿态事实上已说明他和共产党走到了一起，鲁迅对中国共产党很有好感，虽然他没有加入中国共产党，但他却是中国共产党的亲密朋友，鲁迅晚年加入"左联"，并实际上成为"左联"和左翼群体的精神领袖，鲁迅被称为中国共产党的"同路人"。鲁迅逝世后，毛泽东对鲁迅作出一系列崇高的评价和历史定位，诸如"伟大的文学家、思想家和革命家"、"空前的民族英雄"、"现代中国的圣人"，这些评价和定位是鲁迅走向"神化"的一个关键性原因。夏志清对鲁迅"被神化"原因的阐释应该是有道理的。其次，他从多个角度对鲁迅及其作品作出批评。夏志清的《中国现代小说史》出版于 1961 年，那么其中的鲁迅专章应该撰写于这个时间之前，正如上文所说，该时期的大陆鲁迅研究呈现出高度一体化的"神化"倾向，没有人从反面对鲁迅及其作品提出批评意见，因为在他们看来，鲁迅是"神"，"神"当然完美无缺。在这种研究现状下，夏志清敢于对鲁迅及其作品说出"不"字，虽然这些批评中有些意见并不准确，充满偏见，但这种对鲁迅说"不"的姿态本身就是有意义的，它冲破了一体化的"神化"鲁迅的研究格局，促使鲁迅研究走向"百花齐放、百家争鸣"的局面。在《中国现代小说史》中，夏志清对鲁迅的批评，总体上表现为"正见"和"偏见"的两种倾向。这些"正见"部分的批评表现为：第一，虽然夏志清的《中国现代小说史》以"优美作品之发现与评审"② 为宗旨，在传统意义上鲁迅、老舍等文学大家以外，"发现"了张爱玲、沈从文、钱锺

325

---

① 夏志清：《中国现代小说史》，复旦大学出版社 2005 年版，第 24 页。
② 同上书，第 15 页。

书、张天翼等"文坛新四家"的意义和价值，确立了他们在中国现代文学史上的大家地位，但是夏志清确立这"文坛新四家"的文学地位，其目的并非要把鲁迅、老舍等传统文学大家颠覆消解，打入"冷宫"，事实上，夏志清承认张爱玲等"文坛新四家"和鲁迅、老舍一样是中国现代文学史上具有同等地位的文学大家，不能厚此薄彼，应该同等对待。在《中国现代小说史》中，鲁迅、老舍等传统大家依然被辟以专章的篇幅，鲁迅更被列在了第二章，显示了作者对其文学地位的肯定和重视。第二，发现和肯定了鲁迅创作中最好的作品。例如，他认为："鲁迅的最佳小说都收集在两本集子里：上述的第一集《呐喊》和第二集《彷徨》（1926）。这两本小说集和好几本散文集，以及他的散文诗集《野草》，都是他在北京创作力最强时期的作品。"① "当他在写后来收入《彷徨》那几篇小说的时候，他也在其他方面发挥他的才华——譬如上面提到的那本阴沉的散文诗集《野草》和《朝花夕拾》——一本关于儿时回忆的美妙的集子。"② 夏志清的判断应该是比较符合实际的，事实上，在鲁迅一生的创作中，《呐喊》、《彷徨》、《野草》和《朝花夕拾》大致代表鲁迅创作的最高成就。他尤其肯定了《呐喊》、《彷徨》中《故乡》、《孔乙己》、《药》、《祝福》、《在酒楼上》、《肥皂》和《离婚》等小说。他肯定了《孔乙己》的"抒情"和"简练"的特色，《药》的"表现"的"功力"，"是中国现代小说创作的一个高峰"，《故乡》似一篇"隽永"的"个人回忆的散文"，《祝福》、《在酒楼上》、《肥皂》和《离婚》则是"小说中研究中国社会最深刻的作品"③。夏志清对于鲁迅的传统名篇《狂人日记》和《阿Q正传》虽有不少充满偏见的批评，但也不是全盘否定的，而是有否定有肯定，例如对于《狂人日记》，他认为"表现了相当出色的技巧和不少讽刺性"，以及对"传统生活的虚伪与残忍的谴责"、"表现得极为熟练"的"博学"④。《阿Q正传》的意义则在于"在阿Q身上发

---

① 夏志清：《中国现代小说史》，复旦大学出版社 2005 年版，第 26 页。
② 同上书，第 35 页。
③ 同上书，第 27—30 页。
④ 同上书，第 26 页。

现了中华民族的病态"①。在鲁迅小说的所有技巧中，夏志清对其中的讽刺艺术技巧尤其重视，他认为："鲁迅对于传统生活的虚伪与残忍的谴责，其严肃的道德意义甚明，表现的极为熟练，这可能得力于作者的博学，更甚于他的讽刺技巧。"② "就写作技巧来看，《肥皂》是鲁迅最成功的作品，因为它比其他作品更能充分的表现鲁迅敏锐的讽刺感。"③ 第三，从比较文学的视角来研究鲁迅的作品，反映了作者比较开阔的研究视角和跨文化的学术视野。例如，他认为："我们可以把鲁迅最好的小说与《都柏林人》互相比较：鲁迅对于农村人物的懒散、迷信、残酷和虚伪深感悲愤；新思想无法改变他们，鲁迅因此摈弃了他的故乡，在象征的意义上也摈弃了中国传统的生活方式。然而，正与乔伊斯的情形一样，故乡同故乡的人物仍然是鲁迅作品的实质。"④ 他认为《孔乙己》："这个故事是从酒店里温酒的小伙计口中述出，它的简练之处，颇有海明威早期尼克·亚当斯（Nick Adams）故事的特色。"⑤《药》自称为："'安特莱夫（L. Andreev）式的阴冷'，真是不错。"⑥ "对鲁迅来说，《在酒楼上》是他自己彷徨无着的衷心自白，他和阿诺德一样：'彷徨于两个世界，一个已死，另一个却无力出生。'"⑦

事实上，不但是鲁迅研究，就是整本《中国现代小说史》，夏志清都采取一种跨文化的认知视角，以世界文学为坐标，企图获得一个更为广阔的文学史通观视野，和世界文学对话，以期产生良性的多元互动关系，取其之长，补己之短，增强鲁迅作品乃至中国现代文学的世界性因素。

327

---

① 夏志清：《中国现代小说史》，复旦大学出版社 2005 年版，第 29 页。
② 同上书，第 26 页。
③ 同上书，第 34 页。
④ 同上书，第 26 页。
⑤ 同上书，第 27 页。
⑥ 同上。
⑦ 同上书，第 32 页。

三

当然,《中国现代小说史》中更充斥着大量对鲁迅的"偏见"和不公正的评价,特别是上文已经提到的其对鲁迅基于意识形态的"偏见",这些"偏见"和不公正的评价在书中主要表现在以下几个方面:(一)对《阿Q正传》的"偏见"。他说《阿Q正传》,"就它的艺术价值而论,这篇小说显然受到过誉:它的结构很机械,格调也近似插科打诨。这些缺点可能是创作环境的关系,鲁迅当时答应为北京的《晨报》副刊写一部连载幽默小说,每期刊出一篇阿Q性格的趣事。后来鲁迅对这个差事感到厌烦,就改变了原来计划,给故事的主人公一个悲剧的收场"①。《阿Q正传》的内容和形式是完美统一的,它的结构完整,从"不准姓赵"开篇到"大团圆"结局,主人公命运的发展变化自然形成一个完整的结构,有层次,有起伏,有跌宕,开端、发展、高潮和结局都有,这样完整的结构怎能斥为"机械"?而主人公阿Q的死亡结局是一种必然,更能反映出一种人物命运的悲剧性、辛亥革命失败的历史教训以及世界的荒谬性的哲学主题,难道阿Q还有另外一种结局会比这个结局深刻高明?《阿Q正传》的幽默也是读者公认的,夏志清却把之说成"插科打诨",这无疑是有违事实的。(二)关于《狂人日记》的"缺点"说。夏志清认为,《狂人日记》的缺点是"作者没有把狂人的幻想放在一个真实故事的框架中"②,夏志清的意思是要有一个具体现实的情节或细节内容,来作为狂人产生幻觉的事实根据,换言之,狂人发狂而产生幻觉是因为一个具体事件造成的。事实上,夏志清此处对《狂人日记》的批评是没有说服力的。《狂人日记》中狂人发狂的原因不是源于某一个具体的事实,而是无处不在的封建制度和封建文化,如果一定要找出具体的事实,也不难解释,肉体上的"吃人"也有,《狂人日记》中提到的革命者徐

328

① 夏志清:《中国现代小说史》,复旦大学出版社2005年版,第29页。
② 同上书,第26页。

锡麟的心肝被炒着吃了，在《药》中，华老栓一家吃了革命者夏瑜的鲜血。精神上的"吃人"更多，祥林嫂"被吃"，闰土"被吃"，阿Q"被吃"……就"吃人"这一主题来说，《呐喊》、《彷徨》中的大部分小说都形成一种"互文"关系，互相阐释，互为例证，既然有如此多的肉体被吃或精神被吃现象，这难道不让人发狂吗？不足以让狂人产生幻觉吗？后来，夏志清针对普实克对《中国现代小说史》的批评，发表了《论对中国现代文学的"科学"研究》，在这篇论文中，夏氏对书中的鲁迅小说研究做了一点修订："我首先承认，我对于《狂人日记》确实评价过低，而他的抱怨也是公允的。经过进一步的阅读，我现在可以下结论说，《狂人日记》是鲁迅最成功的作品之一，其中的讽刺和艺术技巧，是和作者对主题的精心阐明紧密结合的，大半是运用意象派和象征派的手法。而我要求作者'把狂人的幻想放在一个真实故事的框架中'并'把他的观点戏剧化'是错误的。在这一点上，我无疑要对普实克表示感谢，他提醒读者注意到我对这篇小说的不恰当的解读。"① （三）对《故事新编》的"否定"。夏志清认为："《故事新编》的浅薄与零乱，显示出一个杰出的（虽然路子狭小的）小说家可悲的没落。"② 关于《故事新编》的综合评价，由于篇幅原因，无法展开论述，根据近80年的《故事新编》接受史，研究《故事新编》的大多数学者们对《故事新编》在中国现代小说史上的地位和作用形成一种共识，即"认为是中国现代小说史上第一部杰出的历史小说集，是中国现代历史小说的发轫，标志着鲁迅后期思想、艺术的发展"。"是中国现代文学史上卓越的讽刺文学作品。"③ 虽然有极少数的研究者认为《故事新编》："不应当看成他（鲁迅）的代表作。"④ 但也不是全盘否定，而是和前期小说《呐喊》、《彷徨》相互比较而言，事实上，对《故事新编》既有否定，也有肯定，区别于夏志清的"浅薄与零乱"、"可悲的没落"等之类的情绪化评价。（四）对于鲁迅

329

---

① 夏志清：《中国现代小说史》，复旦大学出版社 2005 年版，第 336 页。
② 同上书，第 35 页。
③ 张梦阳：《中国鲁迅学通史》，广东教育出版社 2002 年版，第 406 页。
④ 同上。

杂文的评价总体上充满"偏见",但在个别地方也有客观的评价。譬如,他认为,"他(鲁迅)十五本杂文给人的总印象是搬弄是非、啰啰嗦嗦"①。这种评价显然是我们不能认同的。鲁迅的杂文是现代中国社会、政治、文化、历史、道德、宗教、哲学、法律、文学和艺术等方面的"大百科全书",同时也是中国人的民性、民魂、民情、民俗等的真实生动的展示,是一部活生生的现代中国人的"人史"和"心史",要了解中国和中国人,鲁迅的杂文是一把钥匙。另外,鲁迅的杂文文体也是极具创造性的,它将诗歌的、散文的、小说的、戏剧的、绘画的乃至音乐的各种艺术因子融为一体,形成一种不可重复的、"无体裁"的"自由体式"。鲁迅杂文正是在这个意义上显示了思想上的博大性和深邃性以及艺术上的先锋性和独创性,所以夏志清对鲁迅杂文的总体判断显然有失公允。但夏志清对鲁迅前后期杂文的不同评价还是比较符合实际的(虽然其措辞有点情绪化),例如他相对肯定鲁迅前期杂文,褒扬其"用幽默而不留情面的笔法,来攻击中国的各种弊病"②。特别是《坟》和《热风》,"内容比较广泛,所以也比较重要。他攻击落伍、无知和政治腐败,大力主张精神重建"③。他甚至肯定鲁迅在1925—1927年间所写的论争性的文章中的"生动不俗的意象或例证,时而有绝妙的语句,也有冷酷的幽默"④。总的来说,夏志清对于鲁迅前期的杂文表现出许多肯定倾向,但对于鲁迅后期的杂文,则表现出明显的否定倾向,他认为,"在他转向之后,杂文的写作更成了他专心一意的工作,以此来代替他创作力的衰竭"⑤。后期的"他(鲁迅)反而参与了一连串的个人或非个人的论争,以此来掩饰他创作力的消失"⑥。鲁迅后期杂文自有价值,不能以"创作力的衰竭"和"创作力的消失"之类的危言耸听的话来定位,但是,鲁迅后期杂文与前期杂文相比,思想和艺术水准下降也是一个不争的事实,前期

---

① 夏志清:《中国现代小说史》,复旦大学出版社2005年版,第39页。

② 同上书,第35页。

③ 同上书,第36页。

④ 同上。

⑤ 同上书,第38页。

⑥ 同上。

《坟》、《热风》等杂文集更集中于文明批评和社会批评，后期杂文更多地陷入了人事纷争，缺乏前期的思想锋芒和艺术独创性。

结　语

总之，对于夏志清的鲁迅研究的评价，应该把它放到整个鲁迅研究的"生态系统"的格局中来考量，从学科发展史的宏观层面给予总体价值定位，既要指出其基于"意识形态"的偏见造成对鲁迅研究学理性的伤害，也要从宏观层面指出其"非神化"鲁迅研究思路的潜在价值和意义。在中国大陆，自中华人民共和国成立后到1980年之前，"神化鲁迅"成为鲁迅研究的基本生态面貌，在官方的政治意识形态的引领下，中国的学者几乎清一色或者其中的绝大部分匍匐在鲁迅的脚下，虔诚地为鲁迅"歌功颂德"，进行"文学造神"运动，把鲁迅抬进"神龛"，让人膜拜。在这样一种研究格局下，除了极个别敢于坚持独立思考精神的鲁迅研究学者能发出自己的独特声音，绝大多数或几乎所有学者都自觉加入到这种时代颂歌的"大合唱"中去。如上文所说，即使在1980年后的中国大陆，"神化鲁迅"的现象并没有彻底绝迹。因此，在这样一种单声调的鲁迅研究的"大合唱"中，有一个夏志清发出了一个"不和谐"的声音，即使这个声音有点"刺耳"，但它毕竟打破了这个"单声调"的鲁迅研究现状，有了一点"众声喧哗"的倾向，"鲁迅研究"最理想的学术境界不就是能形成一种"众声喧哗"的生态格局吗？

论加华学者李天明对鲁迅研究的贡献

加拿大的李天明在加拿大不列颠哥伦比亚大学攻读中国现代文学博士学位，完成了题为《鲁迅散文诗集〈野草〉主题研究》的博士论文，后来出版成中文版《难以直说的苦衷——鲁迅〈野草〉探秘》一书，2000 年由人民文学出版社出版。该著对《野草》的思想主题进行深入研究，作者将《野草》中所有散文诗的主题进行集中分类，一类是属于"社会和政治批评"，表现"军阀的政治暴虐和庸众的精神无知"①，代表性散文诗有《秋夜》、《复仇》、《复仇（其二）》、《失掉的好地狱》、《颓败线的颤动》、《这样的战士》、《淡淡的血痕中》、《一觉》等文。一类是表现"人生和个人意志的哲学思考"，"投射出鲁迅不满意的存在和被压抑的生命力之间的冲突"②，"主人公都陷入深深的绝望，他们怀疑自我，怀疑理性，个性不同程度地为荒诞的个体存在所异化，本着内心的冲突，希望行动又首鼠两端，观望迟疑"③；"主人公另一心理和行为特征，是对于生命力和个人意志的呼唤，面对绝望的生存困境和心理僵局，诗人形象化地曲折表达了他对生命意志的召唤"④。表现这类主题的散文诗有《影的告别》、《求乞者》、《希望》、《风筝》、《过客》、《死火》、《狗的驳诘》、《立论》、《死后》等文。还有一类是表现鲁迅在"情爱与道德责任的两难"，表现鲁迅

---

① 李天明：《难以直说的苦衷——鲁迅〈野草〉探秘》，人民文学出版社 2000 年版，第 36 页。
② 同上书，第 101 页。
③ 同上书，第 103 页。
④ 同上书，第 104 页。

"怎样才能在接受许广平爱情的同时，不过于损伤朱安的情感和生活成为鲁迅的难题"①，这些散文诗有《秋夜》、《影的告别》、《我的失恋》、《复仇》、《复仇（其二）》、《希望》、《好的故事》、《过客》、《死火》、《墓碣文》、《腊叶》等文。总体而言，《难以直说的苦衷——鲁迅〈野草〉探秘》有以下几个特色。

一　建立在《野草》研究史基础上的个性化研究

鲁迅《野草》自从"横空出世"以来，中外学者从不同角度对之进行了丰富的研究，已形成了一部独特的"《野草》研究史"，李天明在研究《野草》的时候，并没有忽视这些前人研究成果的存在，他在分析每一首散文诗的时候，都列出前人的主要研究成果，或引出一些背景性材料，对这些成果或材料，他都一一进行辨析，或者从反面进行质疑，或者从正面进行参考，或者辩驳与认同共存，有机吸取其中合理的成分，在总览整合前人主要观点的基础上，然后再作出自己的判断。这些前人研究成果涉及冯雪峰、雪苇、李长之、许寿裳、苏雪林、郑学稼、李欧梵、王润华、李何林、卫俊秀、闵抗生、王瑶、袁良骏、孙玉石、片山智行、林毓生、靖辉、钱理群、单演义、薛绥之、姜德明、孙席珍、又央、陈漱渝、李允经、锡金、王得后、唐弢、普实克、夏济安、刘再复、竹内好、杜迈可、李何林、孙玉石、片山智行等人都出版了有关《野草》的专著，这些专著代表《野草》在不同历史阶段的标志性成果。专著后面附有《英语世界的〈野草〉研究简介》一文，梳理了英语世界中的《野草》研究谱系和主要代表人物，主要有施瓦兹、夏济安、查尔斯·艾伯、西蒙·利斯、普实克、李欧梵和叶维廉等人。李天明置身于西方文化语境中，显然也受到这一研究谱系的影响，因此，他的研究是站在前人已有研究成果的高点上的，这些前人研究成果不但为他提供了较好的参照，也给他带来了一个更

333

---

① 李天明：《难以直说的苦衷——鲁迅〈野草〉探秘》，人民文学出版社 2000 年版，第 113 页。

为开阔的研究视野。

例如关于《秋夜》中的"小青虫"的解释，作者列举了《野草》研究史上代表性学者对之的解读，然后提出自己的观点。例如，20世纪50年代的卫俊秀认为"小青虫"象征"战士为寻求光明而牺牲的精神"，70年代的李何林认为"小青虫"的"形象不是美，而是丑"，"作者对他们的感情不是敬爱，而是揶揄"，因此他们不足以象征那些"不惜牺牲生命追求光明的英雄"。80年代的闵抗生认为"它们'精致'的躯壳里，装的是利己主义的渺小的灵魂。它们不敢面对风沙，没有'正视'现实的勇气。它们只是因为害怕黑暗和秋寒，才争着挤到房里来的，它们所追求的，只是虚幻的光明，而且不过是灯火一盏"。而海外的李欧梵认为它们"可能是诗人自己骚动翱翔之幻想的一种微妙的暗示"①。以上诸多解释中，李天明认为李欧梵的"解释是适用的，然而也是可以引申的"，在此基础上，作者提出了自己的见解，认为"鲁迅描绘小青虫时笔端是浸染着怜悯和敬意的，尽管它们并不预示宏大的力量，在真挚的调式里，诗人称他们为英雄，它们肩承着无畏牺牲的悲剧色彩，预示的是一种付诸行动的果敢精神"②。

二 毁少毁誉多的"私典探秘"或"索引派"研究

《难以直说的苦衷》一书引起最大争议的是第三部分。李先生明确地把《秋夜》、《影的告别》、《我的失恋》、《复仇》、《复仇（其二）》、《希望》、《好的故事》、《过客》、《死火》、《墓碣文》、《腊叶》等文归类到"情爱与道德责任两难"的主题中，认为以上各篇散文诗隐秘表现了鲁迅与许广平和朱安两个女人之间情感纠葛，表现了鲁迅对许广平的爱情以及对朱安的道德责任之间犹疑抉择的复杂心态。例如，对于《秋夜》开头的句子——"在我的后园，可以看见墙外有两株树，一株是枣树，还有一株也是枣树"，李天明认为其内涵是鲁迅

334

---

① 李天明：《难以直说的苦衷——鲁迅〈野草〉探秘》，人民文学出版社2000年版，第15页。

② 同上书，第15—16页。

"对自己婚姻生活不满，沮丧和无奈心情的形象体现，可以被视为鲁迅窘困夫妻生活的象征"①，"桃树和李树以及它们的潜在冲突，蕴含了鲁迅对自己婚姻的不满和无奈"②，"小粉红花是鲁迅渴望情爱心理的朦胧象征"③。《影的告别》表现了"诗人潜意识里希图离异妻子的意愿"④，"鲁迅潜意识里对妻子的告别"⑤。《我的失恋》"是诗人对自己不幸婚姻的自嘲"，"诗歌描绘的便是这恋人间情感交流的失败"⑥，"这种窘迫正是鲁迅不和谐夫妻关系的真实写照"⑦。"无爱情结婚的恶结果就是连续不断地造就'全不相关'的'形式上的夫妇'。传统的社会习俗剥夺了他们爱和被爱的权利，这是一种见不到血的、听不见呻吟的终身的大痛苦，已在《复仇》里表现为不爱不杀、无声无息的'无血的大戮'。在《复仇（其二）》中，更强烈地表现为可见可闻的血腥的暴行"⑧，"它们是鲁迅身心经受的个人情感和性苦闷的淋漓尽致的形象化表达"⑨。《希望》中的"身外的青春"所展现的"诗人的希望"，"非指当时青年的进步言行，而是指生命力、爱或合理的生活"⑩。《好的故事》表现的是"憧憬和渴望爱情的题旨"⑪。《过客》中的"过客"是鲁迅自我的象征，"巫鹰"也是鲁迅的自我象征，"死尸"是朱安的自我象征，"她"指的也是朱安。《死火》中的"死火"喻指许广平，"我"象征鲁迅，其主题是表现"作者冻结多年的渴求爱情意念的复苏"⑫。《墓碣文》中的墓主人是鲁迅"一系列自我形象的一环"，其死亡是"鲁迅道德自省的一种隐喻"，死尸"中无心肝"

① 李天明：《难以直说的苦衷——鲁迅〈野草〉探秘》，人民文学出版社 2000 年版，第 117 页。
② 同上书，第 118 页。
③ 同上书，第 120 页。
④ 同上书，第 121 页。
⑤ 同上书，第 123 页。
⑥ 同上书，第 130 页。
⑦ 同上书，第 131 页。
⑧ 同上书，第 139 页。
⑨ 同上书，第 140 页。
⑩ 同上书，第 141 页。
⑪ 同上书，第 145 页。
⑫ 同上书，第 160 页。

隐喻"鲁迅的自责"①，这自责来源于"他与许广平的关系越密切，对朱安就越感内疚，他已深深陷入一种负罪感"②。《腊叶》中的"腊叶"指鲁迅，而"葱郁的叶"喻指许广平，《腊叶》表现了鲁迅对"他和许广平的情爱关系究竟能维持多久"的"心"③。总之，李天明认为《野草》中的上述散文诗的产生和许广平与朱安有着密切的关系，许广平与朱安是这些散文诗创作的素材及灵感来源，就是对于《野草》的《题辞》中的一段话："生命的泥委弃在地面上，不生乔木，只生野草，这是我的罪过。"作者解释道，诗人"有意将乔木与野草并置，命运决定了他无法培植合理的夫妻生活，而只能偷生婚姻之外的一段恋情，这对一个正直自律、有责任感的人来说，绝非只意味浪漫和诗情画意，其中更多地夹杂犹疑、苦涩和自责，无怪乎诗人说这是他的'罪过'"④。"《野草》的创作与朱安有着密切的关系，没有朱安也就没有这束奇诡瑰丽的《野草》。鲁迅说它'大半是废弛的地狱边沿的惨白色的小花'，不过是说它是不幸家庭生活和个人情感痛苦的产物，如果这样理解不错的话，将这束小花献于朱安灵前，只怕也不违背鲁迅的心愿。"⑤

李天明"私典探秘"的研究方法在学术界引起了一定的反响，但总体上是毁多誉少，其导师杜迈可在该书的序言中对之作出了较高的评价，他首先从总体上肯定这本书是一本"极富创意的博士论文"，"驾驭来源广泛的资料，以及基于对所有先前研究的充分评价，李天明完成了一些重要的论证"，对于书中所谓"私典探秘"的部分，李天明发现并论证了一些"未曾被充分探讨过"的问题，"揭示了鲁迅散文诗的隐秘主题"，"提供了许多新颖的、多创新的阐释"⑥。该书中译本诞生之后，在中国大陆也引起一定的注意，出现了若干篇评论文

---

① 李天明：《难以直说的苦衷——鲁迅〈野草〉探秘》，人民文学出版社 2000 年版，第 169 页。
② 同上书，第 170 页。
③ 同上书，第 177 页。
④ 同上书，第 118—119 页。
⑤ 同上书，第 190—191 页。
⑥ 李天明：《难以直说的苦衷——鲁迅〈野草〉探秘》（序），人民文学出版社 2000 年版。

章，但一律对该书的"私典探秘"的研究方法作出以负面为主的评价。这些文章有裴春芳的《"私典探秘"的独创与偏至：评李天明〈难以直说的苦衷——鲁迅〈野草〉探秘〉》，唐复华的《试论鲁迅婚姻与爱情的两难选择——兼评李天明先生对鲁迅的误读》，单元的《重读〈过客〉——兼与李天明、胡尹强先生商榷》等文①，以及张梦阳的《中国鲁迅学通史》中第十二章《〈野草〉丛中探哲学——〈野草〉》有关李天明的评论部分。例如张梦阳认为这种研究方法"多臆测和假说，从方法到具体阐释都有很多谬误处"，"不可能研究出任何有价值的结果，而且会大大缩小《野草》的思想哲学意义和艺术审美品位，把《野草》研究引入死局"②。值得注意的是，产生于中国大陆的另一本"私典探秘"的研究著作胡尹强的《鲁迅：为爱情作证——破解〈野草〉世纪之谜》也遭到同样的遭遇。③

笔者认为，学术界对李天明"私典探秘"的研究方法评价过于保守，对其独特贡献明显评价不足，虽然这些论文也不同程度地指出"私典探秘"方法的可取之处，但是马上笔锋一转，采取欲抑先扬的手法，从根本上否定这种研究方法的合理性和积极意义。前面对之的小小肯定是一个修辞表达的策略，是为后面的根本否定作铺垫的。事实上，应该大胆肯定李天明为《野草》研究做出的贡献。第一，李天明把鲁迅从"神"还原为"人"，生动展现了"人间鲁迅"的真实形象。"神化鲁迅"现象在鲁迅研究的各个阶段都有不同程度的体现，特别在"十七年"时期和"文化大革命"时期，更达到登峰造极的程

---

① 唐复华：《试论鲁迅婚姻与爱情的两难选择——兼评李天明先生对鲁迅的误读》，《鲁迅研究月刊》2004年第12期；单元：《重读〈过客〉——兼与李天明、胡尹强先生商榷》，《咸宁师专学报》2001年第5期。

② 张梦阳：《中国鲁迅学通史》，广东教育出版社2002年版，第165—166页。

③ 如李今的《研究者的想象和叙事——读〈鲁迅：为爱情作证——破解《野草》世纪之谜〉》（《中国现代文学研究丛刊》2006年第4期），王晶莹的《〈野草〉能确证是爱情散文诗集吗？——〈鲁迅：为爱情作证——破解《野草》世纪之谜〉讨论综述》（《中国现代文学研究丛刊》2006年第4期），对之作出以负面为主的评价。但也出现个别对之作出肯定评价的论文，如汪亚明的《实证与想象的高度融合——〈鲁迅：为爱情作证〉读后》（《宁波大学学报》2005年第6期），不排除有人情批评成分在里面，作者汪亚明原为浙江师范大学人文学院教授，和胡尹强是同事关系。

度，20 世纪 80 年代，王富仁呼吁要"回到鲁迅那里去"，"神化鲁迅"的趋向较之"十七年"时期有很大改变，但也没有彻底消失。被神化的鲁迅是一个高高在上、完美无缺的英雄和战士形象。李天明的贡献在于把鲁迅从"神坛"请下来，还原成一个具有常人的七情六欲、喜怒哀乐的"人之子"，他有普通人对爱的强烈渴求，作为那个时代的"过渡人"，他身上背负的因袭的重担，使他陷于爱情和道德责任的两难之中，表现出犹疑、矛盾、彷徨和难以抉择的心态，这种心态是我们平常人都具备的，鲁迅在这方面的表现和普通人并无二样。因此，对鲁迅"人"的一面的再现和还原，呈现出一个血肉丰满、神与人相结合、生动丰富多维的鲁迅形象，是李天明研究的意义和正面价值所在。第二，从《野草》研究史的角度来说，就新中国成立以后这一阶段而言，诞生了众多有关《野草》研究的专著（论文），如卫俊秀的《鲁迅〈野草〉探秘》（1954）、冯雪峰的《论〈野草〉》（1956）、王瑶的《论鲁迅的〈野草〉》（1961）、李何林的《鲁迅〈野草〉注解》（1975）、许杰的《〈野草〉诠释》（1981）、闵抗生的《地狱边缘的小花——鲁迅散文诗初探》（1981）、孙玉石的《〈野草〉研究》（1982）、钱理群的《心灵的探寻》（1988）、汪晖的《彷徨无地——〈野草〉的人生哲学与现代思潮》（1994）、闵抗生的《鲁迅的创作与尼采的箴言》（1996）、王乾坤的《盛满黑暗的光明——读〈野草〉》（1999）、解志熙的《彷徨中的人生探寻——论〈野草〉的哲学意蕴》（1999）、孙玉石的《现实的和哲学的——〈野草〉重释》（2001）、张洁宇的《独醒者与他的灯：鲁迅〈野草〉细读与研究》（2013）、汪卫东的《探寻"诗心"：〈野草〉整体研究》（2014）、朱崇科的《〈野草〉文本心诠》（2016）等代表性著作（论文）。纵观以上论著，可以发现，由于时代的原因和政治环境的局限性①，1985 年之前（尤其是 1978 年之前）诞生的《野草》研究成果的研究视角基本是从政治的、革命的、社会的、现实的、历史的等维度来进行的。1985 年之后的《野草》研究成果，如钱理群、汪晖、王乾坤、解志熙、闵抗生、孙玉石

---

① 从孙玉石和闵抗生不同时期的两部《野草》研究论著可以看出这种时代影响的重要性。

等人的著作，则多注重从哲学、心理、生命等维度来研究《野草》。而李天明的贡献，就在于他为《野草》现实的、社会的、哲学的、心理等主题之外，增加了一个情感与私人空间的维度，凸显了鲁迅生命中的暖色与亮色。《野草》作为一种具有空白意义的"召唤结构"，李天明的研究无疑为"说不尽的《野草》"增加了一种阐释的可能性，丰富了《野草》的主题意蕴和阐释空间。事实上，《野草》除了上述解读的维度之外，还有其他尽可能的解读维度，例如，近年来就有人从精神分析、佛学、符号诗学、新批评、比较文学等角度来解读《野草》。①《野草》的阐释是开放包容的，所以不必要对李天明"私典探秘"的研究方法过于苛责。第三，就"私典探秘"这种研究方法来说，也并非毫无价值，"私典探秘"和中国传统的"索引派"研究方法十分相似，"索引派"研究很典型地运用在《红楼梦》研究中，像胡适、蔡元培、刘心武等红学家就是运用这种研究方法，这种方法自然有其弊端，通常是采取一种绝对主义，认为《红楼梦》是一部影射"清朝秘史"或"曹氏家史"的小说，竭力破译小说情节中所隐含的"微言大义"，而忘记了《红楼梦》首先是一个具有审美意蕴的美学文本，这种排他性的解读自然遭到后人诟病，也不够科学。但是，假如把"索引派"研究只是作为研究视角中的一种，并不排斥其他解读方法，也是可行的。因为《红楼梦》本身就是一个多义的开放的文本，多种解读方法完全可以共存。例如胡适认为《红楼梦》是曹雪芹的"自叙传"，也不无道理，因为《红楼梦》中"满纸荒唐言，一把辛酸泪"的叙述，自然不可避免地融会着作者的生命体验。事实上，"索引派"的研究方法，为文学研究提供了一种崭新的视角，可以丰富文学研究的方法种类，作为文学研究方法大家庭中的一员，自然有其存在的价值。但问题的关键是，不能把这种研究方法定于一尊，视为唯一正确的方法，否则就有些"画地为牢"的感觉了。再回到李天明的《难以直说的苦衷》，李天明并没有把"私典探秘"的研究方法定于一

339

---

① 部分可参看张梦阳的《中国鲁迅学通史》有关《野草》研究部分的内容，广东教育出版社 2002 年版。

尊，他是从"社会和政治批评"、"人生和个人意志的哲学思考"、"情爱与道德责任的两难"三个方面来阐释散文诗主题的，这涉及社会、政治、哲学、生命和私人情感等维度，并且有很多散文诗分别表现多重主题，如《影的告别》、《希望》、《过客》、《死火》等文就分别表现了"人生和个人意志的哲学思考"和"情爱与道德责任的两难"主题，《秋夜》、《复仇》、《复仇》（其二）等文则分别表现了"社会和政治批评"、"情爱与道德责任的两难"的主题。也就是说，在李天明看来，鲁迅的某些散文诗表现了"情爱与道德责任的两难"的主题，但并不是唯一的主题，"私典探秘"只是他的研究方法之一，但并不是唯一的研究方法。另外，鲁迅写作《野草》前后，正是他和许广平交往的时候，虽然《野草》中第一篇作品《秋夜》写于 1924 年 9 月 15 日，而许广平写给鲁迅的第一封信是 1925 年 3 月 11 日，也就是说在鲁迅创作《野草》中第 11 篇的时候，才收到许广平传递爱的信息的信，但在这之前，他们其实就有了交往，彼此情感在这之前酝酿了一段时间。鲁迅说，"《野草》大抵是随时的小感想，因为那时难于直说。所以有时措辞就很含糊了"。为什么"那时难于直说"？在那个时候，和许广平由暗到明的爱、对许广平爱的渴望和犹疑、对朱安的道德不安感等情感都难以直说，所以干脆就"措辞就很含糊了"。比较另一部与《难以直说的苦衷》研究方法极为相似的著作——胡尹强的《鲁迅：为爱情作证——破解〈野草〉世纪之谜》，这本专著就犯了将"私典探秘"的研究方法定于一尊的错误。他以"破解世纪之谜"的"真理"发现者自居，批评多年来"连研究《野草》的学者们都看不出这是一部爱情散文诗集"，胡尹强的论述语气与行文方式显得有些焦虑和过分的自信，并自觉与之前的专家学者在立场上相互对立，不客气地指出李何林怎样讲过，孙玉石怎样讲过……指出其他有关《野草》的非爱情解释都是"误读"，以为自己是唯一正确的阐释者。他从总体上，将《野草》中所有散文诗都定位于爱情主题（这点区别于李天明），并以鲁迅和许广平恋情的发展轨迹为线索，把它分成四章，分别对应于鲁迅和许广平恋爱的四个发展阶段：初恋时的欣喜与彷徨，相恋时的希望与绝望，热恋时的激动与犹疑以及同居后的坦然与欣然。

340

《野草》中全部篇什都是"为爱情作证"的作品，其他以前有关《野草》的解读都不符合这本散文诗的实际。例如，他认为《秋夜》中的"秋夜"指的是"中国封建社会传统的婚姻文化"，"星星的冷眼"指的是"恪守封建婚姻制度并为这制度操心的人们"，"小粉红花"和"小青虫"喻指"许广平"，小粉红花冻得"红惨惨"的，暗示"许广平受过封建包办婚姻之苦"，《影的告别》中的"影"指"鲁迅"，"形"指"许广平"，"我所不乐意的"指"朱安"，《过客》中的"没有一处没有名目"中的"名目"指的是"诗人与朱安是夫妻名目"等，"驱逐"指的是"诗人被日本女人赶出家门"，过客"流了很多血"喻指"包办婚姻的灵魂创伤"，女孩递给过客的"布片"象征"许广平的爱情"，"巫鹰"指"鲁迅"，"死尸"指"许广平"①……在胡尹强看来，《野草》中的每一篇散文诗甚至每一句话、每一个细节、每一个词语都有微言大义，都隐喻着鲁迅与许广平、朱安之间的种种情事。《野草》是一部开放性、多义性和丰富性的艺术作品，对之的阐释永无止境，这一点已经成为共识。而胡尹强以"真理的发现者自居"，认为《野草》只是一部"为爱情作证"的作品，显然就不能为我们接受了。事实上，在李天明和胡尹强之前，"私典探秘"的研究方法已有学者运用过，例如，又央于1993年在《鲁迅研究月刊》发表了《〈野草〉：一个特殊序列》② 一文，将鲁迅和许广平的情爱过程及心态变化，视为影响鲁迅创作《好的故事》、《过客》、《死火》、《腊叶》等文的直接因素，认为它们构成了《野草》中一个带有连续性的情感起伏的"特殊序列"。但又央认为《野草》中只有此四篇散文诗隐喻着鲁迅和许广平的恋爱过程，其他的散文诗都排除在外。另外，作者只是将鲁迅和许广平的情爱过程视为这四篇散文诗创作的一个"直接因素"，并不排除其他阐释的可能性。

341

---

① 胡尹强：《鲁迅：为爱情作证——破解〈野草〉世纪之谜》，东方出版社2004年版。
② 又央：《〈野草〉：一个特殊序列》，《鲁迅研究月刊》1993年第5期。

评古远清的《世界华文文学研究年鉴·2014》

　　著名学者古远清先生继出版《世界华文文学研究年鉴·2013》（以下简称《年鉴·2013》）之后，又再接再厉，编撰出版了《世界华文文学研究年鉴·2014》（以下简称《年鉴·2014》），2016 年 1 月由武汉大学出版社出版。《年鉴·2013》出版以来，赢得各方好评如潮。而通读《年鉴·2014》，发现其在总体上不输于《年鉴·2013》，具有以下几个鲜明的特色。

　　首先，《年鉴·2014》提供了一幅纲举目张、脉络清晰的 2014 年世界华文文学研究的"导航图"或"总览图"。虽然"世界华文文学"目前还没有"名正言顺"地成为一门独立学科，但毋庸置疑，随着中国和世界各国交往的日益扩大，海外华人创作实绩的不断提高，国内外学者的推动重视，近年来，"世界华文文学"研究取得了前所未有的好成绩，形成了一派欣欣向荣的景象。成果数量巨大，种类多样，但却繁乱芜杂，良莠不齐，令人眼花缭乱，读者或研究者如欲览其胜却不知途径。如果我们把 2014 年世界华文文学研究比喻成一个"花园"的话，那么就有必要对这个混乱无序的"花园"进行整理、打扫、归类和重新规划，设计出一幅游览花园胜景的"导航图"（"总览图"）。我觉得，《年鉴·2014》就是这样性质的"导航图"（"总览图"）。有了这一本"导航图"（"总览图"），整个 2014 年世界华文文学研究状况一目了然，成竹于胸。"导航图"分为"争鸣"、"综述"、"资料"、"目录"、"刊物"、"访谈"、"悼念"、"书评"、"机构"、

"会议"等几大"游览景区","争鸣"部分收录的是 2014 年有关探讨华文文学学科核心理论问题的代表性论文;"综述"部分分别以专文形式介绍了 2014 年中国香港、中国澳门、中国台湾、北美、澳洲及欧洲、东南亚等地区的华文文学的研究概况;"资料"部分则分别爬梳了 2014 年的"世界华文文学大事"、"世界华文文学奖项"、"中国大陆高校开设华文文学课程概况"、"中国大陆和台湾文学研究硕士博士论文提要"、"中国大陆期刊有关华文文学研究论文索引和著作一览"、"国家社科基金和教育部人文社科有关世界华文文学立项课题清单"、"中国大陆研究海外华文文学专家小传"等;"目录"部分则全部收录了 2014 年中国大陆和港澳台地区 7 份华文文学研究学术期刊(报纸)刊载的论文目录;"访谈"和"悼念"部分则分别收录了 2 篇代表性的访谈文章和四篇悼念性的论文;"机构"和"刊物"部分则对国内外 29 家"世界华文文学研究机构"和 2 种境外世界华文文学研究刊物的"小史"进行介绍;"会议"和"书评"部分则收录了 2014 年召开的 19 次有关"世界华文文学"学术会议的通讯报道;"书评"部分则收录了 2 篇 2014 年度的代表性书评论文。如果把以上相关内容比喻成 2014 年世界华文文学研究总体"收成"的话,古远清先生则像一个细心谨慎的老农式"管家",对 2014 年世界华文文学研究领域这些庞大而零碎的"收成",如数家珍,采集整理,"收仓"归类,一清二楚,干净利落,毫不糊涂。

其次,《年鉴·2014》具有资料性和学术性并重、持重性和生动性结合的特点。年鉴属于信息密集型的工具书,是全面系统而准确地记述上年度事物运动、发展状况为主要内容的资料性工具书,详细的资料收录是年鉴的重要特征之一。《年鉴·2014》就非常符合年鉴的特点和功能,特别注重文献的收集和资料的整理,所列出的十大部分,绝大多数是文献资料类的内容。当然,在资料性之外,《年鉴·2014》也不忽视学术性。如其中的 6 篇"综述性"论文,以一网打尽的雄心,高屋建瓴的气势,分别对 2014 年的香港文学、澳门文学、台湾文学、北美华文文学、澳洲及欧洲华文文学、东南亚华文文学的研究进行概略式的梳理和述评,资料性特色十分明显。但是,其中的梳理、

343

筛选、论述、评价却体现了作者独特的学术裁选眼光和个人独特见解，体现了与"资料性"和"学术性"并重的特征。5 篇"综述性"的论文中，"香港文学研究概况"一文写得最为厚重，最为酣畅淋漓，该文长达 5 万字以上，对 2014 年度香港文学研究作了全面系统的梳理和研究性评点。该文分为三大部分：第一部分"写活香港：2014 年星云奖、书奖与新著"，主要介绍 2014 年香港两大文学奖的获奖作品和港人出版的相关著述。第二部分"品赏港文：大陆与台湾视角"，则梳理了大陆学者研究香港文学的现状，评述了学界对于陶然、金庸、刘以鬯、跨媒介文化、香港诗歌散文、香港文学整体研究等方面取得的主要成果；同时介绍了相关学术会议和学术活动，以及学术会议在学术层面的收获。值得注意的是，作者还颇有见地地指出学界对于香港文学的研究呈现出"港澳台文学及研究的互渗与交流"的特征，即学术界并非孤立地研究香港文学，而采取"通观"视野来对港澳台文学进行整合性研究，提炼出了港澳台文学"同质性"和"异质性"的因素。第三部分"香港文学杂志百花齐放"，则介绍了以《香港文学》和《文学评论》为代表的香港诸多文学杂志的年度概况，重点凸显不同刊物的个性化特色，如赞赏《香港文学》别出心裁地开设"世界机场专栏"，因为"机场关联离情"、"机场启迪写作"、"好机场给人暖意"、"机场见证华人的崛起"，表现了作者有一双善于"发现"的独特眼睛。由朱寿桐先生等执笔的《澳门文学研究概况》篇幅不长，在资料梳理的基础上，以深刻的理论思考见长。朱双一先生执笔的《台湾文学研究概况》也是一篇用心爬梳、资料翔实、学术功底深厚的长文。

当然，《年鉴·2014》最具有学术含量的是第一部分"争鸣"，作者把"争鸣"部分由 2013 年度的第 4 位移居到 2014 年度的首位，足可见他对这一部分的重视。"争鸣"部分收录年度有代表性的 6 篇论文，对"世界华文文学"一些基本概念范畴和重要理论问题，如"华语文学的学科边界与名称再议"、"'华语语系文学'理论建构的意义和问题"、"百年海外华文文学经典研究"、"新世纪两岸对台湾文学诠释权的争夺"，进行富有理论深度的争鸣式探讨。虽然在一些问题上还没有取得共识，但是以上论文都具有自觉的问题意识、理论建构的学术勇气、严谨缜密的论证思维、力破陈规的创新诉求。正是有"争鸣"部分的存在，所以整本《年鉴·2014》的"学术性"得到大大提升，呈现出资料性和学术性并重的特色。

从《年鉴·2014》的风格上来说，整体上呈现出"持重性"的特色。但年鉴写作一般不宜板着面孔，写成千人一面的模式化样子。在符合年鉴一般体例的同时，可不妨在个性化方面做出努力。《年鉴·2014》中正是因为有"访谈"和"悼念"两个部分的存在，在"持重"的整体风格中吹来了一丝生动活泼的气息，"骨架"上有了"血肉"的感觉，也因此打上了作者个人风格的烙印。无论是"访谈"中的《严歌苓：勤奋得有"瘾"的华人作家》的标题，还是《台港文学史家古远清访谈录》中对于古远清先生作为"学术警察"一词的称谓，都透露出一种令人忍俊不禁的"幽默"味。而"悼念"中的几篇文章，或叙写生平事迹，或回忆交往片断，或夹议创作成就，其悼念之人能彰显个性，令人过目不忘；其悼念之情则似淡实浓，让人回味无穷。但令人遗憾的是，《年鉴·2013》中收录了生动鲜活、更为个人化风格的"备忘"一栏，但《年鉴·2014》却将此项内容取消，窃以为这是对个性化风格的一种伤害。

再次，《年鉴·2014》的作者具有自觉的"学科建设"意识。古远清先生在《年鉴·2013》的后记中说，"'世界华文文学'要成为独立学科，夏夏乎其难哉！"在古先生看来，"世界华文文学"成为独立学科的困难在于：学术界对于"世界华文文学"的名称和内涵没有取得共识；很多高校对"世界华文文学"这门课程还很陌生，开课的高校并不多；不少人对"世界华文文学"还存在偏见，认为其不如中国古代文学、现代文学；"世界华文文学"学科研究队伍力量还不够强大，博士点少，教材建设滞后，等等。古先生所列举的这些，都是制约华文文学发展的"瓶颈"和不利因素，值得重视。其中体现的"忧患感"和"危机感"正是基于作者自觉的"学科建设"意识。大凡而言，"学科建设"一个重要内容就是史料和文献的整理。例如，近年来，中国当代文学每年都编写一部年鉴，对年度的当代文学进行总巡礼式的总结，如《2014 中国当代文学年鉴》就是由 2014 年中国文学发展状况、年度文献、创作综述、文学理论与批评、文学出版与阅读、文学活动纪要六部分组成，全面总结了 2014 年度中国当代文学发展情况，为文学研究人员和相关机构提供了一份"导航式"的文献资料。中国古代文学中的"唐代文学研究"、"宋代文学研究"等断代文学研究都有年鉴。就连"中国现当代文学"二级学科中的"鲁迅研究"，虽然没有标准的年鉴，但是每年都有学者撰写"鲁迅研究年度述评"之类的论文，这种述评其实就是"微型"的年鉴，"鲁迅研究"之所以能成为独立学科的"鲁学"，与鲁迅研究学者坚持撰写"年度研究述评"、注重史料整理、具有自觉的学科建设意识是分不开的。

　　"世界华文文学"虽然发展了 20 多年，但直到 2013 年之前还是没有"年鉴"之类的文献，令人欣慰的是，汕头大学华文文学研究中心委托古远清先生编撰了《年鉴·2013》，对此，古先生认为"是一个创举，是一项攸关世界华文文学学科建设的大事，在世界华文文学发展史上，也算得上是空谷足音"①。这个评价是毫不为过的，《年鉴·2013》的意义正在于其填补了世界华文文学研究的空白领域。继《年鉴·2013》之后，古先生又主持编撰了《年鉴·2014》。我想，基于对世界华文文学学科建设的使命感，古先生一定会接着编撰 2015 年、2016 年乃至更多年份的"年鉴"，"生命不息，奋斗不止"，被学界视为"拼命三郎"的古先生是不会轻易离开他钟情的世界华文文学事业的。总而言之，对于世界华文文学的"学科建设"来说，古先生的系列《年鉴》写作，具有突破性的意义。

　　另外，《年鉴·2014》的第一辑"争鸣"部分其实也表现了编撰者对学科规范化建设的诉求和期待。"世界华文文学"学科已经走过很长历史，但令人尴尬的是至今还没有在学科名称上取得一致共识，除"世界华文文学"这个名称外，还有"汉语新文学"（朱寿桐）、"华语语系文学"（王德威）、"海外华语文学"（曹惠民）、"海外中国文学"（赵毅衡）、"海外汉语文学"（朱大可）等 10 余种的类似概

---

① 古远清：《世界华文文学研究年鉴·2013》，《华文文学》2014 年增刊。

念，名称混乱而不统一，影响了这门学科的科学性。俗话说，"名不正，则言不顺"，从学科规范化的角度来说，亟须给学科进行"正名"，而"争鸣"部分收录的"华语文学的学科边界与名称再议"、"'华语语系文学'理论建构的意义和问题"等争鸣性论文就是希望在学科"正名"上做出努力。

据胡德才先生《年鉴》序言中说，古远清先生早在8年前（2007年）就有了编撰《年鉴》的想法和计划，但由于经费、人手等问题而搁浅。但这种难以割舍"学术情结"一直潜藏胸中，一直到2014年才终于实现他的愿望。因此可以说，古先生的"世界华文文学"学科建设意识早在2007年就已经萌生，他确实是一个"世界华文文学"学科建设的先觉者与先驱者。

最后，《年鉴·2014》的作者具有超越功利的学术境界。正如古远清先生在《年鉴·2014》的"后记"中所说："每本'年鉴'均是我徜徉在世界华文文学'人海间'理性冒险的履印与灵魂冒险的足音。我在密密的书林中享受着生命的安静，在一本又一本'年鉴'中寻回了青春。晚年编工具书，又找到了自己人生的新坐标。这时正好接到远在美国的一位老友的电邮：'佩服您阅览广博，感谢您青眼相加。敬祝大著早成，为文学史架构支柱。'做'支柱'不敢当，而做一座世界华文文学的观察所，做一个传递信息的烽火台，做一面反映世界华文文学研究动态的镜子，也许还算称职。"① 我钦佩的是古远清先生视学术为生命的认真态度，古先生虽然心态年轻，精力旺盛，但毕竟是已达75岁的"古稀"老人了，这样的高龄，大多数会选择颐养天年、纵情山水、儿孙绕膝、享受天伦之乐，然他却把主要精力投入到世界华文文学研究的事业中。古先生在此研究领域中取得的成果有目共睹，出版的著作多达50种，总计1000多万字，不少著作在学界产生深远影响，他由此成为"世界华文文学研究"领域一位德高望重的资深学者，可谓是"功成名就"，已经不需要再通过《年鉴》之类的写作为自己增添光彩，获取利益。要知道，编撰《年鉴》是一件

347

① 古远清：《世界华文文学研究年鉴·2014》，武汉大学出版社2016年版，第345页。

极其费力伤神的事情，例如，为了完成《年鉴·2013》中的《中国大陆高校开设华文文学课程概况》，他在春节期间多次打电话或发电邮给60多所的高校老师，本人就亲自接到古先生的电话，但是，并不是所有人都能理解他的学术苦心，他说："个别人对我的资料征集不屑一顾，催了多次均不回复"，"我为查一个条目，用去的时间不亚于写一篇论文"①。其中的甘苦也只有古先生自己可知。况且，两本《年鉴》均没有得到任何相关课题项目经费的资助，也没有给他带来等值的稿费，纯粹是一种无私的奉献。因此，可以说，古先生在晚年孜孜于《年鉴》的编撰完全是一种"超越功利"的学术行为，也正如他所说的是一种"理性冒险"和"灵魂冒险"。正因为有了这双重的"冒险"，他"寻回了青春"，"享受着生命的安静"，绽放出生命的诗意，实现了生命的价值。我想，"不为稻粱谋"，"脱心志于俗谛之桎梏"，视学术为生命，致力于学术的发展，这也许就是"治学"的最高境界吧。

---

① 古远清：《世界华文文学研究年鉴·2013》，《华文文学》2014年增刊。

后　记

　　我硕士论文和博士论文的选题都是有关鲁迅的，也出版了两本有关鲁迅的专著，发表了数十篇有关鲁迅的研究论文。2009 年博士毕业来到泉州师范学院工作，泉州属于侨乡，泉州籍的华侨遍布东南亚，我所在的中国语言文学学科在研究方向的凝练上自然凸显侨乡的特色，关注东南亚华文文学研究，形成了以东南亚华文文学研究为核心的台港澳暨海外华文文学研究方向，同时也组建了一支相应的学术团队。为了学科的整体发展，我不能做散兵游勇似的单打独斗，而要自觉融入这个团队，调整自己的研究方向。因此，2012 年以来，在不放弃鲁迅研究的前提下，我把不少业余时间转移到台港澳暨海外华文文学研究方向上来，有意识地申报此方面的项目，撰写此方面的论文，几年下来，获批了数个大小的项目，发表了 20 多篇相关论文。这次有机会将这些零散的论文汇集成书，算是对这些年研究成果的一个总结。书的内容分为三辑，第一辑侧重于台港华文文学研究，第二辑侧重于东南亚暨澳洲华文文学研究，第三辑侧重于北美华文文学研究。本书的绝大部分论文已经发表于《文学评论》（北京）、《文学评论》（香港）、《艺文论坛》（台湾）、《中国现代文学研究丛刊》、《民族文学研究》、《当代作家评论》、《华文文学》、《世界华文文学论坛》、《电影文学》、《东南亚华文文学研究》、《中国海洋大学学报》（哲学社会版）、《中南大学学报》（社会科学版）、《西南科技大学学报》（社会科学版）、《淮北师范大学学报》（社会科学版）、《安庆师范学院学报》（社会科学版）、《通化师范学院学报》（社会科学版）、《山西大同大学学报》（社会科学版）、《福建师大福清分校学报》（社会科学版）、《湖州师范学院学报》（社会科学版）、《韩山师范学院学报》（社会科学版）、《怀化学院学报》（社会科学版）、《湖北第二师范学院学报》（社会科学版）等期刊上，谨向这些期刊的编辑老师表示诚挚的感谢！其中有几篇论文在发表的时候尚有第二作者作为合作者，已经在该论文的末处特别注明。

我的第一本著作《"解构"语境下的传承与对话——鲁迅与1990年代后中国文学和文化思潮》是由古远清先生作序，此次古远清先生又拨冗为拙著作序，令拙著生色，在此向古先生表示诚挚谢意！感谢中国社会科学出版社的郭晓鸿老师，在她的支持下，我的第一本专著在中国社会科学出版社出版，这是第二次在该社出版著作。感谢中国社会科学出版社的熊瑞编辑。感谢泉州师范学院汉语言文学"省级专业综合改革试点项目"建设经费的支持。感谢我的父母和家人，多年来，父母和妻子承担了所有家务和照顾女儿的任务，才让我有从容的时间在学术的"海洋"里自由遨游。